图书在版编目（CIP）数据

故事的无稽法则：关于命运的歌谣与传说 / 施爱东著. —北京：北京大学出版社，2023.2
ISBN 978-7-301-33567-3

Ⅰ. ①故… Ⅱ. ①施… Ⅲ. ①民间文学 – 文学研究 – 中国 Ⅳ. ① I207.7

中国版本图书馆 CIP 数据核字（2022）第 204589 号

书　　名	故事的无稽法则：关于命运的歌谣与传说 GUSHI DE WUJI FAZE: GUANYU MINGYUN DE GEYAO YU CHUANSHUO
著作责任者	施爱东 著
责任编辑	徐　迈
标准书号	ISBN 978-7-301-33567-3
出版发行	北京大学出版社
地　　址	北京市海淀区成府路 205 号　100871
网　　址	http://www.pup.cn　　新浪微博：@ 北京大学出版社
电子信箱	pkuwsz@126.com
电　　话	邮购部 010-62752015　发行部 010-62750672　编辑部 010-62752022
印 刷 者	天津图文方嘉印刷有限公司
经 销 者	新华书店
	880 毫米 ×1230 毫米　16 开本　21 印张　345 千字
	2023 年 2 月第 1 版　2023 年 2 月第 1 次印刷
定　　价	126.00 元

故事的无稽法则

关于命运的歌谣与传说

施爱东 著

北京大学出版社
PEKING UNIVERSITY PRESS

我看了两年多的戏，惟一的成绩便是认识了这些故事的性质和格局，知道虽是无稽之谈，原也有它的无稽的法则。

——顾颉刚

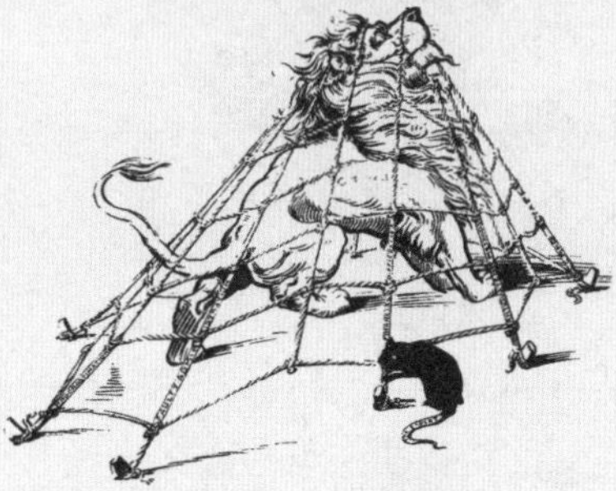

目录

第四编　命理与地理的传说

第五编　天灾与人祸的传说

一块石头也有自己的逻辑（代序）

全世界所有的故事都是相似的，因为人类的思维和情感是共通的。

不过，欧洲早期的故事学者，包括格林兄弟，似乎都不这么认为。他们认为印欧语系的故事是相通的，中国故事则是另成一个体系。这种看法当然有一定道理，正如美国学者丁乃通所说：“当西方民俗学者研究所谓的中国童话时，读到的许多故事是讲恶鬼、诱人的狐仙、不守清规的僧道、鸟儿鸣唱前世还是人形时不幸的身世、八仙的奇幻法术、风水先生无误的预言，以及类似的故事。他们怎么会不如此想呢？因为在西方国家的索引中，没有这样的故事。”

如果就广义的民间故事，亦即所有口头叙事文学来看，中外故事的确存在较大差异；但是如果我们将广义的“故事”按不同的内容和形式特点做一番分类，就会发现，问题不是这么简单。

首先，我们将广义的故事区分为传说和故事，将那些与特定时间（历史事件）、空间（地方风物）相关的，解释性、追溯性的口头叙事称作“传说”；将那些纯虚构，幻想性的，以娱乐、愉悦为目的口头叙事称作狭义的“故事”。然后，我们再将狭义的故事分成动物故事、一般的民间故事、笑话、程式故事。接着，一般的民间故事还可进一步划分为神奇故事、宗教故事、爱情故事、愚蠢妖魔的故事。

如此一分类，就会很容易发现，全世界各地最相似也最具共通性的，是其中的神奇故事（又称幻想故事）。这是童话色彩最重，离现实生活最远的一类故事。正因为离现实生活远，所以，它可以驰骋梦想，纵情飞翔。故事中，弱者定能战胜强者，征程总是有惊无险，穷小子最后一定会迎娶公主。

作家路文彬认为，文学承担着我们的梦想：“绝望之际，文学想象出希望；寒冷之时，文学想象出温暖。”幻想故事就是我们的童年梦想，梦是弱者的精神抚慰。所以，幻想故事一定是始于贫寒，终于饱暖；始于孤

人们正在入神地听一位故事艺人说故事。故事家一出现，人们就会从各个角落聚拢起来，听任故事家将他们带往一个神秘的幻想世界。图 / [法] 阿尔伯特 · 卡恩，1909 年

单，终于连理；始于缺乏，终于满足。也就是说，中国童话和欧洲童话，拥有同样的美好梦想。

但是传说不一样，传说是基于现实的说明性叙事。现实生活中，“百里不同风，千里不同俗”，同一故事法则基于不同风俗和历史，使得中国传说与欧洲传说具有了不一样的故事逻辑。地方风俗和历史文化的差别，让传说呈现出鲜明的地方特色；语言差异和思维进路的不同，也让此一地的传说难以为彼一处的受众所理解和接受。

对于幻想故事来说，许多被我们认为“难以理解”的、反常的角色行为，往往可以用通行的故事法则来加以解释。比如在《西游记》中，孙悟空每一次降妖伏魔之后，都要将好不容易缴获的制胜法宝交回给佛祖或者道祖，读者往往为此惋惜不已。但是如果我们了解幻想故事的故事法则，就很容易理解，这是因为每一个故事讲述人的每一个故事单元在它结束的时候，都应该“回到原点”，否则就会改变主人公既定的身份设置和能力设置，不仅增加叙事难度，而且会打乱其他讲述人的平行叙事，不利于群体的口头传讲。《西游记》遵循的这一故事法则，印度的《罗摩衍那》、希腊的《荷马史诗》、中国的《格萨尔王》也一样遵循，中国人可以理解，欧洲人也能理解。

但是，对于传说来说，许多“不通情理”的故事情节，就很难用通行的故事法则来解释了。比如，外国人在看《孟姜女》的时候，他们无论如

何也不能理解，为什么所有故事讲述人在讲到万喜良被官兵抓走的时候，总是把时间点选在孟姜女和万喜良拜堂之后、入洞房之前这一短暂的空当。反正是一则虚构的故事，故事讲述人难道就不能仁慈一点，让官兵第二天早上再来抓人吗？怎么就不能给孟姜女哪怕一夜的幸福时光呢？

因为传说不是单纯满足人们愿望的幻想故事，传说附载着一个地区的历史、文化和信仰。在民众的生活世界中，孟姜女并不是一个单纯的故事主人公，她是一位女神，一位反复出现在需要催泪恸哭的仪式中，能够感天动地、哭倒八百里长城、沟通阴阳两界为死者送寒衣的"至孝女神"。她生前的处子之身，对于她的法力强弱至关重要。从民间信仰的角度来看，孟姜女的处子之身是修身守戒的需要，一个"上无父兮中无夫，下无子兮孤复孤"的早逝女子，其法力远远强过一个已经圆过房的已婚妇女。从儒家的角度来看，拜堂是礼制，是天理，入洞房是人欲，拜完堂而未入洞房，恰恰可以用来说明孟姜女对于"礼"的认同和尊崇，以此衬托其后续孝行的纯洁性、坚定性，进一步证明天理高于人欲的正确性。

不仅这些古老传说，哪怕现代网络世界中一个貌似无稽的俗词俗语，都有其造词的理由甚至久远的历史。比如，在现代网络用语中，理发师多数名叫"托尼"，调皮捣蛋的同学都叫"小明"，隔壁邻居总是姓王，这些貌似偶然的俗语词汇，其实都有自己的逻辑。

民间文学在其传播变异的过程中，一般都会遵循"俭省原则"，人名地名都会朝着最容易被接受、被记忆的方向演进。所有类型化的非著名人物形象，最后都会通约化、符号化，投射到一个最简单、最普通、最有代表性的人物名称上。当代自媒体短视频中，大凡影视介绍和故事讲述，无论中外，男主人公都被博主通约为"男人""强哥""大壮""小帅"，女主人公被通约为"女人""小美"，女配角被通约为"翠花"，坏人则被通约为"丧彪""卡拉米"。

这个规则可不是现代人的发明。传统小说中，打酱油的路人一直都由张三、李四、王二麻子来出演。自古以来，市井人家的隔壁，总是住着一位王姓的单身婆子或单身汉子，天生一副热心肠，就爱给邻居帮闲打杂。

在元代关汉卿的杂剧《赵盼儿风月救风尘》中，周舍娶了宋引章，要寻个打骂的理由，瞎编了一个宋引章偷人的故事，其中提及隔壁婆子就叫

“王婆婆”，与潘金莲家隔壁的“王婆”恐怕是同一个民间文学的角色原型。周舍声称：

> 来到家中，我说：“你套一床被我盖。”我到房里，只见被子倒高似床。我便叫：“那妇人在哪里？”则听的被子里答应道：“周舍，我在被子里面哩。”我道：“被子里面做甚么？”他道：“我套绵被，把我翻在里头了。”我拿起棍来，恰待要打，他道：“周舍，打我不打紧，休打了隔壁王婆婆！”我道：“好也，把邻舍都翻在被里面。”

王婆在通俗文学中始终代表着最平常、最普通、最滑稽的隔壁婆子。北宋僧人如琳就有一则悟道偈云：“木鱼元来无肚肠，声声唤我出镬汤。佛法元来无多子，王婆头上戴丁香。”明代王同轨《耳谈类增》也讲了一则隔壁王婆的笑话，说：“汉阳有王媪，家富而性矜夸，因病做醮事，乃厚赠道士曰：‘我身后题冥位，须多称些好字样，为里党光。’既卒，道士思无可称，乃题曰：翰林院侍讲学士国子监祭酒隔壁王婆婆之柩。”

再说那宋引章，受了周舍的无端诬蔑和打骂，后悔不迭，自艾自怜吐槽一番，又引出隔壁的一个姓王的货郎：

> 当初赵家姐姐劝我不信，进的门来，打了我五十杀威棒。我这隔壁有个王货郎，他如今去汴梁做买卖，我写一封书捎将去，著俺母亲和赵家姐姐来救我。

这个隔壁老王，自古就在通俗文学中担当帮闲角色、调侃对象。乾隆年间游戏主人纂辑的《笑林广记》中有一则故事：“奸夫闻亲夫归，急欲潜遁，妇令其静卧在床。夫至，问床上何人，妻答云：‘快莫做声，隔壁王大爷被老娘打出来，权避在此。’夫大笑云：‘这死乌龟，老婆值得恁怕！’”同是乾隆年间旅居北京的吴长元，则在《燕兰小谱》中表示了他的疑惑：“是日演《王大娘补缸》，杂剧中如《看灯》《吊孝》《卖胭脂》《骂鸡》，何王氏之多佳话耶？”

王氏频繁出镜，一个最简单的解释就是，不仅因为王姓在市井里巷中最为普遍，而且王字笔画少，王氏既适合充当普通群众的代表，又便于被书写和传讲。而同是百家姓中位列前茅的大姓如钱姓、魏姓、谢姓，就很少充任戏曲文学的角色，不为别的，因为笔画太多。此外，王姓在中国历史上没有出过什么需要避讳的伟大人物，也是它适合用来调侃消遣的一个政治原因。

民间文化常常受到精英文人的无情嘲讽甚至尖锐批判。可是，只要我们浸入民间，“屈尊”听听那些被污名化的王婆、王大爷的声音，我们就会知道，即便是无稽之谈的歌谣、俗语、传说，也都各有其存在、传播的因和由。正如一个人的所作所为，无论多么“反常”，多么“愚蠢”或“费解”，都是出于他的所思所想，都有他自己的难言苦衷和行为动机。当我们嘲笑、蔑视、冷眼旁观的时候，多半是由于我们不能设身处地地进入他的生活世界和思想世界，不能体会他的无奈和追求。因为不了解，所以不理解。

一块石头，为什么在这里而不是在那里，为什么是这形状而不是那形状，都有其自身的存在逻辑。本书试图向读者展示的，就是顾颉刚先生的这句话：“（这些故事的性质和格局）虽是无稽之谈，原也有它的无稽的法则。”作为一个民间文学工作者，我的工作就是以自己的知识积累，对那些貌似反常、无稽的口头文学现象，给予充分的理解，做出正常的解释，揭示这“文化多样性”的底层逻辑。

施爱东

2022年10月21日于北京亚运村

第一编

歌谣与歌手的传说

看见她，歌谣中的理想美人

很难说清末民初最流行的歌谣是哪一首，但是被记录和讨论得最多的当属《看见她》无疑。胡适 1922 年在《歌谣的比较的研究法的一个例》中说："这首歌是全中国都有的，我们若去搜集，至少可得一两百种大同小异的歌谣，他们的母题是'到丈人家里，看见了未婚的妻子'，此外都是枝节了。"

几乎同一时间，常惠也注意到这首歌谣。他在北京大学《歌谣周刊》创刊号上发表《对于投稿诸君进一解》，拿它来举例说明歌谣研究很有价值也很有必要。大概当时有许多人认为中国的语言不能统一，他认为把各地的这首歌谣都拿来比较一下，正可以用来做国语流变的实证研究。

民间文学——无论传说、故事，还是歌谣，一般都是没有标题的，现在大家看到的民歌标题，都是文人整理时，取其出现频率最高的几个字或者开头几个字做成的。常惠举例的时候，就用出现频率最高的"隔着竹帘看见她"作为这首歌的标题。

到了 1924 年，董作宾对这首歌谣展开研究的时候，只取其中三个字，将歌谣定名为《看见她》。

隔着竹帘看见她

意大利男爵韦大列（Guido Vitale）是对中国民间文学事业做出重要贡献的一位西方人。他 1890 年来到中国，任职于意大利驻华使馆，同中国女子结婚，生了四个孩子，长期侨居北京。他很喜欢中国文化，利用业余时间搜集了许多民间文学作品。他说自己"吃尽一切劳苦，尽力的搜集"，然后将这些歌谣和笑话做成中英文对照读本，当作外国人学习汉语的入门教材。1896 年，韦大列编了一本《北京歌谣》，并且预言："根据在这些歌谣之上，根据在人民的真感情之上，一种新的'民族的诗'也许能产生出来。"

图 1-1　民国时期一位江苏女子。图 / 佚名，1924—1925 年

图 1-2　韦大列（1872—1918），意大利外交官，《北京歌谣》编纂者

书中最著名的一首，便是《看见她》：

沙土地儿，跑白马，
一跑跑到丈人家，
大舅儿往里让，
小舅儿往里拉，
隔着竹帘儿看见她：
银盘大脸黑头发，
月白缎子棉袄银疙瘩。

这是我们能见到的最早记录的《看见她》。也不知道是韦大列听到动人处，把后面几句给漏过去了，还是这首童谣在 19 世纪时就只有这几句。在 20 世纪 20 年代搜集的异文中，后面还有男主人公的实际行动："等我到了家，告诉爹和妈，就是典了房子出了地，也要娶来她！"

一种更激烈的方式是，男主人公以死相逼，要求父母赶紧把女孩儿娶过来："'娘娘，娶打了吧！今年小，过年大，缓缓年头儿再娶吧。'大嫂借绺丝，二嫂借绺麻，后花园里吊死去吧。"

《看见她》的男主角是个男孩，歌谣中的身份通常是一名小学生："东边来个小学生，辫子拖到脚后跟，骑花马，坐花轿，走到丈人家。""爬草根，两头分，路中来了个小学生，骑花马，拜丈人。"

或者小花孩："小花孩，骑花马，花马不走使鞭打，一走走到丈人家。"

有些歌谣中会明确说男孩骑的是"竹马""花马"。男孩骑着竹马，转来转去就转到了未来的老丈人家。可是，"没过门的女婿怎进家?"读者诸君别着急，这一天，就是巧，"丈人丈母不在家"。于是，另外几个小伙伴出场了："大舅子扯，二舅子拉，拉到堂屋先坐下。红漆桌子搌布擦，四个菜碟忙摆下。"

图 1-3　传统绘画中的竹马童戏图，总是有个孩子在后面举着一片荷叶。图 / 溥心畬

大舅子、二舅子，一口一声"姊夫"叫得甜。"大舅子，倒杯酒，二舅子，倒杯茶"，可是，男孩却说："不喝你们的酒，不喝你们的茶；喝酒烫了我的手，喝茶烫了我的牙。"他东张张，西望望，左顾右盼打哈哈，一心一意只想看见那个他的"她"。

男孩的篇幅虽然占据了歌谣十分之八，但是，歌谣中最风光的人物并不是他，一切细节的铺陈，都是为了引出即将看到的那个"她"。这会儿，正巧了，"东风儿刮，西风儿刮，刮起门帘儿看见她"。

"她"就隔在竹帘后面，若隐若现，如梦如幻。男孩似乎什么也没看清，又似乎什么都看清了。他禁不住心生向往，难以按捺内心的激动："哎哟，我的爹！哎哟，我的妈！我不吹牛，我不拍马，卖田卖地去接她！"

歌谣的南方官话系统和北方官话系统

1918 年北京大学在校长蔡元培的支持下开展歌谣征集活动，1920 年北京大学成立"歌谣研究会"，随后在全国范围内征集歌谣。到 1924 年秋天，六年共征集到一万多首。董作宾打算根据这些歌谣写几篇文章，他先给自己立了三个主题，他说："人们都是喜逸恶劳的，我本打算选出来，三个母题同时下手。一是'娶了媳妇不要娘'，二是'寻个女婿不成材'，三是'隔着竹帘看见她'，满想看看这种宠妻虐母的劣子，和吃酒打牌的狂夫，究竟何处有，何处没有。"可他翻检了两个星期，最后仅《看见她》找出了 45 首，前两题都不到 10 首，只好放弃前者。然后，根据后者写成了他的不朽名篇《一首歌谣整理研究的尝试》。

图 1-4　董作宾（1895–1963），著名古史学家、中国民俗学先驱者之一

董作宾在翻检过程中就已发现："检到福建、广东、浙江、广西、云南、贵州等省时，看到他们的歌谣很少和北方各省相同的，据我下边的比例，可以认为这几省没有。"因为《看见她》流行的前提条件，就是"她"必须押 a 韵，因此大凡不讲官话的地区，这首童谣就无法流传。

图 1-5　民国时期哈德门香烟广告画上的"她"。图 / 倪耕野

南方的"她"一般都写作"佢"，有些书上也会写作"渠"，吴方言的人还会写作"伊"。字典中"佢"字是作为"渠"的异体字，读音是 qú，但现实中的读音不是这样，各地相差非常大。"佢"在吴语中一般读作 ghi 或者 gei，在粤语中读成 kœi5，在客家话中也有好几种读法。我的出生地江西石城读 ge，可是，紧邻的瑞金就读 gu；再往南，过了赣州，就读 ji 或

者 gi；但如果往北进入赣方言区，又会读成 kie 或者 jie。换了韵脚，失去了歌谣的韵味就没法唱，当然也就流行不起来。陈泳超认为："不同方言区的歌谣交流一向很少，因为处理韵脚很费事。而故事传说只管情节不管语言，所以流通顺畅。"

董作宾把所有《看见她》的流传地区标在地图上，发现这首歌谣的传播是"紧跟着水陆交通的孔道，尤其是水便于陆。在北可以说黄河流域为一系，也就是北方官话的领土；在南可以说长江流域为一系，也就是南方官话的领土"。

为了确证这一推论，董作宾使用统计表格，区分出了"确实没有"的省区有浙江、广东、广西、云南，与他原来的猜测基本吻合；而"可能有，但没搜集到"的省区有六处。并得出结论："歌谣不同，也可以说就是语言不通。福建、浙江、广东的语言，和南北两大官话区的语言特别不同，所以这一首歌谣，虽游遍了十二个省区，竟不曾跑到他们那边。"

他把所谓北系南系的流布分别列了两份表，以清晰体现它们流传散布的踪迹。他把北系的发源地假定在陕西中部，由此分出四大支派；在南系中，他又分出了成都和南京两大干系。比较之下，他又以为成都一系乃由陕西传入，因此又将南北两系连在了一起。据此，董作宾根据各地歌谣的相似度，画出一个复杂的传播路线图。

不过，根据"奥卡姆剃刀原理"，路线图越复杂，就越有可能是错的。最主要的问题是，董作宾没有区分"流行于该地"和"流传到该地"两种情况。比如胡适搜集的两首《看见她》，一首是南京人带到安徽旌德的，一首是成都人带到安徽绩溪的，旌德和绩溪本地并没有这首童谣的流行。这事说来复杂，暂且按下不表。

董作宾还在南北两系的比较中发现了许多风俗上的差异。比如，从对女子的容貌和装束的描绘中，可以知道南北之间的审美标准的不同，"北方多穿高底鞋，南方则否，北尚朴素，南多奢靡"；从"招待情形"一段，还可看出更多南北差异；从菜式可见北方的朴实、南方的奢华；从席上动作，可以看出民间交际的实际状态；从使用器具，可以看出各地特产的不同。

图 1-6　小脚女孩。图 / 佚名，1890 年

直隶美人：黑发粉脸小小脚

现代化的信息平台和商业文化的“轰炸”，加速了各类大众观念的趋同化倾向，年轻人的身体审美也逐渐趋于标准化、全球化。有限的韩国大夫，照着有限的几副明星面孔，就像机器削土豆一样，短短十几年间，削出了无数大同小异的小脸美女。

20 世纪六七十年代，我根本就没听说过什么“九头身”“锥子脸”“S 形”之类的审美标准。那个时候，头发黑、皮肤白、眼睛大就是女性美的标准。我母亲的审美标准就一直停留在那个时代，2022 年她已经 78 岁了，脸上布满了皱纹和老年斑，但还一直让我给她买美白珍珠膏。每次只要一看到我的相机对着她，她就把两个眼睛瞪得像铜铃一样。我有时趁她没起瞪抓拍几张，事后选照片的时候，她总是说：“这几张不要，眼睛没睁开。”

至于清末民初的美人标准，我们大致可以从《看见她》中看出来。董作宾说：“叙述女子妆束和容貌的美丽，是‘看见她’一段的精彩处，而全首的精彩处也就在此。这一段叙述的本是小学生眼中标准的未婚妻，其实可以说是该地方女子衣饰容貌的一个具体写真，也可以说是民俗文学家理想中的美人。”

那么，我们就以省区为界，分别看看各地歌谣中的“理想美人”是什么样子。

图 1-7　传说中的“晚清最美格格”王敏彤

京津冀一带，民国时称作直隶，除了前面韦大列搜集的一首，还有其他许多异文。比如：“推开门来看见她：粉红脸，赛桃花，小小脚，一拃拃，樱桃小口，糯米银牙。”（北京）分别从脸蛋、唇齿、小脚三个角度描述了一个理想的小美人。还有一些不直接说长相的，只是含蓄地拿女孩着装来说事：“隔着竹帘瞧见她：青缎中衣裤桶扎，月白小袄狗牙掐，小红鞋儿二寸八，上头绣着喇叭花。”（北京）这里的重点是说小脚，但是不直接说脚小，而是通过“小红鞋儿”来暗示小姑娘的脚还不到二寸八，比起传说中的“三寸金莲”还小二分。

总体看来，发黑、脸白、脚小，是 1920 年前后直隶美人的三大标志性特征。小女孩身上色彩一定要尽量鲜艳，漆黑的头发，粉白的手脸，鲜红的头绳：“东风儿刮，西风儿刮，刮起帘子儿来看见她：漆黑的头发一大掐，鲜红的头绳没根扎，脚儿在如锥锥把，手儿在如面疙疸。”（河北完县，今顺平县）

黄河流域：经济条件最重要

再来看看其他几个地区的美女是不是也有这个特征。

这首歌谣在山东的传播，仅次于直隶。山东歌谣比较质朴，“她”是个白白净净的女孩，乌黑头发，大红大绿的衣服，高底鞋上还画着牡丹花。男孩看了一眼，喜欢得不行，接着就是“看个日子娶打了吧”。理由

图 1-8　清末贵族女子的富足生活写照。图 / 佚名

也非常简单："天上的白云配黑云，地下的小姐配郎君，园里的菠菜配葱韭，指甲桃子配石榴。"讲究个门当户对，喜欢就好。

从山东沿着黄河上溯，上游是河南。河南人对富足生活的渴望似乎更加强烈一些，他们更重视女孩身上的穿戴和档次，不那么在意女孩的形体长相。脸上要抹得起官粉，脚上要穿得起高底鞋；耳上要有玉环，手上要有戒指；布衫要缀边子，裤子要绸银花。一句话，物质条件好就好。比如南阳这首："隔着门帘看见大小姐，青丝头发红丝头绳扎，鬓角还插海棠花，耳戴白玉环，手戴戒指啷喇喇，红鞋粉高底，绿缨颤撒撒，月白布衫对莲花。"

继续上溯，来到山西、陕西。山、陕童谣对女孩的要求最多，先看山西晋城这首："隔着门帘看见她：通红舌头雪白牙，青丝头发黑黝黝，两鬓还插海棠花；耳戴金耳环，手戴戒指忽喇喇；高底鞋，鋆梅花，左梳头，右插花，俊死她来爱死我。"再看陕西东南部这首："风摆门帘看见她：白白脸，黑头发，包包嘴，糯米牙，白白手，红指甲；银镯子，十两八，银筒箍，珐琅花；缎子鞋，打子花，还是奴家亲手扎，步步走路踩莲花。走路好像风摆柳，立下就像一股香，坐下就像活娘娘。"

这些童谣如果是男孩唱的，那简直就是做白日梦。做梦当然是朝着最理想的方向做去，梦中的女孩总是自己最喜欢的那一个。歌谣中，女孩家的经济条件是最重要的，银筒箍、高底鞋、金耳环、大戒指，银镯子得有十两八；长相当然也要好，脸要白，发要黑，妆饰要得体；此外，仪态也要优雅才行，站有站姿，坐有坐相，走起路来要像风摆柳一样摇曳生姿。这还不够，别以为你长得好、家境好就行，这手上工夫可不能落下了，缎子鞋上的绣花得是你亲手扎的。

但我始终怀疑这些歌谣不再是男孩的歌，而是女孩自己的歌，是一首女孩“自我教育”的歌谣。歌谣中将女孩的妆饰和仪态唱得这么仔细，很难想象一个男孩能够如数家珍般将这一串首饰数落出来。这类歌谣很可能是女孩唱的，她们一边游戏一边唱着歌谣，告诫自己也互相告诫：梳洗打扮要贵气，立姿坐姿要大方，针线女红要熟练。陈泳超认为，“还是奴家亲手扎”一句，正好能证明这个观点，这就是“一不留神露出的马脚”。

图 1–9　演奏音乐的藏族姑娘。图 / 佚名，1927 年

最后，我们来到甘肃。甘肃的民间小调很发达，对于“她”的身体描述最仔细：“丈人丈母不在家，窗眼里照看小姐娃，黑油油头发红头绳扎，八丝的耳坠儿两肩膀搭，弯溜溜的眉毛两张弓，毛乎乎眼睛两盏灯。箭杆的鼻子端上端，红扑扑脸蛋真好看。糯米的银牙尖对尖，樱桃小口一点点。站下了好像一炷香，走开了好像风摆浪。身上穿的花袄袄，八幅子罗裙紧系腰。扎花的膝裤鸳鸯带，小金莲走路咯寨寨。叫人越看越喜爱，啥时花轿接你来？”（兰州）

这一看就已经不是童谣了，同样的内容，加入了成年男子的审美趣味。小调中诸如“糯米的银牙尖对尖，樱桃小口一点点”“身上穿的花袄袄，八幅子罗裙紧系腰”之类，都是西北情歌中的常用套语。童谣已经变异为青年男子自我抚慰的幻想歌。

长江流域：金簪子，玉耳挖

就目前搜集到的《看见她》来看，这首歌谣应该主要流行于海河、黄

图 1-10　20世纪初期的富家女孩。图 / 佚名

河以及长江中下游地区，黄河上游和长江上游地区相对较少见。

长江流域《看见她》的主要流传地是南京、武汉、成都三地。湖南境内洞庭湖支流的沅江流域，也有部分异文流传。

我们先看南京的歌谣："帘背后看见她：金簪子，玉耳挖；雪白脸，淀粉搽；雪白手，银指甲；梳了个元宝头，戴了一头好翠花；大红棉袄绣兰花，天青背心蝴蝶花。"这里的色彩搭配，比之黄河流域的大红大绿，显然精致多了。南京周边江苏镇江、安徽和县的异文，基本上可以视作南京歌谣的简略版。

湖北的歌谣几乎全部出自武汉。武汉歌谣最基本的程式，就是从"格子眼"望见她："格子眼，望见她：樱桃口，糯米牙，上穿绫罗下穿纱，红缎子鞋撒梅花，一根葱的耳挖当头插。"另一个常见程式是莲蓬的比喻，歌谣最后一句，女孩告诫男孩说："再缓三年不来娶，老了莲蓬谢了花！"

湖南歌谣的变异略大一些。沅陵歌谣对于女孩装饰的想象，在长江流域是最丰富的："风吹门帘瞧看她：红头绳，紧紧扎；金扁簪，拦腰架；金耳挖，当头插；金耳环，二面挂；金镯头，四两八；金戒指，配指甲；缎子背心洒菊花；红绸裙，牡丹花；红绸鞋，满面花。"一溜的全是金首饰，从头顶一直装备到指甲，连银饰都不用一件。

沿着长江继续西溯。成都唱得比较简单："风吹门帘看见她：粉白脸，黑头发；倒丫角，插翠花；八宝耳环三钱八；步步走的是莲花。"异文多集中在一句，"粉红脸儿黑头发"或者"粉白脸儿赛白花"，成都人似乎特别注重肤色。

长江流域的女孩首饰，出现频次最高的是耳挖，如："一根葱的耳挖当头插。""金扁簪，拦腰架；金耳挖，当头插。""金簪子，玉耳挖；雪白脸，淀粉搽。”

安徽和江苏的歌谣中，多次出现“梳油头”的时尚发型，如：“梳的油头插翠花。”“梳油头，戴翠花。”“梳油头，插红花。”董作宾甚至怀疑：“像其中的梳油头、戴翠花，再等三年不来娶……云云，都是南系特有的色彩。”

图 1-11　清末外销玻璃画。富家女子对头饰极为重视，头饰的质地和匠心往往成为身份的标识物之一

不过，董作宾的推测也可能是错的。因为 20 世纪末的《中国民间歌曲集成》和《中国曲艺音乐集成》都收录了许多黄河流域的《梳油头》小调。比如陕西《梳油头》：“梳油头，巧打扮，鬓角儿又插海棠花，鬓角儿又插海棠花。”不过，长江流域的《梳油头》似乎更火辣一些，比如湖北这首：“奴在房中梳油头，胆大的情郎哥哥一步跳上楼，就站在奴的背后。”梳头用的油，可能就是普通的菜油，因为湖北的歌谣是这样唱的：“正月梳头梳得光，姐儿头上菜油香。”山东女孩用芝麻油，香味更浓：“一碗芝麻，两碗油，大姐二姐梳油头，梳油头，光溜溜，苍蝇上去站不住，蚊子上去翻跟头。”

图 1-12　民国初年南方最流行的女子油头发型。图 / 关蕙农

《看见她》在长江流域的变异明显大于北方官话区，一个最明显的特征是，许多异文连起兴的“骑马”动作都不见了。比如南京的一则异文是这样起兴的：“扯呵呵，摇呵呵，撑船去，接丈母，丈母不在家，窗户眼里望见她。”撑船代替了骑马，把江南的水乡生活特点融入了歌谣。武汉异文的起兴句则是：“七岁伢，会卖

图 1-13　窗前推帘看见她。图 / 谢之光

花，卖花卖到丈人家。”“白纸扇，手中拿，亲哥听见走人家。”

湖北还有一首打伞看丈人的：“半边落雨半边晴，女婿打伞看丈人，丈人丈母不在家，格子窗里望着她。”这本来是一首男子到丈人家调戏小姨子的歌谣：“高山下雨低山晴，女婿打伞看丈人，丈人丈母都还好，你的姑娘得啊病，不把姨妹子许别人。”这首歌谣的起兴句嫁接到《看见她》之后，再传到安徽桐城、江苏苏州一带，就被彻底“江南化”了：“半边晴天半边阴，撑把雨伞看丈人；丈人丈母不在家，推开门来看见她；瓜子脸，白粉搽，一红一白海棠花。”这跟北方官话系统的《看见她》已经不是一种韵味。

另外，沈兼士提供的一则江西丰城歌谣，变异更加严重，嫁接了南方最通行的歌谣起兴句“月光光”：“月光光，通通明，撑把伞，看丈人；丈人丈母不在家，掀开门帘看见她：粉红脸，赛桃花，小小金莲一拉抓；等得来年庄稼好，一顶花轿娶到家。”可是用丰城话根本念不出童谣的韵味。沈兼士并不是江西人，这首歌不知道从哪里采录的。

游戏歌：男方唱罢女登场

董作宾是将《看见她》当作叙事歌分析的，但这其实是首游戏歌。

韦大列搜集的北京歌谣很多是“二手歌谣”。比如，他曾就歌谣的搜集问题请教过他的中文教师，可是这位先生很不屑于这些不入流的小玩意儿，固执而且肯定地说中国没有这种东西。于是，韦大列很不厚道地从抽屉中拿出一把洋钱，这位先生马上就自言自语地表示，他一定会尽力帮助韦大列多搜集一些歌谣。最后，这位不承认歌谣存在的先生居然搜罗提供了 40 多首。可见韦大列搜集的歌谣中，许多都是脱离了具体语境的纯文本。北京大学歌谣运动中，绝大多数搜集者都只是从语言和文学的角度搜集歌谣，并不在意歌谣的语境和功能。

未见实体，单看文字，是很容易误读的。事实上，大部分歌谣在具体语境中都有其实际功能，情歌、仪式歌、劳动歌自不必说，即便童谣，也有语言、教化或游戏的功能。韦大列之后，美国传教士何德兰（Isaac Taylor Headland）也在美国出了一本《孺子歌图》，英文书名叫 *Chinese Mother Goose Rhymes*（《中国鹅妈妈童谣》）。常惠评说："一本在一九〇〇年出版的，共有一百五十二首歌谣，是一位美国女士所辑，不但有中文，还有译成英文的韵文，而且还有极好的照像。"常惠未见实体，单看名字上的"兰"字，就将何德兰理解成了一位女士。其实这是位男士，他妻子给许多皇室女眷担任私人医生，夫妻俩都活跃于清朝上层社会，据说光绪皇帝第一次骑的自行车就是何德兰提供的。

《孺子歌图》最有意思的地方，是每一首童谣都配了一幅或多幅具有唱诵语境的照片。该书第 127 页就是《看见她》：

> 爬草根，两头分，
> 路中来了个小学生，
> 骑花马，拜丈人，
> 丈人丈母不在家。
> 推开门来看见她，
> 粉红脸，赛桃花，
> 小小脚，一拗挖，
> 樱桃小口糯米银牙。

第 126 页配的照片中，两个男孩各执一根竹马，一个将竹马骑在胯下，一个握着竹马站在边上。很明显，这就是一则儿童骑竹马转圈玩的游戏歌。

韦大列和何德兰录出的歌谣都很简单，主要用来介绍给欧美儿童，配

图 1-14 《孺子歌图》中男孩骑竹马的插图。图/［美］何德兰，1900 年

合中英文阅读。北京大学歌谣研究会征集到的异文中，这首歌谣还有许多繁复的游戏动作。有些地方的游戏侧重于社交活动，男孩将竹马骑到丈人家之后：“大舅子出来接着鞭，二舅子出来拢着马，大姨子扯，二姨子拉，羞羞答答到她家，大马拴在梧桐树，小马拴在后园一枝花。”（河南卫辉）另外一些地方则可能会侧重于“过家家”的待客游戏：“拉拉扯扯吃杯茶，吃了清茶吃换茶，八把椅子是摆家，红漆桌子拭布拭，十二碟，摆下它，风吹隔眼瞧见她。”（武汉）

最主要的是，不同地区的游戏主体还略有差别。孩子们会根据角色的变化，改变歌谣的唱词。比如，北京的游戏角色主要由男孩担任，所以游戏中是“大舅子扯，二舅子拉”。到了河南、河北，游戏队伍加大，歌谣长度也随之增加，大舅子、二舅子、大姨子、二姨子全都出场了。

到了山、陕一带，女孩的妆饰和仪态唱得特别仔细，我因此怀疑这是女孩唱的歌。这一点，从游戏角色的变化也可以看出来。北京歌谣中，出来接待的一般都是大舅子、二舅子，但在山、陕童谣中，接待方全变成了女性：“大嫂子留，二嫂子拉，拉拉扯扯到她家。”“大姨子留，小姨子拉，拉拉扯扯就坐下。”“大姨子出来拴大马，小姨子出来拴小马。”“大舅媳妇把马拴，小舅媳妇把马拉，一拉拉到她的家。”

像我这种五十年前玩过“过家家”游戏的人都知道，传统社会的男孩子一般不会愿意在游戏中扮演女性角色。所以，我只能设想这个游戏在

山、陕一带主要是女孩的游戏，这样也就解释了为什么山、陕歌谣对于女孩的妆饰和仪态能够唱得这么仔细，这是男孩很难做到的。还有一点似乎可以用来佐证这一猜想，从董作宾与搜集者们《关于“看见她”的通讯》中可以看到，许多南方歌谣的搜集者都曾提到，歌谣是从“母亲”或者“夫人”“大嫂”处得到。

歌谣沿着黄河一路西溯，来到甘肃的时候，正如我们前面看到的，童谣终于变成了成年人唱的民间小调，不再有游戏意味。小调聚焦于女性的身体想象，着重抒发了“叫人越看越喜爱，啥时花轿接你来”的美好愿望，这是另一个话题了。

图 1-15 谢之光临摹的清代胡锡珪《仕女图》。胡氏在仕女眉眼上落笔极淡，几不可见；谢氏加重了墨色，也使整个画面显得更加浓墨重彩

源出于清代民族杂居地的儿童游戏

对于《看见她》的讨论，我认为董作宾最重要的判断，是发现了歌谣与“两大流域”的关系。但是，我很难同意他的其他一些判断，比如他认为这首歌谣起源于陕西中部，他说：“因为我们见到的三原和陕西东南部两首大同小异的歌谣，实可以为南北各分系一切歌谣之母。”至于不同意的理由，这里就不具体展开了。

我的判断是，这首歌是清代才有的，很可能起源于清代旗人与汉族杂居地的儿童游戏。

《看见她》传播的中心地是北京无疑，不仅因为这首歌谣在北京最著名，在北京搜集到的也最多，仅董作宾见到的就有五首，而且北京歌谣的

图 1–16　天津杨柳青传统年画《十不闲》，中间儿童正在同时操作身边十种乐器，一刻不得闲。这种自我伴奏的说唱形式大约兴起于清代中期，华北庙会中比较常见。图 / 天津杨柳青画社

游戏特征最明显。

胡适和常惠都认为《看见她》是一首广泛流行于全国的歌谣，胡适认为“我们若去搜集，至少可得一两百种”。但事实上，这首歌的流行程度远远低于胡适的预期，一百年后的今天，这首歌谣的版本总量也没到一百种。1937 年董作宾曾经写过一篇《“看见她”之回顾》，声称十三年间，“一共又搜求得二十三首”，总数达到 68 首，这大概已近绝响。1950 年之后的几次民歌调查运动，很少见到这首歌谣的新异文。也就是说，这首歌谣很可能在 1950 年之后就逐渐绝迹了。

董作宾将歌谣标上地图的时候，发现其流传地集中在黄河、长江流经的省份，却没有注意到这首歌谣主要出自中心城市和军事重镇，这些地区基本上都有旗人聚居地。20 世纪 60 年代在广州和镇江分别搜集到一首异文。广州歌谣唱道：“沙子地，跑白马，一跑跑到丈人丈母家，丈人丈母不在家，大舅爷出来请，二舅爷往里拉，三舅爷象牙筷子喇一把，又买槟榔又沏茶。”搜集者汪宗猷（1919—2009）特别注明这首歌谣系“满族童谣”，搜集时已经不大完整，这是几个老人一起凑出来的。镇江歌谣唱道：“萨童阿哥骑白马，一直跑到丈人家，丈人丈母不在家，大舅子忙拉马，二舅子忙倒茶，一盅热茶没喝了，窗户洞里来看她。”这首歌谣是 1962 年从敬

老院包季青老人处采录，老人说这是小时候父母教唱的蒙古族童谣，这些蒙古族应是指清代驻扎到镇江的旗人。

就目前所见，这首歌谣在北方官话系统中的分布相对较分散，主要流行于京津冀直隶地区（14 首），以及黄河沿线的部分军事重镇；在长江流域也呈多点分布，但主要流行于有旗人聚居的中心城市，集中在南京（4 首）、武汉（5 首）、成都（3 首）三个城市。辛亥革命中止了这首歌谣的进一步扩散，类似上海这种未曾长期驻扎旗兵的新兴城市基本见不到这首歌谣的流传。清代不重海防，沿海城市除了威海卫（2 首），其他没有旗兵驻防的城市基本上没有这首歌谣。至于那些旗人到达不了的广大农村地区，更是从未出现过。

董作宾说："就地理上寻求一首歌谣流传的路径，足见得轮轨未通以前水路交通的重要，黄河长江所以操纵南北两大区的势力，也可略见一斑。"但是，如果把《看见她》换成旗人传播的视角，我们就可以将"传播"的观点更换成"布局"的观点：从这首歌谣的分布，可以大致了解清代旗兵布防的格局，在以水路运输为交通命脉的旧中国，扼守住了黄河与长江，基本就控制住了中国的经济命脉。

图 1–17　传统绘画中的儿童游戏题材一般称作"婴戏"或"童戏"。图 / 吴光宇

图 1–18　典型的清代旗人女子装束，脚上的高底子鞋十分抢眼。图 / ［法］菲尔曼 · 拉里贝

歌谣中对于女孩衣着的描绘，满族或旗人的特征尤其明显。其中最明显的，就是“高底鞋”的高频出现。这是典型的满族女鞋样式：“高底鞋，錾梅花。”“高底子鞋，牡丹花。”“木底鞋，带绒尖。”“凤头小鞋高三寸，好比当初西子娘。”“高底鞋扎的五彩花，看了一人也不差。”“红鞋粉高底，绿缨颤撒撒。”

其次是“红头绳”的高频出现。满族少女到了十岁左右，一般要用红头绳紧束发根，服丧时用黑绳或白绳，不能使用其他颜色。这一习俗在歌谣中出现的频次最多：“红头绳，把尾扎。”“青丝头发，红丝头绳扎。”“漆黑的头发一大掐，鲜红的头绳没根扎。”“红红的嘴唇白白的牙，黑黑的头发红绳扎。”

此外，满族少女“倒爬角”发型也多次出现：“乌黑的头发倒巴角，正白的耳朵渡金卡。”“黑顶顶的黑头发，得愣愣的大爬角。”“黑丝头发大抓家，正梳抓家倒插花。”董作宾认为爬角就是髻。这个猜测恐怕不对，不仅因为这里的“爬角”总是与“倒”字连在一起，而且，出现“倒爬角”的歌谣中，往往也会配套出现高底鞋或木底子鞋，应该是旗人少女程式化套妆中的发式，不能视作汉族妇女的髻。

更值得关注的是，高底鞋、红头绳、倒爬角，这些歌谣中反复出现的具有满族特色的少女装束，几乎全都出现在黄河流域，正如董作宾看到的：“北方多穿高底鞋，南方则否。”《看见她》的流行一定程度上反映了旗人的人口基数和聚居地的分布，由此我们可以进一步推测：清代的旗兵布防，黄河流域大于长江流域。

图 1-19　故宫乾隆花园养和精舍《婴戏图》通景画局部，左侧两个孩童骑着木马。通景画是乾隆时期宫廷常用的一种室内装饰画，又称贴落画，类似于今天的壁纸画

清朝在统一全国过程中将收编的汉族士兵编为绿营，也称绿旗兵，这一部分人也讲官话，他们很可能也在《看见她》的传播中起到了一定作用。以河南为例，提督府设在开封，另有两个总兵府，分设在南阳镇和河北镇，但是军士构成主要是汉族绿旗兵，其次才是蒙古族和满族的八旗子弟。董作宾收录的68首歌谣中，河南歌谣几乎全部出自开封(2首)、南阳镇(4首)、河北镇(2首)三个地区。附近山西晋城的2首，很可能也是传自河北镇一脉，两地歌谣相似度比较高。

我们再以西南地区为例。云南提督驻扎在大理，所以，张四维搜集到两首云南的异文，均来自大理。广西方言比较复杂，但柳州一带是说官话的，清初的广西提督府就设在这里，提督移驻龙州之后，柳州改置总兵，长期驻军，而广西唯一搜集到的一首《看见她》，就是搜集者刘策奇（1895—1927）的母亲在柳州听来的。可见这首歌谣的早期传播，与清代旗兵的长期布防，也即官话流行区域关系密切。

来自河北完县的一首歌谣

《歌谣周刊》第 13 号还刊登了一首非常特别的歌谣，正可以用来说明有些地区即使有《看见她》的流传，也不是普遍流传，而是局部流传于旗人聚居地及其周边。下面我们看看这首流传于河北省完县（今顺平县）的歌谣，很有趣。

因为娘娘要求男孩“缓缓年头儿再娶吧”，男孩赌气地用一两丝、二两麻，“后花园里吊死去吧”。游戏紧接着还有第二场，女孩上场：“门哗啦儿当当，小狗儿汪汪。爹爹，咬谁咧？你婆家来报丧。爹爹，我也去。不过门的丫头去不的。”问过爹爹之后，女孩再次从“门哗啦儿当当”唱起，重复地问娘娘、问哥哥，都是得到否定回答。最后问到嫂嫂，嫂嫂终于给了一个肯定的回答：“不教你去教谁去？”于是女孩唱道：“嫂嫂合我的心儿，嫂嫂合我的心儿，我是嫂嫂的亲小姑儿。”

后面还有第三场，女孩挨个询问应该穿什么去，爹爹建议穿红衣服，娘娘建议穿绿衣服，哥哥建议穿黄衣服，最后问到嫂嫂，嫂嫂回答：“白纱衫儿，白纱裙儿，白纱包头罩乌纶儿。”女孩再次感叹：“嫂嫂合我的心儿，嫂嫂合我的心儿，我是嫂嫂的亲小姑儿。”第四场，女孩挨个询问从哪条道上走，爹爹说：“大门插，二门关，留下个墙豁口教你钻。”娘娘建议从淋沟钻出去，哥哥建议从小角门儿钻出去，照例最后问到嫂嫂，嫂嫂建议从大门走出去。第五场，女孩挨个询问骑什么去，爹爹说：“大骡子去赶集，二骡子去上庙，院里的大母猪教你骑了去。”娘娘教她骑大头羊去，哥哥教她骑小毛驴去，只有嫂嫂说：“大骡子去赶集，二骡子去上庙，花花轿儿抬了你去。”第六场，唱述女孩怎么进入未过门的丈夫家。第七场，女孩唱了一段哭孝

图 1-20　“嫂嫂合我的心儿，我是嫂嫂的亲小姑儿”。图 / 张光宇

歌。第八场只有三句："东家子我也念经，西家子我也念经。谁也不如这一个媳妇儿啼哭的受听。"

这简直就是一出"姑娘吊孝"的民间小戏。搜集者臧玉海（1903—1961）罕见地将这首歌谣的搜集地写得特别具体："通行完县城北。"他还搜集了一首"通行完县城西"的异文，唱词略有区别，可见这些歌谣只是在县城的局部地区流行。至少有材料能证明当时的完县城北就是旗人的主要聚居地。自清兵入关以后，大量旗人迁居、驻防直隶，过去完县城关北郊的南腰山村、阳各庄，以及城关东郊的显阳村一带，都是"旗租地"，直到 1928 年才由政府统一征收，称为"绝旗租"。（邹琳《绝旗租的经过》，《完县文史资料》第 1 辑，1984 年）

时尚女孩：小小金莲长指甲

《看见她》是典型的民族融合的口头传统，其产生绝不会早于清军入关的 1644 年，1911 年辛亥革命之后逐渐消亡，1918 年北京大学歌谣运动时期，正处于这首歌谣的退潮期，1949 年之后，这首歌谣基本上退出口头传统。

我们前面说到，《看见她》含有大量满族元素，但我们并不能据此认为这就是满族歌谣，因为其中的汉族元素也一样丰富，比如歌谣起首的"骑竹马"。骑竹马是典型的汉族儿童游戏，男孩用一根竹子或木棍当马，骑在胯下。奔跑的时候，把两腿张得很开，做出胯下有马的样子，跳跃着前行。一般都是几个男孩，甚至一队男孩一起跑，起跑时一起喊"驾"，停下时一起喊"吁"。

歌谣虽然是以一个男孩的视角来叙述的，但是从很多异文可以看出，这是一个由多名男孩共同参与的竹马游戏："你骑驴儿我骑马，看谁先到丈人家。""人家骑马我骑龙，骑真龙，过海东。""大马跑回家，小马跑到丈人家。""大马拴在梧桐树，小马拴在石榴花，掉下马鞭没处挂，挂到丈母门头下。"可以想象，这是一首由汉族、满族、蒙古族等多民族儿童共同参与、共同创作的游戏歌谣，很可能起源于清军入关以后。

童谣中更明显的文化融合，体现在对于缠脚习俗的迷恋。虽然现代人

图 1-21　吴光宇临摹清代焦秉贞《婴戏图》，图中六个男孩，每人骑着一根竹马

都知道缠脚是一种陋俗，但是当时的汉族男女对这一习俗迷恋得不行。满族妇女本来没有这一习俗，康熙三年（1664）朝廷还曾下诏禁止裹足。但在民族杂居地，民俗风尚必然互相影响，一种流行了近千年的身体民俗，不是一两条禁令就能改变的。康熙七年（1668），时任左都御史的王熙上奏请求开禁，居然获准，王熙因此还被许多汉人誉为“直言”，获得了巨大声望。到了乾隆年间，满族妇女也开始盛行缠足之风，乾隆皇帝屡次降旨严责，但也难以遏制。追求时尚的满族女子为了做到既不裹脚，又能达到小脚效果，发明了一种“高底鞋”。这种鞋以木为底，鞋底高达十几厘米，或上敞下敛，或中细下宽，外裱鋈花白绫，多为贵族女子穿用。

在《看见她》的各种异文中，凡是涉及脚和鞋的唱述，黄河流域以“高底鞋”为多，也有提到“小小脚，一拃拃”“两只小脚丢地下”或者“脚儿小得针锤把”的。但是到了长江流域，高底鞋彻底退出，足下之美就只剩小脚了：“小小金莲一捺叉”“丁丁小脚在地下”“小小金莲一把抓”。

歌谣中的美人，绝不是普通人家的女孩。从她们的身体描述中可见，这是一些不需要劳作的贵族家庭的女孩。歌中除了反复提及的“高底鞋”，还有经常提及的“长指甲”：“白白手儿长指甲。”“白白手，红指甲。”“红扑扑脸儿黑头发，白嫩嫩手儿红指甲。”“雪白手，银指甲。”清代贵族女性不仅蓄指甲、染指甲，还有一种金银质地的指甲套，专门用来保护这种长指甲，兼起装饰作用。

图 1–22　法国公使馆武官拉里贝镜头中的贵族女子大都珠圆玉润，这位女子的长指甲是照片中最大的亮点。图 /［法］菲尔曼·拉里贝

蓄甲习俗也是满汉通行，但以满族为甚。指甲长了，意味着什么活也干不了，当然也就意味着什么活也不用干，正好用来显摆“贵气”。这样的女子娶进家门，是不用干活的，所以有些异文还会加上一段唱词：“卖田卖地来接她，接在家里供着她，又怕香灰冲过她。”“娶回来莫当人看待，一天三根香，三天九根香；后来三天下了炕，扫脚底，腰吊腿长，屃子跟着薄橹橹。”当然，歌谣唱的都是一种幻象和念想，并不是严格的婚姻承诺书，也不只是旗人贵族的儿童可以有这种念想，作为一种娱乐性的游戏歌，穷人家的孩子也可以唱。

银盘大脸：以“相”夸“貌”

韦大列记录的歌谣中，看到“她”的第一眼是“银盘大脸黑头发”，意思是看见一个白白净净的大圆脸。这不就是贾宝玉眼中的薛宝钗吗？“只见脸若银盆，眼同水杏，唇不点而红，眉不画而翠。”这大圆脸虽然不招现代人喜爱，好歹也能接受，但是天津武清有一首《看见她》，夸的却是“四方大脸黑头发”。这四方大脸的美人形象，让今天的读者接受起来，恐怕就有点困难了。

不过，1924 年的董作宾认为这很正常，他觉得北京童谣中的美人就应该是这样的：“脸儿大大的、四方方白静静的，长得赛似银盘；头发黑黝黝的，梳了个大辫子，用鲜红的头绳扎了辫尾；上身穿一件月白色缎子小

图 1-23 《水浒全传》第四十二回插图“宋公明遇九天玄女”

棉袄，掐着‘狗牙’的边儿，缀着银疙疸似的纽扣儿；下身中衣是青缎子做的，裤筒紧紧扎着；脚上穿的一双小红鞋儿那有三寸？刚刚只是二寸八分，鞋面上还绣着喇叭花呢。”

银盘大脸未必是“形体美”，但在民间歌谣和曲艺唱段中，却是典型的“富贵美”，往往用来描述女人的“福相”。“银盘大脸白生生，杏子眼睛活灵灵”是陕北说书中描述美女的程式性套语，“银盘大脸脸，樱桃小口亲”是西北民歌中形容美女的常用套语。河南豫剧唱词中也有“一对大眼水灵灵，银盘大脸好齐整”的常用套语，专门用来赞颂正面形象的年轻女子。

明清小说中，常用“正大”来描述女仙的美貌。《水浒全传》第四十二回，宋江来到九天玄女庙，朦朦胧胧之间，舒眼望去，七宝九龙床上端坐着一位娘娘，但见她：“脸如莲萼，天然眉目映云环。唇似樱桃，自在规模端雪体。犹如王母宴蟠桃，却似嫦娥居月殿。正大仙容描不就，威严形像画难成。” 这样的描写也出现在《九云记》第十七回，完全一样的程式性套语，几乎一字不差。

金圣叹认为，仙容妙就妙在“正大”二字。所以说，银盘大脸、四方大脸、面如秋月、面如满月，全都是一回事，都是正大仙容的大脸盘。中国佛像的造像艺术中，就有“颜容奇妙，常若少年；男如好女，面如满月；眼如垂凤，鼻如悬胆；口如仰月，唇如涂朱”的要求。中国人认为这是贵美之相、大人之相。

这种审美标准主要源于相术中的“以大为美”。江西有句俗话：“脸大鼻大耳朵长，嘴大吃四方。”虽然说的是男相，但“脸大”这一部分，似乎也适用于女相。民间相术认为小脸窄胯的女人生不出富贵儿。民间相术素以“面如满月，唇若涂脂。天庭饱满，地阁方圆”为大福大贵之相。《金瓶梅》中有一个叫吴神仙的相士，西门庆请他来给女眷们看相。吴神仙一见到吴月娘，肃然起敬，赶紧站起来说道：“娘子面如满月，家道兴隆；唇若红莲，衣食丰足，必得贵而生子。”

由此可见，以“银盘大脸”和“四方大脸”为美，本质上就是“以贵为美”，把“相”当成“貌”来夸。

越是苦寒之地，对于物质条件的在意程度越高。我记得小时候听乡下父辈们谈论亲戚朋友，常常用一种羡慕的语气谈论别人的“富态”，所谓富态的标准，就是胖。在大多数人都还吃不饱的年代，以胖为美，圆润为美，表达了人们对于富足生活的一种向往。

我们看看歌谣中黄河流域的“她”主要美在哪里：脸大、脚小、皮肤白，穿金、戴银、高底鞋，官粉、插花、长指甲。样样都显着富足和贵气，表明这是一个被富裕家庭“贵养”着的女孩。否则，一个豆蔻年华的女孩，脸上天然就是最美的肤色，何至于需要再涂一层官粉？他们不觉得多此一举，反而认为锦上添花。

不过，以大脸、丰润为美的标准似乎不大适用于江南富庶之地。长江流域对于“理想美人”的想象，与黄河流域的确有差别。“大脸盘”在长江流域的歌谣中一次都没有出现。苏州时尚是“瓜子脸，白粉搽”，南京歌谣也偏爱“瓜子脸，糯米牙，弯弯眉毛黑头发”。尽管南方的美人标准略有不同，但是，穿金、戴银、樱桃小口、粉白皮肤、金簪子、玉耳挖，小小金莲一把抓的要求却并没有降低。

图 1-24　天津第一代“泥人张”——清末张明山的彩塑少女局部

相对于北方歌谣“叫人越看越喜爱，啥时花轿接你来”的愿望表达，南

图 1–25　19 世纪的一幅仕女图局部。图 / 美国阿普尔顿艺术博物馆藏

方歌谣似乎更悲观、更现实一些，甚至唱出了“有钱的阿哥来娶她，没钱的阿哥白望着她”的辛酸与无奈。说来说去，歌谣中的理想美人，其实就是个富家千金，白日梦中的女孩。

在这个残酷而现实的世界里，我们从小就在做梦，即使卖田卖地，梦想也未必能够实现。但是无论能否实现，表达是重要的，存个念想。

歌谣形态学

董作宾曾经明确地说明他的研究受到胡适《歌谣的比较的研究法的一个例》的影响。那么，到底什么是“比较的研究法”呢？胡适说：“我们试把这些歌谣比较着看，剥去枝叶，仍旧可以看出他们原来同出于一个‘母题’。这种研究法，叫做‘比较研究法’。”那么，什么是“母题”呢？胡适又说：“有许多歌谣是大同小异的。大同的地方是他们的本旨，在文学的术语上叫做‘母题（motif）’；小异的地方是随时随地添上的枝叶细节。”这段话影响非常大，许多学者往往不加辨析。

随着学术发展，歌谣研究法也在不断精进，歌谣的社会学研究、人类学研究、口头诗学研究等领域也取得了不俗的成绩。但是，胡适所提倡的“歌谣的比较研究法”一直是歌谣学中最经典也最主流的研究方法。按王娟的归纳：“比较研究法产生于 19 世纪的欧洲，创始人是芬兰民俗学家科隆父子，所以比较研究法又被称为‘芬兰学派’。此种理论主要是通过收集同一故事类型（或歌谣，或其他民俗事项）的所有异文（包括口头的和书面的)，然后对所有这些异文进行细节方面的比较，并由此来确定故事的起源地，其原始形态和传播途径。此种理论因此又被称为‘历史—地理学派’。”(王娟《歌谣研究概述》)

图 1-26　桃花树下看见她。图 / 周柏生

不过，所谓“比较研究”是个非常笼统的概念，不论是同质的还是不同质的事物，只要放在一起加以讨论，自然就有了“比较”的意味。这样一来，几乎所有的研究工作，只要不是完全孤立和封闭的研究，都可以称之为比较研究。

中国民俗学会前会长刘魁立在批评民俗学研究对象和范围的无限扩张现象时曾经说过：“当什么都是民俗学的时候，民俗学就什么都不是了。”这句话放在比较研究同样适用：“当什么都是比较研究的时候，比较研究就什么都不是了。”日本著名民俗学者、东京大学菅丰教授也曾以一种激烈的方式批评说：“比较研究就是一个伪命题，根本不是一种研究方法。”他的意思是说，通过比较事物的异同来认识事物、理解社会，是儿童认知世界的一种自然手段，根本不是一种研究方法。菅丰的话或许有些过激，但不是没有道理。

如果要归纳一下本章研究方法的话，我想，以下几点是需要做些说明的：

(一) 中国现代学术的起步阶段，我们对于西方学术的引进速度过快，许多新引入的概念是不准确的。比如，胡适对“母题 (motif) ”的理解就有偏颇。胡适理解的母题，也即“歌谣的本旨”，用我们今天的术语应该叫作“主题”。我们搜集同一主题的歌谣，主要用来划定边界、明确比较对象。由于本章所使用的材料和对象大体是现成的，不需要重新划定，所以，基本没有用到胡适所说的那个“母题”的研究方法。

（二）真正用作比较的母题(motif)，指的是神话、传说、故事、歌谣中反复出现的，能够用以表达一种传统寓意的最小的结构单元。当然，并不是每个单元，每个词都可以称作母题，只有那些“有力量在传统中延续的某个故事中的最小成分”才能称作母题。比如：“一个普通的母亲不是一个母题，但一个残忍的母亲就能够成为一个母题，因为她至少被认为是不同寻常的。普通的生活过程也不是母题，说‘约翰穿上衣服进城了’并不能给出一个独特的值得记住的母题；但如果说主人公戴着隐形帽，坐着魔毯来到太阳以东和月亮以西的地方，就至少包含了四个母题——帽子、魔毯、神奇的空中之旅、神奇之地。”(户晓辉《母题(英语Motif，德语Motiv)》)。在我们分析的歌谣中，常用的母题有如“银盘大脸黑头发”“小小脚，一抐挓”“樱桃小口，糯米银牙”，等等。

（三）光析出母题是不够的，因为母题是所有故事或者所有歌谣共用的结构单元，它不属于特定类型的故事或歌谣。我们只有找出这一特定类型的歌谣所独有的母题或母题组合，才能用来分析这类歌谣的内涵和特征。比如，“太阳出来一点红，人家骑马我骑龙”“半边落雨半边晴，女婿打伞看丈人”，或者“喜鹊叫，尾巴喳，我到南京卖翠花”，这些母题虽然出现在《看见她》中，但也是许多歌谣所共用的起兴句，并不能用来说明《看见她》的独特气质。

（四）为了进入对于同一主题、同一类型，或者同一歌手的有限研究，我们必须引入一个更窄、更细化，但更精确的概念——程式。所谓“程式”也即“一组在相同的韵律条件下经常被用来表达一个特定的基本观念的‘片语’”（朝戈金《口传史诗诗学：冉皮勒〈江格尔〉程式句法研究》）。我们可以进一步认为，程式是同一个歌唱传统中（比如同一位歌手，或者同一个地区、同一部史诗、同一首歌谣异文）在描述一个特定事物或表达一种特定观念的时候，常用的习惯性片语。

程式是只有这一类歌谣，或者这一个地区，又或者这一位歌手才会使用的套语。程式的反复出现，体现了“这一类”的形式特点。比如，在冉皮勒演述的《江格尔》史诗中，只要提到萨布尔的马，一定是“栗色白额骏马”，只要提到洪古尔的马，一定是“青色白额骏马”；反过来，听众只要一听到“栗色白额骏马”出场，就知道是铁臂萨布尔即将出场。又比如，

图 1–27　篱笆墙边看见她。图 / 张光宇

在《看见她》中，只有“一跑跑到丈人家，丈人丈母不在家”，或者“隔着竹帘儿看见她，银盘大脸黑头发”才是这首歌谣所独有的母题，可以视作这首歌谣的程式性套语。

（五）只有通过对于歌谣程式的辨析，我们才能进入“这首”歌谣的分析，进而做出相应的文化阐释。借助这一套歌谣分析工具和方法的研究工作，我们称之为“歌谣形态学”。

诗人荷马，追认和想象的文化英雄

许多前代乃至当代学者都认为“歌仙”刘三姐是广东和广西两省“始造歌之人”“蛮歌的鼻祖”。广西山歌有一句招牌性的歌词：“如今广西歌成海，都是三姐亲口传。”足证广西歌手对于刘三姐的推崇和爱戴。

在广西贵港市一带，每逢喜庆佳节，人们都要大摆歌台进行对歌活动，对歌前要先派人到刘三姐和白鹤少年对歌的大茶江，唱歌延请歌仙，起首的《请神歌》唱道：

刘三姐，秀才郎，
我请你来坐正堂；
我请你来正堂坐，
歌声不出你来帮。

图 2-1　壮乡歌仙邮票。刘三姐如今已经成为中华民族文化的一张名片。图 / 吴冠英，2012 年

请到主家堂屋之后，要将熟鸡一只供于堂中上位，拜祭刘三姐。再唱《祭神歌》：

刘三姐，秀才郎，
我请你来坐正堂。
我请你来正堂坐，
捉只黄丝鸡仔劏。

对歌活动结束的时候，歌手们还得恭恭敬敬地唱一首《送神歌》：

刘三姐，秀才兄，
送你慢慢不出厅；
送你慢慢不出屋，
嫌我瓦盆酒肉轻。

图 2-2　刘三姐，秀才郎，我请你来坐正堂。图 / 张光宇

《广东新语》称刘三姐为广东新兴女子，广西《浔州府志》则称其为浔州府人，吴淇《粤风续九》甚至明确记载其为唐代神龙年间“始造歌者”，许多地方还存有祭祀刘三姐的庙宇。广东、广西大凡山歌盛行的地区，都流传着大量的刘三姐传说，许多著名山歌的曲调，据说也是刘三姐发明的。1993 年版广西《贵港市志》有专文《歌仙刘三姐出贵县西山》详细论证刘三姐就是贵县人。

但是，钟敬文先生在《刘三姐传说试论》中指出：恰恰相反，“刘三姐为歌圩风俗之女儿”。也就是说，人们先有了歌唱的需要，然后才有歌圩的风俗，后人为了解释这一风俗的形成，就虚构了一个“歌仙”刘三姐，并且试图借助刘三姐的仙望，奠定这一风俗的文化地位。这种现象在中国的行业神崇拜中极其普遍。

刘三姐到底是真实的人还是虚拟的神？这个问题一直困扰着中国南方的许多历史学者和文化学者。

一个相似的问题一样困扰着西方的古典学家们。伟大史诗《伊利亚特》和《奥德赛》的作者是同一个人吗？“荷马”是不是一个真实存在的史诗诗人？他在什么时代、如何创作出了这些伟大的史诗作品？

哈佛大学著名古典学教授、美国语文学会前主席格雷戈里·纳吉（Gregory Nagy）的《荷马诸问题》（巴莫曲布嫫译）一书试图回答的，正

图 2–3　格雷戈里·纳吉，哈佛大学古典学系主任，希腊研究中心主任、帕里口头文学特藏监理，曾经担任美国文理科学院院士、美国语文学会主席、国际史诗研究学会副主席等职

是这一系列困扰了希腊文学上千年的难题。

关于“口头传统”的背景知识

在读懂《荷马诸问题》之前，我们得先了解揭秘工作的核心概念“口头传统”。

在《伊利亚特》和《奥德赛》被文字书写之前，这些英雄史诗都是由一些吟唱艺人口头演述的，我们将这种演述活动的一般性特征称为口头传统。纳吉认为：虽然我们现在看到的荷马史诗是书面文学，但是，如果我们不能理解史诗源自口头传统，也不了解口头诗学的表演规律，那么，我们不仅无法正确理解荷马史诗，也无法正确认识荷马。所以，纳吉写作此书的目的非常明确，就是要将口头传统的生命力重新引入古典学的概念框架。

口头传统是基于“口头程式理论”而建立起来的一套关于口头演述的认知体系。口头程式理论又称“帕里 – 洛德理论”，其创始人米尔曼·帕里（Milman Parry）和艾伯特·B. 洛德（Albert B. Lord）师徒是哈佛大学的两位古典学教授。

19 世纪以来的欧美古典学界，围绕荷马史诗的论争主要分为两派：“统一派”和“分辨派”。这两派的核心分歧在于：荷马是一个作者的名字，还是许多作者的共称。统一派认为，这两部伟大史诗都是诗人荷马的天才诗作，他们坚决捍卫荷马史诗的完整性、统一性及其作为书面文学的美学价值。分辨派却认为，荷马史诗源出多头，是由后来的编辑者将许多前人的同类作品拼凑而成的“大杂烩”，分辨派一直试图将荷马史诗的内容和结构进行分解说明。

图 2-4　口头诗学的创始人米尔曼·帕里（1902—1935）

分辨派的先驱沃尔夫（Friedrich A. Wolf）早在 1795 年出版的《荷马绪论》中，就提出了荷马史诗源于口头创作的观点。“沃尔夫认为，荷马生活在公元前 10 世纪，当时希腊人尚未发明书写，因此，荷马只能以口头的方式进行创作，其作品不可能是《伊利亚特》和《奥德赛》这样的长篇巨制，而是短小得多的诗歌。这些诗歌经过后人口头传承了 4 个世纪之久，其间发生许多改动，甚至增加了后人创作的诗篇。最终，所有这些归于荷马名下的诗歌于公元前 6 世纪在庇西特拉图（Peisistratus）统治下的雅典被收集、整理、编辑，成为《伊利亚特》和《奥德赛》。”（陈斯一《再论“荷马问题”中的口头与书面之争》）

图 2-5　分辨派先驱沃尔夫（1759—1824）

受到沃尔夫的影响，许多分辨派的学者从两部史诗中找出了大量前后矛盾、时间错乱、风格迥异的表述问题，进而认为，同一个作者不可能出现这么多自相矛盾的问题。但是，这些矛盾似乎并不能构成对于一个盲诗人的指责，即使是现代作家的书面创作，同一部小说中还有许多前后不一致的地方，何况一位盲诗人的口头演述，出现一些矛盾的表述并不奇怪。

直到20世纪中叶“帕里–洛德理论”的出现，才彻底褫夺了统一派的立足之地，并且逐渐奠定了口头传统在荷马问题上的新统治地位。

帕里从语文学角度入手分析荷马的诗歌句法，发现荷马史诗充满了重复，不仅有大量重复出现的单词、短语、句子，甚至还有大量重复出现的段落、场景、情节。在荷马史诗中，相似意义的段落可以反复出现在不同的场景中，也可以安置在不同的人身上。也就是说，荷马史诗的语言会尽量坚持“俭省”原则，对不同场景的描述，只要能用同一个片语来表达的意思，诗人就会尽量不使用另外的片语。

帕里经过复杂的辨析，得出一种结论，认为这些重复使用的“结构性单元”（“帕里–洛德理论”将这种结构性单元称作“程式”）不可能是即兴创作的语词，而是“传统性”的构件。这些程式必定经过了一个相当长的时间才逐渐积累而成，成为一个系统性的构件集合。经过进一步的分析，他认定早期的荷马史诗一定是“口头作品”。

为了验证这些论断，从20世纪30年代开始，帕里带着他的学生洛德在南斯拉夫进行活态史诗英雄歌的田野研究。他们在塞尔维亚–克罗地亚地区找到一位著名的史诗歌手胡索，通过对胡索以及其他一些歌手的研究，帕里认为胡索就是一位在悠久的口头传统中孕育出来的“当代荷马”。

图2–6　照片中间是帕里，两边分别是南斯拉夫的两位史诗歌手Jovan Govedarica 和 Mićo Savić，摄于20世纪30年代

通过对于活态史诗演述活动的调查，帕里断言，所有的活态史诗都是基于传统的“创编活动”，史诗是由许许多多不同层级的“结构性单元”组成的，这些结构性单元不是歌手即兴创作或发明的，而是基于传统的、记忆的、反复使用的。一个成熟的史诗艺人可以不假思索地、轻松地将这些单元组装成一部现场作品。“民间口头诗人有许多‘武器’

来帮助他们记忆故事和诗行，他们大量地运用程式、典型场景和故事范型作为现场创编故事的‘记忆单元’。”（朝戈金《国际史诗学若干热点问题评析》）

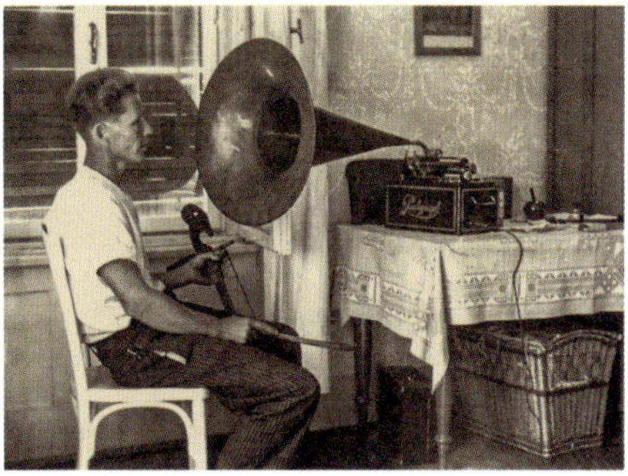
图 2-7　1933—1935 年，帕里和洛德师徒带着一千多张留声机唱片来到南斯拉夫，记录了服务员、农民、咖啡店顾客和乡村妇女的口头诗歌

也就是说，每一次史诗演述，都像是一次搭积木的过程，这些木块是早就存在于史诗艺人头脑中的零部件，并不需要临时制作。流畅的演述相当于一次熟练的组装。越是优秀的史诗艺人，越有能力快速搭建出精美的积木作品。帕里的口头诗学理论完美地解释了为什么一个文盲歌手能够在现场表演中，即兴地唱诵成千上万的诗行。正是这些在歌手的演述传统中形成、积累的“结构性单元”，使得他们能够在现场表演中快速地组织起故事的情节和语言，进行流畅的表演。

图 2-8　艾伯特·洛德（1912—1991），帕里的学生兼助手。帕里去世之后，口头诗学理论在他手上得以完成

口头传统有别于书面传统最重要的特征，就是没有“定本”。口头传统在演述过程中获得生命力。每一次演述，都是一次基于传统的再创造，没有任何两次演述行为或演述文本能够做到“一模一样”。哪怕是同一个人的两次演述，也会因为场景、听众、情绪，甚至赞助人的赞助额度而有所不同。

通过上面的梳理我们知道，分辨派和口头传统学派也不一样。分辨派一直试图通过找出史诗中的矛盾和不同之处，来说明荷马史诗不是出自同一作者之手；而口头传统学派却是通过找出史诗中重复出现（相同）的程式性片语，通过对这些“程式”与活态史诗演述传统的比照，指出荷马史诗一定是从口头传统演化而成的作品。

荷马是史诗艺人的通名

早期的英雄史诗大约萌芽于公元前两千纪，从那时直到公元前 8 世纪中期，不可能存在一部作为书面范本的整体史诗，甚至连口头传承的整体史诗都不大可能。

早期的英雄史诗并不像我们所想象的，有一个完整的结构或次序，而是由一些杂乱的、与某一共同事件相关的系列英雄故事所组成的，它们大多是以吟唱的形式表达人们对英雄或者祖先（更多的时候，英雄与祖先二位一体）的赞颂。每一位吟唱艺人口中都有属于他自己喜爱的英雄故事，不同艺人的英雄故事是各自独立的。也就是说，宏大史诗是从零散的英雄赞颂诗进化而来。

作为古希腊的文化英雄，荷马这个名字大约出现在公元前 8 世纪中叶。这一时期，广泛流传在泛希腊地区的所有英雄诗系，包括《塞浦路亚》《小伊利亚特》等，以及全部的忒拜史诗，全都被归在“荷马”名下。这就像如今广西人说：“如今广西歌成海，都是三姐亲口传。”也就是说，当时的荷马并不是被当作某部英雄史诗的特定作者，而是被当作一种通名，泛指所有史诗文类的演述者。

图 2-9　荷马半身像。据传为公元前 2 世纪的雕像，此为原件复制品，现藏于大英博物馆

这些英雄诗系很可能共处于同一个史诗传统。比如，《伊利亚特》第 2 卷 493 行以下，以大量的篇幅描述了阿伽门农联军结集时各支船队的统帅和航船数目，而同样的描述在《塞浦路亚》中也出现过，可见他们是共享一些史诗唱段。无论这些诗系是否为同一个作者，都说明这样的结构单元就是当时英雄诗系的通用程式。

我们或许可以把话说得更直接一些：荷

马不是一个人的名字，而是一种职业或功能，正如中国古汉语中的“瞽史”“巫觋”之类，并不是指向特定的个人，而是指向一类人。所以说，“荷马”指涉的正是一种传统，一种历史悠久、流布广阔的口头史诗传统，任何把荷马当作一个人，或者把荷马史诗当作一个特定时代作品的说法都是错误的。

图 2-10　盲人歌手荷马和他的向导。
图 /［法］威廉·阿道夫·布格罗，1874 年

纳吉认为，讨论荷马史诗的形成及其演进，需要同时考虑三个变量：演述、创编、流布。

有别于书面文本的背诵或朗读，对于口头演述来说，现场演述和即兴创编是一体的，每一次演述行为都是一部新作品的创编过程，同样，作品的创编也总是在具体的演述活动中完成的。

另一方面，荷马史诗的形成一定程度上也受制于听众的接受。史诗流布越广，听众对于史诗的了解越多，史诗艺人的创编自由度就越低，如此一来，最广阔的接受，就必定会要求最大限度地去恪守一个标准的版本。所以说，时间越往后，荷马史诗会呈现出越来越少的流变性和越来越多的稳定性，直至最终定型。

公元前 8 世纪或前 7 世纪，字母已经被发明出来了，文明进入了文字阶段。现代考古发现，这一时期已经有一些简短的诗歌铭刻在石头上。因此有学者认为，荷马史诗在这一时期已经有了文字写本，甚至有学者认为，文字就是为了录记荷马史诗的需要而产生的。

纳吉当然不同意这种观点，他认为即便是文字记录也有不同的形态，他严格区分了“诗歌铭文”和“录记本”“誊录本”三个概念。古希腊“诗歌铭文”，是一种类似于我们理解的史诗梗概的文字，是用来记录事件，

图 2-11　朗读的荷马，右边手执卷轴朗诵史诗者为荷马。画面主要出于画家的想象，传说中的荷马时代还没有文字。图 /［英］劳伦斯·阿尔玛－塔德玛，1885 年

而不是誊录演述内容的，它可能是诗的形式，也与史诗相关，我们可以将它理解为现场演述的一种平行文体、等效物。但是，铭文不等于史诗，它不是现场演述的录记本。

“口述录记本”是帕里和洛德提出的概念，指的是史诗艺人为了供人记录需要而慢慢朗诵或诵唱出来的歌词，它不完全等同于现场表演的歌词，诵唱中会有较多的停顿和等待。帕里和洛德认为荷马史诗很可能就是这样一种口述录记本。“誊录本”则相当于我们通常所说的抄本、副本，是一种转录的起参考作用的、有一定权威性的书面文本。

这一时期，也即公元 8 世纪以后，基俄斯岛出现了一个有组织的史诗吟诵群体，类似于我们的说书行会组织，这种组织至少持续了 3 个多世纪之久，他们把荷马奉为祖先，自称“荷马之子”。这个行会成员中或许有某种“故事梗概”性质的手抄文本流传，早期或许会有一批不同英雄诗系的口述录记本。正是他们的行业崇拜，在公元前 7 世纪至前 5 世纪的两百年间，让荷马这个名字传向了整个泛希腊地区，也为荷马是“基俄斯盲诗人”的说法奠定了舆论基础。

荷马史诗的经典化

荷马史诗的经典化跟“泛雅典娜赛会”的史诗吟诵比赛有很大关系。泛雅典娜赛会是一个古老的宗教性日，每年夏天举行一次的叫“泛雅典娜节”，每四年举行一次的叫“泛雅典娜大节”。赛会活动主要有三项：一祭祀，二游行，三竞赛。第三项除了我们今天称作“奥运会”的田径竞赛之外，还有一项诗歌朗诵比赛。

许多记载中都提到，雅典僭主庇西特拉图（公元前 6 世纪初—前 527 年）家族统治时期，将吟诵荷马史诗增列为泛雅典娜赛会的比赛项目。正是在这一时期，也即公元前 550 年（大约相当于孔子出生的时间）之后，才开始出现手抄本形式的书写文本，其中的某些实例已经具有誊录本的特点，看得出是为了记录某个特定的创编文本，以此控制演述活动。

与荷马史诗相关的英雄诗系，早期是以一些零散诗章的方式被搜集的，它们在实际的演述活动中并不是作为有机整体中的一部分，而是作为相对独立的篇章而存在。比如，被归在《伊利亚特》中的诗章有“海船上的战斗”“多隆的故事”“阿伽门农最豪勇的时刻”“帕特罗克洛斯的故事”“赎礼”“帕特罗克洛斯葬礼上的赛事”“誓约的撕毁”等。被归在《奥德赛》中的诗章有“发生在派罗斯要塞的故事”“发生在斯巴达的故事”“卡鲁普索女仙的岩洞”“木筏的故事”“独眼巨人的故事”“死者的魂灵”“女巫基

图 2-12　古希腊盛大的泛雅典娜赛会游行。图 / ［德］海因里希・莱特曼，1867 年

耳凯的故事”“杀死求婚者”等。

那么，哪些诗章排在前面，哪些诗章排在后面，就出现了一个排序的问题。据说庇西特拉图曾指派一位名叫奥诺玛克利托斯的整理者，从众多的手抄本中整理和校勘出一个诗序，以此作为史诗吟诵诗人选材的依据。这样，事实上就等于把这些英雄诗章编排、整理成了一个有序的整体。

纳吉注意到一种施行于泛雅典娜赛会的习惯法，亦即在《伊利亚特》和《奥德赛》的演述中，禁止史诗吟诵人选取自己喜爱的史诗叙事段落，而是由一位吟诵人接着另一位吟诵人，按照指定诗章的顺序来依次进行。这种习惯法用一种强制的方式，为史诗的整体结构规定了秩序。

这种季节的、反复举行的诗歌朗诵赛会为荷马史诗的演述提供了更高规格的表演场合，同时，也为史诗演述制定了一套新的规则。荷马史诗从无序的系列故事到有序的整体史诗，正是这一时期、这些新规则的产物。这是公元前 6 世纪中叶到公元前 4 世纪下半叶的两百多年间的事。

泛雅典娜赛会使荷马史诗成为当时唯一被官方指定在赛会上吟诵的史诗作品，从而使荷马史诗脱离了众多英雄诗系的行列，逐渐被经典化。

雅典僭主制时期，对诗歌的占有是僭主财富、权力和声望的一个主要标志。庇西特拉图家族不仅为荷马史诗的演述制定了新规则，而且独占了

图 2–13　众神参与人类战争，右下角的人类在众神面前显得极为渺小。图 / ［英］约翰 · 弗拉克斯曼，1793 年

图 2-14 庇西特拉图带着一位打扮成雅典娜的高个子女人回到雅典。雅典人看到这个貌似雅典娜的女人，全都跪在道旁。庇西特拉图借助神威，成为雅典统治者。图 / M. A. 巴特编《史前与当代》一书插图，1838 年

荷马史诗的手抄本，控制了史诗内容的变异方向，他们将自己的血统追溯到了英雄时代普洛斯国王奈斯托耳的儿子庇西特拉图（如《奥德赛》第 3 卷的描述）。

这一时期，史诗的演述是与歌颂、缅怀祖先联系在一起的。庇西特拉图家族借助于史诗的吟诵，变相地塑造了自己的高贵血统，试图为其统治地位奠立一种合法性。这就像中国的李唐王朝追认李耳为先祖，将其追尊为帝一样。所以说，荷马史诗对于雅典僭主庇西特拉图来说，具有特殊的政治意味。

宏大史诗的演述方式

由于荷马史诗过于宏大，倘若要在演述场景中做一次完整表演，大概需要几百个小时的时长，所以任何演述者都不会在特定节庆场合完整演述一部史诗。这样，史诗就会被划分为不同的演述段落——纳吉称之为“叙事片段”，每个片段着重演述一个相对独立的事件。

早期的叙事片段是从杂乱的英雄诗系中编排、演化出来的，因此并不像书籍的章节那样均衡分量，它们有长有短，风格也会有所差异。不仅如此，某些叙事片段可能比其他叙事片段更受欢迎，因而会被重复地加以演述。比如在中国藏族史诗《格萨尔王》的演述中，《英雄诞生》和《赛

图 2-15　四川省甘孜藏族自治州德格县的格萨尔王铜像

马称王》就适用于更多种场合，也更受欢迎，演出的频次也相对较多。而另一些叙事片段则很少能够听到，甚至某些歌手也不熟悉，比如关于英雄战死的章节就不大受欢迎。

由于注意到这一问题，纳吉提出一个假设，荷马史诗的演进经历了一个由“非均衡分量”到“均衡分量”的渐进过程。就荷马史诗的早期形成来说，纳吉认为这种均衡分量还与“统摄性”的概念密切相关。

所谓统摄性，指的是如何将散乱的英雄诗系统摄在一个共同的主题之下，使之前呼后应，联结成一个相对统一的叙事整体。比方说，在特洛伊战争的叙事传统中，占主导地位的阿基琉斯主题就具有这种统摄性。为了突出主要英雄，整体的史诗只能以牺牲特洛伊城其他英雄的若干主题为代价，因而也就弱化乃至删减了后者的故事。

正是由于这种统摄、整合的要求，原本离散的英雄诗系，在《伊利亚特》中，都与特洛伊战争连接了起来。比如，在这场战争的最后一年，史诗再次历数了“海船谱”——这个场景更适合放到特洛伊战争的开战之初；史诗再次引入了“特洛伊的海伦”，重现了墨奈劳斯和帕里斯为争夺海伦而发生的战争——这个情节更适合放到特洛伊战争开战之前。但是出于统摄、均衡的需要，它们都被安插到了战争最后一年的故事讲述中。

泛雅典娜赛会上颁发给优胜者的奖品是羊羔，优胜者被称作“羊羔歌者”。参赛歌手为了赢得比赛，会在各个叙事片段之间进行修补、调整，使之尽量合乎竞赛规则，向着整体的创编标准靠拢——他们也因此被称为“史诗吟诵人”（rhapsōidós）。从词源上看，rhapsōidós 是个典型的合成名词，意为“把歌（aoidḗ）缀合到一起（rháptō）的人”。

纳吉是个语文学家，尤其擅长词源追索。他在印欧语系语言的诗歌传统中发现一些有趣的线索，通过精细考证，认为荷马的词源意义可以解释为“他就是拼合在一起的那个人”（homo- 加 ar-）。可资比较的是，传说中与荷马齐名的另一位古希腊诗人赫西俄德的名字同样耐人寻味，其词源可以用来形容“发出美妙的声音”。这些富有意味的名字，共同指向了诗神缪斯的职责范畴。所以说，古希腊最著名的两位史诗歌手，荷马和赫西俄德，他们的名字本身就指示一个历史悠久、流布广阔的口头史诗传统。

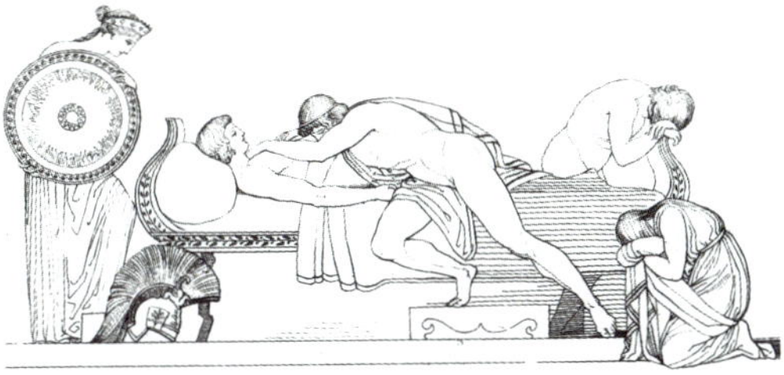

图 2–16 阿基琉斯哀悼帕特罗克洛斯，这两个男人之间的深厚友谊被赋予各种争议的解释。图 /［英］约翰·弗拉克斯曼，1795 年

图 2–17 阿基琉斯杀死特洛伊第一勇士赫克托耳，将其尸体绑在战车后面，拖回希腊阵营。图 /［英］约翰·弗拉克斯曼

一代又一代的史诗艺人，通过对于早期英雄诗系的缀合、拼接、调整、均衡，使一些完整而有机的宏大史诗得以成型。《伊利亚特》和《奥德赛》最终分别被归整为二十四卷，就是均衡分量的有力证据。所以纳吉强调说：“在均衡化的过程中史诗叙事片段属于累积式的成型。”

荷马史诗是漫长岁月中逐渐成型的作品

至迟在公元前 5 世纪，古希腊英雄史诗《伊利亚特》和《奥德赛》就已经确立了它们在希腊人心目中的崇高地位。大约相当于孔子活动的年代，荷马史诗文本已经大致成型。泛雅典娜赛会对于推动荷马史诗的经典化和文本化起到了有力的促进作用。

图 2-18　特洛伊王恳求阿基琉斯允许他带回儿子赫克托耳的尸体。图 /［丹］巴特尔·托瓦尔森

即使有了手抄本、有了整体的史诗之后，荷马史诗依然没有固定的文本。纳吉在希罗多德的《历史》中发现一个有趣的个案，著名的官方神谕诗篇整理者奥诺玛克利托斯，就是我们前面提及的那个被庇西特拉图任命的史诗整理者，他在把自己的诗行插入神谕诗主干部分的当口，被人当场发现。试想，如果奥诺玛克利托斯的行为不是被当场发现，事后恐怕也不会有人质疑这些诗行的真正来历，因为史诗本来就没有定本。

从另一个角度说，即使雅典僭主已经拥有了荷马史诗的手抄本，泛雅典娜赛会上的史诗演述比赛也不可能照本宣科。荷马史诗在这一时期的主流形态依然是口头的，它活生生地存在于“羊羔歌者”的口头演述之中。作为一种口头文学，史诗的歌手们仍然有创编的自由，我们可以将之视为一种主要基于传统的“演述中的创编活动”。

从公元前 4 世纪后半叶到公元前 2 世纪中叶，被纳吉视作荷马史诗的标准化时期。这一时期，出版业逐渐兴起，出版商为了批量复制荷马史诗，会让一个朗诵员大声诵读一部史诗，其他一些抄写员则坐在他的周围，将他们听到的句子写下来。由于当时的生活环境中还有活态史诗的演述活动，无论朗诵员还是抄写员，都能清楚地理解口传史诗的变异特点，他们不会执着于逐字逐句地忠实于原文；即兴添加一句或改动一句，删去过于冗长的重复片段，并不会对他们的工作造成多大困扰。

此外，不同的出版商，手中可能握着不同版本的荷马史诗，它们在结构上或许大同小异，但是不会有一个统一划定的文本标准。只有当荷马史诗的口头传统逐渐淡出生活，书面文本成为主流的时候，史诗才会进入真正的“标准化”时期。

直到公元前 3 世纪，依然还存有不少英雄史诗的抄本，亚历山大图书馆的学者们依照自己的想象，把这些英雄史诗分别安放到了不同作者的名下。荷马作为其中最重要的一位“作者”，分得了最著名的两部，那就是现在被我们称作荷马史诗的《伊利亚特》和《奥德赛》。当时还有人试图进一步缩小荷马文存的范围，这批学者以“离析者”而著称，他们试图把《奥德赛》的作者与《伊利亚特》的作者分开。这种努力虽然没有成功，但至少说明就当时来说，作者和作品的对应还存在争议。

直到公元前 150 年左右，伟大的古希腊文献校勘家、亚历山大图书馆的阿里斯塔科斯主持完成了荷马史诗的文本编订工作，他极其严格地修订了荷马史诗，格外尊重原有的抄本，并在不同的抄本之间进行比较，认为一切梗概都要有所依据。但是，荷马史诗到了这一阶段已经基本定型，阿里斯塔科斯的校订工作只是相当于围棋的“收官”之举，对于文本变异的影响已经不大。

纳吉一直强调，荷马史诗作为文本的定型应该视作一个漫长的过程，而不是一次性成就的个人作品。在创编、演述和流布的演进过程中，史诗

图 2–19　聆听荷马的史诗演唱。图 / ［法］让 – 巴蒂斯特 · 奥古斯特 · 勒卢瓦尔，1841 年

图 2-20　阿伽门农的黄金面具。1876 年迈锡尼文明考古中发现该面具，面具由黄金制成，高 26 厘米，大约制成于公元前 1500 年。现代学者一般认为该面具制作时间比阿伽门农时代早三百年

的荷马传统按其自身的再创编模式，呈现出流变性越来越弱而稳定性越来越强的特征，随时间的推移而缓慢地向前发展，直至一个相对静止的阶段。

从另一个角度看，由于荷马史诗的崇高地位，其巨大的光芒遮蔽了整个古希腊英雄诗系，以至于造成了“待到秋来九月八，我花开后百花杀”的结果，那些曾经广为流传的英雄诗系，在随后的几个世纪中，大多数都逐渐消失了。

被追述的“文化英雄”

下面这一大段话，在纳吉书中重复了两次，应该可以算作该书的总结性发言：

> 古希腊的制度往往倾向于因循传统进行回溯，被希腊人自己回溯到一位原创者，一位有功于一种既定文化制度及其全部盛誉的文化英雄。这种做法是司空见惯的：将社会的任何主要成就归结为一位文化英雄那恢弘的、个人的功绩，即使这样的成就只有通过社会进步的漫长过程才能得以实现，这位文化英雄也被视为在这一特定社会的一个更早的时代就业已做出了不朽的贡献，从而被加以描绘。荷马也同样如此，他被追溯为英雄歌的原创天才，一位原型诗人，他的诗篇被后继的演述者持续不断地复制着。

其实，这种“文化英雄”的神话生产机制不仅适用于古希腊，也适用于印度，适用于中国。胡适为《三侠五义》（俞平伯点校）所写的“序”，就曾针对包拯的英雄事迹和形象问题，提出“箭垛式人物”的概念：

图 2–21　“草船借箭”邮票。图 / 戴宏海，1992 年

历史上有许多有福之人。一个是黄帝，一个是周公，一个是包龙图。上古有许多重要的发明，后人不知道是谁发明的，只好都归到黄帝的身上，于是黄帝成了上古的大圣人。中古有许多制作，后人也不知道是究竟是谁创始的，也就都归到周公的身上，于是周公成了中古的大圣人，忙的不得了，忙的他“一沐三握发，一饭三吐哺!”

这种有福的人物，我曾替他们取个名字，叫做“箭垛式的人物”；就如同小说上说的诸葛亮借箭时用的草人一样，本来只是一扎干草，身上刺猬也似的插着许多箭，不但不伤皮肉，反可以立大功，得大名。

包龙图——包拯——也是一个箭垛式的人物。古来有许多精巧的折狱故事，或载在史书，或流传民间，一般人不知道他们的来历，这些故事遂容易堆在一两个人的身上。在这些侦探式的清官之中，民间的传说不知怎样选出了宋朝的包拯来做一个箭垛，把许多折狱的奇案都射在他身上。包龙图遂成了中国的歇洛克·福尔摩斯了。

帕里－洛德口头诗学的兴起，首先颠覆了宏大史诗“一次成型”的观念，进而为我们理解这一长达千年的史诗成型过程提供了可能。纳吉的研究告诉我们，早期的英雄史诗是一些地方性的、彼此没有统属关系的英雄诗系，这些诗系在创编、演述和流布的演进过程中，逐渐被整编到一个更加庞大的统一体之中，呈现出流变性越来越弱、稳定性越来越强的特征，直至被一些职业的文献学者编定为一个固定的文本。在这样一个过程中，可以说所有人都是史诗的作者，也可以说史诗根本就没有可指认的作者。

图 2-22　荷马的神化。画面正中的荷马正在被天使加冕，象征着崇高的礼赞。图 / [法] 让·奥古斯特·多米尼克·安格尔，1827 年

可是当我们通俗地介绍一部史诗的由来时，我们不可能含含糊糊地讲述这么一大串历时发展进程，读者需要一个更具确定性的知识，我们只好借用一个代表性的作者符号——荷马，它既可以用来指代荷马史诗成型过程中一大批无法具体指认的演述者、誊写者、编辑者、校订者，也可以用来指代一种曾经流行于广大泛希腊地区的口头传统。也只有基于这样一种方式，我们才能在既定的文学史范式中言说历史、言说文学。

对照荷马以及荷马史诗的故事，借用口头诗学理论反观刘三姐传说，我们很容易就能理解这样一些事实：所有托名刘三姐发明的山歌，都是长期流传在广东、广西一带的传统山歌；广西壮族的山歌起源传说，各地略有不同，但是传说中的造歌主人公都是个人，而非集体，刘三姐则是这些著名歌师中的杰出代表；刘三姐应该被我们视作南方山歌传统的一个指代性符号、一个承载了各种山歌传说的箭垛式人物；即使真的曾经存在过一个叫作刘三姐的善歌女子，也绝不是传说中的那个模样，绝没有传说中的那些故事，她只是无数传说的符号化主人公。

一种传统的形成，总是有一个复杂的、渐进的过程，可是，这个过程很难被语言言说。取而代之的是，传统在神话或者传说中会找到另外一种简单而明确的阐释方式，往往被说成某一个人创造，或者某一事件造成的结果。

正如一个疲惫的男人回到家，妻子问他今天都做了些什么，他可能只用两个字就回答了：“上班。”

刘三姐戏罗隐，主场作战的优势

图 3-1　电影《刘三姐》剧照，李万城饰演罗秀才

电影《刘三姐》最出彩的一个情节，是地主莫怀仁请来陶、李、罗三位秀才跟刘三姐斗歌。三位秀才载着一船歌书，自信满满地前来应战，没想到一出场就被刘三姐奚落一番："山歌都是心中出，哪有船装水载来？"其中当罗秀才唱到"耕田耙地我知道，牛走后来我走先"的时候，场上演员和场下观众掀起一个爆笑高潮，给许多观众留下了深刻印象。

这出戏的原型是"罗隐秀才造歌本"的系列客家民间传说。电影中罗秀才的原型，正是大名鼎鼎的唐代诗人罗隐。罗隐才华横溢，十上不第，民间呼为"罗隐秀才""罗秀才"。罗隐秀才的传说是中国最著名的系列传说，其在民间文学中的影响力，丝毫不亚于鲁班、刘伯温、徐文长的传说。

罗隐秀才造歌本

罗隐是杭州人，却被江西、广东等客家地区奉作"山歌祖师"。江西兴国山歌中，"罗隐秀才造歌本"是山歌对唱中使用频率最高的诗歌部件，比如："会唱山歌歌驳歌，会织绫罗梭对梭。罗隐秀才造歌本，一句妹来一句哥。"或者："会唱山歌歌驳歌，不怕朝廷礼节多。罗隐秀才造歌本，

图 3-2　杭州富阳新登镇罗隐殿，同时也是家族祠堂，门口牌匾上写着“罗隐读书处”。图 / 施爱东，2017 年

图 3-3　杭州富阳新登镇街道围墙上的罗隐介绍。图 / 施爱东，2017 年

风流才子早登科。”

在广东的梅县、韶关一带，广泛流传着罗隐秀才与刘三妹（刘三姐）斗山歌的传说。最早记录两人斗歌传说的是广东翁源的张清水（署名“愚民”）1928 年发表于《民俗周刊》的《山歌原始的传说及其他——罗隐秀才与刘三妹》。朱自清曾在《中国歌谣》中完整引述了该传说。

传说罗隐本是天上星宿，命中注定要做皇帝，他去庙里玩耍时，庙里的神偶都得站起来给他行礼。他每天在庙里跑进跑出，可把土地公公给累坏了，于是托梦给他母亲，请她别让罗隐老往庙里跑。妈妈得知儿子要做皇帝，非常兴奋，拿了菜刀在灶上敲，骂道：“我的儿子做了皇帝，非杀尽万家不可！”万家指的是隔壁姓万的人家，可是灶君听成了一万人家，马上报告玉帝，玉帝连夜派人去换掉罗隐的龙骨。这天晚上，罗隐浑身骨痛呼号，母亲叫他咬咬牙忍一忍。罗隐咬紧牙关一直忍到鸡啼，于是周身只余一口龙牙没被换掉，长大后成了个“乞丐身，圣旨口”的穷秀才，别说做不成皇帝，连进士都考不上。

关于罗隐秀才游方乞食而又出口成谶的传说，遍布整个江南地区。“以此人人忌惮他那张嘴，不敢惹他。不要说世上人怕他，连那鬼神也都怕他这张嘴，凡庵观苑寺之中，那些泥塑木雕的神道，他若略说一二句，准准应其所言。若是说好，便就灵通感应，香火繁盛起来；若说不好，便就无灵无感，香烟冰冷，连鬼也通没得上门来了。”（周清原《西湖二集》）各地所谓罗衣秀才、罗远秀才、罗源秀才、罗英秀才，全是罗隐秀才的讹名。客家人形容一个人夸夸其谈时，常常会说：“你这个野罗仙，天上的事知道一半，地上的事全知道。”

我们回到张清水讲的斗歌故事。罗隐秀才科场失意之后，闷居家中，写了许多山歌，一本一本地堆满了三间大屋。他听说刘三妹是远近知名的才女，“她的才学，谁都比不上，吟诗作对，件件都能。唱山歌，更是她特别的本领”。那刘三妹还放出风说，有谁对歌能赢得了她，她就嫁给他。

罗秀才载了九船歌本去会刘三妹。船到三妹屋前，见到一位姑娘在河唇担水，罗秀才就问：“姑娘，你可知道三妹的屋家在什么地方？”姑娘反问：“你找她做什么？”罗秀才说：“我想和她猜山歌，把她娶来做老婆。”姑娘又问：“请问先生有多少山歌？”罗秀才答：“我有九船歌，三船在省城，三船在韶州，三船已撑到河边。”于是姑娘唱道：“石上刘三妹，路上罗秀才，人人山歌肚中出，哪有山歌船撑来？”

罗秀才一听就知道遇上对头了，翻遍船上歌书，半天对不出来，羞愧难当，气得将三船歌书全抛下河去。其他留在广州和韶州的六船山歌，因为没有毁掉，这才流传于世。

钟敬文在为《民俗周刊》编辑这则传说的时候，附录了一则江西异文，刘三妹的歌词略有不同：“江边洗衣刘三妹，你有山歌唱得来。山歌只有心中想，哪有船装水载来？”

图 3-4　电影《刘三姐》剧照，黄婉秋饰演刘三姐

在广东梅州，人人都说刘三妹是松口人，这与罗秀才到松口镇找刘三妹对歌有关。传说罗秀才载着几箩歌书来到松口，向河边洗衣姑娘打听刘三妹。姑娘问他有多少山歌，罗秀才指着船舱唱道：“讲唱山

图 3–5　坐落在粤东梅江北岸的松口古镇，是岭南四大古镇之一。传说中的刘三妹，就是在这里的河唇边洗衣、担水，迎战前来挑战的罗秀才。图 / 木兰子，2013 年

歌涯（我）就多，船上载来七八箩，拿出一箩同你唱，唱到明年割番禾。”姑娘一听，随口唱道：“河唇洗衫刘三妹，借问先生哪里来？自古山歌从口出，哪有山歌船载来？”因客家话“从”与“松”都读 qiong，巧妙的双关使得“自古山歌从口（松口）出”成为梅州客家山歌最经典的代表性歌词。（《叶春生民俗学论集》）

“罗隐秀才造歌本”突出了罗隐秀才作为客家地区“歌祖”的地位，许多客家文化工作者在论证客家山歌起源的时候，都以此作为论据，认为客家山歌至迟在唐代就已成型。而“自古山歌从口出”则突出了刘三妹技高一筹的“歌仙”地位，甚至有人依据清初张尔翮的《刘三妹歌仙传》，认为刘三妹“生于唐中宗之神龙元年”，不仅实有其人，而且比罗隐年长 28 岁，更有理由被尊为歌祖。

罗隐秀才抄歌本

客家话“造”和“抄”同音，所以“罗隐秀才造歌本”也常常被写成“罗隐秀才抄歌本”，这又有一个罗秀才被“河边洗衣女”戏弄的传说。

传说罗隐秀才科场失意，跟一位武秀才结伴而行，一同浪迹江湖。这一天，两人来到兴国县城潋江边，忽然听到一阵悦耳的山歌，罗秀才一时兴起，学着客家山歌样式唱道：“桌上笔头尖又尖，双手磨墨自团圆。一篇文章做得好，必定中个文状元。”那武秀才也不甘示弱，和着罗秀才的

歌韵，唱道："袋中箭头尖又尖，拉开满弓自团圆。九支飞箭射准靶，必定中个武状元。"两人正在得意之时，突然从拱桥下面传出一阵歌声，一看是个洗衣的农妇，山歌唱道："胸前乳头尖又尖，双手搓乳自团圆。一胎生下两个崽，必中文武双状元。"两人哭笑不得。罗秀才自叹不如，甘愿留在当地，把客家山歌搜集整理成歌本，流传至今，这就是"罗隐秀才抄歌本"的来历。（2001 年《兴国县志》）

罗隐秀才喜欢对歌，却屡屡败在农妇手中的传说，广泛流传于中国南方地区。在这些传说中，罗秀才总是以戏弄者的身份出场，最后反被农妇戏弄。比如，传说有一次罗秀才打梅江溪畔过，见一村姑在桥下洗衣，即兴戏道："远远望见一座桥，桥下坐着嫩娇娇，娇娇不问生来客，洗净衣衫不起腰。"村姑站了起来，马上回他一首："井底蛤蟆初出身，我心不比秀才心，娇娇自有贤夫主，哪有闲心对闲人?"罗秀才讨个没趣，继续往前走，路过一座黄泥岗，见路旁跪着一位白衣女子一边烧纸一边哭道："初三初四娥眉月，十五十六月团圆。正好团圆月又缺，

图 3-6　兴国山歌有悠久的历史传统，每首歌都以"哎呀嘞"起头，所以唱山歌又叫"唱哎呀嘞"。图为"第二届兴国山歌艺术节"上，著名山歌手谢文棱与当年的红军歌手曾子贞斗歌。图 / 佚名，1987 年

图 3-7　广西柳州融水苗族自治县的保庆庙会上，青年男女隔江对山歌。图 / 石峰、梁立明，2018 年

未曾想到拆姻缘。”罗秀才听了非常同情，但因一向油腔滑调，山歌一出口就变了味：“手烧纸钱堆打堆，哭哭啼啼何苦来。有树唔怕无鸟宿，乌鸦去哩凤凰来。”女子抬头认出罗秀才，生气回敬道：“罗隐秀才坏心思，人家啼哭你题诗。若然秀才早早死，你妻也是别人妻。”罗秀才反正没有妻子，只好讪讪一笑了之。（流传于粤东地区）

关于罗秀才为什么没有妻子，也有一则对歌的传说。据说罗隐七八岁时就与邻村女子订婚，但他长大后却不想成家，婚事拖了一年又一年。一天，罗秀才站在河边石板上钓鱼，刚好未婚妻正在对岸洗衣，望见罗秀才，一首山歌送过去：“手拿钓竿石上企，葫芦浮水知唔知？青春因你等几久，成双好事到哪时？”罗秀才抬头见是未婚妻，吓了一跳，连忙答过一首歌：“手拿钓竿石上企，葫芦浮水俚也知；有钱今年讨小姐，无钱明年也不迟。”答完溜之大吉。那女子站在河边越想越绝望，纵身跳入河中。罗秀才从此再未谈婚论嫁。（谢友祥等《客家民间诗歌对故事》）

图 3-8　客家女子既要干活，又怕弄脏衣服，所以习惯系一条围裙。客家围裙又叫灶裙，多用蓝黑粗布缝制，耐脏耐洗。图 / 温礼明，2014 年

不过，传说中的罗秀才毕竟是金口玉言，他也不能总是受女性戏弄，适当的报复心理也是有的。有一天，罗秀才骑马路过一地，看见一对夫妇正在插秧，就问：“栽秧哥，栽秧哥，你一天栽了几千几百几十棵？”农夫茫然若失，农妇则随口答道：“骑马郎，骑马郎，你一天骑了几千几百几十行？”罗秀才顿时语塞，只好认输，主动送给女人一条围裙。女人一穿上围裙，罗秀才就说：“三尺麻布拦你胸，你不晓世界几多重。”女人穿上围裙以后，心肝被蒙住，再也没有以前聪明了。（流传于华东、华南、西南地区）

这则传说还有另一个更复杂的版本。罗秀才还是骑马路过，他问农

夫："插秧师傅腰勾勾，一天能栽几千几万蔸？"农夫语塞，这时，边上农妇接过话头："秀才说话惹人笑，自古插秧论田亩，挑秧抬担不算只，哪有闲功数禾苗？"罗秀才正尴尬着，看见一个挑笋的农夫走过，想出一联为难农妇："扁担挑笋父担子。"没想到农妇从田里提起一蔸秧说："禾秆缚秧母抱儿。"罗秀才见无法取胜，只好上马开溜，这时农妇才反问下一句："秀才驴子耳勺勺，一天能走几千几万脚？"后面才是送围裙的情节。（李炜主编《中国民间故事精选》）

运去英雄不自由

民间传说中罗隐秀才的几个主要特征，大概早在宋元时期就已定型，有学者认为罗隐秀才传说之所以主要流传于江南地区，与南宋偏安一隅、传说的北向传播路径被隔断有关。（薛亚军主编《罗隐传说论集》）

关于罗秀才"乞丐身，圣旨口"的神异记载，较早可见于明万历间何乔远的《闽书》："唐末罗隐乞食山下，山下人侮之。隐乃画马石面，每夜出食人禾，追之，则见马复入石。山下人乃礼焉，隐为画椿系马，马不出矣。今其迹了然。"

关于罗秀才"生性轻薄"的明确记载，则较早见于清初周清原的《西湖二集》："这罗江东生将出来，学贯天人，才兼文武，聪明颖悟，出口成章，有曹子建七步之才，李太白百篇之赋。只是一着：生性轻薄，看人不在眼里，一味好嘲笑人，或是俚语，或是歌谣，高声朗诵，再也不怕人嗔怪，遭其讪笑者不一而足，因此人人称之为'轻薄罗隐'。"

按周清原的说法，罗隐诗才神速，点韵便成，小时候曾经拿着一个小磬在市上卖诗，限定诗题，在敲磬声停下之前，他一定能把诗作出来。他还特别擅长对句，无论什么样的古怪句子，到他口中就没有对不出的。

由此可见，罗隐秀才喜爱造歌、生性轻薄、争强好胜、好嘲弄人的行事风格，至迟在明代就已经在民间传说中被定型，其"乞丐身，圣旨口"的独特身份和神奇法力也已流布到了福建等地。

我们再来看刘三姐的情况。何其芳《优美的歌剧〈刘三姐〉》介绍说："南宋王象之著的《舆地纪胜》讲到广东阳春县的景物，其中就有三妹山，并

图 3-9　在杭州市富阳区主办的“罗隐传说学术研讨会”上，当地小学生正在表演罗隐传说场景剧。图 / 新登镇人民政府，2017 年

图 3-10　电影《刘三姐》大大加强了刘三姐与秀才之间不可调和的阶级差别和斗争性

且说明是因为刘三妹坐于岩石之上得名。《舆地纪胜》书成于一二二一年，可见在这以前就有刘三妹的传说了。许多传说都说刘三姐是唐朝的人，只有个别记载说她生于明朝末年，或许也和这个传说起源很早有关系。”由此可见，刘三姐传说与罗隐秀才传说的成型时间都早在明代之前。

传说成型的关键是流传地域及其影响力。浙江、福建、江西是罗隐秀才传说的核心区，刘三姐传说在这三个地区罕见流传；广东、广西是罗隐秀才传说的次核心区，同时也是刘三姐传说的核心流传区域。刘三姐戏弄罗秀才的传说，主要流传于广东、广西。也就是说，刘三姐是在自己的主场迎战了罗隐秀才的势力扩张。

从刘三姐的民女身份与罗秀才的秀才身份的对比，以及刘三姐山歌从口出与罗秀才山歌书中来的对比，还有刘三姐岸边担水与罗秀才船到江心的对比，我们可以看到在这些偏远山区，民间文化对精英文化、本土文化对外埠文化的抵抗情绪和嘲讽姿态。刘三姐无疑是民间文化、本土文化的代表，而罗秀才则是精英文化、外埠文化的代表。

此外，民间文学中专有一类巧女、巧媳妇的故事，故事中的“比照项”往往就是死读书的蠢秀才、不知变通的傻女婿，这类故事数目众多，深受妇女儿童的喜爱。但是，赢得了傻女媳的巧媳妇还不是真巧，赢得了聪明人的巧媳妇才是真正巧，于是又有了许多聪明男子败走巧女麦城的故事。而作为才华智慧象征的著名才子罗秀才，正好充当了这一类故事的“比照项”。

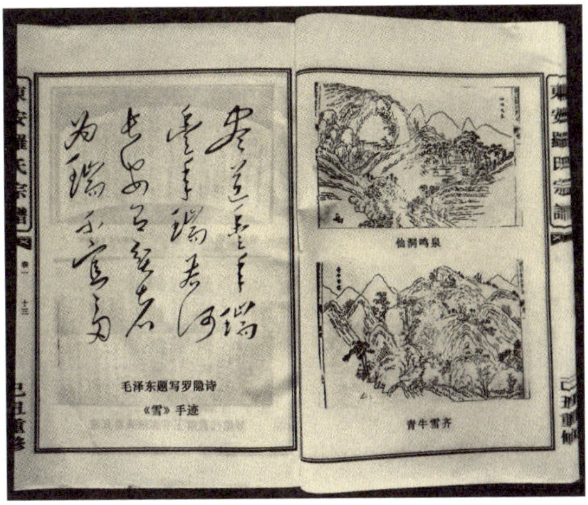

图 3–11　浙江是罗隐的主场，尤其在杭州富阳，到处都是罗隐的足迹。图为《东安罗氏宗谱》中的一页。图 / 施爱东，2017 年

在民间文化中，为了突出某一人物的“高大上”，往往拉一个同类的厉害角色来垫背，这个厉害角色就是我们所说的“比照项”。从梁山好汉诨名的构词法中，我们就能看出这个特征，什么活阎罗、母夜叉、赛仁贵、病关索、病尉迟、病大虫、母大虫之类全是。这里“病”字不是生病的意思，而是“赛”“并”的意思。所以说，活阎罗、病关索、病尉迟就是赛阎罗、赛关索、赛尉迟。病大虫、母大虫就是赛老虎、母老虎。为什么要拿阎罗、大虫、关索、尉迟恭、薛仁贵来做“比照项”？恰恰因为这些都是特别厉害的角色。

明白了这个道理，我们就很容易理解，为什么原本“诗才神速，点韵便成”的罗隐秀才，站在刘三姐的面前，就只有临阵翻书、张口结舌的份，甚至唱出“耕田耙地我知道，牛走后来我走先”的笑话来。恰恰是因为“刘三姐对歌传说”预设了罗隐秀才是一个先在的、强大的厉害角色，是用来衬托刘三姐强大的“比照项”。

从这个意义上看，传说中被打败的“比照项”，恰恰是在历史上更强大、更知名、更厉害的角色。正如擅长短跑的印度赤脚青年声称可以战胜博尔特，而博尔特决不会说他能战胜印度赤脚青年。

刘三妹之死，割断父权社会的最后联系

图 4-1　电影《刘三姐》剧照，黄婉秋饰演刘三姐

20 世纪 80 年代以后，随着民间文学普查的深入，广东的民间文学工作者发现，在广东湛江、茂名、阳江、清远、肇庆、梅县等地，尤其是粤西地区，只要是歌俗盛行之地，到处都有丰富的“刘三妹传说”，与广西的“刘三姐传说”明显属于同一个风物传说圈。

各地刘三妹传说不太一样，但有三个通行的传说，在广东、广西各地都很流行，情节差别也不大。

一是刘三妹与白鹤少年对歌的传说。白鹤少年慕名前来与刘三妹对歌，两人先在山下对唱，三天三夜不分胜负，听众里三层外三层堵得水泄不通，为了不耽误大家干农活，两人转往附近山上继续唱。唱了七天七夜，两人都化为石头，或者升仙而去。

二是刘三妹与秀才对歌的传说。这个传说一般流传于有河流经过的村寨。传说有三个（或两个、四个）秀才听说刘三妹歌唱得好，于是载了一船歌书前来与刘三妹对唱，结果被刘三妹一首“自古山歌从口出，哪有山歌船载来”给怼回去了，或者是被一首“姓陶不见桃结果，姓李不见李花开；姓罗不见锣声响，三个蠢材船载来”给骂回去了。

三是关于刘三妹之死的传说，这是我们将要讨论的重点。

谁杀死了刘三妹

目前通行的刘三姐传说，都说财主莫怀仁因为想娶刘三姐为妻，遇阻之后，恐吓绑架、打击报复，想害死刘三姐，不过最终还是失败。但是，过去许多地区的刘三妹传说，都说到刘三妹是被哥哥害死的。

各地传说中，几乎从来没有出现过刘三妹的父母，但一定会出现她的哥哥。这个哥哥最常用的名字叫“刘二”。哥哥代表着男权社会强大的控制力，他不许刘三妹唱歌，认为唱歌不仅耽误农活，还带坏了四里八乡的社会风气。哥哥要把她嫁出去，刘三妹当然不听他的，两人的矛盾越来越深。

为了制服刘三妹，哥哥想了很多办法，百般刁难，比如，他把刘三妹挑水用的桶做成尖底桶，让她挑水途中没法停下来唱歌，他还捡一堆鹅卵石，要求刘三妹把石头煎软，结果种种办法都没法难倒刘三妹，于是他更加怀恨在心。

有一天，刘三妹上山砍柴，正攀着葡萄藤跟几个小伙子对歌，唱得正酣，哥哥悄悄来到崖边，用柴刀把藤条砍断。没想到刘三妹抓住藤条摇晃几下，藤条又接回去了，如此三番，只好作罢。刘三妹知道哥哥容不了自己，非常伤心，唱道：“今朝哥妹上山林，三妹在前哥后跟；哥要杀妹天不杀，两手攀住葡萄藤。”

第二次，哥哥悄悄带上一个铜脸盆。刘三妹唱歌唱得正高兴，哥哥再次砍断葡萄藤。刘三妹抓住藤条摇一摇，但在藤条即将接上的时候，哥哥迅速用铜脸盆隔在断藤中间。断藤接不上，刘三妹跌落山崖，摔死了。

当然，现代的刘三姐传说不会这么残忍，一般不会让她就这么摔死。现代的说法是，刘三妹跌落在河里，手中的断藤将她卷了起来，像竹筏一样托着她漂流而下。在柳江段或者漓江段，刘三妹被一位老渔翁救起。于是，

图 4-2　哥哥砍断藤条，刘三妹只要将藤条摇一摇，就能自动接回去。图 / 张光宇

这里就可以接上 1960 年黄婉秋主演的电影《刘三姐》的情节了。被老渔翁救起的刘三妹，变得更加富于觉醒意识和斗争精神，称谓也得换成“刘三姐”。刘三姐跟阿牛哥谈起了恋爱，后来还斗赢了财主莫怀仁（坏人），跟着阿牛哥远走高飞，到处传歌。

刘三姐传歌路线图

刘三妹足迹所到之处，广东和广西到处都有她的遗迹和传说。在广东阳江、茂名等地，还有“刘三妈传说”，如乾隆、道光以及民国的《阳江志》都记载说：“六月，村落中各建小棚，延巫女歌舞其上，名曰跳禾楼，用以祈年。俗传跳禾楼即效刘三妈故事，闻神为牧牛女得道者。各处多有庙，今以道士饰作女巫，跣足持扇拥神簇趋，沿乡供酒果，婆娑歌舞，妇人有祈子者曰跳花枝。”说明这个习俗和称谓在当地一直延续着。

另外，在广东阳山、连州、罗定，广西富川等地，还有不少“刘三姑传说”，也是传说刘三姑曾在某一岩石上唱歌，后来因某一原因死于当地，当地人就在岩上给她立一纪念物。更奇妙的是，在广东电白、高州一带，还有“刘三太”“刘三婆”的说法。

据此，有些学者得出结论说，刘三姐大概是唐代的一位职业歌手，以

图 4-3　广东云浮、阳江等地均流行禾娘、宿佬对山歌以及跳禾楼舞的习俗。传说歌仙刘三妹曾云游至此，教当地人唱歌跳舞以驱虫害。图 / 余灶银，2021 年

唱歌卖艺为业，游走于两粤之间，类似于现在的一些著名歌星，到处走穴。

从三妹、三姐到三姑、三妈，再到三太，如果我们把不同的称谓标在地图上，就可以得到一张“刘三姐称谓地图”；再按从低到高的称谓做一些连线，就可以得到一张大致的“刘三姐行迹图”；结合刘三姐的歌师和传歌人身份，我们就可以将这张行迹图命名为“刘三姐传歌路线图”。

图 4–4　广西河池市宜州区打造的刘三姐故居，坐落在下枧河东岸，现在已经是当地著名旅游景点。图 / 小仙儿，2019 年

根据这张路线图我们可以知道：(1) 刘家三女儿，广东新兴或阳春人，容貌秀丽，尤擅民歌，少年即以歌名，人称刘三妹。(2) 刘三妹西游广西，分别在广西贵县、扶绥、富川、恭城、宜山等地对歌、传歌，在广西达到其事业之巅峰状态，人称刘三姐。(3) 后来，她又从广西返回粤北壮洞连山一带，再经广宁、清远、肇庆，回到阳春，这时已是中年妇女，人称刘三姑。(4) 刘三姑后来在阳春落户定居。(5) 定居阳春期间，她还经常外出传歌，仙迹从钦廉，经湛江，过吴川，入电白，甚至远行到钦州、广州等地。越近老年，越趋故乡，在阳江、茂名传歌时，人称刘三妈。(6) 老年刘三姐曾在电白、高州一带传歌，这时已是暮年，人称刘三太。(叶春生《岭南民间文化》)

也有人从“妈”与“太”两字，猜测其曾经婚配。许多传说中都提到，那个传说中和她对歌的白鹤少年，其实就是她的情人，比如民国学者刘锡蕃的《岭表纪蛮》就说：“三妹或许有其人，与张（伟望）唱歌三日，知为敌手，相慕之甚，乃托言登山唱歌，因而相偕私奔。”他们因对歌而互生爱慕而私奔，不知情者因两人突然失踪，以为双双飞升成仙，其实他们只是换个地方传歌去了。

这些说法都很有趣，也很符合口头传统的变异性特征，学者以考证为名，同时也在生产一些新传说。有时候，学者也是民间传说流播的一个环节，正是借助了学者的话语权威，一些新奇神妙的传说得到了更广泛的传播。

刘三婆不是老年刘三妹

2008 年 4 月，我在广东电白调查时，电白县（今茂名市电白区）文联崔伟栋等人告诉我，刘三太就是刘三妹，是当地一个很会唱歌的小姑娘，她因为逃婚，被哥哥追，从岩上摔下来，死后成了一个厉鬼；当地民众为了平息她的戾气，就给她建了一座小庙，但由于三妹死的时候还只是个小姑娘，不能受人跪拜，只要人们一跪下，神像就会倒下来，所以人们得叫她三太，抬高她的地位，这样才能接受信众的跪拜。

我在霞洞镇冼夫人庙旁边的一座小山冈上，找到这样一座仅一人多高"仙姑庙"，该庙庙联写着"姑婆威灵保良民，仙人显赫护全境"，神案上书"刘仙姑之神位"，庙旁插着许多信众奉献的锦旗，其中一面写着："恭贺三太婆婆、白鹤境主：佑我合家安康，财源滚滚来！"另有一面则写着"三太夫人"。马踏镇赤岭有"刘仙三太庙"，每年农历八月十五为"刘仙三太神诞"，乡民们会在庙前搭台唱戏，酬神送炮，举办隆重的诞会，祈求来年风调雨顺，丰衣足食。

图 4-5　广东电白霞洞镇一座无名小山岗上的"仙姑庙"，庙高、庙宽、庙深都在二米左右。图 / 施爱东，2008 年

用"太"来尊称女神，是高州、电白一带的习惯用词，比如对冼夫人的尊称，就有冼太、太婆、冼太夫人、冼太阿妈、冼太娘娘、石龙太夫人、高凉郡太夫人等等。由此可见，刘仙姑、刘姑婆、三太婆婆、三太夫人，其实都是同一个刘三妹，而且

是定格在同一个年龄（去世时的年龄）的小姑娘。

同一人物，当她出现在娱乐性的故事中，或者戏谑性的歌谣中时，总是以“妹”或者“姐”的形象出现，但是，当她作为神灵被供上神坛的时候，却不能以“妹”的名义来接受祭拜，人们会根据自己的用语习惯，自然而亲昵地把婆婆、夫人、娘娘、仙姑、太婆这样的尊称加到她的名上。电白人“嬷”读“嘛”音，刘三妈实为刘三嬷，也是一种尊称。

我们知道，霸气的北方小姑娘常常自诩为“姑奶奶”。姑奶奶既不代表她的年龄，也不代表她是否婚配，只代表她的尊贵与权威。也就是说，无论被称作刘三姐、刘三姑、刘仙姑、三仙姑、刘三娘、刘娘、刘仙娘、刘仙、刘三仙女、刘三嬷、刘三太、刘三婆，或者三太夫人，都是指向同一个刘三妹。为什么会有不同的叫法，必须放回到具体的语境中去看待，不能单纯从字面意思上去理解。

所有被奉为神灵的女性，在民众的口头传统中都会被赋予尊贵的地位，如娘娘、妈祖、夫人、婆婆、太嬷、老母等等。中国古代礼俗，向有以老为尊的传统，“老母”既不意味着年纪大，也不意味着已经生儿育女，只是表示信众愿意把她当作“老母”来供奉，类似于我们将恩人称作“再生父母”。

以妈祖林默娘为例，传说她去世的时候才 28 岁，但是，林氏家族一直称她为“姑婆”“姑婆祖”，自宋代以来，朝廷赐予的封号从“夫人”“天妃”到“圣母”“天后”等等，数不胜数。再以广州的金花夫人信仰为例，《广东新语》说：“广州多有金花夫人祠。夫人字金花，少为女巫不嫁，善能调媚鬼神。其后溺毙湖中，数日不坏，有异香，既有一黄

图 4-6　广西宜州 20 世纪 80 年代以来一直在流河寨打造“刘三姐故乡”的概念，新建、复建了很多刘三姐景点，“歌仙庙”即为其一。图 / 礼明，2021 年

图 4-7　“圣妃宫”位于广东省封开县号称“天下第一巨石”的斑石岩脚下，对面还有一眼圣妃泉，当地传说刘三妹就出生在这里。图 / 珍美，2018 年

沉女像，容颜绝类夫人者浮出，人以为水仙，取祀之。”这里的夫人也只是一种尊称，不是已婚妇女的意思。

正是基于同一种信仰心理，在肇庆封开，人们尊称刘三妹为“圣妃”：“在斑石下建一座‘圣妃宫’来供奉她，每年春秋二祭。农历三月初三圣妃诞辰，四周乡民敲锣打鼓，沿道斋拜祈福。并举行对歌活动，至今斑石顶上还保留着刘三妹对歌台。”在这里，妃代表一种高贵的性别称谓，“圣妃”表达的是“圣女”的意思。

民间信仰中的神灵，只要有灵应，信众广，一般都能从行业神升格为综合神。刘三姐也不例外，许多地方的三仙姑不仅兼管婚姻、产育、治病等项个人事务，也兼管祈雨、驱灾、保丰收等多种公共地方事务。“在一些地方，如广西富川、恭城，广东阳春县春弯镇的老百姓，从前每逢久旱不雨，便抬刘三姐的神像游行，祈求风调雨顺，国泰民安；过去广西平南县附近的狮会石山歌圩，据说就是为了祈求三姐显灵，驱逐虫灾，保佑农业丰收而举行。”（潘春见《刘三姐文化品牌的形象意境》）对于如此神通广大的神灵来说，称呼其三妹、三姐当然不合适，必须改用更尊贵的称谓。

从以上分析我们知道，把刘三妹叫得越老、越尊贵，恰恰说明当地的刘三妹信仰基础越深厚，有可能刘三妹歌仙信仰扎根当地的时间还更早一些。所以说，随着刘三妹年龄增长而建构的传歌路线图，实际上是不成立的。

少女成神的“孤复孤”信仰机制

通过以上梳理我们知道，三姑、三妈、三太、三婆，都是粤西民众对于歌仙的一种尊称。大凡将歌仙称作三姑、三仙、仙姑、三太、三婆的地区，一定是有刘三姐信仰的地区，这些地方或者建有刘三姐的庙宇，或者有刘三姐死于当地、坐化于当地的传说，至少也有几处刘三姐坐过、踏过、唱过的“圣迹”遗存。

也就是说，两粤刘三姐传说存在两套截然不同的叙事方式。三妹、三姐的称谓通行于“文艺叙事”，讲述的是唱歌的故事；三姑、三妈、三太、三婆的称谓主要用于“信仰叙事”，讲述的是灵应的故事。两种叙事具有完全不一样的叙事逻辑。

刘三妹之所以成神，除了她值得为人称颂的唱歌天赋，还有她独特的少女身份。

民间信仰中的女神，其神性往往与其“少女性”联系在一起。在老百姓的观念中，未婚的处子死后成神，其法力远远强过已婚妇女。这些早夭女子一旦升格为神，就会很自然地被信众赋予种种尊号，其著名者如天后妈祖、悦城龙母、青溪小姑蒋三妹、曹娥、金花夫人等。她们成神之前都是妙龄的如花少女，成神之后才成为信众心目中的妈祖或太婆。

明白了这个道理我们就知道，刘三妹年龄变化的纵坐标实际上是不存在的，在老百姓的观念中，她从生到死都必须是未婚少女，而且不能受到人间男子的亵渎。其中，钟敬文先生记录的一则“蔡守业所记电白民间传说”特别能说明这一点：

图 4-8　在广东茂名的马踏镇，每年中秋都要为“刘仙三太”举行盛大的花车游行和送炮活动。传说刘三姐在此地修炼成仙，成为当地保境安民的地方保护神。图 / 阿伍，2019 年

图 4-9　广西柳州立鱼峰风景区的刘三姐骑鱼升仙雕像。当地有大量的刘三姐遗迹，传说刘三姐在这里骑着鲤鱼羽化升仙。图 / 立鱼峰风景区，2019 年

> 刘三妹，本吴川之歌女，原名刘三妹。自制土歌，声极清妙，听者多为神往。貌极可人。后因吴川饥荒，流至电白，电白人初领妙音，皆极倾倒，掷钱如雨下，歌囊隆然。然三太衣食之余，皆以予道路之无名者。于是县之人士多重之。后适仙得道，坐化于电白之北部屏廓山之某洞。历数十年颜色容貌不变，且一点朱唇，益增红润。县中好奇之士，往观者不绝于道。
>
> 洞口有小石岩，岩储清泉，不竭亦不溢。以手掬之微温，饮之极能解渴，味亦香美，游客呼之仙茗泉。后一浪徒往观，因其颜色而起淫心，洞口因之封闭，后遂无人能往观者，人因其灵应，遂遍建庙以祀之。（钟敬文《几则关于刘三妹故事材料》）

坐化、羽化、仙游、仙逝、飞升，都是民间百姓对于巫女非正常死亡的一种讳称。总之，刘三妹未能寿终正寝。

古人视非正常死亡的魂魄为厉鬼。《左传》记载子产对“伯有为厉”的评论：“匹夫匹妇强死，其魂魄犹能冯依于人以为淫厉。”伯有战死沙场，死后化为厉鬼，郑人非常恐惧，找子产想办法。子产的解决办法是：“鬼有所归，乃不为厉。吾为之归也。”让伯有回归宗庙，享受血食，就不会为厉吓人了。

我们可以从广西都安县的三月三习俗中看到这种观念的遗留。民间传说，三月三是刘三妹的忌日，她就是在这一天唱歌，被她哥哥逼着跳下悬崖摔死的。每年的这一天，都安人家家户户都会在门口插一根枫树枝，我们或许以为这是为了纪念刘三妹，不是的，这是为了不让刘三妹进门。当地老百姓的解释是：“歌仙是野仙，不能进屋。”野仙是一种敬畏的称呼，

实际上就是孤魂野鬼。（覃桂清《刘三姐纵横》）

对于未婚少女来说，她们是进不了宗庙的，人们甚至无法通过“为之归”的方式来化解她的戾气，因此只能通过民间祭祀的办法，让她的魂魄有所归依。李丰楙认为，这个问题涉及国人的死亡观及神灵观，反映了男性中心社会的家庭结构。早夭的女子既属于凶死、横死，又没有凭依和继嗣，属于无依无靠，也不得享受香火的孤魂女子，基本上都是属于冤魂、怨魂之类。她们“含冤而怨的缘由则是与中国社会的家庭结构有关”，既不能在父系家族享受香火，又不能在夫系家族享受香火，只能由民间社会给予一定的香火。所以李丰楙说：

图 4-10　广东封开“圣妃宫”的刘三妹塑像。图 / 岭南新青年，2016 年

图 4-11　广东阳江市新洲镇马庙山接近山顶处，一处大石岩下有座三仙庙，传说刘三妹在此坐化升仙，从此成为保境安民的马庙山山神。图 / 冯瑶，2019 年

> 本家的女子需归于他姓，始能得享生前、死后子女的奉养和供奉。故女子“未字”“未行”即亡者就会面临卒后无所凭依的难题，民俗常采取为之立祠或采用冥婚，即是一种补偿而使之有所凭依的解决方式。神女神话即是反映民间如何妥善处理早夭者，这是神话思维在性别问题上的补救心理。（《西王母五女传说的形成及其演变》）

借助李丰楙的观点，我们再回顾一下女神生前的故事，就会发现，这些著名女神都有这样的特征，不仅大都没有出嫁，而且许多女神故事都有父亲、丈夫或者哥哥意外死亡的前奏。失去了自己唯一可以依靠的男人，她们在成神之前已经处于“上无父兮中无夫，下无子兮孤复孤”的状态。

图 4-12 早期的刘三仙庙，大多建于山顶或山腰石洞，人迹罕至之处，多由女性庙祝管理。广东罗定市分界镇石鹰山顶有一座刘仙姑庙，由于山顶狭窄，只有通过航拍才能看到庙貌。图 / 双龙传，2020 年

故事为什么这么残忍，安排刘三妹被自己的哥哥害死，而不是被其他什么人害死的，就是为了切断她与父权社会的最后一丝联系，给她一个"孤复孤"的清晰身份。

所有成神少女，在文人笔下都是"容色绝妙"的美貌少女，在老百姓口中也是"好看"的姑娘，但是，这份"好看"却绝不是供男性欣赏和亵渎的，而是供给世人瞻仰和敬重的，是一种距离美。在刘三妹传说中，只有如白鹤少年般的礼敬和尊重，才有知音般的惺惺相惜。如果像三个秀才那样，居高临下，自以为是，就会被刘三妹怼得瞠目结舌，最终只能抛下歌书落荒而逃。由此可见，歌手只是刘三妹的表面身份，骨子里她是一个勇于直面男权社会的孤独挑战者。

无论是从无婚约的妈祖、龙母、曹娥、青溪小姑，还是曾有婚约的孟姜女、祝英台，其身世传说都会用不同方式切断她们与父系家族的关系，以凸显其孤单、惆怅、刚烈、无依无靠的生命特征。正如著名的六朝民歌《青溪小姑曲》所唱："开门白水，侧近桥梁，小姑所居，独处无郎。"这是一种刻意营造的孤独感，与其说表现了青溪小姑对于男性爱的渴望，不如说表达了青溪小姑对于男性主宰者从生理到心理的一种刻骨铭心的疏离与无奈。

第二编

爱情与婚姻的传说

月下老人绊脚绳：千里姻缘一线牵

民间文学有许多功能，传统文学理论中的所谓教育功能、认知功能、审美功能、娱乐功能等等，都适用于民间文学。此外，由于民间文学是生活的文学、实践的文学、公众的文学，是任何一个不识字的老汉和大妈都可以参与创作和改编的文学，所以，它又比作家文学多出许多功能，比如仪式功能、祈愿功能、诅咒功能、求偶功能、劳作功能、解释功能、阐释功能、市场功能等等。

但凡生活中需要的，可以通过语言表达来加以演绎和传承的功能，都可以在民间文学中找到相应的作品类型。

本章要讨论的，是民间文学的阐释功能和市场功能。人与人之间，有各种各样的社会关系，几乎每一种关系，人们都会为之假设一种理想的关系模式，然后，对这一关系模式进行故事化的演绎，生产出一些案例式、说明性的民间故事。有些民间故事，还能衍生出很好的商业经济。

以兄弟关系为例，在亲兄弟关系中，有亲如一人、互帮互助的兄弟关系如“十兄弟的故事”“七兄弟的故事”；有以大欺小、以富欺贫的兄弟关

图 5–1　广东潮州凤凰山的鳄鱼石。为了解释这块形如鳄鱼的石头为什么会出现在高山顶上，人们就说是韩愈治鳄的时候，韩湘子把所有鳄鱼缩小形体投放在凤凰山天池中，有一条鳄鱼企图逃窜，被韩湘子点化为石。这个传说将韩愈治潮史实与山川风物特色做了完美结合。图 / 施爱东，2022 年

系如“两兄弟型故事”；有弟强兄弱、弟报兄仇的兄弟关系如“武松杀嫂”，等等。在结义兄弟中，有恩将仇报的单向陷害型故事如“王恩石义”；有各自心怀鬼胎的相互陷害型故事如“三个小偷”；还有委曲求全的自我牺牲型故事如“胡二马月”；至于互帮互助、互利互惠型的故事就更多了。每一种类型，都会试图将这种关系进行理想化、极致化，甚至演绎出一种关系模式，并且借助因果报应的故事结局，对这种关系模式进行道德评判。

在婚姻关系中，自古以来人们就说，一个男人和一个女人能不能走到一起，全靠“缘分”。所谓缘分，也即“冥冥之中，天公自然照察”。问题是，天公如何照察得到呢？为了阐释这“缘分”二字，免不了生出一些故事。

定婚店的逃婚故事

《红楼梦》第五十七回，薛姨妈对宝钗和黛玉说：“你们女孩家那里知道，自古道：‘千里姻缘一线牵。’管姻缘的有一位月下老人，预先注定，暗里只用一根红丝，把这两个人的脚绊住。凭你两家隔着海，隔着国，有世仇的，也终久有机会作了夫妇。”薛姨妈这话是有出处的，出自唐代中后期李复言《续玄怪录》中的《定婚店》。

图 5-2　月下老人的故事。图 / 刘丹一，2022 年

《续玄怪录》中的作品，多系“省卷”之作，据说是用来投送礼部，以助科举参照的，类似于现在报考博士时，考生向招生单位呈上自己的已发表的文章。李复言此书有意模仿了牛僧孺的《玄怪录》，“故事新奇，文字委婉，篇幅漫长”。但从《定婚店》的故事结构来看，明显借鉴了民间文学的

叙事手法。我先用白话文复述一下这个故事：

书生韦固，因父母双亡，想早点成家，但总是成不了。唐代元和二年（807），他打算去清河旅游，经过宋城（今河南省商丘市睢阳区），住在城南旅店。有人给他介绍一位潘姓司马官的女儿，约了第二天早上在店西的龙兴寺门前见面。韦固求偶心切，一晚上激动得睡不着，一大早就溜达出来了，这时月亮还挂在天上。

韦固看见有个老人靠着一个布袋坐在台阶上，正借着月光检视文书。韦固凑上去看了看，好奇地问道："老人家您看的这是什么书？我好歹也是个读书人，世间各种文字，也是见识过的，哪怕天竺的梵文也能读懂一点，但您这书上的字，我怎么一个也不认识呢？"

老人笑着说："这不是人世间的书，你怎么会见过。"

韦固又问："不是人间的书，那是什么书呢？"

老人回答说："是幽冥界的书。"

韦固更奇怪了："你要是幽冥界的人，怎么会跑到人世间来呢？"

老人说："不是我不该出现在这里，而是你来得太早了。这人世界的事，其实都是由幽冥界的官吏在管理着，我们必须常来呀。你看现在皓月当空，路上正是人鬼各半之时，只是你分不清哪个是人，哪个是鬼罢了。"

韦固再问："那您老是主管哪项工作呢？"

老人说："天下人的婚姻文书。"

韦固高兴地说："那正好。我从小父母双亡，就想早点娶妻，好传宗接代。这十多年来，我多方求亲，总是成不了事。今天来这就是为了相亲，有人给我介绍了潘司马的女儿，您帮看看能成吗？"

老人回答说："你们命相不合。两个人要是命相不合，就算你有家财万贯，愿意找个贫贱人家结亲都不成，何况对方还是个官宦人家。我告诉你吧，你未来的老婆现在才三岁，要到十七岁才能进你家门。"

韦固将信将疑，又问："您老背袋中装的是啥？"

老人说："红绳子，拿它系在夫妻两人的脚上，等他们出生以后，这种婚姻关系就成定数了，无论他们是生于仇敌之家，也无论双方谁贵谁贱，哪怕远隔天涯，吴乡楚地，只要这根红绳一系，谁也摆脱不了。你的脚，现在已经系上了那个三岁女孩的脚，你再怎么追求别的女人，也是徒劳无益。”

韦固疑惑地问：“我那个三岁的妻子在哪里呢？她家是个怎样的人家？”

老人说：“就在这家店北边，那个卖菜陈婆的女儿。”韦固又问能不能见一见这女孩，老人说，陈婆会抱着女儿去卖菜，到时你跟着我就能见到。

天亮以后，潘司马家人果然没来赴约，这亲相不成了。这时老人收拾好包袱要走，韦固跟着老人，想去看看那个陈婆的女儿到底啥样。到了菜市场，看见一个独眼婆子，抱着一个三岁的女孩，穿得很穷酸，长相也丑陋。老人指着这个女孩告诉他：“这就是你未来的妻子。”

韦固大失所望，不怀好意地说：“要是我把她杀了怎样？”

老人说：“这女孩命中注定要吃天子俸禄的，她的儿子将成为一方诸侯，怎么可以杀掉呢？”说完就不见了。

韦固心里骂道：“这个老鬼，胡说八道。我世代官宦之家，怎么也得门当户对，就算娶不上什么大户人家的女儿，也不至于沦落到娶一个独眼婆子的丑女儿吧？”他磨了把小刀，交给仆人说：“你一向很会办事，现在去给我把那个独眼婆子的女儿杀掉，事成赏你一万铜钱。”

第二天，仆人带着刀子来到菜市场，当众刺了女孩一刀，趁乱拔腿就跑。杀人之后，主仆二人赶紧离开了当地，还好没被逮住。路上，韦固问道：“刺中没有？”仆人说：“我本来想刺她心脏，搞偏了，刺在眉心处。”

此后，韦固虽然一再求婚，但总是成不了。转眼过了十四年，韦固靠着父辈的关系，在相州（今河南安阳）当了个参军。相州刺史王泰觉得韦固有才干，就把女儿许配给他。王女年纪十六七岁的样子，貌美端庄，韦固满意之极。但他发现妻子眉间总是贴着一块花钿，即便洗澡也不取下，韦固虽然觉得奇怪，但也没问。过了一年多，韦固突然想起仆人刺中女孩眉心的往事，就追问妻子，这块花钿到底是怎么回事。

妻子流着泪说："我其实不是刺史的亲女儿，是侄女。我父亲曾经在宋城当县令，不幸死于任上，母亲和哥哥也相继去世，当时我还在襁褓之中。因为家里有个庄园在宋城城南，奶妈陈婆婆不忍心把我抛弃，就在庄园种点菜，每天在市场上卖点钱。我三岁的时候，奶妈抱着我去卖菜，突然被一个歹徒无缘无故刺了一刀，从此眉心就留下一块伤疤，后来我就用花钿贴在伤疤处，遮掩一下。大概七八年前，叔叔到卢龙县来做官，就把我接来一起住，如今又把我当亲生女儿许配给你。"

韦固大惊，问道："陈婆婆是不是一只眼不大好？"

妻子说："是的，这你怎么知道？"

韦固忏悔地说："刺伤你的那人就是我。"继而叹息一声："太奇怪了！这真是命啊！"接着就把事情的原委告诉妻子。两人都是官宦人家，从小父母双亡，经过这一番互诉，妻子居然没有责怪他，反而一齐感谢命运安排，更加相敬相爱了。

他们生了个儿子，取名韦鲲，后来做到雁门太守，韦固妻子因此被封为太原郡太夫人，果然享受天禄。这事后来传回宋城，宋城县令找到韦固下榻的旅店，特地为该店题写了"定婚店"的店名。

千里姻缘一线牵

"月下老人"这个形象很可能是李复言的个人发明，但是，"千里姻缘一线牵"这个说法，却是中唐已经定型的一种民间观念。

中唐戴孚的传奇《广异记·阎庚》讲述了张仁亶和阎庚的故事，其中就提到一位地府官员"主河北婚姻，绊男女脚"的话题。《广异记》成书比《续玄怪录》大约要早几十年，《阎庚》中提到的张仁亶也是唐代著名历史人物，既是多次击退突厥入侵的名将，晚年又做宰相，文武全才。下面我复述一下他和阎庚的故事：

图 5-3 千里姻缘一线牵。图 / 刘丹一，2022 年

张仁亶小时候特别穷，寄居在东都洛阳城北。有个叫阎庚的，家里很有钱，仰慕张仁亶的才华和德行，常常拿父亲的钱周济张仁亶。这样过了一年多，阎庚的父亲知道了，呵斥他说："我们家是做生意的，他是个读书人，彼此八竿子打不到一块，你老给他钱能有什么好处。"

张仁亶知道这事之后，对阎庚说："都是我把你给拖累了，我打算到白鹿山去。过去你对我的资助，我永远不会忘记。"阎庚折服于张仁亶的才德，表示愿意跟随他一起走。张仁亶是个有大志向的人，听他这么说，就答应了，于是两人私下备好驴、马和粮食，一起离开了洛阳。

走了六天，两人来到陈留（今开封附近），找了一家客店住下。张仁亶住在一个套间的内室，外室还有一张床。后来又住进一位客人，坐在床上休息。张仁亶发现他眼神很不一般，就让阎庚打来一壶酒，邀请客人一起喝两杯。客人一开始是推辞的，禁不住张仁亶再三邀请，于是一起喝了起来。两人喝得很投机，就同房而睡。

睡到半夜，张仁亶问他："老兄你这次出门是准备去哪里？"

客人回答说："我不是人，我是阴间地曹（地府官吏）。地府刚刚委任我负责河北地界的人间婚姻，专门给人间男女系脚绳。"

张仁亶不信，打开他的行李袋，发现里面全是些绊脚细绳，这才相信客人真是地曹。于是忐忑地问了一下自己的前程和年寿。地曹告诉他说："你能活八十多岁，仕途顺遂，能做到宰相。"

张仁亶又问阎庚怎么样。地曹说："阎庚的命比较薄，做不了官。"

张仁亶有点失望，又问："有没有什么办法能帮得了阎庚？"

地曹吃了二人的酒，不好意思推托，只好讷讷地说："要是能帮他娶个旺夫女子，补救一下，或许能得个禄位。离河北白鹿山一百多里有个村子，村里有个老王家的女儿，命相极贵，可惜她的姻缘绳子已经系到别人脚上去了。要不这样，我把她对象的绳子给解了，系到阎庚脚上吧。但是你们一定要快点去，将要进村的时候，你们会遇上大雨，到时你们就相信了。”说完就隐退了。

两人赶紧快马加鞭，又走了六七日才来到这个村子。将进村时果然遇上大雨，两人淋得落汤鸡似的。进了村，找到老王家，敲了半天才有人来开门。老王抱歉地说：“家里出了点小麻烦，所以开门开得慢了些，请你们别见怪。”

张仁亶问他出了什么麻烦，老王说：“我只有一个女儿，先前已经许给西村张家。今天张家把聘礼送过来了，没想到聘礼非常轻薄，这不是摆明看不起我们家吗？太欺负人了。我们正打算退婚呢。”张仁亶和阎庚相视一笑。

两人在老王家住了几天，跟主人的关系特别融洽。张仁亶看看时机成熟，就跟老王说：“阎庚是我小舅子，正值盛年，好学上进，还没对象，不知能否与您家千金结个良缘？”

老王心里暗喜，嘴上却说：“可是我们农村人，哪配得上你们大城市来的读书人啊。”

张仁亶再三恳求，老王终于答应了。于是张、阎二人倾其所有，把马、驴，以及身上值钱的东西全都当作彩礼送给老王，快刀斩乱麻，几天就把婚事给办了。张仁亶把阎庚留在老王家，自己独自去了白鹿山。

后来，张仁亶仕途一帆风顺，累有升迁，做到御史大夫知政事，位极人臣。而阎庚也因为有了妻子的旺夫运，加上张仁亶的暗中提携，最后也官至一州刺史。

《阎庚》虽然说到用细绳“绊男女脚”的问题，但没说绳子是红色的。不过，中国民间以红色为喜色的民俗观念由来已久，想必《阎庚》未提及细绳颜色，是把“红线”当成了无须交代的公共知识。我们可以再举一则比《定婚店》稍晚的唐人轶事来说明，姻缘线的确是红色的。晚唐王仁裕的《开元天宝遗事·牵红丝娶妇》记载了另一则著名的故事，这是宰相兼

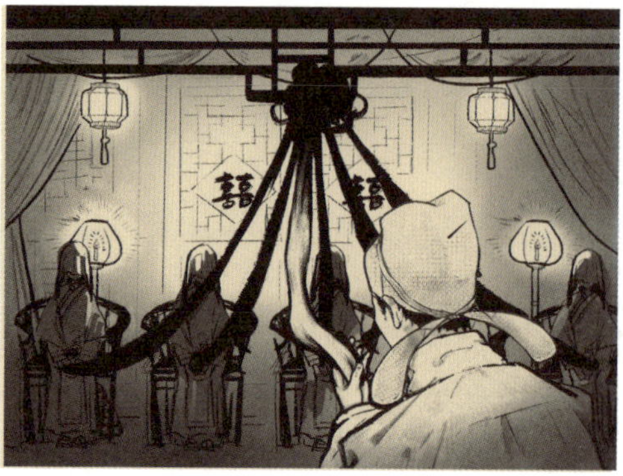

图 5-4　郭元振牵线择佳偶。图 / 刘丹一，2022 年

名将郭元振的故事。我简要复述一下这个故事：

> 郭元振年轻的时候就很英俊，才华横溢。宰相张嘉贞看中他，想招为女婿。郭元振说：“我知道您有五个女儿，但我不知道她们各自长得怎样，这事恐怕急不得，得给我点时间想一想。”张嘉贞说：“我的几个女儿各有各的姿色，只是不知道谁是你的最佳配偶。以你的才貌风骨，日后必非等闲之辈。要不这样，我让五个女儿坐在帷幔后边，每人手上各牵一根红线，线头置于幔前，你牵到谁的线就把谁娶走。”郭元振觉得这个方法好，于是从五根红线中牵出一根，结果得到了张嘉贞的三姑娘，长得非常漂亮。姑娘也因此跟着郭元振富贵显达。

后世如“唐伯虎点秋香”等戏曲中，让多名待嫁女子蒙面端坐，由择偶男子任牵一女，“牵到谁就娶谁”这样的戏曲桥段，估计就是源自郭元振的故事。甚至有人认为，“千里姻缘一线牵”的牵线习俗，就是由张嘉贞发明的。

事实上，真正的“牵线习俗”只存在于观念形态和文学作品中，现实生活中只有在结婚仪式上，才会让男女双方牵着红丝带拜个堂。民间关于“绊脚绳”的说法，是一种象征性的“相系”意念，让彼此“用脚”走到一起的意思，相当于一根“无形的红线”，凡人是看不见的。倘若不信，读者诸君看看自己脚上，摸一摸，有没有这根红线。脚上摸不到红线的，难道是命中注定单身？

故事设置的技巧

上面几则故事，都是对“千里姻缘一线牵”的具象演绎。故事初始条件的设置其实是一样的：人间的婚姻大事，是由阴曹地府的官员所主宰，他们用一根绳子，一头系在男人脚上，一头系在女人脚上。这根绳子就像强力橡皮筋一样，无论两个什么样的男女，一旦被这根橡皮筋套上了，哪怕远在天涯海角，也终将被拽到一起。

设置好初始条件，戴孚和李复言各自虚构了一则故事。应该说，两人的故事都很有特色，但是从民间文学故事结构的角度来看，李复言的故事似乎更胜一筹。

反常性设置

故事讲述的都是“反常事件”，正常事件很难成为故事。一对青年男女，两家门当户对，从小青梅竹马，长大后结为夫妇，如果中间没啥波折的话，这种顺理成章的事件遍地都是，毫无叙事张力，很难成为有趣的故事。所以说，故事一定要有反常性，有了反常性才会有传奇性。

两位作者都是要讲述一个“命中注定”的故事，本质上都是为了阐释命运的强大和难以抗拒。所以说，作者所要建构的，其实是一个“反抗命运”而最终又只能“屈从命运”的故事。“反抗”和“屈从”是同一事件的两个面向，目的都是为了突显命运的强大。著名的《俄狄浦斯王》，讲述的就是俄狄浦斯祖孙三代不断地反抗命运，却被命运紧紧扼住喉咙，无论如何也摆脱不掉的悲剧故事。

故事的“反常性”决定了两则故事的目标是一致的，都是要让一件貌似不可能的婚姻最终成为事实。故事开始的时候，韦固对于命运的安排是消极的、抗拒的，而阎庚对命运的态度是积极的、配合的，正因为有这样的差别，

图 5-5 无锡市太湖鼋头渚风景区月老祠前广场上立着许多石柱，石柱间拉着铁链，铁链上挂着成千上万的同心锁，这是其中最具标志性的一对“喜结良缘”同心锁。20 世纪 90 年代以来，全国各地景区，到处都建月老祠，到处都是这种“命中注定，喜结良缘”的同心锁。图 / 王颂，2011 年

《定婚店》是有悬念的，《阎庚》虽然也有紧张的节奏，但是几乎没有悬念。

灵验设置

故事中的灵验与生活中的灵验不一样。生活中只要预言成真，都可以称作灵验，但在故事中，只有那些不合常理的、遭到主人公反抗却又无法反抗的预言成为现实，才能称作灵验。比如，甲预言乙将喝酒，乙果然喝酒了，这不算灵验；只有当甲预言乙将喝尿，而乙果然喝尿了，这才叫作灵验。又比如，甲预言乙某日一定会出门，乙在某日果然出门了，这不算灵验；只有当甲预言乙某日一定会出门，而乙为了反抗预言，刻意把自己锁在家里，却因为某个特殊原因，不得不出门，这才能称作灵验。

《定婚店》中，奇异的灵验处于故事的核心位置。韦固对婚姻有强烈的渴望，可是，由于命中注定的对象还没长大，他无论如何努力都不能成功，想要的东西怎么也得不到；相反，那个“敝陋亦甚”的三岁女孩却是他坚决不想要的，但是怎么也摆脱不了。故事贯穿始终地在韦固的意志和神的意志之间展开博弈，最后，神的意志轻松取胜，故事以韦固的无奈屈从和欣然接受作为结局。

《阎庚》中也有两处灵验，一是阎庚的婚姻，一是地曹预言“欲至其村，当有大雨濡湿，以此为信”。女方婚姻的变故，是故事中特别有趣的设置，老王女儿本已许配西村张家，却因彩礼问题把好事给搅黄了，而这正是绊脚绳被解的结果，同时也是绊于阎庚的开始，说明人间婚姻事务，冥冥之中的确按照神的意志在运行。至于后者预言大雨湿身，则属于最没有故事想象力的灵验母题，是地府官员为了说明“我不骗你们，我真的是地曹，不信你等着瞧”而随意插入的一个母题，这个母题可以是下雨湿身，也可以是遇上一条蛇，还可以是被狗咬了一口，或者丢

图 5-6　台湾省彰化县桃源里桃缘宫月老庙，一男一女正在许愿求姻缘。图 / 桃缘宫，2019 年

失一匹马，等等，这个细节是可以随意设置的，无须任何技巧。

悬念设置

《定婚店》是有悬念的。韦固为了反抗神的意志，不惜以身试法，命人刺杀一个三岁女孩，力量悬殊，态度坚决；故事还有意将应验的时刻设置在十三年后，给韦固留下了充足的反抗时间。人和神的博弈中，到底谁胜谁负，故事中是留有悬念的。

《阎庚》几乎没有悬念。张仁亶是当时非常著名的大人物，选用公众熟悉的历史人物作为故事主角，从一开始就把“悬念”二字给摒弃了。河北地曹对阎庚命运进行重新安排之后，两人积极配合，按部就班地对神的意志进行了贯彻落实。故事平铺直叙，结局皆大欢喜。

反差设置

从形象设置上看，《定婚店》前半部分故意从年龄、衣着、容貌、家庭状况、社会地位等各方面对女方进行“降格设置”，从而加大了韦固对于命运的反抗情绪。到了结局部分，又故意在容貌、家庭和社会地位等各方面对女方进行“升格设置”，从而更加凸显人生际遇难以自主的命定特征。

《阎庚》的反差设置主要体现在两对人物的命运对照上。一是张仁亶和阎庚的命运对照：年轻时，张仁亶穷，阎庚富，张仁亶需要阎庚的救助，进入创业阶段之后，命运完全倒转，张仁亶命相贵，阎庚命相薄，阎庚需要

图 5-7 香港港岛宝云道的姻缘石崇拜大约起于 1950 年代，据说未婚可求姻缘，已婚可求子嗣。传说有一对情侣，因遭女方家人反对，私奔饿死在此，化为互相倚靠的一对石头。图 / 礼明，2017 年

张仁亶扶持和提携。二是阎庚和王氏女的命运对照：阎庚出身于东都富商之家，锦衣玉食，王氏女只是一个普通山村农家女子，但两人命相却完全倒转，阎庚本无禄星，必须倚仗王氏女的富贵命相才能谋得一官半职。作者通过这两对人物现实与未来的际遇反差，阐释了命相对于人生的决定性作用。

角色设置

从角色设置来说，《定婚店》至少有一个冗余的角色，韦固的仆人。这个人物完全是多余的，如果要进一步精简的话，与潘司马女儿约会这一段也没必要交代。作者大概是为了让传说显得更真实一些，故意加上了一些琐碎的细节，其实这些没有明确叙事功能的细节，在民间文学的传讲中都是最容易被遗失的。

相比之下，《阎庚》在角色设置上，倒是非常简练，就情节发展来说，没有一个角色是多余的。张仁亶寄居洛阳，没有出现房东；两人投宿酒店，没有出现店老板；到了老王家，没有出现王夫人。叙事极其简洁。

《定婚店》胜在“月下老人”这个有明确功能和鲜明形象的角色设置：“有老人倚布囊，坐于阶上，向月检书。”通过两人的对话，明确、清楚地交代了月下老人的阴曹功能，从此，李复言创造的这个月下老人形象，成为中国最著名的婚姻之神。

图 5-8 江西省石城县客家习俗，一对新人正在祠堂举行拜堂仪式，此为夫妻对拜。图 / 礼明，2006 年

相比之下，《阎庚》中的地曹形象，就显得面目模糊，全文只有“视瞻非凡”一句交代，没有具体形象，没有提供有效的形象再造元素。关键是，他只管河北一省，权力太小，外省人巴结了没用，注定难以进入民间信仰体系。

主题设置

《定婚店》之所以成为千古传颂的故事佳作，还因为这个故事始终紧紧围绕婚姻主题结构全篇，没有任何冗余话题。而《阎庚》则由于同时表现了多个主题，导致中心不够突出，两个男人之间的兄弟情谊冲淡了男女之间的姻缘关系，升官发财的命运故事也冲淡了千里系于一线的姻缘故事。

故事变异的逻辑

现存的民间传说中，没有见到《阎庚》的异文，但有许多《定婚店》异文，标题多写作《月下老人的传说》。由于月下老人的传说从一开始就是以文本的形式固定下来的，一千多年来，故事的变异性很小，但也有许多细节发生了变化。

传说发生地借势营销商丘文化

《定婚店》一经发行，广为流传，故事发生地宋城（今商丘市睢阳区）历任管理者非常重视，将之视作发展宋城旅游业的重要抓手。唐代宋城县令亲自为韦固住过的客店题写了“定婚店”店名，这里从此成为一家千古名店，很早就成为古代文人的“旅游打卡地”，甚至名列《大明一统志》和《大清一统志》。

上千年的故事传承中，商丘人出于文化自豪感，不断地往故事中加塞各种“商丘文化”的要素。比如，李复言原文称韦固“将游清河，旅次宋城南店”，本意是说韦固从商丘路过一下。可是商丘人民不这么认为，他们认为韦固的旅游目的地必须且只能是商丘，所以，

图 5-9　商丘古城东门的月老像。图 / 宋雪琴，2022 年

图 5-10　清末北京民俗画家周培春《民间神像图》中的月下老人画像。约 1890 年

韦固到了商丘之后，当然得在商丘各景点转一圈。《商丘市睢阳区志》等地方文献收录的故事大多是这么说的：韦固对宋城向往已久，终于如愿以偿来到了宋城，他不顾一路长途跋涉和舟车劳顿之苦，先游览了阏伯台，继而又去南湖泛舟。只顾游览观光，不觉玉兔东升。韦固看天色已晚，无法进城投宿，便投宿到南关一个客店里。

原始故事中还有韦固与宋城潘司马女儿错失婚姻的前奏，但这种设置显然不是商丘人爱听的，所以，商丘本地传说中，这一段也被剪掉了。韦固半夜出门，不是因为失败的相亲，而是因为诗意的更鼓之声："睡至半夜，城楼上的更鼓声将他惊醒，便起身出了客房。只见明月皎洁，如同白昼。欣然陶醉，不由诗兴大发。吟诗道：'月下飞天镜，嫦娥亦多情。窗外频窥视，倾慕我韦生。今宵结秦晋，不枉游宋城。'"然后才是韦固趁着月色信步走到了隆兴寺大院，遇上了月下老人。

故事行将结束，女主角在介绍自己身世时，说到父亲，李复言原文中只有"畴昔父曾宰宋城，终其官"数字，到了商丘传说中，这一段也被大大扩充："说来话长，我父亲原在宋州宋城做知县，为官清正，爱民如子，因勤政操劳，病死在任上。"商丘的官员，必须是为官清正，爱民如子的，这话一定得加上。

故事末尾，一般还会插入一段旅游广告："从此，南来北往的客人，纷纷到定婚店投宿，并深夜去隆兴寺上香，都想见见那位慈祥的月下老人，问问自己的婚姻大事和前程。"（王华杰《应天文化》）

儿童读物将韦固的蓄意谋杀改为不小心戳伤

大概是考虑到刺杀情节“儿童不宜”的问题，在四川人民出版社的《中国民间故事》（2020年版）中，讲到刺杀小女孩这一节时，是这样说的：

> 韦固瞪着那小女孩儿，心想：“什么鬼话！这小女孩儿多丑哇，怎么能配得上我呢！”他越想越气，就磨了一把刀子，让家奴去吓唬一下那个小女孩儿。谁知家奴一时失手，将刀子刺在了小女孩儿的两眉之间。

在一本少儿版的《中国民间神话故事》中，李复言的故事被大大简化：“很久以前，杭州有一个名叫韦固的书生。有一天，他很晚才回家，在路上遇到一位白胡子、白眉毛的老人，坐在月光下翻着书卷，他旁边还放着一个装满红绳子的布袋。”韦固行刺小女孩的情节也没有了，所以也就没有意外相认的情节，只剩了这样一个平淡无趣的结尾：“洞房花烛夜，韦固掀开新娘的红盖头，才知道他的妻子十七岁，正是当年那位陈婆婆的外孙女。”

图5-11 三亚市鹿回头景区的月下老人像，身上背着一个姻缘袋，身旁挂满了游客用来许愿的红绳。图/如鱼得水，2018年

增加了老人牵红线的现场感

有些传说中，婚姻红绳并不是早在命中注定，而是月下老人现牵的，充分体现了月下老人生杀予夺的主婚权力：

> 韦固乘月散步来到后花园，见一位老人背着锦囊正在月下看书，觉得奇怪，遂上前施礼，问看什么书？老人笑答：“人间《姻缘书》。”韦固见那锦囊胀鼓，内敛红光，便问老人囊中何物。老

> 人说："这是红线。"说着从中抽出一根红线，当空一晃，只见一道红光在韦固的左脚绕了一圈，然后朝北飞去。老人告诉韦固："此线以系夫妇之足，红线另一头系在谁的脚上，就是你命定的妻子。虽仇深似海，天涯异域，终不可解。"韦固见自己婚事已定，赶紧询问女方何人。老人回答说："店北卖菜老妪之女。"说完就不见了。

增加韦固中进士的俗套结局

好的姻缘关系，结局必须是美好的。世俗理解的美好姻缘，摆不脱一见钟情、好事多磨、郎才女貌、门当户对四件套。在月下老人的传说中，韦固第一次见到女方时，还是个三岁的孩子，"弊陋亦甚"，一见钟情是占不上了，似乎只占了个好事多磨。

为了补上郎才女貌这一环，原著先是让韦固"以父荫参相州军"，接着，又硬把女方从"弊陋亦甚"给掰回到"容色华丽"。可是，在讲故事的老百姓看来，这并不公平，既然女方又年轻又美貌，父亲还是"相州刺史"，韦固他凭什么呀？如果只是凭父亲的关系混个小小的参军，那这"才"字上面，明显还欠着一些。于是，在许多故事异文中，韦固因"父荫"而做官这一点，往往都被有意忽略了，改成了"十四年后，韦固中了进士，在河南安阳做了参军"。接下来，双方进一步摸底考察，说明女方父亲也曾当过宋城县令。于是，"四件套"中至少把好事多磨、郎才女貌、门当户对三样给配齐了。

在沈阳市和平区《张昶画眉》的故事中，张昶用石头砸断了小女孩的眼眉。后来张昶中了状元，娶亲时发现新娘子缺了一段眼眉，双方一对，知道了事情的原委，从此，张昶每天得给妻子画眉。

读书人的故事转化为放牛娃的故事

月老故事在南方多表现为书生的故事，在东北地区则常常表现为农村小伙的故事，角色身份变了，但是情节结构并没有变，比如流传在辽宁营口的一则传说：

> 有个放牛娃正在山上放牛，看见一个白胡子老头儿坐在石头上摆

图 5-12　山西晋城市珏山风景区被认为是当地最好的赏月点，景区在一天门下建了个月老亭，月老亭里本来已经有个月老，但是为了方便游客拍照，景区又在亭外的悬崖处立了一座月老石像，边上又立两块大石，一石刻“永结”，一石刻“同心”，用铁链和巨锁锁在一起，中间还放上一块心形石头，寓意满满。图 / 珏山旅游景区，2017 年

弄土坷垃，还给土坷垃拴红线儿。放牛娃觉得新鲜，问老头儿：“这是干啥?”老头儿说：“我是月老，正给人牵红线配夫妻呢。”放牛娃问：“这么说你摆上谁，谁就和谁做夫妻了?”老头儿说：“正是。该着是夫妻的，棒打也打不散。”放牛娃又问：“那我将来的妻子是谁?”老头儿说：“你家前屋，五岁的丫蛋。等她长大，你们俩就是夫妻了。”放牛娃心想：那丫头还穿着活裆裤，我才不要呢。放牛娃气着往家走，正好看见丫蛋在路边玩，顺手给她一棒子，打在人脑门儿上，给丫蛋留下一块疤瘌。

第二年天旱，村里人都外出逃荒，丫蛋家也不知道逃哪去了，放牛娃早忘了月老牵线这事。十几年过去，父母给他定了门亲。洞房花烛夜，小伙子揭开新娘盖头，见新娘子长得挺俊，只是脑门儿上有块疤瘌，就问她。新娘子说：“我五岁那年，被一个坏小子用棒打的。”小伙子一听，问她：“你小名叫丫蛋吗?”新娘子说是。小伙子这才信服了那老头儿的话：“真正的夫妻棒打也不会散的。”（刘永珍口述，陈淑梅整理《真夫妻棒打不散》）

命中注定的“露水夫妻”

据江帆教授介绍：“在20世纪80年代的普查中，还发现了这一类型的特殊变体，我们暂且称其为‘露水夫妻型’。故事梗概为：一男子已经结婚，路遇月老以画像为人间配婚。男子发现月老将其妻画像与另一男子配放一起，急得大叫：‘配错了。’月老说：‘没错，此人与你妻前生有一段缘分。你妻前生是只猫，死在伏天，尸首眼看腐烂。此人前生是个货郎，路遇此地，就给猫尸盖了一把蒿子。你妻前生欠了此人这段情，今生该着做一夜夫妻。这就是：前生一把蒿，今生只一遭。’接下来，在不同的文本中，有的讲男子央求月老为其提供了破解之术；有的讲其妻果真莫名其妙地与一素不相识的男人做了一夜露水夫妻。这类故事显然是‘定婚店’类型在民间流传中的发展与演化。”（江帆《棒打不散的姻缘——“月老婚配”故事解析》）我们以辽宁鞍山铁东区的一则故事为例：

农忙时节，有个男的一大早去叫工，遇见月老在道边摆弄画片，上前看个热闹，发现月老把他老婆的画片和另一个豹花秃的男人配到一起，就急了，说：“这女的是我媳妇，你怎么跟豹花秃配一起呢？”月老说：“你媳妇生前是只猫，死在路边，这豹花秃前世是个货郎，给猫盖了一把蒿子。所以，这叫‘前世一把蒿，今生只一朝’。你媳妇注定要还这份情，陪这男的做一宿夫妻。”男的一听就急了，求月老给个破解的法儿。月老说：“你今天不遇上我，这个事儿非发生不可。一会儿你叫工时，把豹花秃叫上。他做会工，四更时分准要进屋找水喝，一定会碰到你媳妇出来淘米，一见面他们就中意，这事非发生不可。除非你预备两吊钱放到水缸盖上，他见钱起意，拿起就走了。你用钱还情，这事也就破了。”

这男的照着月老的话，把豹花秃叫去家里做工。到了四更时分，豹花秃果然去找水喝，看见水缸盖上的两吊钱，就给揣上了。这时，男人的媳妇正出来淘米，一看豹花秃就喊：“你站住！”豹花秃一听，以为拿钱让人家知道，跑得更快了。男人从房后出来，问媳妇：“你喊啥？”媳妇说：“我看这人面熟，叫他进屋唠唠。”男人把月老说的事告诉媳妇，两个人十分庆幸得到月老帮助。

只余“月下老人”名字的传说

还有一种比较罕见的异文，韦固在传说中彻底消失，只剩了月下老人这个名字：

> 据说月下老人是盘古右眼中的一滴眼泪，当时盘古化生万物的时候，左眼化成太阳，右眼化为月亮，右眼中的一滴泪不慎落在地面上，成为一块无论怎样干旱也永不干裂的湿泥。女娲造人的时候，将这块湿泥随手造成人形，这就是月下老人。
>
> 月下老人每天背着布袋漫游，每当遇到苦于找不到伴侣的少男少女，他就从身后的布袋中拿出一根红线，将两端分别系于他认为适合的少男少女脚上，即使这红线两端的少男少女相隔千里万里，也会有缘相见。有的时候，月下老人一时兴起，还会随便把红线系在一对男女的脚上，这样就会错点鸳鸯谱，人间就会出现许多不美好的婚姻。（英子《月老的传说》）

月下老人的“生意经”

“月下老人”无疑是个具有高辨识度的品牌符号，如果唐代可以申请商标知识产权的话，说不定李复言的后人抱着这块牌子就可以坐吃千年。根据2022年我在国家知识产权局“中国商标网”的查询，目前在不同行业注册“月下老人”商标的公司达到28家，涉及的行业除了婚姻介绍之外，还包含食品、服装、物业、景区、广告、传媒、科技等多种行业，涉及的地域除了河南之外，还包括上海、天津、江苏、浙江、福建、河北、山东、陕西、四川、江西、广西等十三个省市自治区。

如果以简称“月老”进行查询，那么，以“月老婚姻”“月老婚恋”“月老红绳”“月老在线”“月老来了”“月老祠堂”“月老殿”“月老宫”“月老家”“月老园”“月老广场”“月老蜀黍”“月老的祝福”“月老在身边”“月老小纸条”等名称注册的商标更是高达666项，注册公司几乎遍布全国，但凡我们能想到的“月老 ××”，早就有人想到了。

不过，上面的公司多数都是空壳公司，有名无实。真正把月老生意做得大，时间做得久，成本做得低的，非“月老祠”莫属。你想，盖个房子挂上一块“月老祠”匾，里面塑个手握红线的白胡子老头，前面放它几个功德箱，求姻缘的单身男女，只要他 / 她进了这个门，不往箱子里扔几张钱，他 / 她心里就不会踏实。月老祠就是个一本万利、不负责任、永无投诉的“婚介公司”。

用“百度地图”搜一下“月老祠”，全国共有 43 个结果。最多的几个城市中，北京 5 个、杭州 4 个、无锡 4 个、婺源 3 个、宁波 2 个、唐山 2 个，其他省会城市如上海、重庆、南京等地也都有月老祠，地市级城市中，尤以江苏、浙江、山东为多。相反，作为月下老人故事的发生地，河南的月老祠反而在“百度地图”上很少显示，尤其是作为月老祖祠的商丘月老祠，也未能在地图上得以显示。至于其他一些不大著名，或者各地旅游景点新建而未能在地图上显示的月老祠就更多了，大大小小几百家是没问题的。

许多地方的月老信仰空间并不叫“祠”，比如在台湾，台中市、新北市和云林县都叫“月老殿”，湖南岳阳、广西玉林等地都叫“月老宫”，还有一些地方比如河南安阳，直接就叫“月老庙”。下面我挑几个著名的说一说。

商丘月老祠

河南商丘起步最早，他们很早就将宋城南的一家客栈定名为“定婚店”，还对月下老人进行了重新包装：首先将月下老人定位为“商丘人”，而不是偶尔在商丘歇脚的云游仙人；其次将月下老人定位为“媒神”“红喜神”“月老星君”“天庭的一位上仙”，而不是李复言说的“幽冥之人”。先对月老进行“降格设置”，将他和商丘捆绑在一起，然后再做“升格设置”，以商丘人位列上仙的新定位来整体提升商丘人杰地灵的地域档次。

古老的定婚店早就不在了，现在商丘古城的火神台景区尚存一座月老祠。祠内有月老坐像，一手执婚牍，一手牵红绳，慈眉善目，笑容可掬。神龛两侧对联是：“婚牍配成百年姻，红绳牵就千里缘。”两侧还有一些韦固传说的塑像。

祠外的墙上，挂满了红色“祝福丝带”，据说是求姻缘的游客买了挂上去的。红绳换成红丝带，最主要的原因还是出于商业考量。丝带可以印上一些祝福语，留出空间供游客写写名字，这样，信物的档次上去了，仪式感有了，价格自然也就跟着起来了。否则，一根短短的红绳子能卖几个钱？大家看看现在的商店，哪家商店会售卖一根针、一根线之类的零碎小商品？不管你用得上用不上，都得整一个针线盒卖给你。

图 5-13　商丘古城的月老祠，格局传统，风格古朴。图 / 栏杆拍遍，2018 年

杭州月老祠

美丽的杭州一向是恋人流连之地，这里决不会错过一座月老祠。杭州最著名的月老祠在栖霞岭北麓，是黄龙洞的主要景点。这里的一副对联尤为著名：“愿天下有情人都成了眷属，是前生注定事莫错过姻缘。”上联取自《西厢记》杂剧，下联取自《琵琶记》传奇，凑在一起，刚好是一对绝妙好联。祠内正中有手执“婚书”的月老塑像，边上有两幅故事壁画，左为唐伯虎点秋香的“三笑姻缘”故事，右为郭元振的“牵红丝娶妇”故事。

图 5-14　杭州黄龙洞景区的月老祠。图 / 多丽丝圈圈

在台湾省台南市，也有一座据说始建于郑成功时期的月老殿，该殿最有名的也是楹联：“愿天下有情人终成眷属，望世间眷属全是有情人。”楹联只在“有情人”和“眷属”两个关键词上颠倒做文章，不仅说出了爱情的美好愿景，也表达了婚姻的理想结构，内涵更加丰富。

图 5-15　北京东岳庙的月老殿。图 / 沈艺，2020 年

北京月老殿

北京没有专门的月老祠，只在大神大庙中附设月老殿。最著名一处是什刹海火神庙的月老殿，殿门楹联："红绳一牵共白首，天配良缘定三生。"其次是东岳庙的月老殿，殿门楹联："来庙前独一无二，进殿后无独有偶。"东岳庙还有挂红线、送拐杖、请同心锁等仪式活动，七夕节尤其热闹，许多老人前来为儿女求取红线，希望自己的孩子能在接下来的日子里喜牵红线，巧结良缘。

为了因应姻缘市场的迫切需求，多数月老祠都设有"月老灵签"的抽签、解签点。为了确保"灵签"的灵验性，有些签师会指导信众"正确求签"的有效程序：第一步，向月老上香，跪拜；第二步，默念自己的姓名、出生日期、现住地址；第三步，默念拜求的婚恋事项，然后摇签；第四步，交费，请求解签。这个流程设计有点像病人看医生：第一步相当于挂号；第二步相当于填写身份信息；第三步相当于自诉症状，求取药方；第四步相当于交费取药。

台南市鹿耳门的月老殿是配祀在妈祖天后宫的，虽然只是配飨，但是据说非常灵验，吸引了全台湾的单身男女前往拜求，宫外墙上贴满了还愿者的结婚照。这里求姻缘的程序是：第一步，认真填好姻缘单；第二步，向月老上香，跪拜；第三步，默念自己要求的婚恋事项，然后掷杯筊，得到一阴一阳的圣杯之后，就可以吃下供桌上的两颗喜糖，向月老求取红线。

两者之间的差别主要在于，前者是当场抽出灵签，是好是坏，解签人现场就可以给你指点迷津；后者是只要你虔诚拜祭月老，不管结果怎样，月老会先给你两颗喜糖，一根红线，你只需要回家等结果。

横空出世的“柴道煌”

如果你用互联网去搜索“月下老人”，很容易就会发现，月下老人还有一个古怪的名字叫“柴道煌”。这个名字在过去的书面文本中从未出现过，突然在互联网上高频出现，甚至出现在“百度百科”的“月老”词条当中，特别奇怪。细细搜索，发现这个名字还大量出现在“百度贴吧”“淘宝”“拼多多”等商业网站。

由于“柴道煌”这个名字过于古怪，辨识度很高，搜索起来并不难。互联网上的这个名字，大多出现在 2020 年之后，少部分出现在 2018、2019 年。目前可见最早来源出现于 2017 年，在一个连“谷歌”和“百度”都搜不到的游戏网站“翠儿小说网”（https://www.cuierxs.com）的角落里，有个叫“想当一条咸鱼”的网友发表了一部青春小说《一不小心把地球弄炸了怎么办》，作者用玄幻小说的方式重述上古神话，其中穿插了柴道煌追求女仙孟无情，未能成功，三万年之后，孟无情修炼成了“孟婆”，柴道煌修炼成了“月老”的故事。

该小说第 560 章名称就叫“柴道煌，月老”。小说中的柴道煌开了一家“情缘店”，手中掌握着一个记录姻缘大事的小本本，同时掌管着上至天仙，下至人间的姻缘红线，可是唯独解决不了自己的老大难问题，胡子都白了，还是个老光棍。在这部小说中，作者几乎给所有的天神、天仙都取了一个俗不可耐的名字，比如，作者给王母娘娘取了一个名字叫杨光秀，平时东皇太一就叫她“秀儿”。而贵为天庭之主的东皇太一，平时说起话来也是街头混混的语气。

图 5-16　许多购物网站售卖着形态各异的月下老人塑像，往往会在商品名称中写上“柴道煌”的名字。图 / 某网站的一家佛缘店，2022 年

网络小说大多粗制滥造，但是因为免费、便捷，读者阅读量非常大。2018

图 5-17　可在网站购买的“月老星君姻缘符”。姻缘经济潜力巨大，各路大师都有机会从中分一杯羹。图 / 虾皮，2022 年

年，这部小说被分别转载到其他多个非主流小说网站。2019 年，“月老别名柴道煌”的信息不仅被一些好事网友塞进了诸如“每日头条”“百度贴吧”“百度知道”“搜狗百科”“中文百科知识”“新加坡道教学院”等知识性网络平台，还进一步出现在《魔改全世界》《相思只在：合欢花开》《洪荒的一已之见》等多部网络小说当中。至于这些小说的作者是不是同属一个创作团队，或者只是相互借用现成的神仙名称，我们这些局外人很难知道。

2020 年，“百度百科”已经有了“柴道煌”的专属词条：“柴道煌，民间又称月老、月下老人、月下老儿，宋州宋城（今河南商丘）人，是中国民间传说中主管婚姻的红喜神，也就是媒神，是天庭的一位上仙。”词条中还配上了月老的神像。

图 5-18　高达 40 米的月老塑像，位于山东济南王老顶。图 / 行摄千山万水，2022 年

电商为了方便网友搜索到自己的商品，往往把所有相关的关键词都堆到产品名称当中。目前售卖月老神像的网站，月老的神像名称往往是一长串，比如“月老神像柴道煌月老星君佛像月下老人招姻缘红线红娘婚姻家居摆件包邮”“月老像月下老人红喜神媒神柴道煌赐姻缘神像佛像铜像纯铜包邮”。店家在推广商品的时候，顺便就把“柴道煌”这个名字给强力推介出去了。由此可见，商业宣传对于文化符号的推广是极其粗暴的，哪管什么主谓宾是否得当，语句是否通顺，意思是否明了，它只管把各种能想到的关键词堆上去，让消费者能够搜索到。到了 2020 年，已经有两家公司以“柴道煌”的名称注册了六类商品，还有柴姓网友在网上发帖，以这位柴氏先人贵为月老而自豪。

不仅如此，有一些店家为了售卖姻缘红绳，甚至生产出“红绳系脚”和“红绳系手”两种产品，同时对两种红绳进行“民俗科普”：“红绳拴在脚上是求姻缘的意思。传说中的月老都是用一根红线牵男女姻缘的线，所以不言而喻，红绳拴在脚上是表示自己已经求得好姻缘。红绳系于手上，可以表明自己正待嫁求偶，有表示‘女未婚’的意思。”

一个月老，一根红绳，千百年来带给人们无数美妙想象，也带给店家无限商机。

老虎变美女：盗衣男子的悲喜剧

图 6-1 牛郎正在实施无差别盗衣。图 / 墨浪，1963 年

说起盗衣男子的故事，人们很自然就会想到可怜的七仙女。好不容易找个休息日，不用上班织布，跟姐妹们下凡洗个澡，却被牛郎这个穷放牛的把上天的羽衣给偷走了。牛郎若是真爱七仙女，诚心追求也就罢了，织女好歹算是嫁个有情人。可最令人痛心的是，牛郎只是需要一个老婆而已，他是临时起意，实施无差别盗窃，偷到谁的衣服谁倒霉。七仙女就是那个倒霉蛋。

在许多异类婚故事中，异类与人的区别，正如天仙与凡女的区别，相隔就是一件衣服。脱下衣服就是个普通人，穿上衣服才是异类。盗衣男子往往也能如牛郎般享受一段奇妙的艳遇，但并不是每个盗衣男子都如牛郎般幸运，艳情结束后还能追着女方直上天庭，每年还能享受一次探亲假期。

说起人和异类的婚恋故事，人们又会想到美丽多情的白娘子。可从文献上看，人蛇婚甚至还发生在人虎婚之后，白素贞也不过是个升级版的老虎妻子而已。

虎夫故事，异类强娶民女

人虎婚不外“虎夫”和“虎妻”两种。虎夫故事在类型和数量上远少于虎妻故事，部分虎夫故事可以看作“蛇郎故事”的翻版，只是将蛇郎替换为虎夫而已，女方则依然是两姐妹或三姐妹。故事开头是父亲在外受到老虎的胁迫，答应将一个女儿嫁给老虎，最后只有最小的妹妹表示愿意嫁给老虎，她也因此而过上幸福生活。姐姐后悔错过一桩好事，因妒忌而杀死妹妹，然后假冒妹妹跟老虎做夫妻，最后被老虎识破并吃掉。

不过，异类强娶民女，素来为老百姓的观念所不容，因而虎夫故事往往发育不良，多数虎夫都是落得被人类镇压的下场。民间的观念世界中，不会眼睁睁地看着美女上了异类的贼船，更不愿意去讲述和传播这类故事，正如现在还有很多人看不惯中国女子嫁给外国男子一样。即便是像五通神这样尸位祭坛的淫神，偶尔幻化为英俊少年，也只能在夜深人静的时候潜入良家闺房，如果不慎为人察觉，还有拆庙毁像的危险，很难演绎出什么美妙动人的情爱故事。唐传奇《广异记》就讲述了这样一个虎夫故事，故事大意如下：

> 唐开元中，有妇人嫁一老虎，住在深山里面，两年了，一直不知道丈夫的真实身份。有一天，两位客人自带酒水来访，丈夫嘱咐妇人说："这两个客人有点怪，你千万别偷看他们喝酒。"很快三人喝得酩酊大醉，妇人最终还是忍不住好奇，偷偷开门看了一眼，发现他们全是老虎，心下大惊，没敢吱声。过了几天，妇人念叨说想家，于是丈夫备了酒肉跟她一起回娘家，路上要过一条河，妇人先渡过去了，这边丈夫刚要脱衣服，妇人开玩笑说："咦！你背后怎么露出一条老虎尾巴？"老虎丈夫知道自己的真实身份已经暴露了，羞愧不敢渡水，扭头就跑，再也没有回来。

这是一只结局不算悲惨的公老虎，最终只是落得羞愧而逃。异类婚故事中，大凡异类为男性的，多以"异类作祟故事"为主，而且往往是使用暴力压迫的手段将女性强娶为妻，最终被人类设计消灭。

图 6-2　老虎刚要渡河，听妇人这么一说，只好扭头跑了。图 / Evelyn Harrison，2017 年

在人与异类的婚姻史上，虎妻故事是较早产生的类型，发育也远比虎夫故事精彩多样。

唐代“崔生遇虎故事”，美女就是野兽

图 6-3 利用“图片实验网”（photolab.me）制作的半人半虎图。图 / 施爱东，2022 年

唐以前的虎妻故事中，虎妻的兽性还很重，无论平时如何姿容端正，一到关键时刻，就会露出吃人的本性。隋代《五行记》记载，晋代有个叫袁双的光棍汉，路遇一个美女，“年十五六，姿容端正”。袁双娶回家之后，很快发家致富，还生了两个孩子。可是，后来有人发现美女是只老虎。原来，每当遇有新死者下葬，美女就会脱掉衣服挂到树上，然后变作一只老虎，把死人挖出来吃掉，吃饱后又穿上衣服变回人样。有人把这事告诉袁双，袁双不肯相信，直到有一次亲眼所见，才知道这是真的。

吃死尸的虎妻故事毫无美感可言，让人听了很不舒服。这种虎妻必然要被更美丽、更健康的虎妻形象所替代。唐代薛用弱《集异记》记录的崔韬故事，虎妻虽然兽性不改，但形象可爱多了，乃至成为后世大量虎妻故事的“母本”。这个故事大意如下：

> 山西蒲州人崔韬要去安徽和州，晚上借宿在滁州仁义馆，侍从告诉他：“这个馆很凶险，你还是别住了。”崔韬不听，坚持住这。二更天，崔韬正准备睡觉时，突然看见一只老虎自门而入。崔韬赶紧躲起来，只见老虎脱去虎皮，化作一个奇丽女子，然后走进崔韬房间，钻进崔韬被窝。崔韬忍不住走了出来，问她：“你干吗睡我床上？我看见你进门的时候是只老虎，这是为何？”女子起身说：“我家贫，想嫁个好人家，苦于没有门路，今晚知道你来了，想把自己托付给你，于是趁夜披上虎皮，悄悄潜入馆舍，希望你能接纳我。”崔韬说：“你要有这意思，那真是太好了。”于是两人欢好一夜，情投意合。第二天，崔韬就把虎皮扔进一眼枯井里，带着美女走了。

> 后来崔韬考上进士做了官，夫妻恩爱，还生了个儿子。崔韬改任时，一家人途经旧地，再次投宿仁义馆。崔韬和妻子开玩笑，把妻子带到井边，发现井中虎皮还在。崔韬笑着说："看吧，你穿的那件虎衣还挺光鲜的呢。"妻子也笑着说："我试试还能不能穿。"没想到女人一穿上虎皮，马上化作一只老虎，跳踯哮吼，把崔韬和儿子吃了，扬长而去。

崔韬妻比起袁双妻，形象生动多了，但还是不脱兽性，一旦穿上虎皮，就连丈夫子女都辨识不了。不过，《集异记》是文人故事，在相应的民间故事中，虎妻对亲人还是有辨识力的。

湖北长阳的一则当代虎妻故事，前半段跟"田螺娘故事"的套路一模一样：

> 一个娶不上老婆的庄稼汉，每次出门回来，都会发现家里的饭菜已经做好了。有一次，他假装出门，偷偷躲起来，看见一只老虎在地上打一个滚，变成一个漂亮姑娘，然后把虎皮藏好，就去帮庄稼汉做饭。庄稼汉哪忍受得了这诱惑，先把虎皮收了，然后跳出来，抱着虎妹子，要娶她做老婆。两人就这样成了亲，还生了个大胖儿子。

图 6-4　山西大同永安寺壁画中的虎衣撕脸明王像。虎衣明王是密宗三大师祖之一，诞生于虎年、虎月、虎日、虎时，靠虎奶喂养长大，故称虎衣明王。佛撕开虎衣表象，露出慈祥面容，以自己无比宽大的胸怀包容世间万象

故事的后半段就回到虎妻故事的套路上了。故事特别提到虎妻身体有点小缺陷，一只脚掌有点歪，这是伏笔。

图 6–5　山西永济市卿头镇白坊村民曾经协力击毙一只大老虎，该村因此改名获虎村，建了一座获虎亭。第二年，又有村民为老虎兴建虎祠，为虎神树碑立传，表达了“万年不遇突来我乡，本欲生擒误听弹亡。每思念及悔恨难忘，征求众议报汝惨伤。建立祠堂百世馨香，祝尔美魂永保吉祥”的意愿

> 庄稼汉的儿子慢慢长大，找了个姑娘刚成亲。这天，虎妻收拾屋子，突然发现了藏着的虎皮，于是对家里人说想出门玩几天。新媳妇就说：“妈出门玩，给我带点礼物回来。”几天后，虎妻给她带回五根手指头，可把新媳妇给吓坏了。庄稼汉心里知道怎么回事，就把真相告诉了儿子儿媳。第二天，虎妻又出门去玩，儿子怕她犯事，悄悄跟在后边，果然发现母亲披上虎皮变成了老虎，蹑手蹑脚要去吃一个小孩。儿子在后面大喊一声：“妈，搞不得，他是独儿子！”老虎回头一看是自己儿子，瘸着脚跑进了深山老林，从此再没回来。

这个故事的结尾，要比传统虎妻故事多出一个情节。庄稼汉到处张贴告示，如果有人下套套着一只歪掌虎，愿意高价收买。几年之后，果然有人套上了歪掌虎，庄稼汉赶紧跑去，发现老虎已经死了。庄稼汉一看虎掌就知道是自己妻子，大哭一场，买回来，把虎妻给葬了。（参见戴箕忠主编《中国三峡动物传说》）

虎妻兽性的解除

民间文学中的婚恋故事一般不会以惨剧形式流传。到了晚唐皇甫氏《原化记》中，老虎吃人的情节逐渐从主流故事中退出了。这个故事大意如下：

> 天宝年间，有个候选官员入京，到一个村子的僧院求宿。天要亮的时候，在院后的破屋中看见一位女子，年可十七八，容色非常美

丽，身上盖着一张虎皮，正在熟睡。这人悄悄地把她的虎皮藏了起来。女子醒后不见虎皮，非常惊惧，自述父母离散，逃难至此，离家已经很远。这人就让她做了自己的妻子，一起进京候选，然后又一起赴任为官。

图 6–6　江苏丹阳市公安局 2020 年侦破一起非法倒卖虎皮、虎骨案。这张虎皮身长 2 米，虎尾 0.86 米。图 / 紫牛新闻，2020 年

这人任期届满时，女人已经生了好几个儿子。有一天他们又来到以前借宿的僧院，住了一宿。第二天出发前，这人跟妻子开玩笑说："还记得你穿虎皮睡觉的地方吗?"妻子生气地说："我本来不是人类，偶尔被你收去，有了几个儿子，你不嫌弃我，我才能和你共处。现在你要是耻笑我，就把虎衣还给我，让我走吧。"男人知道说了过头的话，赶紧道歉。可是女人怒气不消。男人索性告诉她说："你的衣服就在北屋，自己去取吧！"女人大怒，目如电光，疯狂地跑进北屋，翻出虎皮披到身上，跳跃数步，变成一只巨虎，哮吼四顾，望林而奔。男人非常惊惧，赶紧带着孩子走了。

虎妻故事大概是晚唐比较盛行的故事之一，薛渔思《河东记》也有一个相似的故事，只是情节更加曲折，细节更加细腻，多了点文艺腔。其梗概如下：

贞元九年，有个叫申屠澄的读书人要去四川什邡补任县尉，走到陕西洋县一个前不着村后不着店的地方，适遇风雪大寒，马走不了，只好就地投宿到一户人家。这家只有一对老夫妻和一个女儿，女孩只有十四五岁，"虽蓬发垢衣，而雪肤花脸，举止妍媚"。主人特别周到，夜里不仅为客人生火取暖，还温酒款待。席上行酒令，申屠澄故意用《诗经》中的"厌厌夜饮，不醉无归"来试探女孩有没有读过书，没想到女孩居然以《诗经》中的"风雨如晦，鸡鸣不已"来回应。申

屠澄大吃一惊，因为他知道这句诗的后面一句是“既见君子，云胡不喜”，这等于是女孩主动告诉申屠澄，她很喜欢他。申屠澄马上向两位老人求娶女孩。老夫妻几乎没有丝毫犹豫就答应了，才过两三天，就催促申屠澄赶紧带了老婆去赴任。

小两口到了什邡，申屠澄的工资并不高，但是妻子特别会持家，还生了一男一女两个聪明伶俐的孩子，左邻右舍都夸她贤惠。于是，“夫妻情义益浃，其于厚亲族，抚甥侄，洎僮仆厮养，无不欢心”。明显申屠澄娶了个聪明能干的好妻子，他自己也非常满意，给妻子写了一首《赠内诗》，把两人比作“川上鸳鸯”。

后来，申屠澄罢官归家。一路上，妻子开始苦吟：“琴瑟情虽重，山林志自深；常忧时节变，辜负百年心。”过了半个来月，一家人走到了妻子老家洋县，故居还在，但老夫妻已经不在了。妻子在这里哭了一整天，偶然看见墙角的旧衣服下面还压着一张积满尘土的虎皮，忽然大笑：“不知此物尚在耶！”结果一披上虎衣，马上变成一只母老虎，咆哮着夺门而去。申屠澄吓坏了，也很伤心，带着两个孩子“望林大哭数日”，虎妻再也没有回来。

图 6-7　虎女郎 Tigra 是美国漫威漫画公司塑造的一个超级女英雄。这是一位经验丰富的女战士，拥有虎一样的力量、速度和感觉

虎妻故事至此基本稳定，包含 9 个母题：

男子遇到一只老虎。

老虎脱去虎衣，变成一个美貌女子。

男子将女子的虎衣藏起来（一般是扔下枯井）。

女子成为男人的妻子并跟着他走了。

两人过着美满的生活，并且生下了孩子。

图 6-8　民国上海广告画“美女与虎”，题云：“山盟海誓爱情深，只恨郎君有野心，今日追踪幽谷里，故将猛虎手来擒。”图 / 毕修方

> 几年之后他们回到初次相见的地方。
>
> 夫妻重温旧事，妻子急于找到虎衣。
>
> 妻子穿上虎衣变成老虎。
>
> 老虎离去，人兽终于不能共存。

宋明两代，虎妻故事还有少许发展，但只是在“男子为何遇见虎妻”的环节上做些文章。如明代的《虎皮井》，故事大意为：

> 连云港闹虎患，要求乡民每年给老虎奉送一名男孩，后来有个崔生自告奋勇顶替男孩以身饲虎。崔生事先将一批酒肉摆上神案，自己伏于梁上。半夜时分，老虎来了，脱下虎皮化作一个妇人，然后吃酒，醉卧。崔生从梁上溜下来，“取其衣，则一虎皮，出庙，以皮投于井”。

接下来的故事就和前面一模一样了。这个故事，直到今天还在连云港流传，许多人都知道在南城东门外有一口“虎皮井”，只是，关于男主人公的身份，众说不一，总之早就不叫“崔生”了。

失去虎衣“被妻子”，找回虎衣做山君

人虎婚的故事和其他异类婚故事一样，在唐代笔记中即已初具模型，至宋明时期，已经非常成熟。故事一旦成熟，往往就会变成相对稳定的、类型化的故事。

成熟的异类婚故事中，异类越来越倾向于幻化成美艳女子，或者主动钻到男主人公被窝里，或者半推半就委身于男主人公。所以民俗学家

图 6–9 “漂亮夫人和她的虎皮”。图 / [法] 马丁 · 卡维尔

黄景春认为：“人与异类婚恋的内核是性爱，其他情节都是次要的、附着性的。”

这一点，我们只要看看虎衣的作用就知道了。在所有虎妻故事中，虎衣（虎皮）都是决定角色转换的关键要素，谁拥有了虎衣的控制权，谁就拥有了命运的控制权。虎的神威是通过虎衣的神奇功能来体现的。

盗取美女衣服，强娶美女为妇的流氓行径，早在干宝《搜神记》中已有记载，据说还是江西人（豫章男子）干的好事。对照“天鹅处女型故事”的各种异文，比如牛郎织女故事，或者羽衣仙女故事，我们就知道“外衣”（象征着外在于女性的社会地位、经济地位）对于女性来说是何等的重要了。无论这个女人是凡间的老虎，还是天上的仙女。只要脱去这件外衣，她就只能是一个充分符合男性想象的、美貌而任人摆布的弱女子。

虎衣、羽衣、毛衣、天衣，都是女性自然权力的象征，男性征服女性的方式，就是剥夺她们的这种自然权力。于是，所有这类故事中的男性都使用了相似的无赖手段，提出了相似的无赖要求，首先把女性的衣服给藏起来，然后强迫对方做自己的妻子。

这类故事多半属于男人的白日梦。他们总是幻想着能够在一个远离“熟人社会”的陌生环境中释放这种欲望，故事发生地往往设定在旅舍、寺院等相对陌生的环境中，以逃脱人伦道德的监督、约束和指责。在这里，他们偶遇了一个脱离群体保护的女子，然后，以对方“非人”和“无依无靠”为借口，彻底解除她的反抗能力，任性地享受一场艳遇。

故事中反复出现的脱衣、裸睡、偷窥、盗衣、求欢等一系列场景，源于男性的性幻想。由于男性的强势观看，虎女丧失了它山林之王的“山君”本性，成为一个“被妻子”的社会角色。由此看来，异类婚故事主要是为了迎合男性的审美需要而产生的，或者说，主要是男人对神秘女性的意淫之作。

当代民间文学工作者在陕西礼泉县采录到的一则虎妻故事，颇有一些反叛意味：

> 故事发生在东汉末年，男主角是一个地位低下的拾粪男子，偶尔看见一只老虎脱下虎皮，变成个俊俏姑娘走进一座庙里，他就偷偷地将虎皮偷了，埋在自家院子的渗井里，然后去向姑娘求婚。无论虎女如何百般哀求，声泪俱下，男子就是不承认藏了虎皮。他说："我真没有拿你什么东西，你要没处去的话，我父母双亡，家里就我一个人，咱俩结成夫妻吧。"
>
> 姑娘没有办法，只好答应。直到两人生下一双儿女，男子觉得安全了，这才告诉她虎皮藏在渗井里，可是，挖出来的时候，虎衣已经快烂完了。虎女摸着虎皮一边哭，一边用舌头舔着，虎皮慢慢变好了。虎女穿上虎皮，地上打个滚，马上变回一只老虎，临走之前愤怒地冲着男子说："不念起留下一双儿女，我真想把你吃了。"
>
> 虎女走后，男子病死，儿女也走散了。后来天下大乱，儿子当了将军，叫吕布，女儿进了王宫，叫貂蝉。（刘怀明讲述，张廉采录《虎妻》）

这则故事相对于传统虎妻故事的反叛意味在于，出于女性主体意识的觉醒，为了摆脱男权社会的"被妻子"角色，虎女挣脱了"从一而终""嫁鸡随鸡，嫁狗随狗"的伦理束缚，一直在坚韧地等待时机，寻找虎皮，努力回归自我。

人对异类的好感是基于恐惧感的消失，征服能力的加强。唐以前的人虎对抗总是难以调和的，结局往往以

图 6-10　"虎夫人"装饰画。图 / Michel Art

图 6-11　清朝“虎衣藤牌兵”与墨西哥“美洲虎战士”的着装对照图，以“虎衣”着装象征高武力值，是东西方共同的文化理念。图 / Blackwarwreymon，2021 年

你死我活而告终；但在宋明以后，人虎关系逐渐趋于调和，虎女形象也显得日益柔弱、温情起来。

自然界的老虎越少，想象中的老虎就越人性化，人对老虎的感情就越亲。一旦自然界的野兽不再对人构成威胁，野兽身上所承载的负面意义也就开始淡化了，人们会更乐意通过《喜羊羊与灰太狼》这样的幻想故事来认识和了解狼。由此我们知道，狼是讲道理的，狼和羊的矛盾是可以通过对话来解决的，也会有越来越多的年轻人认为灰太狼是个宠爱妻子、努力工作的模范丈夫。同样，在《猫和老鼠》的故事中，人们会很乐意看到聪明的老鼠无所不能，而倒霉的笨猫汤姆啥也干不成。

时间倒推一百年，人们谈虎色变，但是今天我们看到的是，全世界都在谈论如何保护老虎。中国人的动物保护意识，始于大熊猫、金丝猴等可爱珍稀动物，慢慢过渡到扬子鳄、中华鲟等水上珍稀动物，再然后才到虎、豹、狮、狼等食物链顶端的凶猛肉食动物。人与自然的对话方式，这一百年来发生了翻天覆地的变化。现在我们只要看看各网络社交平台，但凡出现老虎的视觉形象，无论它是打个哈欠还是散个步，总之随便做个什么动作，哪怕是怒吼一声，下边总是一片点赞，年轻人的评论全是格式化的一边倒：太可爱了！

虎报恩故事中的虎妻形象

故事讲述者常常需要回答听众“为什么”的提问，比如在虎妻故事中，常常有听众提出“虎女为什么要嫁给这个男人”的问题。上述故事都突出了一个“被迫无奈”的理由，因为受制于这个男人，不得不嫁。那么，在那些“不偷衣服”“非胁迫”的故事中，如何处理“虎女为什么要嫁给这个男人”的问题呢？

民间故事处理类似问题，基本是一个套路：报恩。

所有异类婚故事，在传承过程中如果能得到充分发育，向着恩爱、和谐的结局发展，到最后似乎都会加入一个“报恩”主题。白蛇为什么要嫁给许仙，因为许仙五百年前救过她！牧羊龙女为什么要嫁给柳毅，因为柳毅救了她！田螺姑娘为什么要嫁给谢端，因为谢端将她“贮瓮中，畜之数十日”！

估计读者看到这里已经猜出来了，虎妻故事也会发展出一批虎女报恩的情节。所有的报恩故事都是以“恩”为因，以“报”为果，以“双赢”为主题。既然是报恩，这类故事一般不会以过于悲伤的悲剧来结尾，至多是有遗憾的生离，不会落到绝决的死别，否则就是恩将仇报了。比如，清代道光年间吉珩《只可自怡》记录了一个虎父嫁女的故事，大意如下：

> 有个猎户在山里设陷阱，捕到一只老虎。老虎见了猎户，泪如雨下，猎户于心不忍，把老虎放了。过了几天，老虎将一个漂亮妇人和一个包袱背到猎户门口，放下就走了。猎户出来问怎么回事，妇人说：“我本是别人家的妾，奈何为正室所不容，逃了出来，无处可去，傍晚坐在一块石头上歇息，哪想到石头是只老虎，驮着我就跑。我无处可去，希望你能接纳我。”于是

图 6-12　《山鬼图》。古人画虎不求形似，因为大部分画家都从未见过真正的老虎。图 / 罗聘，约 1780 年

图 6-13 中国街头的佚名艺术家无题涂鸦作品。图 / Pixabay，2017 年拍摄

图 6-14 1960 年代美国金钥匙漫画塑造的虎女角色莉莉·泰勒，她常常穿着虎皮紧身衣，骑着孟加拉虎行侠仗义。图 /［美］杰里·西格尔

猎户就把她留了下来。妇人干活特别勤快，力气也很大，样样都好，唯独那个包袱锁得死死的，从来不给猎户看。妇人有时晚上带着包袱出门，半夜才回，猎户觉得奇怪。有一天，趁着妇人上山打柴，猎户撬开锁，发现包袱中是一张虎皮，就将它扔井里了。妇人回来质问他，他佯作不知，妇人也没办法。

妇人生下一男一女，长到两个孩子可以不依赖母亲生活了，妇人就跟猎户说："关于我的来历，以前没跟你说实话，主要是怕吓着你，但今天我不得不说了。其实我是一只老虎，以前你救过那只大老虎是我爹，是他让我来报答你。如今期满，我得回去了，还请把虎皮还给我。"说完泪如雨下。猎户久留无果，只好从井里捞出虎皮，只剩巴掌大一块还没烂透。妇人接过这块虎皮，将它贴在额头上，瞬间变成一只老虎，依依不舍而去。

晚清吴趼人的《趼廛笔记》，记录了一个结局比上述故事都更好的虎妻故事。其梗概如下：

故事发生在广东清远，某甲是个特别善良的男子，可惜家里穷，娶不上老婆。一天傍晚，见到一个少妇背着个包袱在路边哭，上前询问，少妇说是别人家的妾，为正室不容，被赶出来，无家可归。某甲可怜她，将她带回家，以礼相待，没有任何非礼动作。少妇非常感激，于是主动提出要嫁给某甲。

后来妇人生了三个儿子，长大后全帮他们娶上了媳妇。某甲和妇人子孙满堂，幸福美满。某甲去世之后，有一天，老太太突然对儿孙们说："几十年没回过娘家了，明天我想回趟娘家。"儿子们愕然道："听父亲说您早就断了娘家的来往，如今你怎么回呢？"老太太说："那是以前的托词，我难道就没有娘家吗？"第二天，老太太背上包袱就走，健步如飞，孩子们根本追不上。当天有个正在山上砍柴的村里人告诉她儿子："我看见你妈一进林子就打开包袱，取出虎皮穿上，变成只老虎，振起尾巴跑了。"她儿子听了大怒，说："你妈才变成只老虎，你妈才振起尾巴跑呢！"村里人没法证明，只好认输。

过了几个月，老太太背着包袱回来了。家里人因为心存疑虑，想看看她包袱里到底是啥，但老太太把包袱藏得很严。过了几年，老太太又说要回娘家，这次孩子们学聪明了，预先找了人埋伏在山林中。没多一会，埋伏的人就回来报告说："老太太一进林子，果然穿上虎皮，变成老虎跑了。"这一次，老太太去了就再没回来。

当代"崔生遇虎故事"，改动全在结尾

当代流行的老虎故事还不少，唐代《集异记·崔韬》对虎妻故事的发生地记录得非常详细："崔韬，蒲州人也，旅游滁州，南抵历阳。晓发滁州，至仁义馆宿。"故事的"传说"特点明显，真名真姓真地点，很可能这个故事本来就是薛用弱从当地听来的。总之，虎妻故事借助《集异记》和《太平广记》，被永久地记录下来。不过，如今被指认为"仁义馆"的地点至少有三个，一是山西襄垣县虒亭镇，二是往南800多公里的安徽滁州腰铺镇，三是再往南800多公里的浙江义乌鸡鸣山。

我们沿着山西—安徽—浙江的线路，挨个介绍一下。

（一）山西虒亭镇。襄垣县人民政府门户网站2015年2月发布过一篇《崔生遇虎》，开篇即说："虒亭是一个千年古镇。虒亭以前并不叫虒亭，而是叫虎亭，再往前则叫作铁梁城。因何将铁梁城改名为虎亭，又改为现在的虒亭。这里既有美丽的神话故事，又有真实的历史传说。"

图 6-15　吴彩鸾、文箫跨虎入山图。图 / 马骀，1926 年

因为崔韬是山西人，虒亭镇的故事明显美化了崔韬，说他本是朝廷官员，途经铁梁城，听说这里正遭虎患，于是主动提出要为民除害。入夜，他持剑藏于当地城隍庙，半夜时分，有斑斓猛虎徐徐而入，在地上打了个滚，脱下虎皮，变为美妇人，婷娉顾盼，风流袅娜，躺在香案上呼呼睡去。崔生将虎皮偷去，扔进庙后八角琉璃井，再返回与虎女质询。虎女索要虎皮，崔生佯装不知。两人对谈中互生爱慕之情，于是绸缪一宿，结对而去。铁梁城虎患自此绝迹。

故事的发展与《集异记》基本相同，夫妻俩后来回到铁梁城，妻子笑问当年虎皮藏在什么地方，崔韬指认八角井，然后找人将虎皮捞了出来。虎妻见到虎皮之后，后面的情节跟传统虎妻故事相比有些变化：

> 妻子手抚虎皮，流着泪说："夫君，我在人间三年，蒙你不弃，弃恶从善，今日缘分已满，我当重归山林。"崔生不舍。妻子又说："我本虎仙，侍君三年，已犯神规，不去恐遭大祸。"说罢将虎皮穿上，变作猛虎一跃而去。

虒亭镇传说的独特之处是，这里还有大量崔韬追妻的遗迹。据说虎妻跑了约二里许，回过头来留恋地张望，这地就叫"大返坡"。又跑了一段，虎妻实在不舍，返身回来，抚摸两个儿子，返身的山坡叫"小返坡"，抚摸儿子的地方叫"虎峪沟"。崔生带两个儿子哭着追过两个圪梁，这两地分别叫"小哭岭""大哭岭"。孩子哭得太伤心，虎妻再次停下回头张望，这里就叫“照子沟”。过了照子沟，满山苍松翠柏，就再也没有虎妻踪影了。崔生只好带着儿子返回家乡，两个儿子日后都成了才。

后来，人们感念崔生为民除患，就把“铁梁城”改名“虎亭”，又觉得“羊入虎口”不大吉利，就又改为“旎亭”，当地人还在城隍庙给崔生立了块碑，在虎峪沟村盖了座山神庙。上述故事是官方说法，老百姓的说法远比这个复杂，异文众多，还掺入了不少现实诉求，我们暂且按下不表。

（二）安徽腰铺镇。腰铺镇过去就叫仁义铺，而且符合崔韬“晓发滁州，至仁义馆宿”的空间距离。那个扔虎皮的枯井，也被指实为当地一口八角井，据明代万历《滁阳志》卷三记载：“八角井，在州南二十五里，旧仁义驿之侧。俗传：蒲人崔韬遇虎，化为妇人，投其皮于井。今废。详见杂志。”后来的康熙《滁州志》和光绪《滁州志》也先后载录此井和崔韬的故事。

2018 年，滁州市前作协主席俞凤斌找了一帮朋友，大家回忆加创作，七嘴八舌整理出一则新的“虎妻故事”，前面内容与《集异记》相似，改动比较大的是结尾。俞凤斌不仅用传说的形式对当地地名和庙会做出了自己的解释，也将崔韬刻画成一个有情有义、至死不渝的专情男子。其大

图 6–16 旎亭镇虎口村紧邻宝峰水库，开发了万亩花田，借助崔生故事，着力打造七夕“缘聚花海”主题活动。图 / 王红州，2019 年

图 6-17　左图据说是明代《滁阳志》中记载被崔韬用来藏虎皮的八角井，但是俞凤斌考证认为，右图这眼六角井才最有可能是虎皮井。今两井俱毁。图 / 俞凤斌

意为：

话说崔韬夫妇把虎皮打捞上来，虎女并未立即穿上，两人还依依话别了一番。虎妻奔出客馆，崔韬抱着孩子追了一阵，哭了一场，总之没追上，只好收拾行李离开这里。

再说当天晚上，客栈还有许多人看见虎女披衣出奔，吓得魂飞魄散，边跑边喊："仁义铺出妖怪啦！"这事一传十，十传百，大家都说仁义铺是"妖铺"，再后来，就谐音成"腰铺"了，这是后话。

时间一晃过了好多年，崔韬任职期满返乡，第三次来到仁义铺，还想住原来的客房。老板抱歉地告诉他："自从上次你走之后，人们都说这里出妖怪，再没人敢住了。为了图吉利，我把房子给拆了。"崔韬争辩说："她哪是妖怪，她是虎仙！你在那空地上铺张床，今晚我就睡那。"老板只好照做。第二天早上，崔韬高兴地对老板说："夜里梦到孩子他娘了，还让我在这等她。"崔韬花钱雇工在积善庵附近围院建房，从此在仁义铺安下家来，一直等到老死。

崔韬的痴情感动了全镇人，大家捐资在积善庵为他塑了一尊像，像旁塑一卧虎。后来，人们约定俗成在虎奔之日，二月初四这天举办积善庵庙会，延续至今。

（三）浙江鸡鸣山。鸡鸣山虽然海拔只有一百多米，但它是义乌主城区唯一的自然高点。嘉庆《义乌县志》辑录一篇《游鸡鸣山记》称：“或曰唐崔智韬逐化虎之妇，至此闻鸡鸣，故名焉。”主人公崔韬名字变成了崔智韬。

图 6-18　清代嘉庆《义乌县志》中的鸡鸣山

雍正《义乌县志》记载了这个故事，故事前半部分与《集异记》相同，不同处也在结尾：“妇夜半取虎皮，蒙之成虎，啖三子而去。智韬仗剑追之，鸡鸣不见，遂名其地为鸡鸣山。”故事的现代版可见于义乌市人民政府门户网站的《鸡鸣山》，与雍正版略有不同的是：崔智韬和妻子一起把虎皮捞出来，然后晾在石凳上就睡了。半夜，崔智韬从梦中醒来，听到撕咬的声音，点灯一看，虎妻正在咬两个孩子，连忙抽出佩剑，向虎猛砍。虎妻向东逃逸，崔智韬在后追逐。老虎逃过东江浮桥，躲入一片山林之中。当崔智韬追到山麓时，恰好群鸡啼鸣报晓。后人为了纪念这则离奇的故事，就将这座山称作鸡鸣山。

当代故事明显淡化了雍正版故事中“啖三子而去”的残忍细节，只说虎妻正在咬孩子，说明在故事传承中，讲故事的老百姓会越来越倾向于改变虎妻兽性的情节。另外，雍正版故事最后，老虎“鸡鸣不见”的神秘细节，也在当代版中消失了。可见老百姓的讲述重点在于为何以“鸡鸣”名山，而不在于老虎去哪儿。

此外，湖北襄阳的卧佛寺也有该传说，传说的差异部分还是在结尾。据万历《襄阳府志》：“……妇人欣然，令取皮，皮故无恙。因披之，仍成一虎，大吼，回顾二子而去。后人因题其井为虎皮井。”在这里，虎妻临走前还依依不舍地回头看着两个孩子。而在当代故事中，都有一个共同的倾向，即弱化结尾的悲剧色彩，使之尽量朝着既有情又有憾的缺憾美的方向偏移。

虒亭“崔生遇虎故事”的渊源与异文

如果我们只以《集异记》的崔韬遇虎故事来看，很可能会认为传说的发源地就该是安徽滁州的腰铺镇。但是如果考虑到《集异记》作者薛用弱原籍河东（今山西永济一带）的成长环境，以及虒亭当地的历史文化来看，可能会有不一样的看法。我们先看一则典型的虒亭民间传说：

> 有个崞县人崔生，要到祥符去做官，途经虒亭，听说这里正在闹虎灾，就主动要求睡到闹灾的屋里。夜里老虎果然来了，崔生见它在地上打个滚，脱掉虎皮，就变成个美妇人，睡到崔生床上。崔生将虎皮扔进琉璃八角井，回来就跟妇人睡在一起。妇人找不到虎皮，只好嫁给崔生。第二天，崔生带上妇人就去上任，当地人都劝他别这么干，他不听。后来两人生了一儿一女。几年后崔生调任，又经过虒亭。妇人向崔生问起虎皮，崔生就从井里把虎皮捞出来。可惜虎皮都烂了，只剩了一小块“王”字没烂，妇人拿它往头上一贴，变成一只老虎，大吼而去。
>
> 崔生抱着一对儿女在后面拼命追赶。女儿哭得厉害，崔生大喊：“你这一走，女儿怎么办呀？”虎女回过头说：“你要带不了，把女儿给我。”崔生把女儿往前一扔，虎女用爪一拍，女儿变作一只小老虎，也跟着跑，当地老百姓管小老虎叫“虎姐”。崔生见没拦住，又说：“那儿子怎么办呀？”

图 6-19　老虎在许多地方都被视作山神、山鬼。屈原《九歌》将之描绘成一个乘虎豹而出没的窈窕淑女。图 / 徐悲鸿，1943 年

虎女又回头说："你要带不了，把儿子给我。"崔生又把儿子往前一扔，虎女用爪一拍，儿子变作一只小狼，也跟着她跑了，当地老百姓管小狼叫"狼哥"。

崔生老婆孩子全丢了，他就挖个窑洞住下来，天天在这一带哭着找老婆找孩子，直到老死在这片山上。所以这一带到处都是他们一家子留下的足迹，什么大哭岭、小哭岭、虎峪口、狼峪口、麻烦沟、大难沟、找子沟、望虎台、小返坡、返头、送返、安家口。

崔生死后，老百姓为了纪念他们一家，就在狼峪口修了座山神庙，有二进深，正殿是老虎卧像，边上还有一只小老虎，那是虎姐，还有一只小狼，那是狼哥，人们烧香的时候还往它们嘴里放好吃的，乞求平安。东侧屋里有崔生立像，墙上画了十幅"崔生遇虎图"。

虒亭故事中，崔生的籍贯变了，出发地变了，目的地也变了。这一说法早在乾隆《襄垣县志》中就有记录："崔韬，崞县人，之任祥符，过虒亭，夜宿孤馆。"如果崔韬是崞县（今山西原平市）人，到祥符（今河南开封祥符区）去做官，地图上一路向南，正好经过虒亭镇，跟滁州一点关系都没有。

这个故事从什么时候开始传下来，现在已经很难考证。该县志中还收录一篇当地文人孙继曾的《崔生遇虎说》："崔生遇虎事载县志，由来久矣。访其轶事，土人犹能道之。其荒碑故址粉壁遗形，诚有令人难解者。……想其时必有虎患，崔生因除之，以利行人，理或然也。若如土人言，崔生配虎妇，生狼哥，产虎姐，之官后，仍衣皮化虎而去，其说不经甚矣。"可见崔生、虎妻、狼哥、虎姐一家子的传说，很早就已经成型了。

既然孙继曾说崔生遇虎故事"由来久矣"，可以久到多远呢？该县志中还收录了后赵（319—351）时期陈洪濛的《虒亭琉璃井》二首，其二云："底事书生伴虎妖，宦游千里更回镳。本来面目休惊诧，远共婴儿陟紫霄。"说明早在唐代薛用弱之前，这个故事就已经在虒亭镇广为流传，而且很可能当时已经有了狼哥、虎姐跟着虎妖成神的传说。

明代以后涉及这一传说的诗词就更多了，不过，故事中的虎皮井当时就已经迹漫难寻，明代郝良臣的《虒亭崔生遇虎事》有这样几句："古庙墙间留胜迹，残碑石上志鸿篇。徘徊瓮井今何在，仿佛妖形不记年。"

虒亭镇的虎妻故事还有个非常稳定的细节，那就是虎皮快烂没了，只

图 6-20 借用《纸扇书生》剧照，人工智能生成的人虎恋图片。/ 施爱东，2022 年

剩了额头上一块带“王”字的虎皮还是好的，虎妻拿来往额头上一贴，马上恢复了虎王身份。据说以前狼峪口一带住的都是姓王的人家，山神庙就是他们建的，而且特别突出这个“王”字。也有人说，山神庙是放羊人家合伙盖的，当地许多老百姓以放羊为生，害怕虎和狼吃他们的羊，所以家家都要拜虎王，谁不拜谁家羊遭殃。

我个人更倾向于后者，理由有三：一是如果山神庙（虎王）只是王氏祖先崇拜的产物，那他们只供奉虎王就好了，没必要加塑一个狼哥，分享虎口之食；二是考虑到宗族继嗣问题，如果是王家立庙，儿女搭配应该是“虎哥 + 狼姐”，而不应该是“狼哥 + 虎姐”，因为男丁才是继嗣的关键；三是故事在当地流传了近两千年，但是从我们对华北村落历史的了解来看，一个家族不大可能在一个村庄延绵二千年，而放羊的生计却可以。

过去每年二月初一到初三有山神庙会，要给虎神唱戏。传说届时周边山上的狼虫虎豹都会来听戏。戏台布置好了，要由老旦扮成老虎样，率先给虎神上香，还要唱几句“烧香戏”。老旦上完头香，再从放羊的开始，一拨一拨上，上完香才能开戏。有一次，附近一个村子出价高，戏班要先去那边唱，路上就有只大狼拦着，硬是不给过，得先在这里唱完才能过。

民间故事浩如烟海，大多未被文人记录，要凭借这些吉光片羽梳理出一个完整的故事史是不可能的。但是我们可以根据上面的材料有几点猜想。

（一）虒亭镇自古就有虎神崇拜，因为这里的老百姓世世代代放羊，羊的安全和健康对于他们来说特别重要。按照民间信仰“怕什么，拜什么”的心理，虒亭乡民将虎和狼立为祭拜对象是非常合理的。

（二）由于崔生遇虎故事流传广远，人们将传统的虎神崇拜与崔生遇虎故事捏合在一起，产生了复合的虒亭虎传说。这也就解释了为什么过去的山神庙正殿只有虎和狼，偏殿才立有崔生像，很可能崔生本来就不是这个故事系统中的原配，而是后加的角色。

图 6-21　台湾云林拱范宫的“炸虎爷”仪式，身穿虎皮衣的男子正抬着虎爷走炮。在云林，虎爷是妈祖的护驾，虎爷与“富有”谐音，俗信虎爷能咬来财宝，还有挡煞功能。所以虎爷轿所到之处，人们就往轿底放鞭炮炸轿，认为越炸越旺。图 / 李政远，2013 年

（三）“崔生遇虎”是一个故事类型，早在唐前就已经广为流传，所以《集异记》和《原化记》中的虎妻故事才会如此雷同。虽然两则故事的主人公不同，但故事结构完全一样，说明这是唐代的流行故事，可以附会到不同的主人公身上。按照普罗普的故事形态学理论，故事中的地名、人名以及人物身份是最不稳定的因素，事实上，虒亭镇的虎妻故事中，男主人公也有多种姓氏和身份，讲成姓崔、姓王、姓张的都有，还有的只说“一个秀才”，没有名字，而且多数讲述者都把男主人公说成是个武将，甚至武状元。

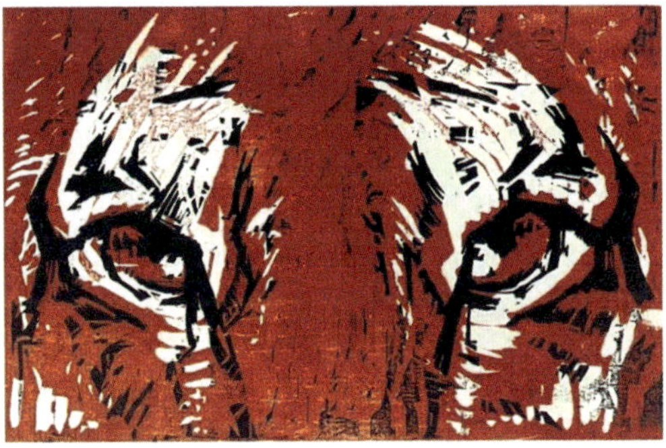

图 6-22　虎视“丹丹”。图 / 刘丹一，2022 年

（四）光棍遇虎很可能是一则本来就在山西广泛流传的虎妻故事，山西人薛用弱从小就听过这个故事，后来他到外地做官，写作《集异记》时，将这个故事写到了安徽。由于《崔韬》被收入《太平广记》，“崔生”成为名人，所以，在地方文人的笔下，“崔”氏的强势传播覆盖了其他异文中的多样姓氏，成为男主人公的主流姓氏。

陈三和五娘：福建唐伯虎广东找秋香

图 7-1　何润东、董洁主演的电视剧《梁山伯与祝英台》剧照，这个追逐奔跑的造型也可视为变相的化蝶造型。2007 年

民间故事大都是模式化的，因而具有趋同的特征。相似主题的故事中，故事 A 的好情节，常常会被故事 B 取用，甚至还可能变成故事 B 的标志性情节。钱南扬先生很早就论述过，在梁山伯与祝英台的故事中，“投墓”情节取自六朝故事《华山畿》，“化蝶”情节则取自干宝《搜神记》。

这里要说的是《陈三五娘》的故事，这个故事在粤东和闽南一带非常流行，当地有民谣为证：“东畔出有许孟姜，西畔出有苏六娘，北畔出有英台共山伯，南畔出有陈三和五娘。”其中许孟姜（孟姜女）与梁祝故事是流传全国的爱情故事，苏六娘和黄五娘却是明代潮州府人氏。苏六娘从小在舅父家寄读，与表兄青梅竹马，私订终身，因逃避父亲为她定下的亲事，决定投江殉情，最终为丫鬟桃花和船夫所救，与表兄一起远走他乡。这四则故事合在一起，相当于潮州版的“四大传说”。换个说法，潮州人的苏六娘故事和陈三、五娘故事，就是他们的“梁山伯与祝英台”。

自明代嘉靖以降，有关陈三、五娘的故事、歌谣、戏曲、歌册在粤东和闽南一带层出不穷，情节模式也不断翻新。不过，有趣的模式总是有限的，私情故事怎么也摆脱不了“一见钟情—私订终身—父母阻挠—偷情幽会—遭遇挫折—峰回路转”这个大框架。

私情故事的人物设置

第一，男女主人公一定要相貌出众，彼此一见钟情：“五娘乃是闺中秀，才貌双全世少有。”在广东潮州的传说中，五娘出自花园村。为什么出自花园村，而不是上埔村、下埔村或者田头村？大概因为“花园”这样直白的村名更能映衬五娘如花似玉的美女本色吧。花园村有一眼清冽的“五娘井”，传说五娘正是靠了这井水的滋养，出落成潮州第一美女。

关于陈三的身份，有说是福建泉州大才子，有说是风流倜傥的泉州知府三公子，总之不是个普通的青年，否则配不上如花似玉的黄五娘。故事结构要合理，人物配置也不能失衡，否则白天鹅被癞蛤蟆吃掉，受众心理不平衡，故事就不好看，所以说，故事人物得匹配，才子必须配佳人，反过来也一样，佳人必须配才子。

有故事说，陈三在潮州元宵观灯时，众里寻她千百度，蓦然回首，撞见了五娘，两人一见钟情。也有故事说，五娘倚在荔枝楼上闲看人来人往，突然发现骑马路过的陈三，“生得神仙无二样，共阮清醒正成双”，于是扔下一挂荔枝，正打在陈三身上，陈三恼怒非常，可是当他一抬头，看见楼上扔荔枝的五娘模样，立马转怒为喜，两人一见钟情，好一出“墙头马上”。还有故事说，两人初次相见是在元宵节的晚上，少男少女表面看灯，实则看人，大家看来看去，男的就数陈三帅，女的就数五娘美，两人一见钟情于元宵节，二见定情于荔枝楼。

关于元宵观灯，又有许多观法。比较流行的一种说法是，陈三见五娘姿色出挑，就一路跟着五娘，潮州人特别喜欢猜灯谜，所以故事也在猜谜上着手。五娘踯躅于灯谜阵中，陈三跟入谜阵，当五娘猜不出谜底的时候，陈三就在边上轻声说出谜底；当五娘猜中谜底的时候，陈三就在旁边演绎谜语故事。旁人都嫌陈三多嘴多舌，令人生厌，唯有五娘觉得陈三斯斯文文，一表人才，又有满腹文章，上知天文下知地理。两人这就算一见钟情。私情故事中的男主角，大概都是这种一见倾心且穷追不舍类型的，比如牛郎趁着织女下河洗澡，就去偷人衣服，不如此

图 7-2　广东潮州花园村的“五娘井”。现在人们用上了干净卫生的自来水，井水一般只用来洗衣服。图 / 吴娟，2009 年

图 7-3　刊刻于明嘉靖丙寅年的《荔镜记》是迄今所发现关于“陈三五娘”故事的最早戏曲版本，被视作梨园戏《陈三五娘》的祖本。此为《荔镜记》第八出“士女同游”插画

不容易出故事。

第二，好故事一定得有对手戏。必须再来一两个黑恶势力作为第三方，与男主人公展开婚姻赌赛。就像《西厢记》中的孙飞虎和郑恒、“梁祝故事”中的马文才，陈三、五娘的故事也得来这么一个粗俗暴力男。在潮州的传说中，五娘被爱攀高枝的父母许给了潮州知府的公子林大鼻。林大鼻这名字，一听就是个不温柔、没文化，五官不和谐的男人。按照故事逻辑，林大鼻的相貌和智商，肯定与他父亲的官职大小或财富多少成反比。他是陈三、五娘婚恋故事中的主要绊脚石，没有这个人物，许多冲突就没有了着力点。

第三，女方父母一般是贪财懦弱、屈从黑恶势力的。只有父母懦弱摇摆，才能反衬女主人公的坚贞不屈。父母贪财懦弱往右拽，五娘追求真爱往左走，这样才能形成张力，故事才有看头。

林大鼻的威力如何作用于五娘？当然是通过五娘的父母。所以说，无论是《西厢记》《梁祝》，还是《陈三五娘》中，都会设置一个贪财懦弱的父母。这类父母的作用，就是为了不让主人公的婚恋之路走得太顺利。他们在故事中总是屈从于反派势力的压力，充当反派势力的代言人，一步步把矛盾引向深入，最终使矛盾变得难以化解，导致非常事件的发生。

当然，到了矛盾的化解阶段，作为父母，他们也可能会回心转意，站在主人公一边，掉转枪口一致对外，转而成为解决矛盾的重要力量。是让他们中途掉转枪口，成为逆转力量，还是始终顽固不化，到了结尾的时候再羞愧道歉，完全视乎情节进展的需要。因为他们同时兼有慈爱父母和保守力量的双重属性，无论使用其中的哪重属性，都是合乎情理的。

第四，最好有一位中间角色，可以游走于内闱与外界各方，穿针引线，充当传递信息和掩护主人公的作用。这角色多半由丫鬟来担任，《西厢记》中，这个人叫红娘；《苏六娘》中，这个人叫桃花；《陈三五娘》中，这个人叫益春。如果演为戏曲，那么，这个穿针引线的丫鬟最好也是青春靓丽、俏皮可爱、性格开放，兼带思春情结的，能够引人无限遐想。大凡女主人公羞于启齿的出格情话，都可以让这个俏皮丫鬟代为说出来。当然，如果觉得俏丫鬟的角色太俗套，也可以设定由三姑六婆来担任，那就得是个快言快语、擅长搞笑的角色，类似于《牡丹亭》中的石道姑。

第五，故事要实现“有情人终成眷属”的终极目标，就必须得有一个终极解题者，这个人既要同情男女主人公的遭遇，还得拥有成全其好事的能力。在《西厢记》和《牡丹亭》中，这个角色都是由皇上亲自担任的，男主人公因为考中状元，成为国家栋梁，从而得到朝廷的庇护，由皇上玉成好事。也就是说，在这些故事中，皇权才是这场婚姻难题的终极解题者。所以，鲁迅称这一类婚恋故事的通行模式是：“求偶必经考试，成婚必待诏旨。”

图 7-4　广东省百花潮剧院《陈三五娘》剧照。五娘和益春在绣楼上观景，突然看见从楼下走过一位书生，正是陈三。陈婷婷、李佳雯饰演，2021 年

图 7-5　在台湾歌仔戏《陈三五娘》中，为了增加戏剧效果，编剧故意把黄五娘的妹妹黄六娘塑造成一个热烈爱上陈三的女丑，在戏中搅局，插科打诨。1996 年

陈三、五娘的故事有点例外。潮州地处偏远，瘴疠笼罩，过去是个降职官员贬谪外放之地，就算陈三熟读诗书，快马加鞭进京赶个考，得了功名，这千里迢迢跋山涉水，一去一来赶回

图 7-6　牙雕“磨镜陈三”，边上的丫鬟就是益春。陈三假扮成磨镜师傅，来到黄家，益春取出铜镜给陈三。接下来，陈三故意失手打破宝镜，卖身潜伏于黄家

潮州时，恐怕林大鼻的儿子都可以打酱油了。“陈三赶考中状元，回潮抱得美人归”这种故事模式似乎不大靠谱，那怎么办呢?

聪明的潮州人有办法，他们提前让陈三的哥哥去赶考，哥哥考取功名之后，到广东来做官，官封广东转运使。在粤东、闽南这种传统宗族社会，哥哥的权力就是弟弟的权力。故事中，陈三哥哥（利用权力，间接借助皇权）成为这场婚姻难题的终极解题者。

哥哥的官名为什么是转运使而不是漕运使、盐运使，这也是有讲究的。潮州人特别相信字面意思，转运转运，要的就是转变命运。过去的潮州城隍庙中，最吃香的职司是速报司，人们看中的就是快捷方便的“速报”二字。潮州人对速报司的理解跟别的地方不太一样，他们不是把这个“报”理解成因果报应的报，而是快速通报的报，速报司相当于信访办主任，能将信众的诉求快速呈报给城隍老爷。南方人讲究速度和效率，他们特别相信这一套。

私情戏的人物设置基本都是固定的，正如《红楼梦》第一回借石头之言笑道：“至若佳人才子等书，则又千部共出一套，且其中终不能不涉于淫滥，以致满纸潘安、子建、西子、文君，不过作者要写出自己的那两首情诗艳赋来，故假拟出男女二人名姓，又必旁出一小人其间拨乱，亦如剧中之小丑然。”

有限的私情模式

大致的故事框架和出场人物都设置好了，故事就可以开始了。泉州帅哥陈三来潮州观灯，爱上了当地美女黄五娘，而五娘早已许嫁花花公子林大鼻。陈三客场作战，明显处于弱势地位，而林大鼻则占据了天时与地利之便。陈三不能强夺，只可巧取。尽管《陈三五娘》在闽粤流传数百年，

被无数次地改编和重构，但其基本的巧取模式总是有限的。

模式一：明末戏本《荔镜传》（又名《磨镜奇逢集》《泉潮荔镜奇逢》），“荔”就是五娘扔向陈三的那串荔枝，“镜”则是五娘家的一面祖传宝镜。陈三被五娘的荔枝打中，心也被这爱情的闪电击中，整日里神魂颠倒，终于想出一条馊主意。他假扮磨镜匠来到黄府，故意失手打破黄家祖传宝镜，主动提出卖身三年作为赔偿，以此得到亲近五娘的机会。看过周星驰主演的电影《唐伯虎点秋香》的朋友都知道，这就是另外一出卖身为奴的“三笑故事”，只不过“三笑”为一串荔枝所取代，陈三的才华比唐伯虎低一些，五娘的地位比秋香高一些，仅此而已。

才子为了亲近美女，不惜卖身为奴潜伏女家，扮猪吃老虎的故事，大概是明代中叶之后曾经广泛流行的一种私情故事模式。冯梦龙的《警世通言》《情史类略》《古今谭概》都讲到这个故事，还特地注明事出《泾林杂记》。另外，王同轨的《耳谈》也记载了一个类似的苏州才子陈玄超微服侍读求女婢的故事。还有人认为，这是无锡名士俞宪儿子俞见安的故事。检点各类文献，这类故事几乎都兴起于明代嘉靖之后，最早流行于苏州、无锡等环太湖地区，成为明代后期非常流行的一种故事模式。

这个故事至迟在明末已经传到福建。莆田人姚旅写过一部《露书》，记载了大量的地方社会经济文化见闻，被认为是当地人记当地事的最早的类书，里面就有这则故事，但故事主角变成了江阴市的吉道人（姓华，名之任）。江阴紧挨着无锡，无锡一带很可能就是这类故事的起源地。莆田挨着泉州，故事传到了莆田，也就很容易传到泉州。所以说，主要

图 7–7　太阳烟公司月份牌“唐伯虎点秋香”。图 / 周柏生，约 1920 年

图 7-8　磨镜是个技术活，要先用磨石磨去铜锈，打磨平整，再涂上锡汞丹药，最后擦拭镜面，图中两位老人正在看磨镜，两位妇人正在试照镜子。“磨镜”也用来表示女性同性恋行为，是个有性象征意味的词。图 / 清代佚名画家

流传于泉州、潮州一带的陈三、五娘故事，原型很可能就来自江阴的吉道人故事。

模式二：故事在流传过程中是不断变异的，其中方向最明确的一种变异方式就是“在地化”（又称“本土化”）。在地化指的是将外来的异质事物转换成符合当地习俗的同质事物的过程。理想的在地化过程是，新事物既适应当地需求，又尽可能地保持了原有的特色要素。陈三、五娘故事最大的改变，是人物身份和特征的改变。因为早先的“三笑”故事中，秋香自己就是丫鬟，没法给丫鬟再配丫鬟，所以，陈三、五娘故事直接将女主人公的身份换成了小姐，这样，配个丫鬟也就顺理成章了。男主人公的身份也从大才子变成了普通的官宦人家，这样，大才子与小丫鬟之间的身份落差及戏剧张力没有了，怎么办呢？加个林大鼻，多一个配角，就多一个变量，加入新的戏剧冲突，让故事变得更复杂。

陈三、五娘故事中，五娘的贴身丫鬟名叫益春。陈三的成功，离不开益春的鼎力相助。益春之所以如此热心，是因为她心里也有一块小算盘：“益春样貌似观音，陈三看见动人心。人说惜花连枝惜，等我揽来嗔又嗔。益春被揽心慌忙，嗔的满面红又红。”益春与《西厢记》中的红娘、《白蛇传》中的小青一样，既是私情戏中的神奇助手，也是私情故事中的候补情侣，幻想跟着女主人公一起嫁到俊朗的男主人公家去。

模式三：戏曲歌本中的私情故事，最引人入胜的部分，几乎都在“调情戏”。湖南农村搬演《孟姜女》，多数只演“裸浴成亲”这一出，专门敷演美孟姜的“一丝不挂轻如燕，荷包含羞带清香”。而陈三、五娘最吸引人

处，也在“二更月色正中天，三哥进入眠床前”的暗度陈仓戏，活脱脱就是潮泉版的《西厢记》。

图 7–9　1955 年底，正顺潮剧团首先推出新排练的《陈三五娘》，姚璇秋成为新中国成立后第一代黄五娘扮演者

潮州妇女传唱一种“歌册”，多以历史故事和民间传说为题材，用潮州方言诵唱。《陈三五娘》就是其中最流行的唱本之一，有些妇女甚至能倒背如流。《陈三五娘》为了突出“陈三自小爱风流”，甚至说他早在遇见五娘之前，就有调戏妇女的轻薄之举：“门楼鼓打三更时，夜眠不寐忆小姨。轻移脚步到姨房，小姨睡去不知天。解开罗帐床上摸，前是兄嫂后是姨。”所以道光《厦门志》称：“泉人陈三诱潮妇王（黄）五娘私奔事，淫词丑态，穷形尽相，妇女观者如堵。”雍正《揭阳县志》则称：“尤可恨者，乡谈陈三一曲，伤风败俗，必淫荡亡检者为之，不知里巷市井何以翕然共好？”

图 7–10　台湾著名的歌仔戏演员叶青，52 岁时反串小生饰演《陈三五娘》中的陈三，俊俏的扮相和灵动的表演受到观众热烈追捧。此为陈三卖身黄家为奴，正在黄家戏弄对手林大鼻，告诉他娶亲得有许多复杂程序。1996 年

模式四：一个月黑风高的晚上，陈三带着五娘和益春逃离潮州，回到陈三的主场泉州，三人从此过上幸福生活。这是最幸福、最常见，但也最没想象力的一种私情模式。

模式五：三人私奔之后，被林大鼻报了官府，三人刚要逃出潮州地界，就被潮州府“公差抓拿”，五娘由其父领回，陈三发配崖州（今属海南）。其间可以穿插“探牢”“送别”以及“怨孤栖”的戏。这是典型的“孟姜女送别范喜良”模式。

模式六：陈三在押解崖州途中，巧遇其兄广东转运使的仪仗队，于

图 7-11 福建省梨园戏实验剧团排演的《陈三五娘》特别注重通过造型来表现人物，用简洁的剧场背景来凸显人物造型。图为林大鼻与他的狗头军师卓二准备前往元宵观灯时的造型。何超群、周心闽饰演。2021 年

是，兄弟相认，陈三被哥哥带回潮州。潮州官员得知陈三是转运使的弟弟，态度马上来了个一百八十度的大转折："知州忙答运使官，令弟总爱黄五娘。即时打斩黄厝去，九郎（黄九郎，五娘的父亲）闻讯送亲来。"

有些戏文则在此处进行了更多细节处理。比如，哥哥得知弟弟被押解的原委之后，怒斥陈三之荒唐，表示不愿插手此事（这是礼法要求），陈三只好转向嫂嫂处求情，几经周折，终于把形势逆转过来（这是必然结局，否则哥哥在故事中就没有功能）。这也是公案戏中典型的大逆转模式，早在元杂剧《窦娥冤》中就已有成熟运用。

模式七：还有一种说法，五娘有个妹妹叫六娘，也长得不错。陈三为了巧娶五娘，乃向黄家求娶六娘，大张旗鼓前来迎亲，同时对外放出风去，声称暗中迎娶的是五娘，并雇请一批乡勇护轿，故意挑逗林大鼻前来抢亲。那林大鼻是个头脑简单的莽夫，果然上当，以为陈三接走的是五娘，仗着主场优势，直接将新娘抢回家去，结果掀开轿帘一看，竟是六娘。这边陈三立马击鼓告官，州官只好将错就错，把六娘判给林大鼻，五娘判给陈三。这一模式既似《乔太守乱点鸳鸯谱》，又似《上错花轿嫁对郎》。

这些编剧者，既把六娘当作诱饵，又把六娘当皮球，不知道有没有想过六娘的感受。

私情故事的俗套结局

陈三、五娘在潮、泉乃至台湾都极受欢迎，各地戏班为了迎合观众的需求，不断加演新的情节，扩充故事容量，有些戏班甚至需要七天七夜才

能演出一套完整的《陈三五娘》。

有些编剧为了加戏，或者说为了迎合封建卫道士们的要求，最后居然把陈三、五娘连带哥哥嫂嫂全给弄死了。话说这陈三、五娘结婚之后，林大鼻还不甘心，为了设计陷害，找人私买了一批兵器，埋在陈三家后花园，然后报官，诬蔑陈家要造反。官府不管三七二十一，就把陈家给抄了。陈三的哥哥嫂嫂闻讯，气得吞金而死，陈三、五娘反倒逃了出去。

这小两口子，逃就逃吧，五娘偏要考验陈三，故意把自己落在后面。路过一口深井时，五娘心生一计，将一只绣鞋丢在井旁，然后躲在隐蔽处看陈三会有什么反应。那陈三回身不见了五娘，突然看到井边的鞋子，大吃一惊，以为五娘失足落井，便奋不顾身跳了下去。五娘见状，来不及阻止，悔恨交加，只好哭着喊着，跟着跳入井中，双双殉情而死。

大概是觉得这样死得有些不值，后来又有一些爱国主义编剧另想了一种有意义的死法，他们将故事时间往前提了提，改在南宋末年。陈三、五娘因不堪国破家亡，双双投井殉国，这井就投得有些价值了。

有个叫佐藤春夫的日本作家，到福建漳州旅行，很喜欢《陈三五娘》的故事，回去之后写了一篇短小说《黄五娘》（后改名为《星》），把五娘说成是因妒忌益春受宠而跳井自杀，接着陈三殉情，然后益春孤独守寡。把壮烈的殉国投井，改成了无聊的吃醋投井，这样一来就很没意思了。但也有学者为佐藤辩护，认为如此改编是佐藤个人生活的投射："佐藤在作品中加入五娘与益春之间争风吃醋的情节应该是为了附会自己与谷崎润一郎及其妻千代之间的三角恋爱关系，这完全是佐藤个人感情的自况。"（齐珮《从佐藤春夫的〈星〉看近代日本的中国想象》）

陈三五娘死后，故事还可继续。益春怀着陈三的孩子，上京告状，终于把陷害陈家的林大鼻送上了断头台。后来益春生下两个男孩，再后来则是一齐金榜题名，与《白蛇传》的续貂套路一模一样。

与"梁祝故事"中马文才追到阴间跟梁山伯打官司一样，"陈三五娘故事"也有陈三和林大鼻到阎王殿"打阴司"的情节。阎王爷宣判时照例要讲一番天理昭彰、因果报应的大道理，然后把林大鼻打入地狱，把陈三、五娘送上天国。

不同戏班争相斗戏，促使《陈三五娘》不断续写新的传奇，可是，私

图 7-12　广东省百花潮剧院《陈三五娘》剧照。陈三、五娘故事有许多异文，多数戏剧演到陈三带着五娘和益春从潮州连夜私奔，日出时分来到福建地界的时候，就算剧终了。陈三、五娘、益春饰演者分别为黄宝琪、陈婷婷、李佳雯。2021 年

图 7-13　在潮州市潮剧团《林大鼻抢亲》剧中，经过益春的巧妙安排和斡旋，在县官的安排下，陈三娶得五娘，林大鼻也接受了六娘。图中左边一对是陈三和五娘，右边一对是林大鼻和六娘，最高处是县官，最中间是益春，全剧皆大欢喜

情的套路却不可能无限增长，来来去去不外乎以上数种模式。传统梨园戏《陈三》“过楼投荔”一出中，陈三唱道：“今旦骑马过楼西，楼上娘仔把只荔枝手帕投落来。不是风打枝折，也不是鸟雀啄落来。伊学锦桃娘仔，投落青梅故事。”摆明了“投落荔枝”与“投落青梅”的相似关系。现已佚失的南戏《青梅记》，讲的是一个叫锦桃的姑娘，养了一只鹦鹉，这鹦鹉常常对着锦桃念四句：“娘子姻缘，倩媒结联，如何如何，好请借姑。”有一天，锦桃用青梅投弄鹧鸪，误落在范阳头上，范阳抬头见锦桃秀美，几经周折，遂成姻缘。锦桃始知“倩媒”即“青梅”，“借姑”即“鹧鸪”（闽南方言两者读音相近）。

所以说，无论《陈三五娘》的续写本如何丰富，大体的模式总是有限的。也正因为《陈三五娘》的巨大包容性，它已经在流传过程中逐渐丰富成私情故事的集大成者，各类私情模式应有尽有，如此，也就自然排斥了潮、泉地区对于其他私情故事的市场需求。潮、泉妇女常说“嫁猪嫁狗，不如共陈三走”，足见她们对于陈三、五娘故事的喜爱程度。

第三编

颂神与造神的传说

西王母：层累美颜的至尊女神

西王母是中国民间所熟知的王母娘娘的原型。很多人，包括一些古代通俗小说，都以为王母娘娘是玉皇大帝的正宫娘娘，其实，正统道教神仙系统中没有这种说法，纯属老百姓的自发联想。玉皇大帝是迟至宋代才被道教提拔起来的天界领袖，而西王母却早在汉代文献中就已是资深女神领袖。所以说，若以神界资历而论，西王母要比玉皇大帝资深得多。

在佛教传入中国之前，老百姓的观念世界中还没有观音娘娘，只有王母娘娘。明代以后，华北地区崇奉无生老母，也有人认为无生老母就是由西王母演化而来的，这事说来复杂，我们且不管它。

中国人喜欢催婚。别说现在年轻人春节回趟家，被三姑六婆催问婚姻大事，就算是至高女神，也免不了这档烦心事。早在汉代，三姑六婆就看不得西王母一直单身，硬生生造出一个东王公来，非要许配给西王母。

图 8-1　山东邹城出土的汉代西王母画像石。汉画像石上的西王母很好辨识，首先是头上戴胜，“胜”是一对像天平一样挂在头部两侧的饰物；其次是人物居于画面上部中间的位置，彰显其地位；三是人物身边有三青鸟、九尾狐、蟾蜍之类的动物。此图西王母两侧为侍女，座下即九尾狐等神兽

现在出土的汉代画像石上，多数时候是西王母端坐于画像中间，但如果墓室东边画像端坐一个男的，西边画像端坐一个女的，那一定是东王公和西王母。只是不知道为什么，东王公在民间信仰中一直没有火起来，以致后来逐渐从神灵系统中消失了。

也有学者认为，东王公的原型是屈原《九歌》中的东皇太一。这种联想比较可笑，基本属于关公战秦琼的思路，因为两者根本

图 8-2　安徽萧县出土的汉代西王母与东王公画像石。西王母和东王公同刻在一块画像石上的图像比较少见。此图左边为西王母及侍女，右边为东王公及侍者，中间二人在玩六博棋，另外四人坐观，表现墓主生活闲适

不属于同一个神话系统，不能以为同有一个"东"字，就必然有亲缘关系。也有人为了解释西王母与东王公以及玉皇大帝三者之间的复杂关系，只好说玉皇大帝就是东王公进化而来。

两性关系向来是一种复杂关系，神灵社会也不例外。本章不打算讨论西王母的婚姻大事，只讨论西王母的容貌和待遇。

西王母的政治待遇

有关西王母的早期信息十分缺乏，据《山海经》记载，其早期身份似乎只是昆仑丘原住民的管理者之一，职位不高，待遇不算优厚，手下的侍从也只有三青鸟。

据郭璞的解释，西王母很可能是天界司法干部。结合其豹尾虎齿的形象，赵宗福认为西王母"必是主管刑杀的死亡之神"，钟宗宪进一步推测西王母很可能是昆仑神话体系下的司命神。总之，多数学者倾向于认为早期西王母是一位凶神。

从《淮南子》"羿请不死之药于西王母，姮娥窃以奔月"的故事来看，汉代的西王母已经辞去司法部门的领导职务，改任仙药管理部门的长官，"在其身边聚集了专门制造长生不老仙药的玉兔、蟾蜍以及采集原料或传播仙药的青鸟等等"。

汉武帝时，司马相如写过一篇《大人赋》，从中我们可以看出：第一，西汉时期的西王母尚未搬入瑶池，依然满头白发，处在戴胜、穴居的在野

图 8-3　山东滕州出土的汉代西王母画像石。西王母身上的一对翅膀尚未褪去，山东、四川等地都出土了大批长翅膀的西王母像。有时东王公身上也会画上翅膀

状态；第二，西王母大概掌握了长生不死的秘诀；第三，西王母清静淡泊，只有三足乌为她提供日常服务。

西汉晚期，西王母的神职大概有所扩展，工作也忙碌起来。汉哀帝年间爆发了一场末世恐慌，当时西王母的地位已经得到大幅度提升，变身为末世度劫的救世主。

西王母最早的居所在玉山，为帝都昆仑之远郊，住宿条件也不大好，《山海经》称其“穴处”。直到西汉年间，西王母还住在这儿。大约在西晋初，西王母搬到了瑶池，但这时的瑶池还不是什么豪华宫殿。道教神仙谱系建立之后，将所有女仙的仙籍都落到了墉城区，这样一来，西王母也就顺理成章地成了全仙界女性首领，进入道教核心领导层，简称金母元君，或金元圣母。

自从成为仙界领导之后，西王母的瑶池进行了大规模的改造和扩建，形成琼楼玉宇层叠交错的新格局：“金城千重，玉楼十二，琼华之阙，光碧之堂，九层玄台，紫翠丹房，左带瑶池，右环翠水。其山之下，弱水九重，洪涛万丈，非飙车羽轮不可到也。”

西王母的仪仗与仪容

西王母的座驾同样经历了一个从无到有、由俭入奢的过程。从汉至唐，短短数百年间，王母座驾迅速升格，唐前即已登峰造极。

西汉时期，我们还找不到西王母配有专车的确凿记载，大概迟至东汉后期才配置了两辆云车：玄鸾、灵光辇。《汉武故事》中的座驾虽然尚

图 8-4 明代西王母铜像，头戴太真晨缨之冠

未更新，可是明确规定了座驾的司乘编制，即“乘紫车，玉女夹驭”，另有“二青鸟如乌，夹侍母旁”。

从《汉武故事》到《汉武帝内传》，西王母的级别待遇发生了质的变化。首先是提升座驾级别，其次是更换了座驾的动力系统，再次是司乘编制得到大大扩充。

在《汉武故事》中，西王母已经很有排场。见汉武帝前，先遣使者通知汉武帝做好准备工作。到了七月七日，汉武帝一早就坐在承华殿斋事等候，直到夜漏七刻，西王母才姗姗来迟：“乘紫车，玉女夹驭，载七胜，履玄琼凤文之舄，青气如云，有二青鸟如乌，夹侍母旁。”

这副排场在《汉武帝内传》中更是登峰造极。不仅繁文缛节增多了，使者和侍从的身份相貌全部大变样。“王母乘紫云之辇，驾九色斑龙，别有五十天仙，侧近鸾舆，皆身长一丈，同执彩毛之节，金刚灵玺，带天策，咸住殿前。”西王母本尊则被塑造成一个美貌端庄的中年少妇。

下表显示了西王母容貌及着装的改良进度：

表 8-1 西王母容貌及着装记载

出处	容貌	着装
《山海经》	1. 西王母其状如人，豹尾虎齿而善啸； 2. 虎齿，有豹尾，穴处，名曰西王母	1. 蓬发戴胜 2. 西王母梯几而戴胜杖
《大人赋》	西王母皬然白首	载胜而穴处兮

（续表）

出处	容貌	着装
《论衡》	体生毛，臂变为翼	不详
《博物志》	不详	头上戴七种，青气郁郁如云
《汉武故事》	不详	载七胜，履玄琼凤文之舄，青气如云
《汉武帝内传》	视之可年卅许，修短得中，天姿菴蔼，云颜绝世，真灵人也	着黄锦袷襡，文采鲜明，光仪淑穆。带灵飞大绶，腰分头之剑，头上大华结，戴太真晨婴之冠，履元璚凤文之舄
《墉城集仙录》	可年二十许，天姿晻蔼，灵颜绝世，真灵人也	带天真之策，佩金刚灵玺，黄锦之服，文彩明鲜，金光奕奕，腰分景之剑，结飞云大绶，头上大华髻，戴太真晨缨之冠，蹑方琼凤文之履

从上表可见，随着西王母行政职位的提高，衣服越穿越繁复，相貌越来越年轻美丽，最后返老还童为一个 20 岁左右的美貌姑娘。

有汉一代，“戴胜”一直是西王母的标志性装束。随着西王母地位的提高，文学家们不断对“胜”进行美化和升级，由普通的“胜”升级为“玉胜”“七胜”。到了《汉武帝内传》，道教文学家们突然对西王母进行了脱胎换骨的大洗底，甚至把她的标志性饰物“胜”都给撤掉了，换上一顶“太真晨缨之冠”，进行全方位的整容和改装。

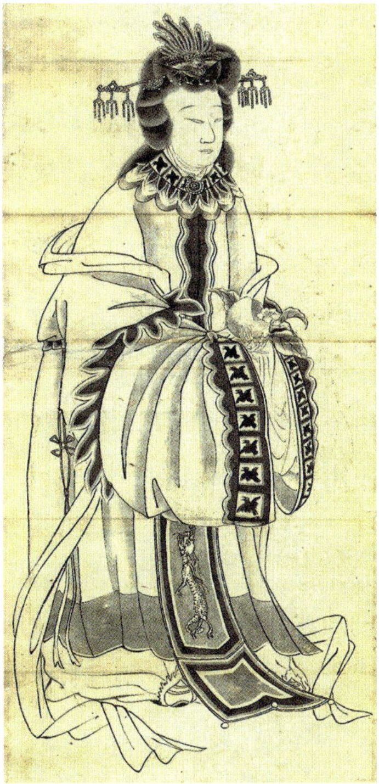

图 8–5 日本江户时代画家笔下西王母戴胜的形象。图 / ［日］圆山应举，1765 年

“层累造史”与“弃胜加冠”

顾颉刚“层累地造成的中国古史”的理论，被后人简称为“层累造史说”。

顾颉刚使用了“譬如积薪，后来居上”以说明“时代越后，知道的古史越前；文籍越无征，知道的古史越多”的道理，基本上只讲了“层累”“积薪”“重复”“愈放愈大”的一面。胡适又把这种过程归纳为“演进”。后人就着顾颉刚的有限表述，一般认为“这个理论的基本内容，是认为先秦的历史记载是一层一层累积起来的，后人不断添加新的材料，使它越来越丰富”。

事实上，顾颉刚在孟姜女研究的系列文章中，更多地强调了“变”。他在对故事“演变”的表述上，曾先后使用过“演化”“变化”“迁流”“变迁”“讹变”“纷歧”“改变”“发展”“转变”“转换”等不同表述。既然是“变”，当然既包含着“加法”的变，也包含着“减法”的变，而不是单纯层累叠加的“譬如积薪”。可是顾颉刚本人并没有专门论述过加减法的问题，所以后人往往以单纯的“层累递加”来理解顾颉刚的“层累造史说”。

从西王母形象的变迁中我们看到，并非所有功能都是可以累加的，“弃”是故事演变中必不可少的一环。所谓“弃”，就是在进行加法运算的同时，还得有相应的减法运算。当道士们给西王母戴上一顶“太真晨缨之冠”的时候，他们也必须摘下西王母头上戴了上千年的“胜”。

从“胜”到“玉胜”“七胜”“七种”，是一个层累增饰的过程，但是，从“胜”到“太真晨缨之冠”，却不是单纯地将新冠加到西王母头上，同时暗含了将旧冠放弃的过程。在“层累造史”的过程中，“加”是显性的，是有明文说明的，而“弃”却是隐性的，是内含在过程之中，没有明文说明的。传说的演变，既是明文宣示地累加新说的过程，也是一种不事声张地抛弃旧说的过程。

从西王母自身来说，既有不断美化的“加冠”进程，也有不断洗底的“弃胜”进程。先是剪了豹尾，拔了虎齿，接着剃掉体毛，修掉翅膀，甚至连善啸的习惯都抛弃了。所有这一切，都在文本的背后悄悄地发生着。就连那只为她服务了上千年的三足乌，也在美女侍从上岗的同时，静悄悄地下岗了。

“层累递加”类似量变，“弃胜加冠”类似质变，但其间关系又不完全体现为“量变积累，导致质变”的关系：

（1）量变和质变之间的界限很难确定。

（2）质变的发生不一定是量变结果。

（3）不同方面的量变和质变不同步展开。

（4）量变不必然引发质变，也可能维持在一个稳定的极值点上。

（5）我们对整体量变的描述是由局部质变的有序串联构成的。

图 8–6　山西芮城永乐宫西壁《朝元图》中的西王母像。这是现存最著名的西王母画像，绘制于元代泰定年间

总之，用顾颉刚“层累造史”理论分析西王母形象的变迁，我们看到，随着西王母地位的不断攀升，其居住条件、仪仗规格、座驾档次、侍从人数等各项生活待遇也得到大幅度提升。可是，我们同样看到了“层累造史”的另一面：当西王母戴上“太真晨缨之冠”之时，也是“胜”被摘下之时；当身边站满美貌侍女之时，也是三足乌下岗之时。“层累造史”的过程中，虽然加法是主要方面，可减法也不可忽视。在历时的维度上，我们正是通过对各个局部“弃胜加冠”结果的有序排比，来完成对于整体“层累造史”的叙述。

泰山石敢当：神性相加，法力增强

老北京旧俗，“十”“石”谐音，所以将正月初十定为“石生日”，祭祀石敢当。据说以前京师顺天府的墙角上就立着一块石敢当，而且是专门从泰山移来的。

北京城的保护神是碧霞元君，俗称泰山奶奶。北京有五座著名的碧霞元君庙，分别为东顶娘娘庙、西顶娘娘庙、南顶娘娘庙、北顶娘娘庙、中顶娘娘庙。所以，据说在“石敢当”前面加上“泰山”两字，就能够保护整个北京城平平安安。

石敢当信俗很早就风靡全国，算是综合性的民间文化现象。人们不仅会在那些认为有“煞气”的地方，比如街头巷尾、桥头坡底、三岔路口，或者住宅凸出道路的部位，立上一块刻着“石敢当”或“泰山石敢当”字样的石头，用来挡煞气、保平安；人们还生产出了许多除恶扬善的石敢当传说，用来传递正能量的民间价值观。2006年，“泰山石敢当习俗”入选《第一批国家级非物质文化遗产名录》。

石敢当文化不仅风靡全国，而且远播整个东南亚地区，山东大学叶涛教授对此做过深入研究。以下涉及石敢当传说和历史的介绍，主要观点和

图9-1　位于北京鸟巢西侧的北顶娘娘庙，是五顶中最重要的一座，也是北京城中轴线北延长线上的标志性建筑。图／施爱东，2022年

多数例证均出自叶涛《泰山石敢当》一书，文中不再逐一注明。

石敢当的传说

关于石敢当来历的民间传说，大致可以分为三个类型。

石敢当是一名驱邪勇士，署名“石敢当”的石头是勇士的名片和替身

1. 泰山南边有个汶口镇，有户人家的闺女被妖精缠上了，有人建议说，泰山脚下桥沟村有个很厉害的年轻人叫石敢当，擅长降妖，可以找他试试。石敢当来了，叫人准备十二个童男，一人一个鼓，十二个童女，一人一面锣，外加一盆香油，一根粗灯芯，一口锅。晚上喝完酒，石敢当就把灯芯点着了，用锅扣着，他坐在旁边用脚挑着锅沿，让外边看不见灯光。夜半时分，一阵妖风刮来，石敢当一脚将锅踢翻，灯一亮，十二个童男童女一起敲锣打鼓，妖怪吓得扭头就跑。

妖怪逃到福建，又缠上一个福建姑娘，石敢当只好又跑到福建去降妖。妖怪逃到东北，又缠上一个东北姑娘，石敢当只好又跑到东北去降妖。这样跑来跑去，也不是个办法，石敢当就找了些石头，请石匠刻上“泰山石敢当”的大名，谁家惹着妖气，就立在谁家墙上，妖精一看就不敢进这家门。（流传于山东）

图 9–2 山东泰安岱庙广场的泰山石敢当雕像。图 / 叶涛，2006 年

2. 泰山脚下有个叫石敢当的小伙子，看到有户人家娶媳妇。新媳妇刚进门，四个小鬼也想跟进去，他一追上去，鬼就闪开，他一走开，鬼又来了。石敢当也不能老站在人家门口呀，于是捡来两块砖，写上自己名字放在门

图 9–3　泰山景区有许多个体摊档售卖这种刻有武士形象的泰山石敢当。图 / 姜波，2005 年

口，用以吓阻小鬼。打那以后，泰安人家盖房子，都要在门框底下压两块砖。（流传于山东）

3. 下邳县衙闹鬼，有三间房没人敢住。县太爷放榜说谁能在这里住上三天，给五百两银子，有个叫石敢当的流浪汉揭了榜，住了三天，没事。县太爷让他再住半个月，还是没事。石敢当得了银子回家之后，县太爷心里又不踏实了，于是刻了座人形石敢当放在衙门口，从此这里再没闹过鬼。后来，人们就刻石敢当用来镇宅。（流传于江苏）

石敢当生前有特殊表现，死后受到纪念

4. 唐王李世民手下有个叫“石敢”的勇士，多次保护李世民，有一次替李世民挡了一支毒箭牺牲了。李世民为了纪念他，就封他为将军，号令天下，凡大门面对桥梁、路口的人家，门首都要竖立石敢将军像，以作纪念。据说石敢像可以用来挡住各种妖魔鬼怪对主人的侵害，老百姓传来传去，就传成了“石敢当”。又说因为石敢是泰山人，所以有人会在“石敢当”前面再加上“泰山”二字。（流传地不详）

5. 泰安城有俩同学，一个叫泰山，一个叫石敢当，非常要好。后来泰山中了举人，外出做官。石敢当只中了个秀才，越过越穷，穷到讨饭。有一年石敢当讨饭讨到泰山府上，兄弟相认，泰山把他留在自己府上。有一次泰山因公外出，半年未归，石敢当不知道泰山出了什么事，为了不拖累泰山，提笔写了封感谢信，自杀了。泰山回来得知原委，悔恨不已，也上吊自杀了。人们为了纪念这对好兄弟，号召年轻人像他们一样兄弟团结，就在自己家墙上写“泰山石敢当”五个字。（流传于山东）

6. 石敢当本是一个种菜的农民，为人良善，虔心向佛，他在渡口被观音菩萨点化，封为水陆两路守护神，遂立于墙下或桥头尽职尽责。据说水陆画上的洛阳桥上有个小石人，就是石敢当。（流传于福建）

7. 石敢当生前是一位神医，倍受百姓爱戴，死后大家都把他的名字刻在泰山的石头上，祈盼健康平安。（流传地不详）

8. 姜子牙封神，封来封去，最后发现，别人都得了封号，唯独把自己给忘了。因为别的神位都封给其他人了，没啥好封的，只好指着门前一块石头说，我是石敢当。后来，大家就把姜太公叫作石敢当，有时就在石头上写“姜太公在此”。因为姜太公的地位高，所以还有人写“太公在此 诸神退位”，或者“太公在此 百无禁忌”。（流传于福建）

图 9-4　山东莱芜的财神庙村有座石君祠，祠内不仅有“石大夫”的塑像，还有他两位夫人的塑像，当地老百姓善解神意。图 / 叶涛，2006 年

泰山石敢当就是具有神力的泰山石

9. 黄帝战蚩尤时，蚩尤狂妄自大，大呼：“天下谁敢当？”女娲娘娘为了惩治他，投下炼石一粒，上刻“泰山石敢当”，蚩尤拼尽全力不能损其一角，只好认输。于是黄帝号令天下遍立“泰山石敢当”。（流传于山东）

10. 唐太宗巡泰山时，骑着马来的，到了回马岭，一看到马蹄盘，实在上不去了，只好绕着道走，临走时说：“我从长安来，逢山开路，遇水搭桥，没有什么能挡住我的，偏偏让泰山石给挡了一下。”后人觉得泰山石连皇帝都敢挡，很厉害，就叫起了“泰山石敢当”。（流传于山东）

11. 华佗去泰山采药时，带回一块泰山石，上书“泰山压顶，百鬼宁息”，当巫人装鬼来害他时，他就举泰山石驱鬼。老百姓听说泰山石有这功效，便到山上采石，刻上“泰山石敢当”，立在墙上辟邪。（流传于山东）

12. 康熙年间，徐闻县的几任知县都卒于任上，有个姓黄的知县要上任，就带了一个风水师。风水师发现附近一座宝塔的塔影正好落在县太爷的座椅上，以前的县官都经受不了宝塔之力，被压死了。于是这个县官就在县衙前立了块石碑，刻上“泰山石敢当”，谓泰山之力可挡宝塔。（流传于广东）

13. 康熙年间，有个叫拜音达礼年的将军，认为自己的官邸有问题，

图 9-5　广东省徐闻县登云塔，位于徐城镇东方一路与民主路交汇处，建于明万历四十三年，当地人称为徐闻“文笔”，其日影所落之处，或许是清代县衙所在。图 / 追波逐流，2020 年

不利居住，路过江西时就去龙虎山求教。一位赭衣道士告诉他，只要用几个字就可以辟邪，于是找到纸笔写下“泰山石敢当”五字，落款是“纯阳子”，就是吕洞宾。将军回到家中，就把字贴在石头上镇宅。（流传地不详）

14. 泰山山神好吃懒做，就想卖泰山石头赚钱，他派了几百个兔子精到各地路冲和街口撒灾，闹得到处都是瘟疫。他让小山神到处放风，说只要在门口立一块泰山石就能消灾免祸。这样一来，家家都去泰山买石头，山神发了财。后来泰山石头不够卖，他又想一招，说普通石头只要刻上“泰山石敢当”，到泰山去交钱开光，也有同样功效。后来人们光拿石头刻字，不去泰山交钱了。（流传于河北）

庶疫刚瘅，莫我敢当

民间传说体现的是民众的想象和愿景，当然不是历史真实。要了解石敢当信俗到底怎么来的，我们还得从一本汉代蒙学读本《急就篇》说起。

蒙学即儿童启蒙教育，兼有识字、写字、伦理道德和历史知识的教化功能。历朝历代的蒙学读本层出不穷，可惜大部分都在历史长河中被淘汰了。我们最熟悉的是《三字经》《百家姓》《千字文》，号称“三百千”，但是，这里要介绍的不是这三部经典蒙学读本，而是现存最早的蒙学读本，曾经流行于西汉时期的《急就篇》。所谓“急就”即“速成”之意，《急就篇》放到今天，应该叫作《速成蒙学读本》，书中的大部分内容放到今天都已经过时了，没什么现实意义，但是，其中“石敢当”三个字，却火遍全亚

洲，远比《急就篇》著名。

《急就篇》第一个部分是姓氏介绍。和后来的《百家姓》不一样，它是一个姓氏说三个字，前面一个字是姓，后面两个字是带点吉祥意味的词，比如：“朱交便，孔何伤；师猛虎，石敢当；所不侵，龙未央。”这里朱、孔、师、石、所、龙六字是姓，交便与何伤、猛虎与敢当、不侵与未央，则是带有“避除邪祟”“不会受到伤害”意思的吉祥文字。

早在汉代，“敢当”就是辟邪专用词。比如东汉时期流行一种叫“刚卯”的随身小挂件，上面就会刻上一些诸如“庶疫刚瘅，莫我敢当”之类的辟邪字样。“庶疫”指各种疫病，“刚瘅”指厉鬼，整句意思是：“各种疫病鬼魅，都不能靠近我的身体。”

图 9-6　上海博物馆藏东汉时期刚卯，中心处有贯孔，四面有铭文曰：“正月刚卯既央，灵殳四方，赤青白黄，四色是当。帝令祝融，以教夔龙，庶疫刚瘅，莫我敢当。”

辟邪所用，必须得是有震慑力的物品，比如刀剑、金属、石头等坚质利器，或者是狗血、鸡血之类的纯阳之物，最好还是正月初一、五月端阳、九月重阳的白色公狗血，或者雄鸡鸡冠上的血，这是阳上加阳再加阳，极阳之物。反之，我们谁也没听说过有人用丝绸、棉布、豆腐等柔性器物来辟邪的。即便守门镇宅的画像，也一定是武将或猛兽，绝不是普通书生、兔子、麻雀之类的柔弱生灵。这说明“石”和“敢当”的搭配，符合民间老百姓对于辟邪驱疫的观念要求。这也提醒我们，用作石敢当的石料，一般要坚硬而敦实，尽量不使用那些精巧脆弱的观赏石。

图 9-7　作为旅游纪念品的泰山石敢当铜挂件，与两千多年前的“刚卯”具有同等功效。图 / 叶涛，2005 年

石敢当，镇百鬼，厌灾殃

现在所知最早的石制石敢当，应该是南宋王象之《舆地碑记目》卷四记载的一则信息。庆历四年（1044），福建莆田县翻修县衙的时候，从地下挖出一块石碑，上面写着："石敢当，镇百鬼，压灾殃。官吏福，百姓康。风教盛，礼乐昌。大历五年县令郑和字记。"大历年是中唐初期的年号，所以这首短诗后来还被收入《全唐诗》。王象之在这条记载后面加了一句按语："今人家用碑石书曰'石敢当'三字镇于门，亦此风也。"关于这块石碑的记载还出现在《八闽通志》和《莆田县志》中，这两本书的时代略晚一些，但信息比《舆地碑记目》更完整，比如提及石碑上的字是墨写而不是刊刻的。

唐代大历五年是公元770年，而《急就篇》的成书时间大约在公元前40年，前后相隔800年。这800年间发生了哪些过渡性事件，我们已经无从得知。现在可以肯定的是，早在中唐时期，石敢当就已经明确地具备了"镇百鬼，压灾殃"的镇宅功能。但这个时期的石敢当有可能是埋在地下的，因为早在西汉《淮南毕万术》中就有"埋石四隅，家无鬼"的说法。

图9-8　在浙江温州、金华等地，现在还有将"石敢当"字样书于门楣的习俗。图为永嘉县楠溪江风景区的一所旧民宅，门楣上写着"泰山在此"。图/叶涛，2001年

南宋以前，民间已经广泛流行将石敢当"镇于门"。所谓镇于门，大概是嵌在门首位置，现在还有一些地方的石敢当就是这么安放的。明代杨慎《升庵集》就说："石敢当本《急就章》中虚拟人名，本无其人也。俗立石于门，书'泰山石敢山'，文人亦作'石敢当'。"这里明确提到"立石于门"，可见从唐到宋，石敢当的位置发生了一些变化，从地下升到了门首。

无论是从文字记载还是从现存实物上看，最早的石敢当都出自福建。福州於山的碑廊中，存有一块南宋绍兴年间（1131—1162）的石敢当碑。碑石额顶横刻"石敢当"

三字，下面竖刻："奉佛弟子林进晖，时维□□绍兴载，命工砌石路一条，求资考妣生天界。"这大概是一个名叫林进晖的居士出资修了一条石道，然后刻了一块石敢当用以镇路护道，同时说明修路目的是为其死去的父母做功德，超度他们往生天界。

图 9-9　这户人家正当路口，"泰山在此"碑旁砌石明显不同于整体砌法，碑石应为后加，可见是墙砌好一段时间之后，出于辟邪考虑，在此加嵌了一块石敢当。图 / 叶涛，2006 年

传世文献中较早提及石敢当的，还有南宋施清臣（理宗淳祐间人）《继古丛编》的一则记载："吴民庐舍，遇街衢直冲，必设石人，或植石片，镌'石敢当'以镇之。本《急就章》也。"说明到南宋时期，江浙一带的石敢当习俗已经基本定型。另外一位浙江人，元代陶宗仪也在《南村辍耕录》中说："今人家正门适当巷陌桥道之冲，则立一小石将军，或植一小石碑，镌其上曰'石敢当'，以厌禳之。"

这些记载中都提到"街衢直冲""巷陌桥道之冲"，"冲"是风水学术语，就是"正对着"的意思，也是所谓"煞口"的一种。"正门适当巷陌桥道之冲"，意思是住宅恰好紧挨着桥头、巷口，或者道路直冲着家门，这都属于凶煞之地，必须立上一块石敢当，以辟邪禳灾。

泰山石敢当，神性相加原理

"泰山石敢当"的出现要比"石敢当"晚得多，文献中出现"泰山石敢当"已经晚至明代。但是，台北傅斯年图书馆存有二组共十二张"皇统六年岁次丙寅"（1146）的石碑拓片，其中一张有"泰山石敢当安镇 吉利"字样，另一张有"元亨利贞 泰山石敢当 安吉"字样。皇统是金熙宗完颜亶的年号，跟前面提到的福州石敢当碑为同一时代，皇统六年对应于南宋绍兴十六年。

另外，泰山学者周郢还在济南市郊发现一块刻有"元延祐五年岁次戊

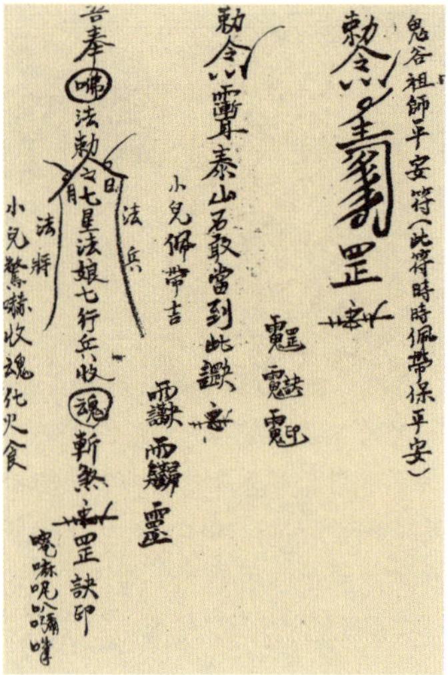

图 9-10　台湾省新竹市一位法师画的“石敢当符”。图 / 叶涛，2007 年

午吉日”的“泰山石敢当”五字碑。延祐五年即 1318 年，这大概是存世最早的“泰山石敢当”实物碑。

“石敢当”前面为什么需要加上“泰山”前缀？叶涛给出了两点解释。

首先，泰山信仰在宋代的发展是促成两者结合的历史因素。泰山是中国山岳崇拜的代表，石敢当是灵石崇拜的代表，在“山”与“石”这两种互相联系的观念方面，本来就有共同的信仰基础。宋代是泰山信仰发展的一个重要历史时期，也是一个高峰时期，泰山逐渐具备了通天、求仙、治鬼、管地狱、保平安等诸多吉祥功能，与石敢当的驱邪、压殃、镇鬼等文化内涵很自然就融合在了一起。

其次，“神性相加原理”是促成两者结合的价值基础。具有相同或相似作用的神力符号相加，可使他们所分别代表的神性或法力得到加强，民俗学者称之为神性相加原理。虎头、狮面、太极、八卦、泰山、照壁、刀剑、北斗七星、镜子、符箓、咒语、白芷、朱砂等，甚至公鸡的鸡冠血，以及具有神秘力量的著名历史人物，如姜太公等，所有这些象征神力的符号，都可以与石敢当发生相加的组合关系，从而使石敢当的辟邪法力得到加强。

其实，“神性相加”的不单是“泰山”加“石敢当”，还有其他许多组合方式。

雷州半岛素来就有槃瓠崇拜，到处都在村头路口立石狗，有的石狗还会凸出其雄性生殖器。石敢当文化传入之后，两者很快就融合在一起，既有泰山石敢当与石狗并立于一个巷口的，也有直接在石狗身上刻上“石敢当”或“泰山石敢当”的，还有只在石狗上刻“泰山”二字的，这都体现了同一功能的多种要素的叠加、组合。

福建的石敢当信仰也有多种组合方式，比如会在石敢当碑首刻上先天八卦，或者在“风狮爷”（一种刻着狮子头的大石柱）身上刻“石敢当”字样。莆田一带的石敢当碑，还经常设置在佛龛之下，早晚都有人上香叩拜。

图 9-11　广东雷州半岛的石狗，有时会在石头上刻上“泰山”或“石敢当”。图 / 叶涛，2007 年

为了进一步加强石敢当的法力，人们不仅会在“石敢当”前面加上“泰山”，还会加上“敕令”等威权用语，比如在济南市窝铺村就有一块刻有“敕令镇宅太山石敢当”的大型鹅卵石。

在一些石质缺乏的地区，人们也会直接用文字来替代石头，在木板、白纸或泥砖上写“石敢当”或“泰山石敢当”，有时还加上一个八卦图案，或者加写“姜太公在此”，以增强法力。

在阎锡山老家山西定襄县的河边镇，这里的石敢当全都是“泰山石敢当大吉”七个字，似乎生怕各路妖魔鬼怪不知道石敢当是干吗使的。另外，在设立石敢当的墙体上，往往还会有土地神龛或其他神灵的牌位，进一步体现了“神性相加”或“联合作战”的强大法力。

西南少数民族地区有一种叫“吞口”的木雕神兽，“其像凶恶，口张甚大，舌吐甚长，口中横衔一剑”，取其“若有妖鬼进门，便一口吞下”的意思。石敢当文化传入之后，两者很自然地整合在一起，出现了刻着“泰山石敢当”字样的吞口。20 世纪 40 年代，著名考古学家卫聚贤到川西考察，发现了这些奇特的石敢当，于是做了一个奇特的推想：

> 我的结论是：羌民在古时以狗为图腾，后以狗为灵的神，故各地雕吞口，但已得罪了这个狗神，没有办法可以免祸，唯有大山上的石头可以堵挡得住。因为羌人原居四川，有时北过岷山的大山，但过山后多为汉人所征服，故汉人移居四川者，于吞口口中横穿一剑，有截杀义。又刻了“泰山石敢当”五字，而“大”字古音读为“太”，有

图 9-12　四川理县桃坪羌寨的泰山石敢当，顶部雕成一个吞口的形状。图 / 蔡立国，2006 年

图 9-13　云南昆明郊外高桥村的“泰山石敢当”红纸符。图 / 佐野贤治，2006 年

人刻成“太山石敢当”，后人误为山东泰山的人名石敢当者可以镇邪，因刻成“泰山石敢当”了。

卫聚贤将“口衔一剑”理解成“横穿一剑”，将“神性相加”理解成“神性互搏”，然后又将“泰山石敢当”理解成“大山的石头可以阻挡狗神的祸害”，意义反转再反转，处处都是互相制约的矛盾和斗争。这里的逻辑漏洞我们就不具体分析了，总之是想象丰富，离谱到了几乎每一步推想都是错的。吞口的功能非常简单，凶猛神兽、利剑、泰山、石敢当，四者遵循着“神性相加原理”，表达的就是辟邪斩妖的多重法力。

最有意思的是，日本民俗学者佐野贤治在昆明郊外的彝族高桥村调查时，拍摄到村民贴在门楣上的一张辟邪符，中心部位绘有太极和八卦，上面写“元始镇安”，左边写“青龙”“财神”，右边写“白虎”“土地”，下面写“太岁”“泰山石敢当”。八种神力要素汇集一符，表达的正是众神加持，法力无边的意思。要是按照卫聚贤的逻辑，这八种神力元素互相制约，可不得一场混战？

石敢当文化在各地的传播过程中，主旨内容都差不多，但形态上还是有一些变化。以日本石敢当的文字搭配为例，除了石敢当、泰山石敢当，还有敢当石、敢石当、石敢塔、敢当、朋石敢当、石将军、石将军敢当、心石敢当、石将、泰魁石当，等等。日本宗教学者窪德忠认为，所谓“泰魁石当”，就是“借泰山和北斗魁星加大石敢当力量”的意思，本质上也是神性相加。

所以叶涛认为：“在中国文化中，与石敢当文化意涵相同的文化现象非常普遍，如姜太公在此、南无阿弥陀佛、照妖镜、石狮子、风鸡、道教和民间信仰中的各类符咒，以及我国少数民族中广泛存在的灵石崇拜等等。在具体的民间信仰场域中，这些以辟邪禳灾、镇宅祈福为意涵的同类的信仰文化形态，或者以独立的形态出现，或者以复合形态存在，所追求的无非是神力的加强和功能的多样性。泰山石敢当的各种形态首先表现出的是民间信仰的神性相加原理。”

图 9-14 重庆北碚区偏岩古镇的狮形“泰山香位”。图 / 鲁汉，2006 年

石敢当的人格化

中国的神灵都是有功能的，他必须懂得人的祈愿，理解人的诉求，帮助人实现愿望，所以无论什么神，最终都会走上“人格化”的道路。早在宋代，就有人试图证明石敢当确有其人，更由于“石”的坚硬本性，“敢当”二字又含有无所畏惧、所向无敌之意，所以很自然就会将之往武士、将军、猛汉方面去联想。

图 9-15 山东泰安南湖公园的泰山石敢当雕像。图 / 蒋铁生，2006 年

前述将一个为唐王挡箭的勇士“石敢”当作“石敢当”来祭祀的传说，还真不是空穴来风。《新五代史 · 汉本纪》在讲述后汉高祖刘知远故事的时候，提及他手下一个名叫“石敢”的武士。五代后唐末年，藩镇混战，李从珂起兵造反，后唐皇帝李从厚出逃。成德军节度使石敬瑭领兵前往救驾，刚好在路上遇到李从厚，两人进入驿站密谈。当时还是石敬瑭亲信的刘知远，觉得李从厚不可信，为了保护石敬瑭，暗地里派了一个名叫石敢的勇士，袖子里藏着一把铁锤，紧随在石敬瑭左右。李从厚跟石敬瑭

图 9-16　山东莱芜杨庄的清代石敢当雕像，石、剑、泰山、武士四种元素都是辟邪物事。图 / 周郢，2007 年

图 9-17　山东章丘东陵山的一块巨石，中间刻着“大夫石”三字。图 / 周郢，2006 年

谈了半天没结果，李从厚手下随从就想借机杀了石敬瑭，刘知远一看形势不妙，马上将石敬瑭拽进里屋。石敢在外面抵挡李从厚的随从人员，奋战至死。后来刘知远手下兵士赶到，将李从厚的随从杀光，把李从厚囚禁在驿站。

这是一个非常具有戏剧性的历史故事，故事中提及的五个人，除了石敢，另外四人全都先后当过几年皇帝：李从珂废黜李从厚当了后唐皇帝；石敬瑭打败李从珂成为后晋开国皇帝；后晋被契丹覆灭之后，刘知远在太原称帝，建立后汉王朝。剩下这个名叫石敢的勇士，则被后世文人视作“石敢当”的原型。晚明徐㶿《徐氏笔精》引述了《姓源珠玑》中的这个故事，还加了一段评论：“石敢当生平逢凶化吉，御侮防危，故后人凡桥路冲要之处，必以石刻其形，书其姓字，以捍民居。或赠以诗曰：‘甲胄当年一武臣，镇安天下护居民。捍卫道路三叉口，埋没泥涂百战身。’”

这里顺便插一句，《姓源珠玑》共六卷，“石敢格斗”故事出现在卷五，原文凡提及人名处，均用“石敢”，本无“当”字。《徐氏笔精》作者大概不知道原始故事出自《新五代史》，在引述《姓源珠玑》时，故意将勇士“石敢”二字全部改成“石敢当”。据我在“超星”网站查阅的近百部今人著述，除了叶涛的《泰山石敢当》，其他著述全都分不清《姓源珠玑》的原文和《徐氏笔精》的讹传。由于古人引述前人文字不加标点，将前人的引文和自己的话混在一起，如果不查《姓源珠玑》原文，就不知道后面跟着的一串文字其实是《徐氏笔精》故意添加的。由此可知叶涛著述之精严、实在，这也是我向读者诸君推荐叶涛《泰山石敢当》的原因。

图 9-18 贵州习水县土城镇石敢当庙里的石敢当，头如吞口，作武士执刀状。不过，当地其他神像也是这个造型，疑为同一批工匠的模式化造像。图 / 黄旭涛，2007 年

石敢当信仰在山东地区发展到明代，又增加了救死扶伤的治病功能，石敢当被人称作“石大夫”。清初山东人王士禛在《古夫于亭杂录》中说：“齐鲁之俗，多于村落巷口立石，刻‘太山石敢当’五字，云能暮夜至人家医病。北人谓医士为大夫，因又名之曰‘石大夫’。”浙江人俞樾在引述这段文字的时候，又加了一句：“按：此五字，南中亦有之，而无医病之说，亦无大夫之称。”看来，石大夫信仰主要流行在山东鲁中一带，其他地区没有同类现象。

明万历《章丘县志》记载了“石大夫”的故事。说是东陵山下有块大石头，常常幻化为人，在章丘一带行医。嘉靖年间，陕西渭南有个叫刘凤池的读书人接待了一位自称石大夫的访客，那人问过刘凤池生辰八字之后，纳头就拜，说：“你是我家乡的父母官，等你高中进士之后，一定会到俺章丘做县令。”后来刘凤池果然中了进士，谒选山东章丘，他就到处去找这位石大夫，但是当地人都说不认识。有天夜里，刘凤池梦见石大夫对他说：“我不是人，东陵山下有亭亭大石，那就是我。”刘凤池找到石头之后，给它立了一座庙，还留了一首诗。当地人有什么治不了的病，只要到庙前祈祷，石大夫就会托梦前来，无不梦到病除。

这个故事，很可能是刘凤池编出来为自己造势的，但是从此以后却进入章丘民间，衍生出许多石大夫治病的传说。比如，传说有一孕妇难产而

图 9-19　最前面的这座小庙即山东泰安祝山的“石大夫庙”。图 / 叶涛，2006 年

死，正要落葬，一位路过的老人大声喝道：“这是活人！”众人马上停住，只见老人取出银针，扎入死者腹中，不久就听“哇”的一声，孩子生出来了，妇人也痛醒了。老人扭头就走，众人跟了半天，发现老人走进石大夫祠不见了，大家这才明白老人就是石大夫。

在福建泉州的永宁古城北门处，还有一座“石将军庙”，庙里有一尊石雕的将军坐像，当地群众每年要在石将军“生日”这天烧香上供、演戏酬神。2007 年我在贵州习水县调查红军长征故事的时候，也在土城镇见过一座石敢当庙，庙内有一尊近两人高的泥塑神像，持刀怒立，神貌威严，底座写着“石敢当”三字。

自然物的人格化，是石敢当传说产生的基本前提。只有将石头进行人格化处理，才能够让石头有思想和行为，才能够与人类对话、交流、互动，派生出曲折丰富的情节。正如牵牛星人格化是牛郎织女传说产生的基本前提，否则，一个无生命的星座，怎么可能有感情、有欲望，还能谈恋爱？所以说，无论将石敢当视作勇士、将军还是大夫，总之得是个有思想、有情感、有人格特征的神灵，否则就只能是一块任人涂抹的石头而已。

两大中心点，两条传播渠道

“石敢当”石碑不仅在福建出现最早，石碑数量也最多；“泰山石敢当”不仅在山东泰山周边出现最早，石碑数量也最多。据此，叶涛判断福建和山东是石敢当文化的两个主要中心点和传播地。

（一）石敢当信仰起源于唐代的福建，宋明以后不仅传播到华南、华东等地区，而且随着福建、广东两省的海外移民，石敢当文化被带往异国他乡，成为这些海外移民聚居地的特色文化标志。叶涛以大量的实地调查验证其观点，发现凡是受到福建传播中心影响的地区，石敢当的文化形态多以三个字的“石敢当”为主，而且往往是配以石狮或者石狮衔剑等石雕形态。

1940 年，日本人梅江田正孝在厦门岛做过一次调查，找到各种类型的石质石敢当 65 座，其中嵌入墙内的有 41 座，立于地上的有 13 座，上头雕刻狮头的 6 座，狮头上写有“石狮敢当”的 3 座，写有“泰山石敢当”的 1 座，刻有八卦图的 1 座。此外还有一些钉在门楣上的木制石敢当。1943 年，石阳睢也在台南做了同样的调查，找到 5 座石敢当，其中横写的 2 座，竖写的 3 座。（林国平《闽台民间信仰源流》）

福建传播中心的石敢当与风水学的理气派相结合，滋生了许多择吉行事，比如清代闽南地区秘传的《鲁班经》就对制作和安放石敢当做出了这样的要求：“凡凿石敢当，须择冬至日后甲辰、丙辰、戊辰、庚辰、壬辰、甲寅、丙寅、戊寅、庚寅、壬寅，此十二日乃龙虎日，用之，吉。至除夜，用生肉三片祭之。新正寅时，立于门首，莫与外人见。”这段话表面看似乎很神秘，其实道理非常简单。辰是龙日，寅是虎日，龙威、虎猛、石硬，三者相加，坚不可摧。除夜则是阴极阳渐的交接时刻，从除夜开始，阳气不断上升，能确保石敢当的法力越来越强。生肉三片，三也是阳数，这种数字和时间的民俗完全符合“神性相加”的基本原理。

图 9-20　台湾金门岛安岐村近四米高的风狮爷，是金门岛最高的风狮爷，也是福建系石敢当的极致化形象。图 / 叶涛，2003 年

（二）宋代以后，在泰山周边地区出现了“泰山石敢当”五字碑，从此，山东地区便成为石敢当文化传播的另一个中心。受到山东传播中心影响的，首先是

图 9-21　澳门大三巴街的泰山石敢当庙。这样的石敢当庙总是地处路冲煞口，起着辟邪护境的作用。图 / 叶涛，2006 年

华东、华北地区，此后则是东北地区，这些区域的显著特点是以五个字的“泰山石敢当”为主。

山东传播中心的“泰山石敢当”相比于福建传播中心的“石敢当”，风水意味明显要弱一些，这也与福建人更加注重风水意义有关。山东人往往将石敢当人格化，然后再加以道德化、神圣化，突出石敢当驱邪治病的社会功能。

至迟从清代开始，山东地区就流行着将石敢当刻画成人物形象的做法。比如，莱芜的村民供奉的“石大将军”，就是将石敢当雕刻成武士形象；如今泰山地区售卖的泰山石敢当，大都在石碑上刻一持刀或执剑的武士形象，这在其他地区是比较罕见的。

杜甫嫁给伍子胥：无法自主的神婚关系

清代戏曲家沈起凤在《谐铎》中讲了一个故事，有个自许才高八斗的太学生，路过西安杜曲镇，借宿于一座“十姨庙”。庙里十尊神像个个国色天香，太学生看得魂不守舍。

入夜之后，太学生恍恍惚惚中看见有人点起纱灯数盏。十位绝色美女纷纷从神龛走下来，叽叽喳喳讨论着如何消遣漫漫长夜，忽然发现太学生伏在廊下，于是把他揪了出来，邀他一起喝酒赋诗。大家喝了半天酒，轮到太学生时，他拈着毛笔吮毫数十次，汗流手战，半天才憋出一句“自从盘古开天地”，再也续不出第二句。

这时，忽然进来一位自称“杜拾遗”的男子，将美女们好好教训了一顿，骂她们鸠占鹊巢，在庙里胡作非为。十位美女只能伏地请罪。太学生搞不清楚杜拾遗是什么恶人，居然对美人如此无礼。美女悄悄告诉他，杜拾遗就是杜子美，太学生又问杜子美是谁，美女们终于发怒了：“你连杜甫都不知道，也来这里谈什么诗！连累我们跟着你一起挨骂。”十个美女齐下狠手，每人奉上一个大巴掌，把太学生给掴醒了。

图 10–1　杜甫诞生 1250 周年发行的纪念邮票。杜甫肖像所据为明代南薰殿藏“诗圣杜拾遗像”。图 / 卢天骄，1962 年

清代小说《女仙外史》中，也有个“十姨庙”，是武则天的行宫。庙中十个美女全是武则天的侍女。武则天向嫦娥介绍说：“这里原是杜拾遗庙，后来坍塌了，人误为杜十姨，就塑下十个美人。便有十个姓杜的女人，占住此庙。为首的杜撰夫人，次是杜韦娘，在此作祸作福，图些血食，恐怕弄出事来，投托在朕之驾下。”看来神仙世界也有不少“黑社会”，邪恶势力也要在统治阶层中找保

护伞。

“拾遗”变“十姨”的故事并非全由文人杜撰。据《陕西通志》记载，西安府白水县曾有一座拾遗庙，后来因为战乱被毁，老百姓口口相传，讹为“十姨庙”。后来乡贤们重建此庙的时候，大概筹到不少资金，干脆一口气塑了十尊女神像。后来金代县令陈炳在庙旁掘得一块诗碑，才知原是杜甫庙，于是拆毁十姨像，重祀杜拾遗。

杜甫嫁给伍子胥

杜甫四十多岁的时候，得了个左拾遗的小官，类似于国家监察部门的公务员。杜甫死后，后人避其名讳，在全国各地盖了好多拾遗庙。可是，宋代以后不设拾遗一职，老百姓更加弄不清拾遗是什么东西，庙匾朽落之后，人们以讹传讹，杜拾遗也就变成杜十姨了。

杜甫的遭遇并不是偶然现象。据说那位“念天地之悠悠，独怆然而涕下”的唐代大诗人陈子昂，也曾遭遇类似尴尬。陈子昂生前曾经担任过右拾遗一职，在他死后，四川阆中的乡贤集资建了座陈拾遗庙。沧海桑田，庙前的匾额朽落了，陈拾遗一样讹变成了“陈十姨”。到了清代，乡人重

图 10-2　在陈子昂家乡四川射洪市，到处都有“子昂文化”元素以及陈子昂雕像。图为子昂故里景区的“拾遗亭”。图 / 喻善平，2020 年

修庙宇，为陈十姨塑了一座仙容万方的女神像。据说陈十姨精通妇科，有求必应，因此香火特别旺盛。陈大诗人一改行，居然成了妇科“陈小手”。

陈子昂的“改行”步伐固然跨得大了点，却不如“杜甫出嫁”来得尴尬。南宋末年俞琰《席上腐谈》记载，温州有座杜拾遗庙，日渐败落，被人当成土地庙，庙里没有土地公公，只有一位土地婆婆，名字就叫杜十姨。温州人热情好事，考虑到杜十姨单身无靠，而附近恰好有位名叫五撮须的土地公公没有妻子，便自作主张，“迎杜十姨以配五撮须，合为一庙”。温州人居然自作主张把杜甫给嫁出去了！

那么，这位迎娶了杜甫做妻子的五撮须又是谁呢？俞琰说：“乃伍子胥也！”

杜拾遗讹为杜十姨，伍子胥讹为五撮须，这是口头传统中很常见的事。有些地方还把伍子胥误作伍婿（五个女婿），两者合在一起，号称“十姨伍婿”。

传说伍子胥死后，成为钱江潮神，在吴越地区声名显赫。但即便如此，早在唐代的时候，就已经被吴越父老乡亲误传为“五髭须”。据《唐语林》记载：“一乡一里，必有祀庙……号为伍员庙者，必五分其髯，谓五髭须。”也就是说，神像脸上挂着五撮髭须。另据元代虞裕的《谈撰》记载，浙西有个吴风村，村里有座伍子胥庙，好心的村民翻新庙宇时，塑了一尊脸上挂着五绺长髯的“五髭须神”。村里恰好还有一座杜拾遗祠，岁久漫毁，秋收之后的农闲时节，村里修缮祠庙，村中遗老只记得庙名的读音，猜想“十姨”大概是排行第十的一位神姑，于是自作主张，为之“神婚”，将杜十姨许配给了五髭须。

图 10-3　清代道光刻本《吴郡名贤图传赞》中的“伍相国像”，脸上正好画出了五髭须

明代杨慎《丹铅余录》记载，杭州也有座杜拾遗庙，村中学究

图 10-4　山西清徐县西马峪的狐突庙。图 / 雨木西，2019 年

错将拾遗作“十姨”，也为杜十姨塑了一座女神像。好事者还把杜十姨配给了西晋的刘伶—— 一个纵酒放达、容貌丑陋的大酒鬼。那还不如嫁给伍子胥呢。

除了秦始皇、刘邦、朱元璋这样的顶级大人物，许多历史人物的名字对于大多数乡村父老来说，都是比较陌生的。据纪昀的《阅微草堂笔记》记载，山西太谷县的白城村有一座“糊涂神祠”，当地人非常敬畏这个神灵，据说稍有不敬，就会招致风雹灾害，但是没有人能说出该神的来历。纪昀搜检《通志》，才知道原来这是祭祀春秋时晋国大夫利应侯狐突的神庙，系元代中统三年（1262）兴建。后世村民不识狐突，误作“糊涂”，这大概也是另一类“十姨庙现象”。现在山西平遥以及河北西南部的一些乡村，还有不少残存的“利应侯庙”，利应侯就是狐突，老百姓尊称其为“狐爷”，但是传着传着，“狐爷”就被传成了“狐狸精大爷”。

神的职能服从于人的需求

神与神的关系骨子里就是人与人的关系。所有的神庙和庙会都是由人管理的，每一个神灵背后都有一个信众群体，每一个信众群体都有几位主事者，神的意志本质上就是主事者的意志。神的作用，就在于以神的名义，使主事者的意志变得不可抗拒，从而发挥出最大效力。神与神之间的婚配和结盟，背后是两个信众群体的利益结合。过去的知识分子很难理解这一点，往往将这些神谕和神迹视为不可理喻。

《中华全国风俗志》在提到“杭州之淫祀”时说：“凡庙中司事之人，杭人名之曰‘庙鬼’。所作所为，往往戏侮神圣，如关帝手中所执之扇末署款云：‘云长二兄大人嘱书，愚弟诸葛亮。’真堪发噱。又某年杭郡作保沙会，各庙神像俱迎聚于西湖玛瑙寺前。于是诸神持帖互拜，最奇者大士名帖云：‘愚妹观世音裣衽拜。’尤堪捧腹。”

其实，神的排位，以及神与神之间的名帖落款，并不是由该神在神界的地位决定的，而是由神背后的信众群体的综合实力决定的。在乡村社会，大村的神灵无论神阶多低，都得排在前面；小村的神灵，无论神阶多高，都得排在后面。神的行动法则归根结底服从于人类社会的等级法则。

杜十姨可能是排行第十的女神，也可能是十个不同的女神。同样，五髭须可能是长着五绺长髯的男神，也可能是五个长着髭须的男神。五代孙光宪《北梦琐言》记载的五髭须就是后者。湖北荆州有座五髭须庙，居然一排坐着五个大胡子猛男，老大叫作一髭须，老二叫作二髭须，如此序齿排班，一直排到五髭须。信众进庙祭拜时，先从一髭须开始拜起，然后一个一个地往后拜，一直拜到五髭须才算完。

神庙中一排站着十个神姨，信众来了，光是上个香就得多出九份。十个神灵十张嘴，平日供品也得分成十份，庙里的收入明显高于只坐着一位“十姨”的神庙。分身可不是闲设，老百姓当然不会无欲无求地供奉十个没有具体职能的闲散神灵。

据说直到民国时期，顾颉刚先生还曾见过一座保存完整的十姨庙，十位

图 10-5　天津杨柳青年画《伍子胥过昭关》。传说伍子胥前往吴国，无法通过昭关，一夜急白了头，后来在东皋公的帮助下，让皇甫讷假扮伍子胥吸引守兵注意力，真伍子胥趁机过关。三人扮相相近，胡子颜色不同，伍子胥白发白须

图 10–6　广东珠海唐家湾金花庙的“保育团队”，前面还有一个儿童舞狮队。图 / 云萍，2020 年

阿姨分工合作，各有所司，有司婚姻的、司送生的、司保育的……没有一个闲职。如果比照十位神姨的分工合作，我们几乎可以断言，五位髭须神也一定各有所司，只是前人没有记载下来，如今已经很难考证他们的分管领域。

神的不断分身，反映的是人的生活方式的多样化，以及信仰需求的不断分化。宗教学家金泽认为，民间造神运动的发展，以及神灵不断分身的现象，是与社会分工越来越细密的趋势相对应的。广州著名的祈子神庙金花庙中，在主神金花夫人座下，逐渐发展出了一个庞大的“保育团队”，诸如张仙、华佗、月老、花王、桃花女、斗姆等等，大凡与产育、保健相关的神灵均位列其中，可谓集天下婚恋、生育、保健之神于一堂。庙里同时还供奉着二十位奶娘神像，其名号有保痘夫人、梳洗夫人、教食夫人等，她们各有所司，实为奶娘的不同职能的人格化。

在福建泉州有座三翁宫，传说是南宋末年的三个老臣，追寻末代小皇帝来到此地，“因扈从不及，且闻宋帝已投海殉国，遂各以头触石而死。里人念其忠烈而葬之，并为立庙塑像奉祀”。这三个以死殉国的老臣本来是没什么具体功能的，但是，当地民众却是有诉求的，人们进庙烧香祭拜，总得要求神灵给点灵应，大家商量着就对三位神灵进行了职务分工，让他们各自分管了一个行业：“一翁为商旅，二翁为盐户，三翁为耕夫，故以其所愿望昭明天道。”盐户要晒盐，最怕下雨，可是，耕夫要种田，最需要雨水，这就有了矛盾，于是，每年正月初八，当地民众祭神，要用

图 10-7　在浙江象山的"石浦—台东富冈妈祖·如意省亲迎亲仪式"上，十几位不同脸色的妈祖端坐各自神舆内，一字排开，准备出海。图 / 施爱东，2018 年

掷筊的形式来决定当年能够请出哪位神灵，以此卜岁丰凶："若一翁出，则是水旱参半；二翁出，则旱；三翁出，则雨泽均。"（方翀《三翁歌》）为了区分三位神灵，当地老百姓还分别给他们穿上了不同颜色的衣服，一衣青，一衣黄，一衣黑。

同样，在北方的许多碧霞元君庙中，大多配祀着百子娘娘、子孙娘娘、送生娘娘、引母娘娘、乳母娘娘、眼光娘娘、耳光娘娘、痘疹娘娘等一大群与产育保健相关的大姨大娘，各自负责妇女产育的不同环节或不同事务。

更神奇的是，在东南沿海一带，尤其是福建和台湾，有不同脸色的妈祖像，最常见的有粉色、红色、金色、黑色四种。据说粉面妈祖代表妈祖的凡人状态，是成道前的妈祖样貌，给信众以亲近、慈祥的亲切感；红面妈祖代表吉祥、喜庆，通常出现在喜庆场合，迎请红面妈祖能够喜上加喜；金面妈祖代表庄严、尊贵，通常出现在重大仪式场合，以显示其非凡的崇高地位；黑面妈祖代表威严、震慑，代表保驾护航的工作状态，通常出现在镇魔收妖的法事场合。

不同面相的妈祖，各有各的信众缘，台湾就发生过一个有趣的事件。2012 年 9 月 27 日清晨，在新北市的乌来天后宫，庙祝照惯例打扫卫生时，突然发现庙里的黑面妈祖变成了粉面妈祖，不但变脸，连衣服也换过，尺寸也变小了。庙祝吓得不轻，愣了半天才意识到可能是被调包了。警方经

图 10-8　左为台湾省云林县北港朝天宫黑面妈祖，右为台北市士林慈诚宫的金面妈祖

过追查，发现窃贼是66岁的刘某。据刘某交代说，他是妈祖的虔诚信徒，自己也打算开个妈祖庙，已经塑好一尊粉面妈祖像。有一天，他偶然经过乌来天后宫，进来参拜的时候，突然觉得自己跟这个黑面妈祖特别投缘，就想把黑面妈祖请回自己家。他回家之后，这个念头一直挥之不去，他又是扶乩又是掷筊，最后居然得到妈祖"同意"，非常兴奋。这天一早，他开了一部厢车，把自家妈祖搬到乌来，趁着庙祝还没上工，赶紧调换神像走人。刘某在接受警方审讯时，一再强调说："我与乌来黑面妈祖真的是有缘，不是故意要将神像调包。"而庙方在迎回黑面妈祖之后，也表示说，大家都是妈祖的信徒，不打算再追究刘某的责任。

从庙门走进来的，都是虔诚信众，多上几炷香、多磕几个头、多许几个愿，是功德，也是诉求，是人与神之间的利益交换。神的不断分身，神圣职能的不断分化、拓展，令信众覆盖面越来越全，"香火"这块蛋糕也越做越大。

县官不如现管

对于那些着眼于现实利益的乡民来说，神的前身行迹和性质、职务高低或性别等等，都不重要，重要的是有没有灵验，能不能给信众降下福祉。

德国思想家马克斯·韦伯将人类理性行为区分为价值理性与工具理

性。通俗地说，价值理性指的是，只要你认为一种行为是对的，值得去做的，不管这种行为是不是对自己有利，最终会落得什么后果，你都坚持这么做，为的是自己内心的责任感和崇高感。工具理性不一样，它首先考虑这么做有什么好处，它是受某种功利目的驱动，为满足某种现实需求而做出的行为判断，力求使行动达到利益最大化。价值理性考虑公平、正义、责任、义务，工具理性关注得失、利益、效率、方法。

民间信仰多数都是始于工具理性。在江南地区，五通神专门淫人妻女，曾经恶名昭著，可是，五通神常常主动向信众提出要求："尚能祀我，当使君毕世巨富，无用长年贾贩。""汝能谨事我，凡钱物百须，皆可如意。"五通神与人的关系，只有利益交换，没有道德要求。对于信众来说，只要五通神能够帮助他们实现愿望，他们就会把这几位出身邪恶的坏小子供上神坛，毫不吝啬地奉上"五圣"的崇高封号。

广东潮州的城隍庙中，最吃香的是速报司。这是因为许多潮州人不知道速报司负责的是快速因果报应，他们以为"速报"就是"速速通报"，是传达室大爷，负责上传下达。他们猜想，那城隍爷日理万机，无暇一一顾及众多信众的要求，因此，诉求文件能否及时、有效地送达城隍案前，全靠速报司关照。因此，速报司脚下的供品，常年都是最丰盛的。

杜拾遗虽说在文学界拥有诗圣的千古盛名，在历代文人和官员中拥有大量崇拜者，可是，杜甫既未进入明清时期各地的官方祀典名册，享受不了官府发给神灵的年俸，也未名列道教封神榜，不能跻身宗教神灵系统。再说了，一个手无缚鸡之力的书呆子，既不懂送子赐福，又不能妙手回春，没有分管领域，因此，在民众的信仰世界中，杜甫远不如十个面慈心善的"杜姨"来得灵验。

图 10-9 流行于江南地区的"跳五猖"赛会。五猖神是传说中的五个邪神，以青、红、白、黑、黄五色，分别代表东、南、西、北、中五路鬼魂。图为安徽当涂县的"跳五猖"表演。图 / 当涂婷鎏，2019 年

图 10-10　中文网络最流行的杜甫像，是著名画家蒋兆和的作品。据说蒋兆和遍寻杜甫真像无果，就以自己的样子为原型画出了这副广受认可的杜甫像

图 10-11　明代刊本《元曲选》插图“说鱄诸伍员吹箫”，讲述伍子胥来到吴国，在吴市吹箫乞食十八年，终于遇到义士鱄诸，愿意助他复仇的故事。图中最右持箫者即伍子胥

文人崇奉杜拾遗，把杜十姨当成了乡下人的大笑话；乡里民众则恰恰相反，他们供奉的是杜十姨，而不是杜拾遗，只因为生儿育女、平安幸福才是他们实实在在的生活诉求。西安府的白水县令陈炳显然不懂这个道理，因此，他所重修的杜甫庙，很快就被民众抛弃了。我们假设一下，如果由着老百姓当成“十姨”拜一拜，说不定这庙还能多存活些年头。

伍子胥的情况不大一样。传说当年伍子胥逃离楚国之后，一度流落街头，吹箫乞讨，比如明代戏曲《浣纱记》就有伍子胥向浣纱女乞求饭食的情节。后人常用“街头吹箫”来指代“街头乞讨”，据说就是用的伍子胥这个典故。丐帮领袖们活用典故，他们自况古人，把自己比作伍子胥的传人，将伍子胥奉为祖师。所以说，伍子胥的境遇比杜甫好得多，他有固定的信众群体，虽然都是一帮穷光蛋，但至少不会缺了供奉。

价值理性与工具理性的关系是个很有意思的话题，它们之间是一种既互相排斥又相辅相成的关系。光有价值理性没有工具理性，就是纸上谈兵、理想主义，啥也干不成；光有工具理性没有价值理性，就是尔虞我诈、不择手段，最终导致道德沦丧，弱肉强食。

民间信仰往往始于工具理性，但是，淫祀一旦被纳入礼制系统，最终一定会向着价值理性逐渐靠拢。比如，恶名昭著的“五通神”一旦成为“五圣”，被信仰世界“招安”之后，就会逐渐演化出许多“正神”的品格，为人赐福消灾、扶危济困，也有锄强扶弱的正义行动。任何一位神灵，即使对外亲疏有别，也会尽量对内维护公平正义。比如，两个乞丐都是伍子胥的信徒，发生了矛盾，他们跪到伍子胥神像脚下，请求“神判”，这时候，“神判”往往会表现出公平、正义的一面。

不过，信仰理性的话题说起来非常复杂，需要条分缕析，话题开启就会越说越远。我们回到“杜十姨”的话题上来，再讲一个“分身”故事、一个“神婚”故事。

刘三姐与刘三妹的故事

有了“杜十姨”故事的铺垫，下面要讲的“刘三姐”和“刘三妹”的故事也就不那么令人觉得新奇了。

如前所述，我们现在所熟知的广西壮族歌仙刘三姐，其实在民国以前一直叫刘三妹，其身份多样，没有特定的民族身份，汉族、壮族、瑶族、苗族、侗族都说她是本地的歌仙。最为流行的说法是，三妹就是幺妹，是刘家小妹。

早期的民间传说中，刘三妹摔死成仙了。广东和广西到处都是刘仙姑庙，庙里供奉的仙姑就是刘三妹，但是，偶尔也会出现“杜十姨现象”。据光绪广东《吴川县志》记载：“三妹成仙，故称刘三仙，建庙于此。职是之故，今庙中塑三女像，名曰刘、张、王三仙，谬戾与杜十姨无异。”意思是说，刘三妹变成了三个仙姑。按照县志中的排序，三位仙姑应该分别叫刘大姐、张二妹、王三妹。

传统的“刘三妹”迅速成长为今天的“刘三姐”，其实是在1956年

图 10–12 苏里执导，黄婉秋主演，1961 年上影的电影《刘三姐》海报

到 1961 年的五年间。在广西，柳州属于西南官话方言区，这里的歌仙就叫刘三姐。宜山县（今河池市宜州区）桂剧团编了一部桂剧《刘三姐》，结果异常火爆。柳州市加以改进，接着又编了一部彩调剧《刘三姐》，被树为典型，在广西壮族自治区掀起了大编大演《刘三姐》的群众运动。1960 年，长春电影制片厂拍摄了一部彩色故事片《刘三姐》，没想到这部电影迅速火出国界，风靡东南亚。从此，“刘三姐”就成为广西歌仙的专名，“刘三妹”的名字反而逐渐被人遗忘了。

那么，如何处理新时代新文化语境下的“刘三姐”与传统民间文学中的“刘三妹”之间的关系呢？阳朔人想了个办法：

在阳朔县福利镇，接龙河畔鼎立着三块大青石，人称“仙姑石”或“三妹石”。传说镇上有家米粉店，刘老板有三个女儿，三胞胎，一模一样的漂亮，爱唱歌，是刘三姐的铁杆粉丝。附近有个马山圩，圩上马员外也有三个儿子，人称“马山三霸”。马山三霸看上了刘家三姐妹，三姐妹当然不答应。马山三霸派人挑着金银财宝和三顶大轿前来接亲，被三姐妹用歌声狠狠羞辱了一番。三姐妹把他们挑来的银子分给了穷人，却让三顶轿子空着抬了回去。三兄弟先礼后兵，很快就亲自率领大队人马前来抢亲。三姐妹赶紧逃跑，她们来到猪仔潭边，被河水挡住去路。危急时刻，漓江上传来一阵歌声，划过一条小船，一听就知道是刘三姐来了，三姐妹赶紧向刘三姐求救。刘三姐让她们脱下外衣，放在石岸的平台上，假装无路可逃，就此投河自尽。她们藏进船舱，顺江而下，跟着刘三姐到处传歌。从此，世上既有了刘三姐，又有了三个一模一样的刘三妹。三件外套变成了三块大青石，被人称作“三姑石”或者“三妹石”，至今还在。

图 10-13　广西壮族自治区阳朔县福利镇的“三姑石”。图 / 王诚林，2019 年

这个故事完美地解释了为什么世上既有那么多的刘三姐传说，又有那么多的刘三妹遗迹。敢情有四个美丽的女歌手，以刘三姐为首，处处传歌。

一座山嫁给一块石头

奇怪的“神婚”事件不仅会发生在历史人物身上，也会发生在自然风物上。在民间信仰与民间文学相互推涨的过程中，人们常常会提出一个信仰在先还是故事在先的问题，这样的问题或许永远找不到一个固定的答案，因为口口相传的民间文化永远都处在变动不居的生成、发展、变异和寂灭之中。但从“小姑嫁彭郎”事件来看，信仰似乎要早于故事，而故事的讹传又引起了民间信仰的变化。

在万里长江的安徽宿松县江段，有一座名叫“小孤山”的岛山，这是相对于鄱阳湖口的“大孤山”而命名的，山石孤立于江心，地势非常险要。相传大禹治水时，曾在此勒石记功，后来秦始皇东巡，也刻“中流砥柱”于石上，唐代已有禅宗僧人在山上建庙，总之，小孤山很早就是自然崇拜的对象。唐代诗人顾况有《小孤山》诗云：“古庙枫林江水边，寒鸦接饭雁横天。大孤山远小孤出，月照洞庭归客船。”

至迟在北宋初年，一件有趣的故事就发生了。欧阳修《归田录》云：“江南有大、小孤山，在江水中嶷然独立，而世俗转‘孤’为‘姑’。江侧有一石矶，谓之‘澎浪矶’，遂转为‘彭郎矶’，云彭郎者，小姑婿也。”也就是说，欧阳修过小孤山的时候，这座山已经被讹传为“小姑”，长江南侧的一块石头则被讹传为“彭郎”，当地老百姓居然自作主张，未经本山同意就把“小姑”配给了“彭郎”。

不仅如此，老百姓还给“小姑”盖了座神庙，将她尊为“圣母”。据南宋祝穆的《方舆胜览》记载：“江南有大小孤山，江侧有彭郎矶，云彭郎者，小姑婿也。余尝过小孤山，庙像乃一妇人，而敕额为‘圣母’，岂止俚俗之误哉。”

图 10-14　从这幅画于 1941 年的小姑山的立轴中，我们还可以看到小孤山屹立江心，边上有三艘小渔船穿过。如今的山与岸相接，小船过处已是一片陆地，常常停着一批旅游大巴。图 / 袁松年

小姑与彭郎的爱情故事由于生成较早，历史悠久，千百年来不仅幻化出了多个版本，成为当地著名传说，而且衍生出了许多风物景点，可以一一指认，坐实这个凄美的爱情故事。

为什么故事还没开始，就要在“爱情故事”前面加个限定词“凄美”？这里顺便插入几句题外话。民间常说的“故事”是个广义的概念，学界往往分为狭义故事和传说两类。狭义故事多是泛指性的，并不指实为具体的人和物，没有具体背景；而传说则更接近现实，有具体背景，往往要附着在某一特定的历史人物或地方风物上。狭义故事尤其是童话中的爱情故事，结局都是大团圆的（施爱东《大团圆何以成为元结局》）；而传说中的爱情故事，多半都是悲剧，尤其是一旦跟地方风物挂钩，比如指实某山某石为某人所化，那么，这则传说一定是关于某人的悲剧了。

读者君可以回想一下，如果故事中的某男和某女结为夫妻，“从此过上了幸福的生活”，故事一定是到此结束了，决不会让他们化为石头、蝴蝶、连理枝；只有当悲剧发生，他们才会化生异物。全国各地由故事人物化生的地方风物，无论主人公化为蝴蝶、彩虹，还是夫妻树、望夫石、望娘滩、布谷鸟，只要化身异物了，那一定是悲剧。“小姑嫁彭郎”传说，只要能够指实哪座山叫小姑，哪块石叫彭郎，我们就知道，他们一定未能“从此过上幸福的生活”。

由于小孤山名气大，以小姑为中心的传说也更多，情节更复杂，主要

流传于安徽一方。

图 10-15　从安徽小孤山一侧看对岸江西的澎浪矶。图 / 孤云野鹤，2019 年

传说北宋年间，福建莆田有个叫林愿的地方官，有个女儿叫小姑（按：早期的小姑传说很可能脱胎于妈祖林默娘的传说，后来不断变异）。小姑爱吃鱼，爱上了一位叫彭郎的渔民。彭郎家在江西彭泽县，但是为了小姑，一直滞留在莆田。有一天，彭郎打到一条小金鱼，将它送给了小姑，却没想到小金鱼原是东海龙王小太子。林愿不同意小姑和彭郎的婚事，两人遂私奔回彭郎老家，过着清贫而快乐的生活。这边林愿接到圣旨要去湖北做官，龙王则接到线报说小龙在林愿船上，于是，老龙王掀起巨浪，打翻官船，淹死了林愿一家，救回小龙。彭郎夫妇得知消息，连夜操舟东下打捞父母，不料途中遭遇海盗，夫妇俩又被活活拆散。小姑被普贤菩萨救起，暂住在峨眉山，上山采药时滑落山崖，恰被一位樵夫救起，醒来一看，樵夫正是彭郎！于是两人来到宿松县一带采药行医，小姑的名气越来越大，被当地老百姓称作“普济夫人”。这事传到东海龙王耳中，这个老坏蛋又不高兴了，于是派小龙前去兴风作浪，淹死两人。悲剧至此，终于惊动神界，普贤菩萨敕令五雷神将小龙劈成两截，一截扔在北岸江心，一截扔在长江南岸，变成两座石山，人们为了纪念小姑和彭郎，就在江北的孤山上建了座小姑庵，在江南的石矶上修了座彭郎庙，用来镇压孽龙。

以彭郎为中心的传说主要流传在江西一方。

彭泽江边有位渔民叫彭郎，心地善良，曾经救过一只小白鼠。

图 10–16　江西彭泽县黄梅戏剧团从 1987 年就开始创作排演《小姑与彭郎》，常演不衰

寒冬时节，彭郎出门捡柴，又见到一个冻倒在雪地里的女子，他把女子带回家救治，其实女子就是小白鼠变的，名叫小姑。春天的时候，小姑的身子慢慢康复，出落得超凡脱俗，两人结为夫妻。有一天，小姑说要回娘家，临走交给彭郎一把雨伞，叮嘱他七天后将伞送到江对岸的观音庙里，路上无论如何都不能把伞打开。第七天到了，彭郎抱着伞，一出门就被几个恶人跟上了。船过江心时，风大浪急，突然一个巨浪，彭郎被掀翻，雨伞脱手。恶人一把夺过，迅速将伞撑开，只见一个赤身裸体的女子从伞中掉了下来，正是小姑。为了躲开恶人魔爪，羞愤的小姑纵身跳入江中，彭郎悲恸不已，随之跳江。第二天，人们发现在小姑投江的地方，升起一座孤峰，人称小姑山；彭郎家的小渔村，也升起一座石矶，人称彭郎矶。

由于小孤山被赋予了小姑的性别特征，文人墨客在描写小孤山的时候，就有了更加柔婉的文字，诸如出水芙蓉、俊秀天成、兰烟缭绕、碧苔浮壁、玉树拱合、茂林修竹、水光山色、竹影涛声之类。哪怕是唱“大江东去”的豪迈诗人苏轼，也写出了婉约风格的“沙平风软望不到，孤山久与船低昂。峨峨两烟鬟，晓镜开新妆。舟中贾客莫漫狂，小姑前年嫁彭郎”。试想，如果“小孤”被讹成了雄性特征的“小牯”，文人墨客们会用什么词句来形容小孤山？或许就是雄奇、险峻、咆哮、怒吼、孤峰耸立、

图 10-17　安徽宿松县传统戏剧文南词《小孤山下唱小姑》

绝壁凌云、傲立江心、中流击水。

语言是最重要的信息符号，也是很不靠谱的信息符号。事物的相关信息进入我们的头脑中，经由我们的语言加工，重新输出的时候，就已经不是原来的事物了，这是语言的第一重不靠谱。我们用语言描述事物，而语言符号既有所指，也有能指，所指和能指往往发生分离，这种分离会导致信息理解的巨大差异，这是语言的第二重不靠谱。语言中的每一个语词都带有其自身的文化信息和社会信息，接受者会使用自己的知识结构和社会阅历去脑补这些信息，不同的主体会脑补出不一样的结论，这是语言的第三重不靠谱。

输出端和输入端的细微差别，很容易引发蝴蝶效应，彻底改变对象的性质。上述故事中，语言被性别化了，性别的想象不仅会左右民众的愿力和行为，也会左右文人墨客的语言和词汇。

拿破仑睡狮论：提振信心的民族寓言

1816 年，英国贸易使臣阿美士德出使中国，打算商谈对华贸易，但是由于在礼仪问题上与清朝官员发生争执，坚决不肯答应给嘉庆皇帝磕头，结果连嘉庆皇帝的面都没见着，只得万里迢迢打道回府。第二年，一无所获的阿美士德准备回去请求英国王以武力敲开中国的大门。

阿美士德回国途中，据说正好途经圣赫勒拿岛，一世枭雄拿破仑当时就关押在这里。阿美士德登门求见，并向拿破仑讲述了在中国的遭遇以及自己的想法。拿破仑对这个英国人的想法很不以为然："要同这个幅员辽阔、物产丰富的帝国作战会是世界上最大的蠢事。"接着又说出一句在中国广为传颂的名言："中国并不软弱，它只不过是一只睡着了的狮子，这只狮子一旦被惊醒，全世界都将为之颤动。"

这番对话不知道是怎么传出来的，总之，"拿破仑睡狮论"让无数中国人精神振奋，甚至"准备着去做欧洲的主子"（鲁迅语）。可是，美国学者费约翰却认为拿破仑从来就没有说过这样的话。有些英法学者曾经彻底翻检过与拿破仑相关的原始资料，发现"无论法文或其他语言的任何一手资料，都没有记载拿破仑曾经说过这句话"。（费约翰《唤醒中国：国民革命中的政治、文化与阶级》中文版序）

图 11-1　左为拿破仑画像，右为阿美士德画像

曾纪泽或者梁启超："睡狮论"的首论者

费约翰认为，是曾国藩的长子曾纪泽1887年发表在《亚洲季刊》上的《中国先睡后醒论》引起了世界的注意，最终由清末的民族主义者播及全世界。这篇文章大概是中国人在国际权威学刊发表的第一篇英语论文，有中文译稿收录于《皇朝蓄艾文编》，其文曰："愚以为中国不过似人酣睡，固非垂毙也。"鸦片战争虽然略已唤醒中国于安乐好梦之中，然而终未能使之完全苏醒，随后乃有圆明园大火，焦及眉毛，此时中国"始知他国皆清醒而有所营为，已独沉迷酣睡，无异于旋风四围大作，仅中心咫尺平静。窃以此际，中国忽然醒悟"。据说此文发表之后，"欧洲诸国，传诵一时，凡我薄海士民，谅亦以先睹为快"。

图11-2　曾纪泽半身照。1883年

费约翰认为，正是曾纪泽这篇文章最早提出了先睡后醒的话题。将它归功于拿破仑，未免剥夺了这位晚清著名外交家的知识产权。

其实，"唤醒说"既非曾纪泽的发明，也不是针对中国的专利。在19世纪，唤醒中国，唤醒日本，唤醒印度，都是很常见的主题。"唤醒"在西方文化语境中，是整个西方对于整个东方的一种居高临下的态度，是"文明社会"对于"前文明社会"优越感的表现。

1949年前的西方文献所说的，他们想要"唤醒"的中国往往是"中国龙"或"中国巨人"，目前尚未发现有哪一本书或哪一篇论文把中国称作"睡狮"。作为外交家，曾纪泽应该很清楚当时的狮子主要被用来指代英国，《中国先睡后醒论》一文中也没有将中国比作睡狮。那么，睡狮的形象又是谁的发明呢？

许多学者都认为，梁启超在1899年发表的《动物谈》中创作了一则寓言，第一次将睡狮与中国进行了勾连。梁启超称某日隐几而卧，隔壁有

图 11-3　曾纪泽画的狮子，1877 年

甲乙丙丁四个人正在讨论奇异动物。丁自称，曾在伦敦博物院看到一个状似狮子的怪物——睡狮。有人告诉丁说，此物貌似了无生气，而一旦发动，则张牙舞爪，千人莫敌，于是丁试拨其机，则动力未发，终于明白这只睡狮机关锈蚀，如不更易新机，则将长睡不醒。梁启超听到这里，长叹一声："呜呼！是可以为我四万万人告矣！"

梁启超当时正流亡日本。这篇文章很快流行于日本留学生当中，"睡狮说"被东京的中国留学生广泛引用，用以形容执迷不悟的伟大祖国。清末民族主义者之所以宁要睡狮不要飞龙，除了将龙视作腐朽朝廷的象征物，还与龙在清末所负载的种种负面形象相关。

"睡狮论"在日本的早期流传

当梁启超"睡狮论"几成定论的时候，北京师范大学张昭军教授发表《"中国睡狮说"是梁启超的发明吗?》一文提出不同看法，他认为"睡狮论"不大可能源于梁启超，因为早在 1894 年甲午战争的时候，日本已经流传着把中国比作"狮子"的说法。1894 年 11 月 15 日的《东京日日新闻》刊载了《今后的对清政策》一文。该文开篇写道："清国的陆海军如此缺乏战斗力，清国的行政几乎不能统管吏民，它势必土崩瓦解，四分五裂。不久，欧洲国家一定会趁势制造各种口实，瓜分狮子。"

张昭军认为："从行文看，以狮子喻中国，已为日本广大读者熟知，故该文没有作专门解释。大隈重信在其《日支民族性论》一书中也有相近的说法：甲午战争的结局暴露了‘支那’的真面目，它根本不是沉睡的雄狮，而是一只‘断气已久、四肢冰冷的老狮子’。大隈是这段历史的亲历者，熟悉当时的社会舆论，从其文字表述看，将中国形容为‘睡狮’是当时日本人的‘常识’。”

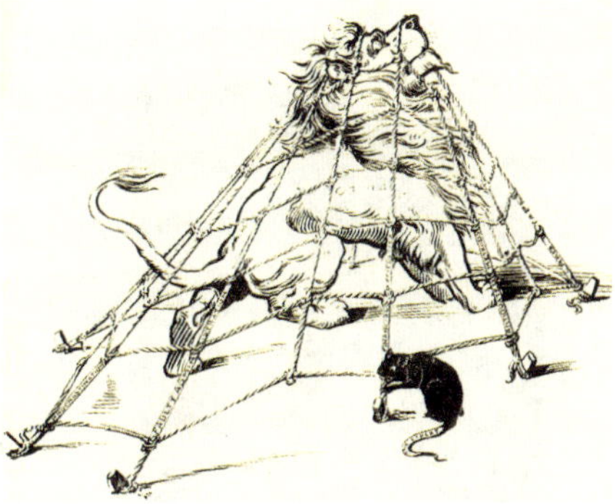

图 11-4　上海一份英文杂志的封面插画《狮子和老鼠》。狮子象征民国政府，束缚它的绳索上分别写着“办事拖拉”“管理混乱”“财政困难”“措施陈旧”“繁文缛节”等字样，试图帮助其解开绳索的老鼠尾巴上写着“外国专家”。1912 年

最明确的“睡狮论”可见于 1896 年 9 月 5 日日本《太阳》杂志，日本政治家尾崎行雄的一篇《东洋的危机》中有这么一段话：

> 五洲列国对“支那”存有误解——将这一半死老朽之帝国视为睡狮，此乃东洋和平之一大担保。“支那”领土广大，人口众多，乃不易相处之邦国，人皆知之，致欧美诸国误以为它尽管已衰老腐朽，但犹存强大实力，巨大余勇。职是之故，诸国皆惧怕睡狮觉醒，尽可能采取亲善方针。即便不得已与之交战，亦尽可能快速恢复和平，实行亲善政略。此情形无异于希望在不惊动睡狮酣睡的范围内，拔去睡狮之爪，触碰睡狮之牙。所以，英、法虽攻陷了北京，但却匆匆缔结了和约，并千方百计实施怀柔之术。他们的意思大概是所谓“睡狮一旦觉醒，就会立即将其仇敌攘逐出东亚，与其如此，不如获得其欢心，与之保持亲近友好，垄断其经贸产业之利益”。

“睡狮”是意译，日本人的原文应该是“眠狮”，文字上略有差别，意思是一样的。这些文章的发表时间都早于梁启超的《动物谈》。据日本学者石川祯浩考证，梁启超在 1898—1899 年间，曾多次谈到曾纪泽的《中国先睡后醒论》，指实“睡狮”是曾纪泽的发明。（石川祯浩《晚清“睡狮”形象探源》）此外还有证据显示，许多日本人也认为“睡狮论”源于曾纪泽，比如大泽龙于 1898 年 2 月在日本发表的《“支那”论》一文。该文明

图 11-5　日本汉学家后藤朝太郎的中国学专著《睡狮》。1929 年

确指出“曾纪泽尝论‘支那’，比之于眠狮”，发表时间也早于梁启超的《动物谈》。

维新派所办中文报刊《知新报》于 1898 年 5 月 1 日刊登有《日人大泽龙论中国情势》一文。该文不仅有“眠狮”二字，而且出现了“往者曾纪泽尝比‘支那’于眠狮，当时泰西诸国未究其实，咸谓为然”的说法，表明在梁启超以前，的确已出现“中国睡狮说”。

通过文献钩沉和文本解读，张昭军认为：第一，梁启超之前，日本报刊已载有“西方人说中国是睡狮”“曾纪泽说中国是睡狮”等说法。第二，梁启超是据其所见所闻而作的转述，只不过没有注明出处而已，并不存在“加工转化”“发明创作”或故意假托外人、伪造的问题。第三，日本报刊所载文章的观点来自何处，以及“中国睡狮”是由英国人还是由曾纪泽率先说出的，目前尚难以判断。

“醒狮说”的传播

寻找民族象征物来建构新的民族国家形象，是清末民族主义知识分子最热衷的工作之一。1900 年之后的几年，待唤醒或被唤醒的睡狮形象开始反复出现于各种新兴的报章杂志，尤其是具有革命倾向的留学生杂志，并且被赋予了唤醒国民、振奋民族精神的象征意义。

以醒狮作为国旗、国歌的形象，逐渐成为清末民族精英的共同理念。尤其是当时的东京留学生，他们掌握了民族主义革命的启蒙话语权。邹容和陈天华两位烈士的宣言式遗著，成了清末民族主义知识分子的必读书。两人遗著不约而同地使用了“睡狮”和“醒狮”以象征亟待崛起的中华民族。

陈天华《狮子吼》写主人公梦见自己被一群虎狼追赶，乃长号一声，山中有一只沉睡多年的大狮，“被我这一号，遂号醒来了，翻身起来，大吼一声。那些虎狼，不要命的走了”。主人公被轩辕黄帝救起，来到一个繁华的大都会，见到“两根铁旗杆扯两面大国旗，黄缎为地，中绣一只大狮，只有二丈长、一丈六尺宽，其余各国的国旗，悬挂四面”，又见到一本大书，“黄绢包裹，表面画一狮子张口大吼之状，题曰《光复纪事本末》”。

图 11-6　梁启超在日本创办的《新民丛报》，从1903年2月的第25号开始使用“狮子与地球”的图案做封面。1903年

佛教用语中早就有“狮子吼”一说，据说狮子吼则百兽惊。抗日战争期间，著名高僧巨赞法师曾在桂林创办《狮子吼月刊》，宣扬抗战救亡，在佛教界产生了非常大的影响。

正因为“睡狮”概念暗合了传统文化中“狮子吼”的正面内涵，新概念得以毫无阻碍地与人们固有的心理图式重合在一起，得以迅速传播。“睡狮—醒狮—狮子吼”，代表同一主体的三种状态，自然也就可以用来指称同一主体——中华民族。

图 11-7　吉鸿昌 1928 年率领 19 师驻军山东省武城县，在一座元代石狮背上题下了“睡狮猛醒”四个大字及“十九师吉题”五个小字，石狮现存于该县文化馆。另外，河南省光山县也发现类似石刻，雄狮背刻“尔速醒悟 国将不国 吉鸿昌题 民国二十年三月一日”，雌狮背上原刻“睡狮猛醒”，现已损坏

国民革命前后，各种以“醒狮”命名的爱国期刊如雨后春笋层出不穷，如上海狮吼社先后发行的《醒狮》半月刊和《醒狮》月刊，山西大学曙社的《醒狮》半月刊，中国青年党醒

狮派的《醒狮》周报等，此外，长沙、兰州、天津等地，均成立了以“醒狮”为名的青年社团，并相应发行以“醒狮”为名的爱国期刊。其他以“醒狮”为名的种种艺术形式更是不可胜数。

拿破仑的金口玉言

我们几乎找不到任何资料，可以显示拿破仑曾经出现在清末的醒狮传说中。早期所传播的“醒狮说”，仅仅是“被唤醒的睡狮”这么一个模糊的意象。

由于曾纪泽的清朝官员身份，以及梁启超与同盟会等革命团体在政治主张以及革命态度等方面的不合作关系，革命宣传家有意隐去了曾纪泽、梁启超的创造性贡献，反而将“睡狮论”的发明权派给那些死无对证的外国政治家。《江苏》杂志 1904 年的一篇时评《德人干涉留学生》，就将“睡狮论”的产权派给了德国政治家俾斯麦和威廉。

这些政治知识一旦进入口头传统，民众记不住俾斯麦这样的名字，干脆只以“西人说”“外国人说”代替“俾斯麦说”。《台湾日日新报》翻译英国下议院 1906 年的一份文件，居然也把清王朝译成“睡狮”。估计那些把狮子看作英国象征的英国人看了，也是要惊讶的。

图 11-8　陈鹤琴，1892—1982 年，浙江上虞人，中国现代儿童心理学和幼儿教育学的开创者

拿破仑的出场时间很难锁定。胡适在留学日记（1915 年 3 月）中有一段话：“拿破仑大帝尝以睡狮譬中国，谓睡狮醒时，世界应为震悚。百年以来，世人争道斯语，至今未衰。”由此可知，当时的美国留学生已经开始流行引述拿破仑“语录”了。但是，这里的“世人”还只限于中国留学生，“斯语”也尚未进入西方人的文字世界。

“拿破仑睡狮论”直到 1917 年才随着胡适等一批留美学生的归来而返回

中国，但是并没有得以流行。朱执信1919年发表《睡的人醒了》，依然认为“睡狮论”是由俾斯麦和威廉说的。甚至直到1933年，鲁迅对“睡狮论”进行冷嘲热讽的时候，都还只知道是“白人”说的，只字没提拿破仑。

另外一个较早提到“拿破仑睡狮论”的是著名地理学家袁复礼，这时已经是1934年了。到了抗日战争中期，著名教育家陈鹤琴在他创办的幼狮学校中，大力宣传“拿破仑的中国睡狮论”，甚至把幼师学生都称作幼狮，教育大家每一个中国人都是睡狮之子。

我们把胡适、袁复礼、陈鹤琴的简历放在一起一对照，很有意思地发现他们都是1910—1915年间到美国留学的，而且都曾在哥伦比亚大学获得学位。我们很容易想到，“拿破仑睡狮论”是不是最早由中国留美学生杜撰出来的？当然，这只是猜想，没有足够的证据。

图11-9 岭南画派代表人物高奇峰深受“睡狮论”影响，创作了大量以狮子为题材的画作，这幅题为《睡狮初觉》的画作寓意非常明确

睡狮故事的再生产

至于拿破仑是什么时候为何说出这段话来。具体的故事情节，直到佩雷菲特《停滞的帝国：两个世界的撞击》出版之后，才被生产出来。这本书讲述了19世纪前后，中国这个“世上最强大的国家”与英国这个“天下唯一的文明国家”之间的外交冲突。其中有一段讲到阿美士德途经圣赫勒拿岛的时候，拜会了拿破仑。一心想要教训英国人的拿破仑很不客气地对这个英国人说：“你们说可以用舰队来吓唬中国人，然后强迫中国官员遵守欧洲的礼仪？真是疯了！如果你们想刺激一个具有两亿人口的民族拿

图 11-10 据说南狮原名“瑞狮”，就因为粤语“瑞”与“睡”谐音，晚清以来，具有民族忧患意识的佛山人首先将“瑞狮”改称“醒狮”，寓意唤醒国民，激扬国魂，鼓振民族精神。现代又被赋予了更多大吉大利的良好寓意。图 / 舒影阁映画，2019 年

起武器，你们真是考虑不周。”作者佩雷菲特语带犹豫地认为拿破仑还“可能说过”这样一句预言：“当中国觉醒时，世界也将为之震撼。”

将阿美士德的故事与“拿破仑睡狮论”进行完美结合的具体个案，是 2004 年 2 月 5 日《环球时报》发表史鸿轩的《拿破仑的“中国睡狮论”怎么来的》。这篇文章一经发表，迅速被数十家媒体、上千个网站所转载。目前流行的完整版“拿破仑睡狮论”，几乎全部出自史鸿轩。

由 20 世纪之前基督教话语及西方话语中常见的“唤醒东方”，到梁启超的“睡狮寓言”，到清末民族主义者的“唤醒睡狮”，再到“出口转内销”的“拿破仑睡狮论”，终于在 21 世纪发展成为一个完整、成熟的关于拿破仑教训阿美士德、预言中国将有伟大复兴的民族寓言。

第四编

命理与地理的传说

一螺穷，二螺富，三螺牵猪牯

每个人的指纹都是独一无二的，世界上绝不会有指纹完全相同的两个人，所以，古人曾经把指纹当“图章”来使用，现代人则可以将指纹制作成二维码，什么信息都往里放。但在儿童时期的我们看来，指纹非常简单，看来看去也就两种：一种叫螺，一种叫箕。

螺是指螺旋状的涡纹，箕是指簸箕状的开口纹。张爱玲在《谈看书》中提到，十只手指上，螺越多越好，聚得住钱；对于男人来说，簸箕也好，会赚钱，能够把钱铲回家；女人则是螺好，会积钱，手上没螺，拿东西不牢。

张爱玲的螺纹说过于简单。我小时候知道的比这复杂，也更有趣一些，我们客家人有一首“螺纹歌”：“一螺穷，二螺富，三螺牵猪牯，四螺蒸酒卖豆腐，五螺骑马应圩，六螺打死人，七螺做中人，八螺驮锁链，九螺解下院，十螺十足，层箩列谷，瓮子盛足。冇螺穿笃篓（没有螺就像穿了底的竹篓，什么都留不住）。”

现在如果还有“螺纹歌”的话，估计得换换名堂。比如“牵猪牯”这个行当，即便在偏远的农村也已绝迹多年。我在江西石城长大，在那个边远的小县城，小时候常常碰见那些被称作“猪牯佬”的光棍汉，穿着一条脏兮兮的大裤衩，赶着一头步履蹒跚的老公猪，走村串户去给别人的母猪配种，收取极少的几毛猪牯钱。

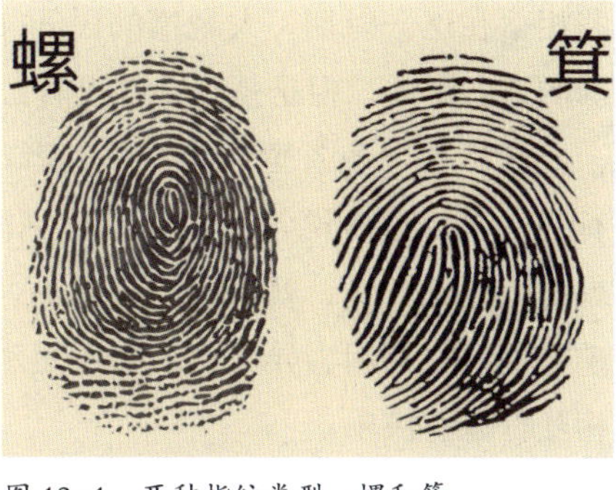

图 12-1　两种指纹类型，螺和箕

现在“抖音”上有时会看到一些搞笑视频，一个年轻男子坐在一头大公猪身上，大公猪走得屁股一扭一扭的。这种视频纯属娱乐，真正的“猪牯佬”是极其爱惜大公猪的，因为那是他的身家性命。大公猪一天交配十数次，身子疲惫不堪，总是一边走，一

图 12-2　英格兰温菲尔德庄园的骑猪绅士。20 世纪初的欧洲曾经流行过骑猪散步的怪异习气，不仅许多儿童骑猪出行，部分成年男子也参与到这种奇怪的耍酷行为中。图 / 英格兰温菲尔德庄园，1910 年

边不停哼哼，别说驮人，驮只鸡都费劲。

“螺纹歌”之所以在现代社会不再流行，是因为“螺纹歌”所反映的生活内容，已经跟现代社会基本脱节。“螺纹歌”的时代，就是猪牯佬的时代，一个渐行渐远的留在传说中的时代。

“螺纹歌”的流布地图

北京大学从 1918 年开始面向全国征集歌谣，然后分批刊印，我印象中没有发表过这首“螺纹歌”。而在一些书商出版的童谣集中却载录了大量的“螺纹歌”，如商务印书馆《各省童谣集》第一集（1923 年）就收录了三首，分别采自安徽休宁、浙江杭县、浙江新昌；上海世界书局《绘图童谣大观》（1924 年）也收录了三首，分别采自江苏的吴县、无锡和江都；1932 年的《民间月刊》发表的“螺纹歌”中，仅浙江富阳一地就有六首。可在 1949 年至 1979 年这三十年间，“螺纹歌”就再没有被大陆的正式出版物收录过。我相信在这一时期，大规模的民间文学采风运动肯定采录到了这首风行全国的著名童谣，但是基本上都没有公开发表。

1923 年《各省童谣集》的编者说：“看螺纹定一生贫富贵贱，各省都有这种事，但所说各不相同，可见这事不足深信。”这话听起来，好像如果各地所说一致，就可以深信似的。这首曾经被打入“封建迷信”另册的趣味童谣，正因为异文众多，不足为信，才会给我们的童年生活带来许多相互打趣的快乐。

我陆续搜集了 119 首大同小异的“螺纹歌”，却发现它们只出现在 13

个省、自治区，并非“各省都有”。以其流行区域统计，得出排序表如下：广东 24 首、浙江 21 首、江苏 14 首、福建 11 首、安徽 8 首、江西 6 首、上海 6 首、湖北 5 首、湖南 3 首、台湾 2 首、北京 1 首、海南 1 首、广西 1 首、云南 1 首，另有不知流行区域者 15 首。这只是一个不完全的抽样统计。广东最多，那只是因为我手头的广东文献最丰富，并不意味着“螺纹歌”在广东最盛行。

图 12-3　一位妈妈正在教孩子唱“拇指歌”。图 /［美］何德兰，1900 年

但这份统计表多少还是能说明一些问题。我们拿出中国地图看一下，“螺纹歌”似乎主要流行在东南沿海地区，从海南沿海路向东北方一路向上，广东、福建、台湾、浙江、上海、江苏，一个不落，而内陆却只有安徽、湖北、湖南、江西等几个紧靠以上地区的省份。广西、云南虽各有一首，但变异较大，跟其他地区的“螺纹歌”有明显区别。在西北和东北地区，我居然没能找到一首。不过，后来的事实证明，至少东北的辽宁和吉林还是有部分流传的，只是他们不说“螺”而说“斗”。但是，这并不影响上面“沿海路传播”的假设。

图 12-4　九螺一箕，稳吃稳坐。图 /［法］梅荫华，1906—1911 年

北京的童谣是最丰富的，从清末开始，就有许多外国人在北京搜集童谣出版。顾颉刚说，1918 年北京大学发动歌谣运动，“征集到的歌谣以北

平为最多，单是常维均先生一个人就有了一千多首”，可是，北大《歌谣周刊》并未见到有“螺纹歌”发表。我所仅见的北京这首，被雪如女士收录在 1930 年出版的《北平歌谣续集》，内容还被精简、合并为“一螺穷，二螺富，三螺四螺开当铺，五螺六螺磨豆腐，七螺八螺自来有，九螺一箕，稳吃稳坐”。标题《一螺穷》也是仿《诗经》取首句为题。

老虎不在家，放屁就是他

北京的《一螺穷》虽然简单，却大致反映了“螺纹歌”的主要理路，也即张爱玲说的，螺越多越好。另一首不明地域的“螺纹歌”，这一思路更加明显：“一螺穷，二螺富，三螺四螺卖豆腐，五螺六螺开当铺，七螺八螺有官做，九螺十螺享清福。”生活质量的好坏基本上与手上螺纹的多少成正比。

像我这种一个螺没有的人，理论上是最穷的，所以我们客家“螺纹歌”的最末一句是“冇螺穿笃篓”。当然，这只是大致的正相关关系，也不是每首“螺纹歌”都遵循这种关系。“螺纹歌”的价值更多体现在它的游戏性，而不是命理的准确度。同在浙江，新昌人说：“十个箕，落得嬉，嬉到杭州上海没得剩。”基本上也是穿笃篓。杭州人却说：“十个箕，满天飞，前堂吃饭后堂嬉。”表面看都是“落得嬉”，可结果却有质的差别。

图 12-5　上海龙华塔附近手持打狗棒的“丐帮”帮主。帮主身上挂满口袋，乞丐们所讨来的物资都由他统一分配。图 /［美］詹姆斯・利卡尔顿，1900 年

各地“螺纹歌”中最一致的，大约是起首句“一螺穷，二螺富”，在我搜集的 119 首中，占了 73 首。大凡“一螺穷，二螺富”的地区，基本是为了在前几句中押一个“富”字韵。北平的《一螺穷》虽是删减版，却最有代表性。明白了这一点，也就明白了为什么有那么多人“开当铺”“磨

豆腐”“卖酒醋”“披麻布”“无着裤”“住大屋”“倒大路”。

浙江富阳对于一螺和二螺的认识却是颠倒的，这里流传着许多《一螺富》的“螺纹歌”：“一螺富，二螺穷，三螺叠稻蓬，四螺挑粪桶，五螺磨刀枪，六螺杀爹娘，七螺八螺银子撞脚箩，九螺十螺讨饭没有路，十只箕，前厅吃饭后厅嬉。”由于穷和富的次序颠倒，导致后面螺数的命运也发生了巨大变化，三螺四螺之所以要“叠稻蓬”“挑粪桶”，就是因为要押第二句末尾“穷”的方言韵。富阳还有一首《一螺富》的第二句用了个“破”字收尾，再次导致三螺四螺的命运发生重大转折：“一螺富，二螺破，三螺掬猪屎，四螺开烟火，五螺磨刀枪，六螺杀爹娘，七螺八螺讨饭没路，九螺踏官船，十螺中状元。”

图 12-6 老虎在家里，放屁就是你。［美］何德兰，1900 年

多数“螺纹歌”都会在五螺之后换韵。韵一换，运也转，比如湖北的“一螺穷，二螺富，三螺四螺住大屋，五螺卖柴，六螺穿鞋，七螺八螺，挑屎过街，九螺单，当天官，十螺全，点状元，十个簸箕，金银挑起”。昆明的“螺纹歌”跟其他地区不大一样，起首不说穷和富，而是巧与笨：“一螺巧，二螺笨，三螺四螺捡狗粪，五螺六螺甩团棍，七螺逗人恨，八螺不下田，九螺发大财，十螺中状元。”但是，即便如此，这首螺纹歌依然在说到五螺的时候转了韵。

这就有点像客家儿童唱“一二三四五，上山打老虎，老虎不在家，放屁就是他”，为什么放屁的是“他”而不是“你”或者“我”，只是因为“他”与“家”押韵。因此，如果上一句唱成“老虎在家里”，那么对不起，“放屁就是你”。

起首句与《一螺穷》不一致的地区，主要是广东、福建南部和台湾。台湾金门的“一螺一哆哆，二螺跄脚蹉”与闽南的“一螺一底底，二螺跑飞飞”，以及潮州的“一螺一帝帝，二螺走脚皮”估计是同源异文，所谓

图 12–7 四川中江县的轿夫。轿夫休息的时候，要用一根棍子暂时撑住轿杆，如果将轿子放落地上，起轿时会特别费劲。图 / ［美］罗林·张柏林，1909 年

“一嗲嗲”“一底底”“一帝帝”之类，大概也只是各地搜集者记录时选用文字的差异，都是为了表达一种舒适的状态，说明有钱有闲，以便与二螺“跄脚蹉”“跑飞飞”“走脚皮”的劳碌状态相区别。

《一螺穷》放在闽南话中，读起来很不爽口，因此只能重编一套《一螺一嗲嗲》的新螺纹歌，所以说，一螺到底是“穷”还是“嗲嗲”，不是因为东南沿海地区的人长得有什么不一样、命运有什么不一样，而是因为他们的语言系统不一样。

六螺磨刀枪，十螺中状元

在浙江，尤其是从杭州到台州的连接带上，杭州、诸暨、新昌、天台、临海，都流行一种恐怖版的“螺纹歌”，杭州是“五螺磨刀枪，六螺杀爹娘”，诸暨是“七螺磨刀枪，八螺杀爷娘”，新昌是“七螺磨尖刀，八螺杀爹娘”，天台是“六螺磨刀枪，七螺杀姨娘”，临海是“五螺掼刀枪，六螺杀爷娘”。少一螺的，总是执行前一工序，或者叫帮凶；多一螺的，总是执行后一工序，因此成了凶手。听起来，好像五螺和六螺（或者六螺和七螺、七螺和八螺）天生就会是一对杀人凶手，这两种人要是聚在一起，父母基本上就没活路了。

六螺在所有螺数中是最狠最倒霉的，在杭州和临海一定是凶手，到了天台，可以弱化为帮凶，再到诸暨或新昌，穷虽穷，却可以不必干那杀人的勾当；如果能走远一点，北上江苏如皋，好歹可以“去种田”，到了扬州、仪征一带就能“骑花马”；如果脚力勤，远上北京，还能攒钱“开当铺”。但是不能往西或往南，往湖北只能“穿草鞋”“做强盗”，往湖南则是“打草鞋”“放鸭婆”，到江西也还有可能“打死人”，到了广东和福建，

大多数情况下还是只能“讨饭匹”“掰心肠”“做小偷”“跌落水”“给狗拆”。当然，少数南下分子，也可能“做相公”，如果能渡海到台湾，则有可能“米头全”或者“有米煮”。

图 12-8　准备试枪的清代男子。图 / ［法］梅荫华，约 1907 年

十螺在所有螺数中是最好的，俗称十全十美，这一说法几乎通行全域，只是说法稍有差异，诸如“十螺全富贵”“十螺去当官”“十螺做相公”“十螺驾盐船”“十螺足足，买田起屋”“十螺全，生个儿子中状元”等，福建平和县甚至说“十螺做皇帝”。只有少数异文会有诸如“九螺十螺讨饭没有路”“十螺守空房”的说法，这两种说法都出自浙江富阳（叶镜铭《富阳关于手的俗信》），其他几则如“十螺做长工”“十螺无瓦片”，也只出现在上海和浙江一带。或许是因为富裕地区的人民对于“满招损，谦受益”有更加深刻的理解。

“螺纹歌”几乎没有什么实际的命相作用。在歌谣中，有些螺纹的命运是必须与其他螺纹配合在一起才能生成完整意义的，比如上面提到的“五螺磨刀枪，六螺杀爹娘”，还有浙江松阳的“六螺跌落水，七螺拉不起”，江苏如皋的“八螺搬砖头，九螺砌高楼”，好像这两种螺纹的人不互相搭个手，就会什么也干不成。

多数螺纹歌为了方便儿童理解和记忆，在前一螺和后一螺之间，都会设置明显的对应或承接关系。比如，“一螺穷，二螺富”是财富的两极关系；“七螺八螺讨牢饭，九螺十螺做大官”是身份的两极关系；“六螺会种田，七螺贩私盐”是居家务农与外出冒险两种生存方式；“八螺去偷鸡，九螺去偷鹅”是异曲同工；“三螺无米煮，四螺无饭炊”是同义反复；“七螺八螺挨枪打，九螺十螺过刀剐”是相同结局，不同刑具。

据说人种不同，手指的平均螺数也不同。白种人与黑种人箕纹多，澳洲土人螺纹多，黄种人介于两者之间。假设这种说法是正确的，那么，黄

图 12–9 “状元游街图”局部，原画题诗曰：“鳌头独占意欣然，十里春风试锦鞯，一色杏花贴地红，归来快马势如仙。”杏花是十二月花神之二月花，时值科举放榜，故称“及第花”。图 / 周祖荫

图 12–10 杖刑是得“去衣受杖”的，连内裤都得脱了。图 / 佚名，1900 年

种人应该是以五螺六螺居多了，按杭州和临海的说法，他们都在“磨刀霍霍向爹娘”，这当然只能拿来当个噱头，供儿童们互相唱着取笑。

“螺纹歌”中的人生百态

福建北部的顺昌县，流传着一首似乎由女性专享的《手螺歌》：“一螺穷，二螺富，三螺忙碌碌，四螺开金铺，五螺没儿生，六螺做奶奶，七螺插金钗，八螺要挨打，九螺全，十螺中状元。”所谓“做奶奶”“插金钗”，性别特征都很明显，可是，最后一个“中状元”，却又不是旧社会的女性能够享受得到的荣耀。

有些地方的“螺纹歌”则会将男女的螺纹运势明确分开，比如唱到“九螺做老爹”的时候，如果针对女性，就得唱成“九螺做奶奶”。

纵观各地“螺纹歌”，涉及的职业行当五花八门，计有重工业（砸石条），轻工业（磨豆腐、弹棉花），军事工程（掼刀枪、磨刀枪、背刀枪、甩团棍），农牧业（会种田、牵猪牯），建筑业（起大厝），服务业（挑粪桶、抬花轿），商业（开当铺、卖绸缎、卖老婆），交通运输业（驾盐船、走脚皮），旅游业（走天下），能源

图 12-11 江西九江街头的百业小摊档。图 /［英］约翰·汤姆森，1872 年

开发（担柴卖），文教卫生（中状元、学做贼、捡狗屎），信息产业（做媒婆），文化艺术（吹喇叭），宗教（拜菩萨），行政管理（会做官、坐官船、管天下、做相公、做太公、封太守），等等，三教九流，包罗万象。

在传统“螺纹歌”中，穷人的比例非常高，常常会穷到无饭炊、睡大街、做乞丐、倒大路、讨饭没有路。命运不济的表现是忙碌碌、没儿生、掬狗屎、掰心肠、要挨打、讨牢饭、狗土虫。富足人家的表现常常是骑白马、穿绫罗、住大屋、谷满仓、银子撞脚箩、买田起屋、前厅吃饭后厅嬉、金子银子压秤砣、有钱无人知。平常的生活则是平平过、坐颓颓、走脚皮、盖草铺、住瓦屋、操心肠、得高寿之

图 12-12 背着木粪桶在路上拾粪的北方男子，他正在用脚将粪便拨进铲子，以免混入沙土。拾粪又称拾肥，是农村社会的常见事项，许多农民闲暇时间都会上街拾粪。1930 年代，北京的职业粪夫曾经多达四五千人。图 / 佚名，20 世纪 30 年代

图 12-13　画面上是一位即将被官差带走的驮枷男子，家人正在给男子喂饭，孩子懂事地为父亲扛着木枷。故事可能发生在广东。图 /［英］托马斯·阿罗姆，1843 年

类。另外，打死人、杀爷娘、做强盗、做贼、偷挖壁、过刀剐的现象也非常普遍。

要说“螺纹歌”真实地反映了现代社会的人生百态，那显然是拔高了，但若说反映了传统农业社会对于社会结构与人生百态的粗浅理解，则不会太过。

当然，“螺纹歌”也缺失了许多很重要的社会内容。比如对于读书的理解，只指出了“中状元”一条出路，似乎中不了状元就只能捡狗屎。至于现代社会的现代行业，歌谣中就更加得不到体现了。

“螺纹歌”一般只是用极端化的语言来戏说命运，不涉及人品问题，人们就算数到自己“倒大路”，也不会多生气。但是，南宁歌谣罕见地涉及了人品问题：“一螺富，二螺贫，三螺为君子，四螺为小人，五螺佮（音阁，结伴合作义）大贼，六螺救花军（乞丐），七螺担尿桶，八螺骑马上坟，九螺起屋平天下，十螺坐金墩。”尤其是“四螺为小人”“五螺佮大贼”等，很容易演化成为人身攻击的恶意标签，变成破坏歌谣游戏性的“老鼠屎”。这类歌谣比较罕见，我搜集的“螺纹歌”中仅见一首。

“螺纹歌”本是游戏性的，但在清末，还真有人拿它当回事。据胡祖德（1860—1939）《沪谚外编》说：“旧例，招募兵勇，及解配重犯，皆验十指箕斗。至狱讼供招，则仅以大拇指捺之。今俗以指上螺纹作圆形者为螺，如山脉状者为畚箕。旧有此歌，谓关于贫富，未必验也。”这里说“未必”，用词谨慎，表达的是一种半信半疑的态度。

东北地区的“斗”和“撮”

本章初稿在《北京青年报》发表之后，许多朋友又向我提供了20余首“螺纹歌”。比如我师妹周玉蓉提供了一首湖北歌谣：“一螺穷，二螺富，三螺四螺住瓦屋，五螺六螺挑屎卖，七螺八螺穿草鞋，九螺单，当大官，十螺全，当状元。”这是非常典型的《一螺穷》，不出意外地在五螺处转韵，在湖北话中，富与屋同韵，卖与鞋同韵，单与官同韵，全与元同韵，基本保持两句一韵，朗朗上口。

不过，东北地区的朋友很不同意我对于流传地区的统计。我的另一位师妹杨秀认为，我之所以没能注意到东北地区的“螺纹歌”，是因为东北人不称“螺”而称“斗”，南方地区的“一螺穷，二螺富”，到了东北地区，只是变成了“一斗穷，二斗富”而已。

同事程玉梅也给我发来一条短信：“爱东兄，今晨拜读大作《螺纹歌》，有趣！提供我记得的东北（长春地区）童谣一首：‘一斗穷，二斗富，三斗四斗开当铺，五斗六斗背花篓，七斗八斗摇街（读该）走，九斗一簸，到老稳坐。’还有一个说法：‘九斗一簸，到老稳坐，九斗一撮，到老背锅。’但我不知道簸和撮的区别。东北话里收运垃圾的工具叫撮子，多铁制，大概类似于你文章中提到的簸箕。”

图12–14　法国明信片上的中国女子。图／佚名，约1920年

辽宁大学的洪展姑娘提供了一首类似的东北童谣，很有趣，只是卖豆腐和说媒、做贼的比例有点高：“一斗穷，二斗富，三斗四斗卖豆腐，五斗六斗爱说媒，七斗八斗爱做贼，九斗坐着吃，十斗全是福。”

另外一位辽宁朋友也在我的个人网页下留言说：“我们小时候常常念：‘一斗穷，二斗富，三斗

图 12-15 清末上海耀华照相馆的摆拍照片“命相摊”，照片对联中暗藏了“耀华”二字

四斗卖豆腐，五斗六斗开当铺，七斗八斗封官侯，九斗十斗享清福。’老人们还说，十个斗和十个簸箕的人，都是十全十美大富大贵的组合。”

非常奇怪的是，所有为我提供资料的朋友，全都是女性！这让我产生一个好奇的问题，“螺纹歌”的传播群体，是不是以女性为主？带着这个疑问，我将手头所有的资料重翻了一遍，只有 31 份资料标注了讲唱者，其中有 23 位讲唱者可以根据姓名判断为女性，比如张阿奶、廖应芳、朱芹勤、詹素珍、黄雪兰等等。另外，多数回忆性的记录者在提及螺纹歌具体源头的时候，都是说到“我奶奶”，一次也没有出现过“我爷爷”或“我爸爸”这样的男性传承人。这虽然不是一个充分的统计数据，但也大致可以认为，“螺纹歌”的主要传承人是女性群体。

在网上搜索“螺纹歌”的时候，我还惊奇地发现一些现代命相师已经将本土“螺纹歌”与西方占星术进行了某种程度的整合，打着“科学分析”的旗帜，发展出了更加复杂的纹相学。其精巧构思和精细分析，跟传统“螺纹歌”的趣味性和粗线条已经相去甚远。

脚纹命理学

很多人只听说过手相，不知道古代关于脚纹的命理学也很发达。古代命相学中有一部很著名的著作《太清神鉴》，传说是后周王朴所撰，民间又传是刘伯温编纂，这可能是明清两代最著名的命相学著作之一。其第五卷“论骨肉”，下分为论额部、论头部、论面部、论眉部、论眼部，论腰、论背、论腹、论脐、论四肢、论手、论足几个部分。

其中，“论手”部分主要论及手掌的大小、长短、厚薄、软硬等。总的原则是，大、长、厚、软基本是好的，而小、短、薄、硬基本是不好的。其次是掌纹、指纹、手背纹等，一般来说，“纹深而细者吉，纹粗而浅者贱”，纹形不同，又各有说法。其中关于指纹的命理不多，涉及螺和箕的只有一句：“十指上纹如旋螺者，荣贵傍沔；如筹筐者，破散。”所谓筹，也就是箕，这句话只表达了一个意思：“螺纹好，箕纹不好。”

“论足”部分估计知道的读者不多，兹将足纹部分录出如下：

> 足下细软而多纹者贵相也，粗硬而无纹者贫贱。足下有龟纹者二千石禄，足下有禽纹者八位之职，足下五指有五策纹者平生贤哲，足下有井纹者升朝之官，足下有锦绣纹者食禄万钟，足下有纹如花树者横财无数，足下有纹如剪刀者藏镪巨万，足下有纹如人形者贵压千官，有三策纹者福而禄，有螺纹者富而贵，两小指无则是也，两小指皆有谓之十螺纹，主性节吝，十指皆无螺纹者多破散矣。

这些命理学，玩弄的多是语言游戏，禽纹是什么纹？锦绣纹又是什么纹？有纹如花树是个什么样子？有纹如人形又是什么样子？估计谁也不知道，因为谁也没见过。但是，我们只要看到龟纹、禽纹、锦绣纹、花树纹这些字眼，就知道一定是好的，因为它们在传统文化中都被视为吉祥纹。也就是说，前面那一大段“论足”的话，其实我用一句话就可以概括：“只要脚上长了吉祥纹，就是大富大贵之相。”

图 12-16　北京的修脚工。图 /［英］约翰·汤姆森，约 1872 年

相脚和相手的命理基础是一样的，都是绵

图 12-17 用脚碓舂米的农村男子。劳动者的手脚自然粗硬。图 / 温礼明，2006 年

软、纹路细的好，糙硬、纹路粗的不好。比如这则以手指看命相的歌谣：“指圆多安乐，指扁定操劳。纤秀聪明气，指秃受磋磨。指节圆如蛋，虽贫也小康。指节并不拢，懒惰财帛空。”这类相术来来去去其实就一个意思，就差没把这句大白话直接说出来：“皮肤白皙细腻的胖子命最好，皮肤黝黑粗糙的瘦子命最差。”

这种命相背后的理路其实非常简单：贵族阶层不干活的手脚，自然绵软而多纹；体力劳动者整天累死累活，手脚自然粗硬而少纹。说穿了，其实就是通过手相的质地和纹路，看看你是不是个干体力活的人。这跟清代的达官贵人蓄长指甲一样，指甲长意味着享清闲、不干活，非富即贵，因为干活的人是没法蓄长指甲的。亲朋好友聚会，只要你一出手，亮出你光闪闪的长指甲，大家就知道你什么身份。这就跟现代有钱人撸起袖子亮出腕上的名牌手表一样，倍儿有面子。

不过，古人要是知道我们这些生活在 21 世纪的人，吃饱了不去睡觉、听曲、嗑瓜子，居然主动花钱去“撸铁”，而且非要运动出一身臭汗，把手上脚上磨出些茧子，又粗又硬，把原本细软的掌纹足纹都给磨得又粗又少，估计得惋惜地感叹一声：“吃饱了撑的，这下破相了！”

生活方式变了，不仅看待生活的眼光变了，看待我们自己身体的标准也变了。这命相真不合时宜了。

最后，附送读者诸君一首简单的《相痣歌》，可以当作谈资笑笑：“一

图 12-18 朱元璋传世画像之一，属于相学中“五岳朝天”的“猪龙形”，脸上更是布满“七十二痣”。很多人以为这是对朱元璋的“丑化”，其实恰恰相反，这是统治者对朱元璋的刻意“异化”，以证明他是命中注定的“真龙天子”。传说中的汉高祖刘邦、明太祖朱元璋、清太祖努尔哈赤，全都是“脚踏七星”之人，天生异相

痣在头，讨饭撵狗。一痣在嘴，有汤有水。一痣在腰，骑马挂刀。一痣在手，偷鸡摸狗。一痣在脚，八抬大轿。”脚底有一个痣就能享受八抬大轿，如果能数出七个，那就叫“脚踏七星”，可以直接破格升仙！

沈万三与聚宝盆：巨富与横财的终极命运

南京城原有十三座城门，南门叫作聚宝门，据说是用江南首富沈万三家的聚宝盆筑成的。明末谢肇淛的《五杂俎》说，朱元璋定鼎南京之初，国库空虚，难以成事，就让沈万三资助筑城，沈万三负责东南城，朱元璋自己负责西北城。结果沈万三好大喜功，朱元璋的西北城还没筑好，沈万三的东南城就抢先竣工了，搞得朱元璋很郁闷。

明代孔迩的《云蕉馆纪谈》说得更具体，朱元璋和沈万三约好同时开工，结果被沈万三抢先三天完工，朱元璋在庆功会上举着酒杯对他说："古有白衣天子，号曰素封，卿之谓矣。"这话表面上是夸奖，实际上已经隐隐透出了杀机，大明江山岂能容许两个天子并存于世？

更早一点的《留青日札》还有一种说法。沈万三筑完城墙还不过瘾，又主动提出为朱元璋犒赏三军，朱元璋说："朕有军百万，汝能遍及乎？"沈万山说："每一军，愿犒银一两。"朱元璋说："此虽汝好意，然不须汝也。"无论沈万三如何着力巴结，朱元璋总是对这些富豪列强心存芥蒂，几次想杀了沈万山。这事在《明史》中也有记载，据说马皇后曾经劝慰朱元璋说，这人虽然爱烧钱，但也没做什么违法乱纪的事，还是让他自生自灭的好。但小心眼的朱元璋就是不甘心，最后还是找个借口把他流放到云南去了。

图 13-1　南京明城墙是世界最长、规模最大、原貌保存最好的古代城垣，长约 70 里，现存约 50 里，历时二十八年建造，消耗约 3.5 亿块城砖。图 / 南京城墙保护管理中心

图 13-2　俄罗斯藏清代天津杨柳青年画“沈万山发财”（沈万三亦作“沈万山”）。聚宝盆位于画面正中，盆里有取之不尽的金银财宝

那么，沈万三的钱多到什么地步呢？民间传说沈万三的家当大得不得了，前门在上海滩，后门在无锡惠泉山，昆山只是他家的大门槛，全苏州的田产，三分之二是沈家的。甚至传说他的财产多达 20 多亿两银子。明中叶以来，江南乃至华北许多地区的老百姓都把沈万三当成财神，有些人家到了正月初五接财神这天，还会张贴“沈万三聚宝盆”年画。

沈万三怎么发的财？

接下来的问题是，沈万三的钱是怎么来的？目前有大地主说、大资本家说、航海通商说、高利贷说、官商勾结说、意外获得遗产说等多种，但多数都是依据传闻的猜测，没有可靠的文献依据。从现存沈万三后人的墓志铭等一些比较可靠的原始资料来看，沈万三就是一个勤劳致富、广置田产、以出租田地和发放高利贷致富的大地主，有史籍称其田产多达数千顷，地跨数县。

可是，无论多田说还是经商说，普通百姓无法想象正常营生能赚来这么多钱。俗话说“马无夜草不肥，人无横财不富”，富可敌国者，必有横财加持。民间传说中沈万三的横财来源主要有三类：

天地人三界横财

接受巨额馈赠说很可能是较早出现的一种说法。明代中叶苏州人杨循吉在《苏谈》中说，吴中一个热心教育事业的大富豪陆德原到了晚年

图 13–3　南洋烟草公司月份牌“沈万山撞墙得宝”。图上题有故事梗概：“沈万山，金陵籍，家本豪富。父没后遇骗，家财败尽，与无赖赌博，穷急投江，遇柳府仆，到柳府卖身。由邓远志设计柳府家宴，沈万山侍役，受辱自杀，情急撞墙。墙倒，出现聚宝盆，由此富贵，柳蔚文配婚团圆。”图中右一沈万三，右二即其自小定亲的未婚妻柳蔚文，墙倒现出聚宝盆。图 / 周慕桥，1920 年代

的时候，突然开悟，将手下两位理财助手叫过来，说：“我的产业和财产都交付给你们，也不知道是福是祸，你们自己妥善处置吧。”陆德原出门做了道士，时称陆道判，两位理财助手之一就是沈万三。历史上陆德原实有其人，苏州富豪，曾调任徽州儒学教授，至元六年（1340）回苏州买木料时病逝，因此有人怀疑他是沈万三的生意伙伴，在苏州跟沈万三谈生意时病发，于是将部分财产赠予沈万三。

杨循吉记载的只是一则简单的传闻，没什么故事情节。到了明末，关于陆道判与沈万三的传闻终于发展成为掘藏得宝的传说。明末朱国祯的《涌幢小品》说，陆道判本是嘉禾人，在苏州买了一套空宅，因为宅子闹鬼，所以售价很低。刚住进去的那天夜里，陆道判张灯夜坐，不敢稍息，忽然堂中现出两个女子，在他面前说说笑笑。陆道判大声喝问，女子回答：“妾乃大青、小青也。”说罢就走，陆道判飞剑急刺，好像击中了一人手臂。第二天察看，庭前两棵冬青树上好像有剑伤。陆道判让人把冬青给砍了，发现下面有块大石板，石板下有几个大缸，满是金银。陆道判只有一个女儿，后来招了一个姓沈的入赘女婿，生了个儿子，就是沈万三。这是一个典型的“掘藏”传说，比简单的馈赠说离奇多了，颇能迎合男性“横财加艳遇”的幻想。

另外，《云蕉馆纪谈》也记录了两种横财说。一说沈万三苏州人，打鱼为生，有一天在船边洗碗，不小心把碗掉入水中，捞了半天，只捞到一批圆溜溜的石丸子，有识货人告诉他：“此乌鸦石也，一枚得钱数万。”

沈万三因此暴富。另一种说法是，沈万三夏夜纳凉，仰卧渔船，忽然看见天上北斗正在翻身，沈万三鬼使神差地脱下衣服，将其中一杓给兜在布襕里。第二天，一位老者带着七个面相奇异的人，挑着七个货担来到沈家，叫沈万三帮助他们看管货担。沈万三揭开货担一看，全是上好马蹄金。

图 13-4　传说中的北斗七星招财阵式。有些风水术认为，在窗前摆放北斗七星阵，既可辟邪，又可招财进宝

聚宝盆

流传最广的是聚宝盆说，关于聚宝盆是怎么来的，又有几种说法。

传说沈万三本来是个穷打鱼的，某年中秋，和老婆一起坐在船头饮酒赏月。天上月华游戏人间，想从沈妻杯中偷口酒喝，没想到反被糊涂的沈妻连酒带月华喝进肚子里。十个月后，沈妻生下一个血球，剖开，是一白玉走兽。识货的人告诉他们，这是月华之物，可钓水中宝物。沈万三大喜，结果只钓到一只乌泥盆。沈妻准备拿来盛米，刚抓一把白米下去，马上生成整钵白米，夫妻俩这才知道钓到了聚宝盆。沈万山因此富甲天下。

明代《挑灯集异》则讲了一个行善的福报故事。沈万三贫时，曾经梦见一百多个青衣人向他求救，第二天一早，见一渔翁拎着一百多只青蛙，马上就要剖食。沈

图 13-5　寄寓发财梦想的居家摆设“聚宝盆”。尽管民间文学中描述的聚宝盆都是毫不起眼的乌泥盆、泥瓦盆一类，但是作为摆设的聚宝盆不仅打造得金光闪耀，还得高调地写上“聚宝盆”三个大字

万三想起晚上的梦，就把这些青蛙全都买了下来，放生在门前的水池中。从此之后，每天晚上这些青蛙都会鼓噪到天亮，吵得沈万三没法睡觉，后来他实在受不了，一大早起来准备驱逐它们，却发现青蛙们全围坐在一只泥瓦盆边鼓噪。沈万三觉得奇怪，就把瓦盆拿回家，用作洗手盆。有一天，沈妻洗手时掉下一个银记，结果泥瓦盆迅速生出了满满一盆银记。用其他金银财宝试验，发现放什么就生出什么，沈家由此财雄天下。

炼金术

许多明清笔记都说沈万三有点金术或炼金术。清初《历代神仙通鉴》在介绍张三丰时，顺带说到他有个徒弟叫沈万三：“秦淮渔户沈万山，又名万三，好善乐施，限于家贫不能如愿，真人传以点石成金之术，遂其愿。万三，自号三山道士，其丹室有联云‘八百火牛耕夜月，三千美女笑春风’，世称为聚宝盆，城西南三山街，是其故居。”意思是说，所谓聚宝盆，其实就是沈万三用来炼金的鼎器。“八百火牛耕夜月”的意思是炼金的炉火像八百头火牛轮番耕种一样，日夜不停。所谓点石成金和炼金术，大概都是从矿石中提炼金银的意思，属于无本万利的营生。古人不懂化学，他们以为只要掌握了炼金之术，就能源源不断地将普通石头转化为金子银子。

沈万三怎么认识张三丰的呢？清代《张三丰全集》讲述了一个特别老套的遇仙故事。据说至正十九年（1359）的某天，沈万三忽遇一羽士：“神采清高，龟形鹤骨，大耳圆目，身长七尺余，修髯如戟，时戴偃月冠，手持刀尺，一笠一衲，寒暑皆然，不饰边幅，日行千余里，所啖升斗辄尽。”概括为一句话就是：长

图 13-6　明代万历彩绘本《补遗雷公炮制便览》中的炼金术。图右“炮制水银”，图左“金浆”

图 13–7　山东潍坊杨家埠清代年画“三大家”。题头写着：“三大家，是美谈，山西有个康百万，河南有个沈万三，阮子兰亦是大财主，山东省内是家院。这画人买去，挣些大银圆。”这里河南即黄河南岸，山西即泰山西面。沈万三本江苏人，康百万本河南人，阮子兰事迹不详，潍坊年画将他们全说成山东人，说明该年画主要在山东销售

得仙风道骨，不同凡响。沈万三一看这模样，深为折服，天天烹蟹暖酒着意供奉。有一次，两人月下对酌，羽士吃得不好意思了，终于决定亮出身份，笑问：“知道我是谁吗?”沈万三生怕答错了适得其反，惶恐不敢回答。羽士很得意，乃掀髯笑曰：“吾张三丰也。”沈万三立即拜倒，张三丰这才将炼金术传授给他。不过，他也没有让沈万三第一次炼金就获得成功，而是将沈万三折腾到倾家荡产，最后只能商量变卖幼女来继续投资炼金事业。张三丰假装不知，心中暗喜其修道意志坚定，终于出示真正的丹药，“乘汞热投下，立凝如土，复以死汞点铜铁”，立变金银。“万三以之起立家业，安炉大炼，不一载，富甲天下。”

晚清汪堃《寄蜗残赘》还提到一种铸银术，虽然没说这就是沈万三的致富窍门，但也给出了这样的暗示。据说沈万三充军云南，沐国公艳羡其富，主动提出跟沈家联姻，聘其女为媳。沈女嫁入之后，沐国公发现沈家的嫁妆并不丰厚，颇感失望，就让儿子找机会试探一下。沈万三女儿大概知道沐家迟早得问这事，从身上穿的袒服中取出一件，说：“我家之财已全在此矣……此铸银术也，世间无知之。”沐家将信将疑，依照此术进行试验，果然有效。从此，沐国公成为天下最富有的人。

点金术、炼金术、铸银术，都是一本万利的致富法门，本质上也是聚

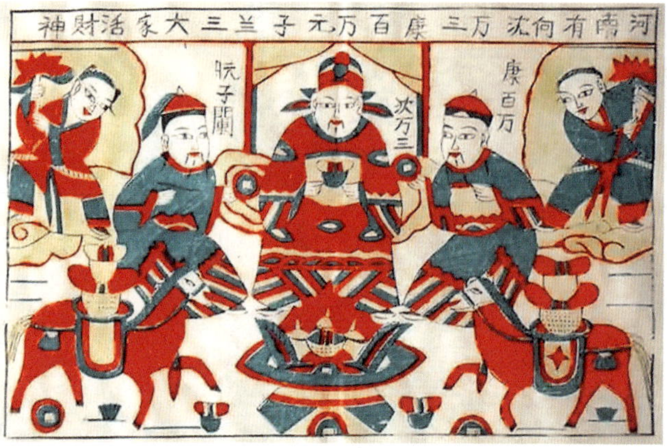

图 13-8　山东潍坊杨家埠传统年画“三大家”。题头写着：“河南有个沈万三，康百万，元子兰，三大家活财神。”此图应为上图之简版，“阮”简为“元”，省略了摇钱树，聚宝盆仍在画面中间，左右二马驮着金银财宝

宝盆的变体。

民间传说中，常常把金山银山、丰饶矿产称作聚宝盆。明代张继白《叶榆稗史》讲到沈万三的致富秘诀之一就是会看风水，精通地质学，能找金山银矿。在他流放到云南这段时期，曾经帮助大理知府勘得一座银矿。

此外，肥沃田地、致富工坊等聚财场所，甚至丰富的人力资源，也可视为广义的聚宝盆。钱与物的相互指代是很常见的表述，物就是钱，钱就是物。我的家乡江西石城有一首童谣：“落大雨，吹大风，刘家女子嫁老公，嫁到哪，嫁到徐江坝，又有落番（花生）又有蔗，铜钱银子谷笪晒，番薯片子表（分给）邻舍，豆子落番归自家。”石城人传说徐江坝（一个水土肥沃的半岛村落）就是个聚宝盆，但我很纳闷徐江坝人为什么要把铜钱和银子拿出来晒，乡亲们告诉我：“徐江坝盛产甘蔗，家家晒红糖（蔗糖），这在过去是很值钱的货，晒蔗糖就相当于晒铜钱银子。”我外婆也曾说到一件事，她小时候家里特别穷，但是她的父亲老在外面吹嘘家里囤有十八担黄豆。外婆就问她的母亲，这十八担黄豆放在哪里，母亲告诉她：“在你床上，你就是那十八担黄豆。”

超级富豪的必然命运

图 13-9 河南开封朱仙镇传统年画“沈万三摇钱树”

那么，沈万三的聚宝盆最后落到哪儿去了呢？传说朱元璋为了耗尽沈万三的钱财，借口沈万三出资修筑的城墙太高，不合规制，命令他拆掉重筑，结果一拆拆出一口泉眼，此泉通海，怎么堵也堵不住，城墙随筑随塌。朱元璋听说聚宝盆可堵泉眼，便将沈家聚宝盆借去了，答应三天后的五更前归还，一转身，朱元璋就命令更夫从此永远不报五更。

另一种说法是，因为大家都知道沈万三有个聚宝盆，沈万三害怕因聚宝盆而致祸，城墙筑好之后，就到处放风，说他的聚宝盆已经埋入金陵南城门，还说这样可以用来镇王气、保江山，并且把金陵南城门呼为聚宝门。所以说，“聚宝盆筑聚宝门”只是沈万三用来自保的一种说辞，目的是堵住世人的闲言碎语。可是，朱元璋哪能这么好骗？

传说沈万三和朱元璋同年同月同日同时生。鸡叫头遍时朱元璋出生，成了天下最贵的人；鸡叫二遍时沈万三出生，成了天下最富的人；鸡叫三遍时乞丐道人出生，成了天下最穷的人。据清代甘熙的《白下琐言》记载，过去南京城定淮门外有座庙，中塑明太祖，左塑沈万三，右塑乞丐道人，俗称三人同时出生不同命。

关于朱元璋和沈万三的关系，民间有很多传说，传说中的沈万三总是吃亏上当的那一个。明代董谷《碧里杂存》记载说，朱元璋当了皇帝之后，为了打倒沈万三的财富帝国，某月初一，他把沈万三叫来，说：“我给你一文钱，麻烦你帮我生点利息，我只以一个月为限，初二开始计息，月底结算，每天取一对合就行。”沈万三当时并不在意，事后一核计，“始知当该钱五万三千六百八十七万零九百一十二文”，叫苦不迭。其实，就算沈万三当时算出了这个结果，他也没有讨价还价的余地，反而多了一个月的

图 13–10　江苏昆山周庄古镇的“沈万三水冢”。传说沈万三墓就在画面前方的银子浜水底下。图 / 行灵，2016 年

痛苦期。

这个故事后来发生了一些变异，把朱元璋的嘴脸描写得更加无赖。说朱元璋还没发迹的时候，沈万三请他喝酒，结账时差一文钱，朱元璋从口袋中掏出一文钱，对沈万三说：“这是我借给你的，当以每日加倍计息。”沈万山以为开玩笑，笑着答应下来。等朱元璋当上皇帝之后，就把沈万三叫去，要他支付这几年的利息。沈万三一听就傻了，根本没法算清这笔钱。朱元璋借机抄没沈家，将沈万三流放到了云南。

还有一种说法，讲的是朱元璋心胸狭隘。据说城墙完工后，朱元璋为了表彰沈万三的贡献，赐给沈万三御制铜钱一枚。沈万山高高兴兴出了宫，路上被乞丐道人拦住，恰好身上没带钱，摸来摸去只摸出这枚钱，只好将它施舍给道人。此事被朱元璋知道后，怒其轻己，下令抄没其家，将沈万三流放云南。

按苏州人的说法，沈万三被抄得更冤。沈万三好心好意，本想做点公益事业，在苏州街铺了一层茅山石，结果朱元璋以“茅”“谋”同音为由，诬其谋反，遂收杀之，血流出尽白。以兵围其家，尽抄谪之，家财入官。因为冤，所以流出来的血全是白色的。

传说中的沈万三，挥金如土，从不吝啬。据清末陶煦《周庄镇志》，周庄流传一个传说：“元末异人见万三，语之曰：‘欲炼金丹，必得大福人相助，遍阅天下无如君者。但须三百金为赀，三年后启炉分赠。’万三慨然与之。逾年，复至曰：‘遇见难人以金相济矣。若丹成可再付金如前数。’万三复与之，无吝声。”这个所谓的“异人”，在今天看来，就是一个打着炼丹幌子的不算高明的骗子。但是，这个传说的重点不在于沈万三是否“受骗上当”，而在于说明沈万三“无吝声”。

综合明代的《吴乘窃笔》和清代的《红兰逸乘》，沈万三居然还有个

图 13-11　河北武强传统年画“五路财神”。桌上的聚宝盆里种着一棵摇钱树

哥哥叫沈万二。朱元璋登基不久，有人从南京回到苏州，沈万二向他打听京城有什么见闻，那人告诉他皇帝近日写了一首诗：“百僚未起朕先起，百僚已睡朕未睡。不如江南富足翁，日高丈五犹拥被。”万二听了，叹道：“皇帝要是这么想，恐怕是要拿富足翁开刀了。”于是把家财都托付给那些能干的仆人，自己买了条大船，带着老婆孩子泛游湖湘去了。第二年，江南大族都遭到朱元璋的清洗，独万二得以幸免。不过，另据冯梦龙《智囊》记载，这个传说的主人公是嘉定安亭的富民万二，大概被后人传成沈万二，说成沈万三哥哥。

相比于万二的敏感低调，传说中的沈万三不仅高调，而且爱出风头。明代《涌幢小品》记载，沈万三争强好胜，不仅抢在官方前头筑就南京城，还用筑城剩余的资金和石料，在江东门建了一座石桥，居然取名“赛工桥”，意思是赛过工部官署的意思，高调得恨不能将“我最有钱”烙在额头上。另一种说法是，这桥不叫“赛工桥”而叫“赛公桥”，因为沈万三捐资建了几座石桥，做了点公益事业，得意扬扬，他老婆看不过眼，捐资另建一桥，“其宏丽工致又倍于沈，故以赛公名也”。按这种说法，不仅沈万三高调，连他老婆都没法低调。

民间传说中，不仅沈万三、沈万三老婆，连沈万三的儿媳妇都高调得不行。《云蕉馆纪谈》记载了一则奇异传说：有一对背井离乡的夫妇，妻子已经怀胎十月，这天夜里临产时，刚好走到沈万三家门口，女人用手扳着沈家门环生下一个女孩，取名“扳环”。恰好这天夜里，沈万三做了一个梦，梦见一个老人对他说：“你的金银财富都是属于扳环的，现在到了你还钱的时候了。”沈万三醒后百思不得其解。第二天早上听说有人在他家门前生下一个女孩，名叫扳环，沈万三就将扳环收为童养媳，把女孩父母也养起来。自从扳环来家以后，沈家的财富增长更快了。扳环长大以

图 13-12　南京集庆门外的赛虹桥是一座三孔桥，建于明洪武年间。据说明初筑南京城墙，工部与应天府分段承办，应天府率先完工，尚有余石，遂建此桥，名曰“赛工桥”，后来地方官吏为免“轻侮上台”，更名赛虹桥。图 / 朱信智，2021 年

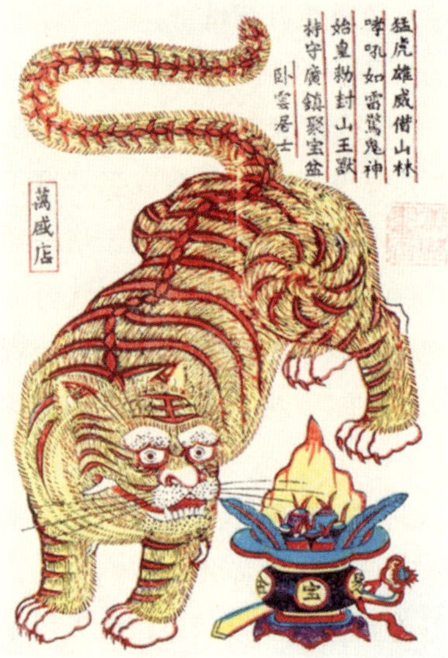

图 13-13　山东潍坊杨家埠传统年画《镇宅神虎》，题头写着：“猛虎雄威借山林，哮吼如雷惊鬼神，始皇敕封山王兽，持守广镇聚宝盆。”创业虽难，守业更难，若无镇宅守业虎，就算得个聚宝盆，也难免到头一场空

后，聪明过人，还常常跟公公一起进行高调的竞赛活动。两人曾经各捐一桥，扳环所造之桥不仅先期完工，而且规度精致，遂取名“赛公桥”，意思是赛过公公沈万三的意思。

据《明史·太祖孝慈高皇后列传》记载：“吴兴富民沈秀者，助筑都城三之一，又请犒军。帝怒曰：‘匹夫犒天子军，乱民也，宜诛。’后谏曰：‘妾闻法者，诛不法也，非以诛不详。民富敌国，民自不祥。不祥之民，天将灾之，陛下何诛焉。’乃释秀，戍云南。”沈万三太高调，抢了朱元璋的风头，朱元璋很生气，要不是高后的劝阻，真想把沈万三杀了。看看《明史》中的这句话：“民富敌国，民自不祥。不祥之民，天将灾之。”高后有没

图 13-14　福建闽清县的清代民居“娘寨”，据说是由一位叫郑春娘的寡妇主持建造的寨堡。这种深山里的古堡豪宅既可族居，又兼具防御功能，特别出故事。图 / 叶林生，2016 年

有说过这句话我们不知道，但《明史》作者肯定是白纸黑字地表达了这层意思，说明中国社会的确存在这样一种价值观念。

传说沈万三发配云南之后，还给丽江带去了许多江南文化，比如昆曲。甚至有一种说法认为，现在的“纳西古乐”就是从沈万三带去的昆曲中脱胎出来的。要真是这样的话，说明沈万三在云南的日子过得也还不错。就像王昭君到了吐蕃，其实日子过得挺好。

民间文学中，悲剧人物往往受人同情，因此，总会有一些讲述其未死而隐或者羽化升仙的故事流传，历史上的孟姜女、祝英台、西施、李闯、石达开等都有这类故事流传。这类故事虽非主流，但在某种意义上，也折射着老百姓的爱憎情感。据《周庄镇志》记载的另一则传说，康熙年间，吴三桂叛乱，手下优伶各寻生路，有个扬州籍优伶在回乡途中跟朋友走散了，在一片乱山之中，突然望见一所大宅，遂上前叩门借宿。宅中出一老人，“幅巾深衣，苍髯古貌”。两人一聊，老人听出对方江南口音，就说：“吾与汝为乡亲。可知当年有沈万三乎？吾是也，以服金丹故得不死。”还让妻子出来与客人相见，大家聊得非常开心。扬州人在这里住了一天，发现沈家饮食器用堪比王侯。临别之时，沈万三赠以重金，叮嘱他千万不要告诉外人。后来扬州人跟朋友会合之后，忍不住跟朋友吹嘘自己的见闻，大家一起回去寻找沈宅，却没有找着。

这则传说情节颇似《桃花源记》。不过，若是真有这样一个轻率地自亮底牌、生活用度如王侯、隐居边陲三百多年也改不了高调本性的沈万三，恐怕早就死了不知道多少回了，哪还能活到康熙年间？你看他对一

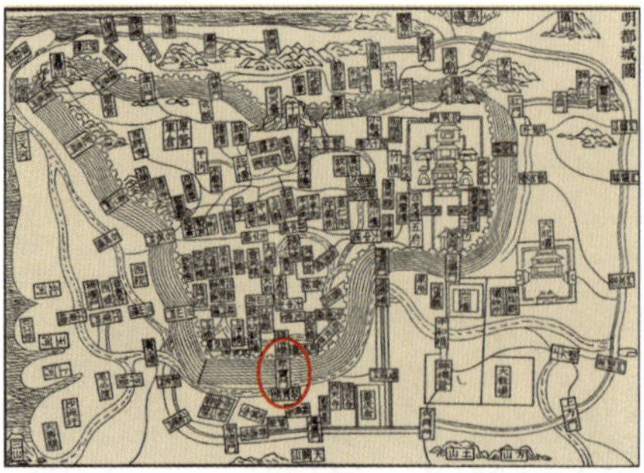

图 13-15　明正德进士陈沂《金陵古今图考》中的“明都城图”，圆圈标示处为聚宝门，门外有聚宝桥

图 13-16　香港街头的赌博摊。两人赌博，一般来说都有多人围观，围观者充当了中间人角色。图 /［英］约翰·汤姆森，约 1869 年

个陌生人明里暗里表达的这层意思：“你肯定听说过沈万三吧？那就是我啊！我不仅很有钱，我还有不死金丹呢。”世上哪有如此高调的隐居？这故事奇则奇矣，编得不太高明。

沈万三传说的民间寓意

各种沈万三传说，背后都有一个巨大的阴影，那就是朱元璋。这些传说皆指向朱元璋的阴险狡诈、胸襟窄小、与民争利、心狠手辣。如果我们把沈万三的故事与朱元璋的其他故事放在一起，很容易就会发现许多沈万三故事只不过是明清之际的老百姓用来编排朱元璋流氓本性的一种口头传统。

就以筑城一事来说，沈万三的东南城先于朱元璋的西北城三日完工固然有抢功炫富的嫌疑，可是，如果同日完工，不也有与朱元璋并驾齐驱的嫌疑吗？那如果晚于朱元璋三日完工呢？又有消极怠工的嫌疑。其实，只要朱元璋看你不顺眼，早三天、晚三天、同一天，都不行！在喜怒无常的皇权治下，江南富足翁的命运是注定要以悲剧收场的。

传说当然不是真实历史，但也表现出了故事讲述者强烈的情感倾向：“在关于沈万三的民间故事中演化出多种与朱元璋联系的情节，并且朱元璋总是以反面角色出现。如有说沈万三成为富商后，贸易途中遇到朱元璋，朱见钱起意，邀沈赌钱，沈掷出三十六点，朱使出耍赖的手段用六粒

骰子弄出三十七点，赢了沈的钱财。后来沈为做好事，廉价出售治病的乌梅，却不料冲破了朱囤积居奇的发财美梦，所以结下仇恨，做皇帝后遂执意加害。”（户华为《民间传说与历史记忆——以沈万三传说为例》）

围绕沈万三、朱元璋与聚宝盆的故事，很可能在明代已经成为著名传说，朝廷对于这种故意抹黑太祖皇帝的传说是非常忌讳的，弘治年间，偏偏有个州官撞在这个枪口上。据明末谈迁《国榷》记载，解州（今山西永济市）有个叫李宁的官员，自称从桃花洞中获得一个聚宝盆，当地知州程观居然信以为真，两人具体折腾了些啥事我们不太清楚，但肯定是闹出了不小的动静。这事让皇帝朱祐樘给知道了，他非常生气，弘治十二年（1499）二月戊申日，“事闻，俱论死”。可见聚宝盆这东西，在明代皇帝眼中就是一粒容不得的沙子：你相信世上有聚宝盆，就等于相信了聚宝盆的传说，也就是相信朱元璋害了沈万三，那你就是在心里抹黑太祖皇帝，得杀！

故事中的沈万三总是富贵而无力，而朱元璋则是奸诈而狠辣。当然，故事也反映了老百姓对于财富又爱又怕的心理。人人都想要个聚宝盆，但要是真有了这么一个宝贝，那肯定是一只烫手的大山芋，最终免不了重演一出聚宝盆筑聚宝门的悲惨剧情。

沈万三有钱的名气实在太大了，但如果不是特别高调，热衷显摆，大概也不会这么有名。清初高士奇《天禄识余》记载一事，说沈万三有个弟弟叫沈贵（又称沈万四），见沈万三富甲东南，犹敛财不止，曾经赋诗劝诫：“锦衣玉食非为福，檀板金樽可罢休。何事子孙长久计，瓦盆盛酒木

图 13-17　天津杨柳青传统年画《摇钱树》

图 13-18　重庆丰都鬼城的天子殿，传说为鬼城首脑机关。古今中外的地府都被塑造得阴森可怖，天子殿上阴天子两侧塑六案功曹，下塑四大判官，还有十大阴帅。阴吏如织，叫沈万三如何打点？图 / 丰都鬼城名山景区，2020 年

绵裘。”可惜，人对财富的追求是没有止境的，沈万三当然听不进去。沈万四看破红尘，毅然出家，归隐东南，沈万三则落得一个抄家、流放的结局。

许多民间故事都是有多重寓意的，沈万三传说中就有一类有特别警示意义的地府传说。一说沈万三死游十八地狱，狱吏需要打点，但是沈万三囊中空空，众鬼争相上前殴打，希望能打出一点油水来：“你这么有钱，谁不知道呀。我们在这里等你很久了！你居然一毛不拔。”沈万三被打得实在没办法，哭着说：“吾生时诚富，奈今死矣。一文不得带来，何以给付尔等？”另外一说，沈万三死后到了地府，有老朋友来向他借钱，沈万三苦笑着摇摇头说：“我何曾带得分文来？”结果连朋友也没有了。可见有钱人在地府中的遭遇，还比不上一个普通人无事无灾。所以王贤仪在《家言随记》中说：“人能多大福分，或承先业，或获厚资，不知持盈之道，恣意淫侈，一旦归阴，万物将不去，只有孽随身作，种种恶受种种恶报，可不猛醒乎？”

宝物的终结

极致的宝贝，终归不是凡品，无法长存于人世间。流传各地的“出米洞故事”，永远只有一个结局。说某地（一般是某个寺院）有个出米洞，每天都会流出一定量的米，刚好够全寺僧人一天的量，有个僧人贪心，想把洞口凿宽一些，好多出点米，结果这一凿就再也没有米流出来了。

凡事物极必反，只要是传说中的“极品”，无论人中“四大美人”还是物中聚宝盆，都难得善终，也即“非徒无益于人，实足自祸其身”，最终一定会失落到某一个非凡处所，宁为玉碎，毋为瓦全。所以我们知道，

聚宝盆这种东西，是不可能长留于人世间的。

图 13-19 南京城墙。图 / 佚名，1906 年

土遁说

虽然聚宝盆不断现身于人世间，但是，每一次现身，最后都以消失、破碎作为终极命运。上面说到，沈万三的聚宝盆被朱元璋筑进了南京聚宝门，从此陷落九泉之下。传说 1853 年太平天国起义军攻破南京之后，曾经想了很多办法，试图将聚宝门下的聚宝盆挖出来，可惜没能成功。

水遁说

宋初吴淑《秘阁闲谈》说到一件事，在湖北巴东有个下岩院，住持和尚曾经从水中捞出一个青瓷碗，带回寺院后，插了一枝鲜花供在佛前。第二天，他惊奇地发现碗里居然插满了鲜花，于是，他试着放些白米在碗里，第二天碗里又盛满了白米。然后他又试着将一些钱和金银之类的放到碗里，发现第二天碗里就会盛满钱和金银。住持知道这是一个聚宝盆，下岩院因此暴富，但是住持和尚也常怀隐忧。到他年老的时候，有一次过江去查看寺田，船到江心，突然从怀中取出聚宝盆，丢进长江。弟子们大惊失色，住持说：“我死之后，难道你们还能谨慎自守吗？我现在就把宝盆丢掉，是不想让你们将来受到宝物的拖累。”

图 13-20 齐白石作品“达摩渡江”，约 1935 年

广东仁化县的聚宝盆传说中，李壳母

子为了不让地主把聚宝盆抢走，就将宝盆沉入了井底。地主得知消息，找了很多人准备把井水吊干。可是，他们只能隐隐看到一个盆子沉在井底，却无论如何也没法将井水吊干。“吊水的人一个个精疲力竭泄了气，地主和地主婆也被气个半死。打这以后，人们时而能见到宝盆现于井底，却没有人能够得到。”（徐宪铭讲述，徐东前记录《聚宝盆》）

玉碎说

有一种说法认为，聚宝盆的灵验是选择性的、命中注定的，比如，沈万三家的聚宝盆就只对沈万三有效，对别人无效。明代何孟春《余冬序录》说，朱元璋听说沈家有这么一件神奇的宝贝，就把聚宝盆借入宫里试验，发现并无灵应，只好把它还给沈家。后来沈家被抄没，聚宝盆最终还是落入朱元璋手里，但是，宝贝离开了沈万三也不过就是一只普通的瓦盆而已。还有一种说法认为，朱元璋觉得聚宝盆放在手上反正没啥用，就将它打碎了埋在南京城的南门下，用以奠基镇城。

北宋邵伯温《邵氏闻见后录》记载，有个姓主父名齐贤的人说到一件事，他小时候住在一个齐鲁村落中，有个牧童丢了羊，找羊找进一个古墓，羊没找着，发现一个黄瓷小扁瓶，就把它带出来装豆荚，刚放进几粒，瓶中马上就满了。牧童非常惊讶，就告诉了别的孩子，大家聚到一起试验，发现放什么都是马上就满。路上有个行人见了，试着放几个钱进去，也是马上就满，于是把瓶子给抢去了。牧童哭着把这事告诉父亲，这个父亲拎上锄头就追出去了。追上行人之后，双方争抢不下，这位父亲一怒之下，干脆就用锄头把瓶子给打烂了。据这位主父齐贤说，他本人亲眼见过这些碎片，“皆五色画，人面相联贯，色如新”。

隐匿说

山西晋城有座晋普山，山腰有座松林寺，寺里有一个老和尚和一个小和尚。老和尚让小和尚去给牲口割草，小和尚每次出去一会儿就能满载而归。老和尚觉得很奇怪，小和尚解释说，有一块青草地，草长得特别快，随割随长，怎么也割不完。老和尚认定这块青草地里有宝贝，晚上悄悄地找到那块草地，掘地三尺，挖到一个乌石盆，放金生金，放银生银，随取

图 13–21　山西晋城晋普山松林寺，曾名灵岩寺、法轮禅院等，原寺毁于抗日战争期间。寺周旧有千亩平顶松林，故有“开元寺的钟，松林寺的松”一说。图 / 晋城文旅，2018 年

随生，取之不尽，才知道这是一个聚宝盆。后来，老和尚外出云游，担心宝贝被盗，悄悄地将它埋在一棵松树下面。为防记错地方，老和尚特地将这棵松树削成平顶松，作为标志。半年之后，老和尚云游归来，发现整个山上布满了平顶松，根本就找不到埋盆的那棵松树，长叹一声：“吾辈福薄，无福享用，此宝该当隐去。”从此，晋普山上的平顶松，就成了晋城地区的一大奇观。

不过，老和尚将聚宝盆埋在松下的传说，不仅流传在晋城，也广泛流传于大同市的浑源县、临汾市的永和县、忻州市的岢岚县等地，而且都跟寺院、老和尚、青草地相关。可见仅山西一省，就有许多地方埋有聚宝盆，埋藏地点多在寺院附近、山林之中，尚待有缘之人前往挖掘。

图 13–22　山西晋城晋普山的平顶松。图 / 尚志，2018 年

幻术说

还有人认为，所谓聚宝盆就是一种骗人的把戏。徐珂《清稗类钞》讲了一个“老人幼女试幻术”的故事。某年中秋，广州沈又村家，来了一个老头，带着一个小女孩，拿着一个布口袋，自称琼州人，在海上遇难，一大家子只剩老幼二人，乞求主人能给点资助得归故里。老头自称擅长各种新奇幻术，沈家人让他演来看看。他先是表演了一出让石头发芽长

图 13-23　16 世纪的魔术表演。图 /［荷］希罗尼穆斯·博斯，1502 年

图 13-24　左图是 19 世纪最著名的中国魔术师朱连魁，人称“朱嗑吧”，表演时极少说话，全靠技艺和手法吸引观众，1898 年首次登陆美国就以传统中国戏法风靡美国魔术界。右图是中西混血的美国人威廉·罗宾森，他模仿朱连魁，假冒中国人，取了个中国艺名程连苏，后期风头甚至盖过朱连魁，1918 年因表演“徒手抓子弹”失败身亡

成玉树，开红玉花瓣，结出珍奇果实的把戏，得了沈家不少赏钱。把戏结束的时候，这些花瓣果实又变回了红布屑和碎石子。临走时，老人又说，他还有一个聚宝盆，可以展示给大家看一下。于是取出一个红漆盘，上面写着“聚宝盆”三个字。老头让沈家人往盘子里放点东西，声称“放一得百”。沈夫人当玩笑，把头上的金簪放进去，老人端着漆盘，面向西边摇三下，果然出现满满一盘金簪。沈夫人一看，全都跟真的一模一样，分不出哪个是自己的金簪，只好把这些金簪全都收下来，并且送给老人五千钱。老人谢过赏钱，背上布袋，带着小女孩走了。过了一会儿，沈夫人拿出金簪一看，居然全是芦苇梗！连原来的真金簪也不见了。沈家忙派人追去，老少二人早已不知去向。

还有一种观点认为，所谓“聚宝”，并不是“产宝”，它只是把别的地方的类似宝物吸到这个钵盆里来，等于“神偷”，宝物遵循现实世界的“物质守恒定律”。比如广东开平市的一则故事说，关举人夺得聚宝盆，就把一颗龙眼大的珍珠往宝钵里放，结果颇具震撼性的一幕出现了：

> 珍珠才落到宝钵里，就耀着五彩的光芒，在钵里转个不停。转着转着，光彩愈来愈亮，钵里的珍珠也愈来愈多，不一会，五彩的光芒变成万丈彩霞，直冲云霄。……一刹那，响雷，狂风，大雨，连绵不绝。关举人和敖宗岳吓得魂飞魄散，还来不及叫一声苦，只见一条五爪金龙，连云带雨，蹿了进来。它头一摇，就是一声巨雷；尾一摆，就是一阵狂风；眼一眨，就是一次闪电；吐口气，就是一场暴雨。跟着后面的是红龙、黄龙、白龙、黑龙……数也数不清有多少条，都一齐蹿了进来。原来宝钵把它们的龙珠都摄来了，它们在海上看见龙珠的宝光，便都飞到这里来寻找自己的龙珠。它们在那里翻上翻下，顷刻间就把关举人家变成汪洋大海，关举人全家和敖宗岳就这样被淹死了。（张牛采录《破宝钵》）

沈万三正面形象的再塑造

江南地区对于沈万三的形象塑造集中在他的财富之雄厚，以及与朱元璋的矛盾纠葛，这些故事是作为对朱元璋的控诉状而存在的，但是山东地区对于这一点没有什么发挥。山东自古就没有出过沈万三式的人物，也没有受到朱元璋的重点打压，当然也就没有这类惨痛的民间记忆。

山东沿海的沈万三传说更多地将他塑造成了一个平民财神：传说沈万三是临沂城的西关人，年纪大了，被女儿遗弃，只身流落到了南京城，被南京人收留，有一次打鱼的时候，网到一只聚宝盆，从此成为南京大富翁。在山东的民间传说中，沈万三没有什么凄惨遭遇，就是单纯地转运、发财。

在山东潍坊杨家埠的财神年画中，沈万三是一位面容慈善的老渔民，居于年画中心，头戴斗笠，正在船上拉网，网里是一个盛满金银元宝的聚宝盆。年画上方印着一首诗："河南（黄河南岸）有个沈万三，逐日打鱼在江边。打的鱼儿堆成垛，卖的银子成了山。龙王赐他聚宝盆，富贵荣华万万年。"当然，不同画坊印的诗句会有差别，但主旨是一样的，比如：

图 13-25　山东潍坊杨家埠传统年画“沈万三打鱼”。图中左边是黄河龙王，为了保护鱼儿不被勤劳打鱼的沈万三打尽，只好送他一个聚宝盆。右边撒网人是沈万三，头上有摇钱树

图 13-26　山东潍坊杨家埠传统年画“沈万三打鱼”。题头写着：“河南沈万三，打鱼在江，鱼子不知多合少，鱼太山。”此图应为上图之简版，明显漏字。人物形象更突出，但聚宝盆和摇钱树都画得比较简单

图 13-27　山东潍坊杨家埠传统年画“行善得福”。题头写着：“元宝山，聚宝盆，也有金，也有银，文财神，武财神，天上找，地下寻，早晚找个有福的老善人。”

“河南沈万三，整日打鱼在江边，打鱼不上别处去，天天日日在龙潭，鱼子不知多和少，一网打的如太山。”“河南沈万三，打鱼在江边，打着龙王宝，挣的银钱如太山。”太山是泰山的简写，在山东人心目中，就是大得不得了的意思。

临沂、日照一带的聚宝盆年画，内容与当地的沈万三传说基本吻合。每到新年时节，人们都早早地购买沈万三聚宝盆年画并开始准备迎财神。“在山东杨家埠年画中，沈万三是勤恳劳作的渔民形象；在天津杨柳青年画中，沈万三是个富足的财主形象。随着时代变迁，20 世纪 80 年代的江苏连环画，则将沈万三塑造成了一个善良乐观、勤劳吃苦、不畏强权的富豪形象。当代商业文化中的沈万三，则被赋予圆满富足、精于算计的商业形象。不同时代不同群体对于沈万三的想象，反映出他们对于财富的不同理解。”（刘丹一《“平民财神”沈万三的视觉表达》）

到了清代乾嘉年间，沈万三的故事开始搬上戏曲舞台，现存苏州戏曲家朱素臣的《聚宝盆传奇》，是目前所知最早的沈万三戏

曲。一方面，该剧为了照顾观众的传统认知，尽量将民间流传各种沈万三传说糅为一体；另一方面，为了应付演剧审查制度，淡化上位者的负面形象，剧中特别虚构了一个叫张尤儿的替罪羊，作为可以随便唾骂的低级反面角色，用以推进戏剧冲突和情节发展。

> 故事中的沈万三和妻子赵氏是以渔民身份出场的。有一天，沈万三碰巧在山上看见车蛾儿被一条孽龙打败，跌落在沙滩上。沈万三将她救起，放归水中。车娥儿为报救命之恩，将龙宫的聚宝盆赠给沈万三。沈万三由此致富。张尤儿贪图钱财，主动将妹妹张丽娘嫁与沈万三为妾。沈万三资助张尤儿开茶馆，张尤儿嫌资助太少，心生怨恨。后来张丽娘生下一对双胞胎儿子，周岁宴那天，刘基前来道喜，同时为沈万三预言祸福。沈万三听从刘基的谋划，将其中一子过继给刘基，又建了一座天燧阁，供奉皇帝、皇后两个龙位，每月朔望都要焚香礼拜，并做好记录。这是故事的前奏，埋下各种伏笔。
>
> 话说朱元璋在宫中闲看，突然看到沈万三家高楼突兀，怀疑他有意窥探宫内信息，好在刘基事先告诉沈万三，高楼朝向皇宫的一面不能开设窗户，这才遮掩过去。朱元璋疑虑未消，微服来到张尤儿的茶馆，了解沈家情况。张尤儿趁机大进谗言。朱元璋授予张尤儿锦衣卫指挥之职。朱元璋为了刁难沈万三，先传旨让他盖瓦厂摆宴犒军，要红桌一万张、菜肴一万桌，外加五十万两白银。沈万三向各佃户每家借来三十瓦片，请工匠用红纸裱糊茶桌，用聚宝盆生出白银，按期完成了所有任务。接着，张尤儿又献计让朱元璋命令沈万三筑城墙四十七里半，限期一月完工。沈万三为了赶工，不仅出钱雇工，还亲自加入筑城队伍，就在限期将到时，突然发现西门一角屡筑屡陷。沈万三只好把聚宝盆埋入土中，生土筑城。没想到这事让张尤儿知道了，遂用假盆换走真盆，导致工程停滞不前。朱元璋将沈万三绑缚示众，准备工程超期即行斩首。正在这时，刘基出现了，他让张丽娘请出神仙鬼子母帮助，终于如期筑好城墙。朱元璋一计不成，再生一计，交给沈万三银钱一文，规定利息逐日增倍，一个月后，连本带利共一亿七百余万银钱。沈万三无力偿还，朱元璋下令抄家。可是沈万三命中注定积善致富，他又意外掘藏得宝，但是想到钱财招灾，遂

将金银埋回原处，清贫度日。

故事结局是大团圆式的，刘基的预言和计谋逐渐发酵生效。沈万三过继给刘基的儿子刘继功，学成军法韬略，中了武状元；另一个儿子沈继勋，不甘落后，中了文状元。两个儿子都参与征讨元朝残余势力的战争，双双立功。朱元璋游沈氏旧居天燧阁，不出意外地发现了沈氏全家跪拜皇帝皇后的记事本，这才察知沈万三的忠诚，于是传旨授予沈万三官职，严厉惩罚了张尤儿。沈万三的两个儿子刘继功、沈继勋都受到封赏。

至于聚宝盆，因为这东西到了张尤儿手中之后，就是个普通瓦盆，没有灵验。张尤儿怒摔宝盆，宝盆被鬼收去，最后回到车蛾儿手中，重赠沈万三。此外，车蛾儿还加赠沈万三一副长生不老仙方。沈万三终得富贵长生，以设宴庆贺剧终。

清代还另有一本无名氏昆曲《天燧阁》，剧情明显脱胎于《聚宝盆传奇》，但情节更加跌宕起伏，且人物众多，牵涉到徐达、常遇春、刘伯温等多位明朝开国元勋。《天燧阁》原剧已佚，仅存提要于《曲海总目提要》卷三十七，剧情大致如下：

图 13–28　天津杨柳青传统年画《沈万山接财神》，财神送来聚宝盆

图 13–29　天津杨柳青民国初年的升级版新式年画《沈万山接财神》

沈万三苏州吴县人，捕鱼吴淞三泖间，有一个好朋友张留儿。两人偶遇刘基，刘基预言沈万三在十天之内富可敌国，张留儿可以官至三品，并且约定三年后与沈万三相见于金陵。预言很快就成为现实，沈万三打鱼打到聚宝盆，遂移居金陵，成为海内巨富。张留儿将妹妹张丽娘嫁与沈万三为妾。

明太祖定鼎金陵之后，刘基

图 13-30　江苏昆山周庄古镇的“沈厅”有一座神龛，沈万三坐像前有一个聚宝盆，盆上有“万三通宝”大钱一枚。图 / 忠勇，2020 年

往晤沈万三，见其宅法不佳，“犯寒冰压鲤之势”，算定早晚必有奇祸。刘基认为“欲解寒冰，必借太阳”，他让沈万三在自家后院起一座三层高阁，取名“天燧阁”。此外，上阁悬灯一盏，象征太阳烁冰；中阁设立龙牌二座，上书洪武皇帝及马皇后宝座，每月朔望率全家叩头礼拜；下置朝圣册及散财册，记录礼拜活动和救济善行。以上都是伏笔。

再说朱元璋，这天微服出宫，来到张留儿的茶馆。张留儿心眼坏，不仅向朱元璋夸耀沈万三的富有，还说天遂阁是用来诅咒皇帝的。朱元璋认为张留儿密报有功，授他三品锦衣卫。回宫之后，召见李善长、徐达、常遇春、刘基等人，令常遇春立即率兵剿灭沈家，刘基力谏乃止。

张留儿几次三番地向朱元璋进谗言，令沈万三受尽磨难，家财散尽，险遭丧命。张留儿将聚宝盆诳骗到手，不料失堕烛煤，立时满盆大火，亏得刘基以杨柳水泼洒，才将火熄灭。刘基语曰：“聚宝盆是妖物祸根，须持去以灭其迹。”

另一方面，沈万三被诬充军，押赴燕地。张丽娘则因貌美被常遇春看中，她知道常遇春惧内，于是巧借常妻鄂国夫人之手，不仅免遭侵犯，还趁机奏请马皇后亲临天燧阁。马皇后在天燧阁见有龙位两座，还有礼拜记录，终于明白了沈万三的冤枉。朱元璋得知原委，让沈万三回京复职。刘基上奏，杀张留儿，将聚宝盆归还沈万三。没想到沈万三竟当众将聚宝盆击碎，恢复普通人生。从此他与妻妾儿女安居乐业。

剧中张丽娘，大概也有所本。民间传说沈万三有十三房妻妾，其最宠者名曰丽娘。丽娘去世之后，沈万三很悲伤，在墓地立了一块《离思碑》，

图 13-31　江苏昆山周庄镇新建“沈万三故居”的沈万三镀金塑像，现已成为著名景点。图 / 伊伊，2019 年

其中有“玉骨土融，百形皆幻，红脂尘化，万态俱空”句，文字非常工整，可见沈万三不仅是个情种，文化素质也不低。但也有人说，沈万三就是一个粗俗的渔夫，《离思碑》其实是著名诗人杨铁崖捉刀之作。

在民间文学中，沈万三不仅从未做过什么违法乱纪的事，甚至还有较高的德行。比如张继白《叶榆稗史》讲到沈万三在云南大理的时候，曾有不少善行：“时府君囚籍三千余，以背冶银为业。万三怜之，议于府君，俱减轻役，与土人婚，得立家室，德矣。”此外，沈万三的修为、姿容、酒量，样样堪称一流，醉酒所唱往往内藏玄机：“万山客居榆城（大理古城）三清观，与总兵徐进善，喜弈，善吐纳。总兵慕三道骨仙姿，叹谓：‘余拥军四万，不及仙翁朝游沧海，暮宿深山，悠悠天地，乐哉善哉！’后总兵谢印，拜万三为师，与点苍七子遍游五岳，鱼龙变化，潜于人海。万三斗酒海量，常饮于五华楼西双鹤楼，醉则鱼鼓道情，内藏玄机。”

沈万三为什么叫沈万三?

据顾诚先生考证，历史上沈万三根本不是明代人，而是元代中后期苏州一个大地主，生于 1286 年前后，死于 1348 年到 1356 年之间。朱元璋定鼎南京是 1368 年，这时沈万三已经去世十几年，两人根本不会有交集。而且，在沈万三的有生之年，既未出仕，无政绩可言，也算不上文人雅士，不足以跻身儒林，只是个默默无闻的“多田翁”，也即有很多田地的大地主。入明之后，沈家一分为四，财富越积越多，在朱元璋推行的粮长制度下，沈家子孙日渐出头露面，甚至入朝为官，加上同文人的交往日益密切，名气越来越大，沈万三也就成了沈家财富的代名词，逐渐神化为箭垛式的财神爷。（顾诚《沈万三及其家族事迹考》）

沈万三真名沈富，字仲荣。他有一个弟弟叫沈贵，字仲华，两兄弟的名字合在一起就叫“富贵荣华”。据《天禄识余》说，明初多以“万”字称呼乡里巨富，“三”字则是沈富在兄弟中的排行，沈富弟弟沈贵就叫沈万四。还说洪武初年，每个县都将人分为“哥、畸、郎、官、秀”五等，其中哥最下，秀最上。所以说，明清笔记中的沈富、沈万、沈万三秀、沈秀、万三秀、三秀，指的都是同一个人。

图 13-32　山东潍坊杨家埠传统年画“钱龙聚处”。民间文学一再讲述高调惹祸的故事，可是表现在年画中，却是赤裸裸的欲望，恨不得把金银财宝堆满整个画面

但是，这种解释似乎有点问题。首先，顾诚考证沈万三只有一个弟弟，他是家中老大，并非排行第三，万三之“三”作何解？其次，既然人分“哥、畸、郎、官、秀”五等是一种社会制度，那每个县都应该有一批叫张万三秀、李万三秀、王万三秀的大富豪才对，可是为什么全国只有一个叫沈万三秀的大富豪，相反却有那么多叫某万三、某万四的普通人？俞樾就曾经怀疑说：“按沈万三之名熟于人口，至万三秀之名则世罕闻也。”

柳诒徵曾经写过一篇《沈万三》，专门解释这个问题：“人之命名有文质二类，文者取义至多，质者率取次序。……古多大族同居，群从兄弟列序孔多，于是有王十二、萧二十三、高三十五等称。……兄弟以百千万为序，其下又加二、三、四、五之数字，如沈万三、沈万四者，其风始于宋，而沿及元明，可以碑版证之。”此外，以“万”为名也非“乡里巨富”，“万”字是宋元时期乡村农家起名的常用字：“以百某、千某、万某为名者，大都乡村农佃，如……俞千一、沈千三、朱万乙、周万二等。……斯皆村农尚质之风也。”（《柳诒徵文集》卷十）

至于“沈万三秀”的“秀”字，则是“秀才”之意，而不是什么将人分为“哥、畸、郎、官、秀”五等，柳诒徵说：“由质而文，则又加以郎、秀等称，其风亦起于宋。……盖秀才简称曰秀，官人简称曰官，与郎、哥同例，文之中又有尚简之意矣。此等风气，迄元不改。”农村家庭起名，比如第一代叫张三、李四；第二代就可以叫张百三、李百四；第三代张千三、李千四；第四代张万三、李万四；第五代把百、千、万用完了，只好另取一字，如张添三、李添四等。我在湖南汝城金山村的田野调查，可以充分佐证柳诒徵的这些说法，当地族谱中有大量以数字出现的名字。比如该村李姓家族的始祖中，一世祖有熊三郎、熊四郎；二世祖有万六郎、福七郎、仁一郎；三世祖有明十一郎、明十二郎；四世祖有诚四郎、诚五郎。

由此可见，“万三”这个名字并没有什么特别的意义，“万”字不代表他是乡中巨富，“三”字也不代表他是家中排行第三，恰恰相反，很多家庭往往用“三”字给老大取名，比如金山村李氏“熊三郎”就是老大。如此看来，沈家就是一个典型的农村家庭，无论取名沈富、沈贵，还是万三、万四，这么通俗的名字恰恰说明沈万三父亲是一位质朴的农民，没什么文化。这种名字大概就相当于我小学同学中的黄水根、张木生、刘金有。到了沈万三兄弟俩，估计读了点书，中过秀才，所以人称“沈万三秀”。

在口头传统中，“三”是最通用的一个行字，民间故事中，凡是行三的兄弟姐妹，一般都是最聪明最漂亮最有能耐的，诸如刘三姐、张三丰、

图 13-33　从左至右，分别是武当山的张三丰雕像、昆山周庄的沈万三雕像、柳州鱼峰山的刘三姐雕像

三王子、三公主之类。“桃园三结义”，张飞叫作张三爷，关羽本该唤作关二爷，却被唐人唤作“关三郎”，唐末范摅《云溪友议》：“荆州玉泉祠……祠曰三郎神，‘三郎’，即关三郎也。”关公本来只有两个儿子，老百姓偏要给他加上第三个儿子——花关索，这个儿子功劳最大最勇猛。

图 13-34 四川广元市昭化古城外有一座鲍三娘墓，墓碑文字“汉将军索妻关夫人之墓”。民间文学不仅为关羽添了第三个儿子关索，还为关索配了一位女英雄鲍三娘。传说鲍三娘的武艺得自关羽亲传，花容月貌，文武双全

在口头传统中，老三的风头总是会盖过其他兄弟。正因为“三”的强势作用，传说中的沈万四，以及沈家后代有名有姓数十人，虽然同为乡里巨富，却并没有在口头传统中留下什么值得玩味的故事，或许他们的故事都被安到沈万三一个人的头上了。顾诚就认为：“明代野史笔记中关于沈万三的记载多得很，有的是把民间神话传说记录下来，有的是不了解真相，把沈万三子孙的事情附会成了沈万三本人。”

另外，人们习惯上用三来表示多，诸如“三个臭皮匠，赛过诸葛亮”“一个篱笆三个桩，一个好汉三个帮”“三人行，必有我师焉”之类。所以说，沈万三未必专指某一个人，也可能是沈氏家族的一种通称、泛称。田艺蘅在《留青日札》中说：“今人言富者，必曰沈万三秀云。”可见，“沈万三”很可能早在明初就已经成为超级富豪的一种象征符号。

真实历史中的沈万三与朱元璋

沈万三出资修筑南京城的传说当然不是历史真实，因为沈万三并没有活到朱元璋筑南京城的时代。有学者认为这一传说当与朱元璋迁徙江浙富民填充都城有关，明王朝定鼎南京之后，屡屡将苏浙富户和工匠等强制迁入南京，并对他们巧取豪夺。这一举措固然为南京的建设和繁荣发展带来了巨大财富，但也造成了许多富裕家族的迅速没落。沈万三家族很可能被

图 13-35 南京市玄武区明孝陵博物馆的朱元璋及其将士雕像。史书记载和各种民间文学对于朱元璋的评价极其多样，甚至两极分化，正面叙事往往突出其雄才大略，负面故事往往指摘其残酷无情

视作强制入驻南京城的代表，民间传说对此进行了夸张附会，沈家的遭遇正是元末明初江南地主豪富的悲剧缩影。

据乾隆进士杨复吉《梦阑琐笔》引《路氏族谱》记载路华家族被诛戮、追杀的遭遇："华亭路华，以丁产甲吴中，明高帝籍其家，诛戮极惨。华母张氏抱幼子逃至陶宅，依其姻以居。既长，冒张姓，再传犹被仇讦，遣一子成，余遇赦而后复路姓。"杨复吉在评论中又引到沈万三家族被抄灭的悲剧："夫明祖之籍富民，岂独路氏？就松属，若曹、瞿、吕、陶、金、倪诸家，非有叛逆反乱谋也，徒以拥厚赀而罹极祸。按我邑富土镇有沈万三之婿顾学文，通某序班之妻，序班之兄讦其为'胡蓝党'，遂灭沈、顾二族，并尽洗富土之民而夷其室庐。余祖母叶氏，其家亦罹难，族有一人鼠匿金华戚家冒姓为刘，万历末始归吴江，族谱亦详其事。"可见朱元璋在打击地方豪强这个问题上，覆盖面大，手段残忍，民间记忆极其深刻。

明代初年，沈家财产仍然处于不断增长之中，并没有受到多么沉重的打击。沈家命运的转折出现在朱元璋晚年的洪武二十六年（1393）之后。据顾诚考证："沈万三在元朝末年已经去世，当然不可能遭到明朝开国皇帝朱元璋的打击。噩运降临沈万三和沈万四的后裔，是在洪武二十六年'蓝玉谋反案'发生以后。洪武年间掀起的胡党、蓝党两案，一是稍涉牵连即予逮捕，二是鼓励告讦，落网之后，严刑逼供。不仅被捕者屈打成招，而且辗转牵连，动辄万人。沈万三的曾孙沈德全等人也被处以凌迟极刑。朱元璋死后，洪武朝为数极多的冤案长期处于禁忌之列，曾经名驰四方的江南首富沈氏家族的真实故事逐渐被淡忘。广泛流传的只是一些神话色彩颇浓的沈万三传奇。”

关于沈万三的财富，民间文学显然做了大幅的夸张处理。沈万三去世百年之后出生的苏州老乡杨循吉在《苏谈》中说：“沈万三宅在周庄，破屋犹存，亦不甚宏壮，殆中人家制耳。”也就是说，沈万三在世的时候，家族财富并没有积累到人们想象中雄厚，但是，沈万三作为这个家族的代表性人物，以他的名义代表了整个家族数代人的富贵和荣华，也以他的名义承受了整个家族数代人的委屈和灾祸。

图 13-36　江苏昆山周庄古镇的“沈厅”，系沈万三后裔沈本仁建于清代乾隆年间，共有屋宇一百余间。南京、苏州、贵州等地，都有沈万三故居

图 13-37　贵州安顺市平坝区天龙屯堡的“沈万三故居”。据当地传说，沈万三本该流放云南，实际到了贵州，拜张三丰为师，隐居于此，死后葬于福泉山。这里不仅有沈万三故居，还有沈万三祠，沈姓成为天龙屯堡四大姓之一。图 /Fkk，2017 年

传说中的聚宝门，也即南京城的南城门，现在叫中华门。“聚宝”之得名，乃因城门对面的雨花台，雨花台上多卵石，卵石多为石英质，色彩斑斓如玛瑙，所以雨花台过去又叫石子冈、玛瑙冈、聚宝山。聚宝门得名于聚宝山，跟聚宝盆本不相关，两者因为共用“聚宝”二字，为民众想象所附会，逐渐生成新的故事，用以编排富豪的无奈以及皇权的无赖。

即便关于“沈万三犒军”一说，清代道士李西月的《张三丰全集》也另有一种相反的说法。据说是朱元璋主动向沈万三提出，要借沈家的钱犒

赏三军："吾军百万，但得一军一两足矣。"沈万三只好如数奉上，朱元璋看他毫不费力就拿出这么多钱，心里更加不舒服，"由是欲除之，罪以他事，议流岭南……未几，命再徙于云南"。

正因为江南有沈万三发配云南的传说，云南也就相应地产生一批沈万三在云南的传说。传说中的沈万三，有说在昆明的，也有说在大理的，还有说在丽江的。大理甚至还出现了沈万三女儿沈线阳的传说，称其"生而慧，双眉红痣，三岁游于市，遇中条玄女薛真阳，授以丹霞剑术，历十五载得绝技"，俨然一位女侠客。

沈万三传说中的故事法则

根据以上梳理，我们大致可以认为，沈万三传说最大的动力因素，就是朱元璋打击江南豪强的一系列举措，以及晚年发动的"胡蓝党人"族诛惨案。无数江南富户，在这一系列打击之下，不仅财富尽失，而且落得背井离乡、游离失所。沈万三家族作为高调的"江南首富"之家，在传说中充当了借以指摘朱元璋无赖、残酷的富户代表，而沈万三作为沈氏家族的标志性人物，则成为系列传说首选的故事主角。也就是说，沈万三其实是代表整个江南的富户受害者，承受着皇权的羞辱和盘剥。

表面上看，沈万三是沈万三传说的当然主角，但就传说主题来说，沈万三悲剧的根源，样样来自朱元璋。我们甚至可以说，即使没有沈万三传说，也一定会有张万三传说、李万三传说，用以表达江南民众对于朱元璋的怨恨和无奈。朱元璋与江南富豪的矛盾与纠葛，既是该传说的核心主题，也是该传说的"第一生产力"。

从一系列的沈万三传说中，我们还可以看出一些鲜明的故事法则。

身份、形象的极端化处理

沈万三的财富明显被民间文学极致化夸大了。从传说学的角度来看，沈万三为什么这么有钱，是因为他充当了江南豪强的代表，作为朱元璋的对立面，他必须足够有钱，足够强大，才能衬托朱元璋更加强大的生杀予夺的皇权暴力。

民间文学中，最显著的极端化处理方式，就是对人物身份和性格的处理。

首先是人物身份的极端化处理。民间文学为了方便讲述和记忆，总是会用最简洁、最通俗的方式来交代主人公身份。如果故事主人公是一名青年男子，无论他是什么身份，最终都会被简化成一位王子、一位大官的儿子、一位贵公子，或者一个穷书生、一个穷小伙子、一个傻女婿，他们的身份要么就在贵族一端，要么在穷人一端，很少表现为不上不下的中产阶级。故事中凡是提到县官，那一定是县令、县太爷，决不会出现县丞、主簿、县尉、典史、教谕、巡检、驿丞之类的辅佐官员。如果一个落魄的穷书生去赶考，他一定是中状元，决不会中榜眼，更不会中探花。所以说，故事中的沈万三只能是江南首富，不可能是第二富、第三富，否则，听故事的人就会问："那第一富是谁呢？"为了避免这种不必要的枝节，只能简洁地将沈成三处理成首富，不是首富也得是首富。

图 13-38　山东潍坊杨家埠传统年画《金钱满树》，聚宝盆里种摇钱树。这是一种典型的极端化处理方式，钱上加钱，富中求富

图 13-39　河南省巩义市康店镇的"康百万庄园"。庄园始建于明末清初，因慈禧太后的册封而名扬天下。康百万是中原百姓对活财神康应魁家族的统称。康家前后十三代人在此生活四百余年。图 / 厚德，2020 年

传说中的沈万三家，前门在上海，后门在无锡，田产房屋多得数不过来，这也是典型的民间文学式夸张。清末民初有康百万、沈万三、阮子兰"三大活财神"的说法，康百万甚至排名在沈万三之前。河南人传说康百万家的田地恐怕比沈家还多："头枕泾阳西安，脚踏临沂济南。马跑千里不吃别家草，人行千里尽是康家田。"

图 13-40 天津杨柳青传统年画《朱洪武放牛》。民间有许多朱元璋给地主家放牛的故事，其中最著名的一则是，朱元璋跟小伙伴玩游戏，自己扮皇帝，小伙伴演群臣，拜皇帝。他端坐大石头上，让小伙伴们挨个叩头议事，高呼万岁。有小伙伴提议皇帝给弄点吃的，朱元璋为了表示皇帝说话算数，就把地主的牛杀了煮给大家吃，然后告诉地主说，牛钻进石头缝里了，怎么也拉不出来

其次是人物性格的极端化处理。民间文学的情感表达符合木桶原理，一定是朝着情绪表达激烈化、数字额度最大化、性格特征极端化的方向来处理。以朱元璋形象为例，朱元璋让江南富豪资助筑城，但他不是让所有富豪每人出一笔钱，而是死揪住一个沈万三，将所有负担都压在他一人头上；沈万三主动表示愿意出钱犒军，朱元璋绝不会体恤地问问“你能捐多少”，他一张口就是“朕有军百万”；朱元璋拿出一文钱要沈万三为他生利，他绝不会以十天为限，而是以一个月为限，他得让这个数字大到令最富有的人都倾家荡产；朱元璋借走沈家聚宝盆，答应“五更前”就会归还，可他转身就下令“永不报五更”；朱元璋杀沈万三，绝不会因为沈万三的错，而是因为沈万三给苏州街铺茅山石的善举。

民间文学总是朝着极端化的方向来处理矛盾冲突，沈万三越有钱，越善良、越恭顺，就越能衬托朱元璋的狭隘、无赖、心狠手辣，而故事要的就是这个效果。所以，沈万山蒙冤被杀，血也不是正常红色，甚至不是淤血的黑色，而是极端化、荒谬式的“血流出尽白”，可见其冤屈之深。

人物设置的俭省原则

民间故事为了方便记忆和传播，角色数量要尽量少，相同功能的角色

往往会合并到同一个人物身上。比如在《格萨尔王》中，凡是内奸、叛国者、窝里斗的角色，全都由晁通一人担当，无论晁通犯下什么滔天大罪，无论大家如何唾弃他、惩罚他，都不会把他处死，他是一个必须留在故事舞台上不断充当“内贼”角色的符号性人物。

同样，在朱元璋与江南富户的斗争中，各种矛盾全都体现在朱元璋与沈万三两个人身上，筑城先完工三日令朱元璋不快的是沈万三，在苏州街铺茅山石被朱元璋诬为谋反的是沈万三，有意巴结却被朱元璋认为故意炫富的也是沈万三，被朱元璋以无赖手段盘剥亿万利息的还是沈万三。沈万三成为一个“箭垛式的受气包”，包揽了江南富豪所承受的所有委屈。

图 13–41　山东潍坊杨家埠传统年画《民子山》。题头写：“洪武出山东，父母到河南，民子山上装皇帝，还有文武保江山。”讲的也是朱元璋放牛，在民子山上扮皇帝的故事。左下角坐在大石上和右上方坐在牛背上的红衣男孩都是朱元璋，最右和下方中间两个穿紫衣的男孩都是胡大海。一个简单的画面，表现了好几个故事

人物设置的俭省原则还体现在角色名称的通俗性和口头性上。按照前述柳诒徵的说法：“人之命名有文质二类，文者取义至多，质者率取次序。”民间传说中，越是著名传说，主人公的名字越是简单质朴、简洁明了，诸如刘三姐、康百万、王小二、黄道婆、打虎武松、大刀王五。连故事中的吃瓜群众，一般都用张三、李四、王二麻子来代表。

图 13–42　南京城正南门，也即聚宝门，1931 年改称中华门。图为清代末期从南向北俯瞰城门，门前秦淮河，沿着墙根、河沿，各有一排民居，中间一条大道，人来人往。右下角巨石今已不存

那些名字不够通俗的传说主人公，多数也会简化为更加通俗易记的名字，比如，杨继业简化为杨业，佘赛花简化为佘太君，杨延昭简化为杨六郎，奚宣赞简化为许宣，公输般简化为鲁班，

黄初平简化为黄大仙、包拯简化为包公、包黑子，释道济简化为济公、济颠，甚至山东年画中的“泰山”也被简化为“太山”。

名字越通俗越好记，越容易被选作民间文学的传说主人公。20 世纪末期，全国通过炒股暴富的股民数以千万计，偏偏一个叫作“杨百万”的人被奉作“中国第一股民”，至于他的真名杨怀定，几乎无人知晓。杨怀定肯定不是全国炒股赚钱最多的，甚至前一万名都未必能排上，之所以被奉为“第一股民”，跟他的高调、热衷炫耀，以及“杨百万”这个通俗的绰号有很大关系。再以当代网络段子为例，校园恶搞漫画中最著名的主人公，名字总是叫作“小明”，而不是宇轩、瀚星、嘉玮，原因也在于此。

江南富庶之地，同时受到朱元璋打击的富豪成千上万，沈万三未必最有钱，但这名字通俗好记，本身就显得憨厚，透着一股洗脚上田的土豪气质，最适合拿来被朱元璋戏弄。而传说中沈万三的恩人陆德原，由于名字“文而不质”，不仅民间传说记不住，就算杨循吉这样的苏州老乡、大学问家，都会将他错写为“陆道原”。

形象塑造中的马太效应

“马太效应”是科学社会学奠基人，美国社会学家默顿（Robert K. Merton）提出的一个概念：“那些尚未知名的科学家，无论他们做出怎样的成绩，都很难得到承认或关注；而那些已经有相当声誉的科学家，他们的成就很容易被认可，社会给予他们的关注和荣誉会越来越多。”

图 13-43 《南京城墙》专用邮资图。这是城内视角的聚宝门，门内有三座瓮城，四道门垣，呈“目”字形结构，主城门分为三层，有二十七个藏兵洞，可以藏兵三千余人，构造非常复杂。我们很难知道聚宝盆具体埋在哪个位置。图 / 叶志明，2018 年

马太这个词，源出于《新约·马太福音》第二十五章的一则寓言：主人外出旅行，把财产委托给三位仆人，一个给了五千金币，一个给了两千金币，一个给了一千金币。领了

五千的仆人拿着钱去做生意，又赚回五千；领了两千的仆人也照样赚回两千；领了一千的仆人把金币保存得好好的。很久以后，主人回来了，领五千的仆人带回一万金币，领两千的仆人带回四千金币，领一千的仆人说："主人啊，我把你的金币埋藏在地里，保管得好好的。"主人回答说："你这个没用的人，我要把你那一千个金币拿来，给那位赚钱最多的。"接着还说了一句非常著名的名言："凡是有的，还要给他更多，叫他丰富有余；凡是没有的，就连他自以为有的也要夺走。"

越是著名的民间传说，主人公越有名，相应的传说就会越积越多，口头传统会自动加载各种相关母题，生成新的传说。这在罗隐秀才传说中表现得尤为明显，因为有了"天子口，乞丐身"的身份标签，各种说话灵验的故事都会附会在罗隐身上。在沈万三传说中，随着沈万三"江南第一富豪"的名气越来越大，相关传说就像滚雪球一样，各种有钱人的故事会不断加载、附会在沈万三身上，甚至赋予他一些早期传说中不具备的善良、豁达、多才多艺、求仙得道等新品质、新能耐，表现为一种人物形象的"马太效应"。

风水研究：玄学话语的底层逻辑

顾颉刚说，许多秘密是“藏在上帝的柜子里，永不会公布给人类瞧的”（《古史辨》第一册“自序”）。很多民俗现象之所以不可解，不仅因为没有历史遗迹可追，还因为我们往往过于相信民众，总是试图从民众的自我表达去求解民俗真相，这样做固然有道理，但并不总是正确的。

民俗只要存在，就总有其存在的理由。许多民俗事项本来缘于理性诉求，但是，民俗主体经常会换一种非理性的方式来表达，民俗的实际功能与民俗的自我表达常常是两回事。民俗学者如果总是相信民众的自我表达，不了解这些无稽之谈背后的乡土逻辑，就会被人牵着鼻子走。

民俗是民众的底层政治，民俗逻辑不是科学逻辑，而是民众的处事方式和政治逻辑。比如，有些事可做不可说，有些事可说不可做；有些事做了就不能说，有些事说破就不能做。指着桑树骂槐树，是因为不想跟槐树发生正面冲突；诅咒别人其实是安慰自己，因为打不过别人，只能咒之解气；立誓结盟恰恰不是因为亲如兄弟，而是因为互不信任，需要以神的名义盟誓加以约束。如果不明白这些道理，纸上谈兵论民俗，就事论事，往往南辕北辙。

图14-1　广东、香港等地流行的“打小人”习俗。图为店主正在打“小人”图 /Kelly Chu，2021 年

麻雀虽小，五脏俱全，哪怕是最偏远的乡土社会，都有其自成体系的社会阶层和话语层级，以及自成体系的表述方式。那些在外人看来稀奇古怪的民俗事项，总有其自洽的内在逻辑，但是，浮在习俗表面的解释体系，却往往使用另外一套话语逻辑。民俗的里子和面子常常是贴不到一块的，从事民俗研究如果悟不到这一点，就很难成为一个优秀

的从业者。

《荀子》说："圣人明知之，士君子安行之，官人以为守，百姓以成俗；其在君子以为人道也，其在百姓以为鬼事也。"古代统治者面对普通老百姓，有些事要是把道理说得太清楚、太实在，就失去了神秘感和权威性，难以令其崇信，反而不便贯彻执行；反过来，以怪力乱神的谶纬之言吓唬他们，令他们笃信不疑，反倒有可能取得统治的效果。

图 14-2 两位坐着的神婆，充当了"神的代言人"，抚慰着哭诉苦难的信徒。神判的目的不是为了明辨是非，而是为了解决心理困境，为信徒指点迷津。图 / 施爱东，2003 年

于是我们知道，某些风俗的形成，可能是一些"圣人"或"君子"（民俗精英）发明的、有现实社会功能的。为什么要这么做、这么说，有些民俗精英"明知之"，但他们故意不说破，而是另编一套神秘"鬼话"，让别人"安行之"，并因此"以成俗"。

我们的民俗研究，就是要透过这些貌似无稽之谈的"鬼事"，发现它的社会功能，从而理解它的话语逻辑。

风水不是科学

长期以来，风水在大陆学术界一直是个禁忌话题。禁忌源于我们对于风水的价值判断发生了偏差。我们可以举出无数的例证，来说明风水建筑对于社会资源的浪费，以及风水理论的"反科学"面目，所以，我们有理由认为风水是非理性、非科学的，是需要破除的迷信、陋俗，因而也是无价值的。也就是说，我们主要是以科学标准来判断对象的学术价值。

于是，许多急于为风水正名的学者为了替风水寻找一个"合法性"的依据，就会想方设法把风水纳入科学范畴之中加以阐释，或者强调风水是注重人居和谐的生态学，或者强调风水是一门地理科学、环境科学、建筑科学，等等。但是，证明了风水中含有科学因素并不能证明风水就是科

图 14-3　扑朔迷离的风水景观，云南云龙县的“太极图”。沘江自北蜿蜒而来，向南流出，滋养着对称的两个鱼形坝子，人称“太极锁水”。图 / 鲍波，2013 年

学，正如看到水中有鱼并不能证明水就是鱼。

用科学解释风水，只会让风水研究陷入更深的泥潭：（一）风水一旦被视为科学，就意味着要用科学的标准来衡量风水，用科学因素的多少来论证风水文化的研究价值。这就像奥运跳水冠军孙淑伟一旦成为中山大学中文系的学生，我们就会用中文系学生的标准来要求他，而不理会他在体育项目中有什么特殊的才华和贡献。（二）风水一旦被贴上了具体科学的门类标签，就成了这一科学门类的附属品，成了部分学者抢夺话语权力的文化资源，而风水本身，却被学者们的科学概念给阉割得面目全非。

风水显然不是科学。

风水研究合法性的问题在于，有必要将风水跟科学挂钩吗？回答这个问题之前，我们可以迂回地提一个这样的问题：神话是科学吗？答案是否定的。那为什么神话可以研究，而风水却不能研究？因为神话研究的合法性来自西方话语。那么，为什么西方学界把神话当成研究对象，却没有把风水当成研究对象？因为西方没有风水。

中国社会科学院世界宗教研究所陈进国研究员写了一部专著《信仰、仪式与乡土社会——风水的历史人类学探索》，这是他的博士论文，也可能是大陆学界最早以“风水”作为研究专题的博士论文。陈进国出身于闽南一个风水世家，母亲家族就有很深厚的风水背景，这对于陈进国的风水研究来说，无疑是个先天的优势。

在风水研究这个话题上，我和陈进国有一种特殊的缘分。中国风水学主要有两大派系，江西的“形势派”和福建的“理气派”，也可简称为“江西派”和“福建派”。我和陈进国，刚好一个江西人，一个福建人，两人都从事风水研究，都任职于中国社会科学院，他在八楼世界宗教研究所，

我在七楼文学研究所，我们的住宅也在同一幢楼，我在楼上，他在楼下。虽然我们俩分别从不同的风水土壤中成长起来，对于风水自然属性的看法有些分歧，但是，对于风水的社会属性，我们却持有高度一致的观点。

图 14-4　福建省永春县外碧村，陈进国的家乡。该村背山面水，河道蜿蜒而下，民居错落有致，近处为该村水口

风水习俗既是中国乡土社会的地理观念，也是乡土社会的文化系统和生活方式。风水习俗深植于中国民间社会，上至皇亲国戚下至平头百姓，顽强传播了上千年，风水观念存在着广泛的民间信任基础。从这个意义上说，不能理解风水，就无法理解中国传统的乡土社会。

以我长期调查的湖南省汝城县金山村为例，这里的村民极其迷信风水，风水不仅是他们的地理观念，也是他们处理人与自然关系的思维入口。他们习惯于将村落、家族、个人的命运与风水的好坏挂钩，风水是他们用以解释社会发展和家族历史最重要的“理论依据”。风水思想承载着他们对未来生活的祈愿，深刻地影响着他们的生活、生产、岁时节令，以及各种仪式活动。

图 14-5　福建省永春县城水口位置的千年廊桥东关桥，是一座风水桥。两岸山体被视作两头白象，东关桥是“双象锁江”的水口锁。桥上设观音神龛，守住县城风水气运不外泄。图 / 乾隆《永春州志》（左图）；东关桥（右图），康荣彬

可是，长期以来，风水并没有成为学术研究的关注对象。究其原因，首先是因为主流社会不在意、主流学术不关注，这一类研究既拿不到国家课题，也很难发表于主流学术期刊。其次是因为目前尚未有可供参照的研究范式，由于西方既有的社会学、人类学、民俗学研究范式中没有风水研究，学者们没有可以依照的葫芦，也就画不了瓢。

风水是乡土社会的空间民俗

民俗文化是社会群体习惯的思想方式和生活方式。民俗文化之所以为群体所遵守，是因为每一项民俗事项都是社会正常运作的功能链中的一个环节，起着维护群体生活和谐运转与可持续发展的功能。

陈进国认为，风水的研究必须放在“文化·社会·人”这样一个三维的关系系统中，在具体的操作实践中进行综合考察，“离开具体的历史环境或社会结构来讨论或批判风水文化的实质及其合理存在的原因，无疑要冒着太大的风险”。所以，陈进国既关注到了风水知识与地方社会、家族建设、士绅利益之间的互惠关系，也关注到了风水与各种事生事死的仪式表演之间的依存关系，还关注到了风水师作为仪式专门家的创造性活动，从历史人类学的角度对这些关系给出了自己的解释。

从观念层面看，风水信仰具有超强的吸附能力。大凡各种民间信仰习俗，诸如石敢当、买地券、符咒术、算命签、竖造、乩占等等，都被吸纳到了风水信仰当中，它们交融组成了一套精致的文化象征系统，“以规避自然界中的各种‘异己’‘克己’的力量，并范导各种‘利己’‘顺己’的力量，从而确立一种臆想中的合理化的时空秩序和生命秩序，以消解个人生活中的边缘情境”。也就是说，风水在乡土中国的民间信仰界扮

图 14-6　湖南省汝城县濠头乡社溪村陈家祠堂理事会全体成员。祠堂理事会俗称老人组，名义上是祠堂理事会，事实上掌管着村中所有的公共事务，诸如风水择日、娱神祭祀、修桥筑路等。图 / 施爱东，2016 年

演了一个“箭垛式英雄”的角色，各种神秘现象，都可以纳入风水的范畴中获得存在的价值和意义。

从应用的层面看，无论是家庭、族群、士绅还是职业的风水先生，都在围绕风水进行经济博弈，试图利用风水这一“文化幽灵”来达到各自的利益最大化。同时，有良知的士绅也可能借助风水的权威话语推行公益事务，以便民举利，使民有盖藏、人争趋善。比如陈进国发现，木兰溪的筑陂活动中，乡绅就借助了“兴文运”的风水概念，为这一水利工程的顺利建设提供了有力的观念支持。

也就是说，大多数乡土社会的风水故事，其实是风水师或者家族精英刻意生产加以扩散的，主要目的无非三种：

（一）神化风水命理的作用，让风水观念深入人心，尽可能地培育更广大的风水市场。

（二）借助著名风水师的故事，强化风水师的专业权威，提高风水堪舆的业务门槛，尽可能阻止非专业人士进入风水行业。

（三）借助风水的神秘权威，提升乡村士绅（民俗精英）的话语权力，以及风水规范的社会约束力。

风水故事一旦与现实中的家族势力与资源分配结合在一起，很容易就会成为家族或社区的自我叙事，用以解释“命中注定”的成功或失败，让普通乡民遵从于民俗精英的事务安排，诸如倡建祠堂、集资修路、资源分配等。

陈进国通过大量的田野个案说明：具体时空中的风水阐释正如重构历史一样，是一个可以任人打扮的小姑娘，“在以‘乡族’为联系纽带的乡土社会中，‘义’字往往只是一种带有刚性的虚构性质和表演成分的集体表象，而‘利’字才柔性而又真实地书写着士绅的灵魂，是士绅灵活地评判风水利弊的潜在准则”。

图 14–7　湖南省汝城县金山村李氏祠堂祭祖仪式。图中站立者为李鸿标老人，他做过村会计，掌握了较多的风水知识，热心宗族事务，在村中拥有较高的话语权。图 / 李鸿宾，2017 年

陈进国使用了“操弄”一词来描述乡村精英阶层的风水实践：“如何在或公或私的风水操弄中理性地获得利益的最大化，才是构成一切信仰心态的基础。在这方面，掌握着知识的士绅远比识字甚少的普通民众有过之而无不及。”相比之下，“庶民阶层基本属于不懂或少识文字的群体，并未掌控乡土社会的话语主导权，也未能自觉地型塑自身鲜明的阶层主体意识，他们的风水活动天然地集中于私家或家族的场域，主要以获取个体或家族的利益为目标”。也就是说，普通乡民只是风水知识的被动传承者，既不是风水知识的生产者，也不具有风水知识的解释权。

风水话语作为一种叙事策略

我们知道，任何文化都是特定功能的产物，因而本质上都具有理性的逻辑内核，它体现了诉求群体的精英思想，因而只能由群体中的精英分子发明和解释。民俗文化的功能总是趋于维持这一传承群体的和谐稳定与可持续发展，否则，它就不可能长期发生作用。但是，作为个体的乡民，其当下的诉求却往往是偏于感性的、自私自利的。

社会稳定的一个重要前提是，人与人之间为了摆脱以邻为壑的“互害”厄运，需要制定规则、缔结契约、保证遵守，以形成相对稳定的社会秩序。规则和契约的制定者一定是社会中的精英分子，但是，精英意志若要通过强制手段将这些规则和契约落实到每一个个体的生活当中，无疑将耗费巨大的社会成本；而选择通过平等对话的方式与个体进行协商，则有可能将社会成本大大降低。但是，如果以为精英意志能够借助理性话语（也即所谓“大道理”）而与个体的非理性诉求在平等对话中达成一致，在普遍低智识水平的

图 14-8　江西省石城县屏山镇河东村游神结束，庙会理事正在将“老官老爷”抬回神龛。在传统乡村社会，热心参与神圣事务、亲近神圣、习得风水知识，是掌控公共事务话语权的有效路径。图 / 施爱东，2016 年

旧式乡土社会，无异于天方夜谭。

精英意志必须寻求一种策略性的表达方式，发明或使用一套简单的利诱手段，甚至是巧妙的恐吓手段，才有可能实现其与非理性个体之间表面平等的对话。比如，乡村精英可能会使用乩示，“通过关帝圣谕的形式，来严厉警示族人不许破坏寺庙的‘龙秀穴美’的风水，从而促成修理庙宇和保护庙宇周围环境的效果”。家族精英则可能通过各种神圣叙事以凝聚族群向心力，“远祖墓地或祠堂的好风水及相关的传说故事，既是家族和房派借以宣扬其在乡里的势力和地位的寓言，也是家族和房派维系姓氏的自豪感，强化血缘和地缘认同的寓言”。

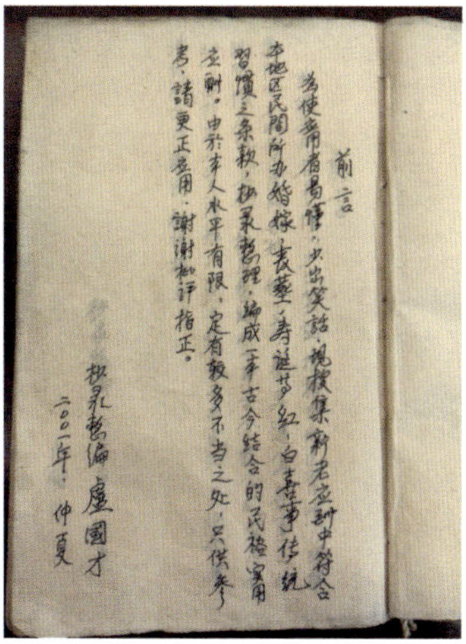
前言
为使常者易懂，少出笑話，视搜集新老应酬中符合本地区民間所办婚嫁、丧葬、寿诞节紅、白喜事传统習慣之条款，抄录整理，编成一本古今结合的民俗实用应酬。由於本人水平有限，定有较多不当之处，只供参考，請更正应用，謝謝批评指正。
抄录整编　盧國才
二〇〇一年　仲夏

图 14-9　湖南省汝城县金山村卢国才老人自编的《实用应酬》手册，这是民俗精英以知识谋取话语权的一种表现形式。图 / 王强，2015 年

在我调查的湖南汝城县金山村，叶氏家族七房兄弟中，以二房人数为多，大约有近四千人，而六房只有一百多人。据六房长老叶玉明介绍说：

> 在清朝中期，金山叶氏第六房还是很兴旺，出了不少读书做官的人，可是因为迁祖坟的原因，出了问题。祖坟原本是四个立柱支撑的，迁的时候，整个坟墓轰的一声，塌了下去。这一塌不要紧，当年的六房有三十多位青壮年忽然没有来由地去世了，其中最惨的是十几个到北京赶考的，路上翻了船，无一幸免。六房从此元气大伤，再也没能重振当年的族威。

这则风水故事不仅解释了六房为什么人丁不旺，同时也安抚自己“祖上曾经阔过，如今命运如此”，属于一则抚慰性的家族传说。

又比如，在香港一直流传说着大屿山一带“大象拖小象，代代出和尚”的俗语，还有一则相应的传说：

> 传说南宋时期，皇帝要给“番禺开国男爵”李昂英一块封地。李

图 14–10　湖南省汝城县金山村的风水先生叶永清正在为我讲解叶氏家庙周边的风水原理。他的风水理论有许多属于个人的见解，叶氏族人对他深信不疑。图 / 张玮，2018 年

昂英特地请来一位风水先生帮他相地，风水先生踏遍番禺，相中香港大屿山一带，认为这里山峦起伏，是“大牛拖小牛，代代出公侯”的格局。于是，李昂英满心欢喜要下这块封地，打算好好经营一番，后来听说著名风水大师赖布衣云游来到番禺，就请赖布衣前往指点，结果赖布衣来到大屿山一看，只留下一句“大象拖小象，代代出和尚”就走了。李昂英大失所望，只好放弃对大屿山的经营。据说后来在南大屿山一带，果然聚集起很多僧人，建起了佛寺和精舍，大屿山被认为是一块佛学宝地。

其实，广东许多地方都有类似的俗语和传说。在六祖惠能家乡新兴县、恩平市的沙湖区、清远市的飞来峡、佛山市的西樵山、肇庆市的鼎湖山，都流传着一个先将山势误判为“大牛拖小牛，代代出公侯”（或者“大猴背小猴，代代出公侯”），后来又重新判作“大象拖小象，代代出和尚”的传说。

一般来说，这样的俗语和传说，总是密切关联着附近的著名寺院或寺庙群落，比如新兴县的国恩寺、沙湖区的象山寺、飞来峡的飞来寺、西樵山的象林寺、鼎湖山的庆云寺等等。传说既是解释性的，也是宣传性的，它向地方社会传递了这样一种信息：“这里是最适合出家修行的地方，这里的人命中注定就应该做和尚。”一旦地方社会接受并默认了这一俗语，它就成为一句效力强劲的“佛门招生广告词”。

语言有强烈的暗示性。信仰叙事的一个典型特点，就是故事被反复讲述之后，连讲述者自己都会逐渐相信故事的真实性。我父亲曾经担任过江西石城县大由乡的粮食仓库保管员，粮食进进出出，仓库周围总会散落一些谷粒，我父亲就在仓库边上养了几只小鸡。当地村民穷，经常有人趁夜偷盗仓库的粮食，黄鼠狼则来偷我们家的鸡。有一天深夜，我父亲躲在

图 14-11　六祖惠能故乡广东新兴国恩寺全景，画面正中是寺院的报恩塔。图中可以清晰地看到山势环抱的国恩寺及其靠山与来龙。图 / 飞越无限航拍，2021 年

鸡窝边想诱捕黄鼠狼，不小心吓着了前来盗谷的村民，很快，附近村子就流出了粮仓闹鬼的传说。我父亲将计就计，重复演练数次，闹鬼传说遂成定论，仓库再无偷盗事件发生。可是，慢慢地连我父亲自己也开始觉得仓库好像真的有鬼，再也不敢深夜前往，于是，我们家的鸡被黄鼠狼吃得一个不剩。我父亲出于工具理性的目的，无意中生产了一个恐怖故事，而最终他自己也受到了故事的惊吓。

风水传说的自我调适机制

民俗文化的一种很重要的功能就在于：群体的精英阶层，通过生产和使用一种表面上体现为怪力乱神的话语体系，约束非理性的个体，从而理性地维护群体生活的和谐运转。

也就是说，民俗的社会功能与民俗的文化表达是两回事。民俗的社会功能是根本性的、工具理性的，属于底层逻辑的部分，体现了该群体的精英诉求与操弄策略；而民俗的文化表达则往往是解释性的、想象的，有时是诗意的，甚至是怪力乱神的，属于障眼法的部分，其目的是对非理性的个体形成心理引导或者心理约束。

民俗的和谐功能与发展功能，是以观念与对象（包括自然与社会）之间的互动关系来体现的。自然与社会是发展着的，因此，作为维护其良性关系的民俗观念也必然相应地得到发展，这种发展是观念与对象之间不断对话，相互调适的结果。客观对象的发展提出了要求，刺激着观念的发展；发展了的观念则起着维护个体、自然、社会三者之间新的和谐关系的

图 14-12 江西石城农村的“弥陀石”，上刻“南无阿弥陀佛”等辟邪咒语。这些石头一般立在曾经发生事故的水塘边、大路口等凶险位置，风水上起着辟邪作用，实际上是一种具有神圣震慑意义的警示牌。图 / 刘敏，2013 年

作用。

当风水观念不断极化、泛滥的时候，各种负面效应，诸如停柩不葬、迁葬、占葬、盗葬等不良社会现象开始大量出现，客观上造成了社会资源的浪费和环境的恶化，成为乡土社会的不稳定因素。这时，作为既定社会秩序的维护者、社会规则和契约的制定者，那些德高望重的地方乡绅就难以袖手旁观。

出于纠偏的目的，总有一些清醒的知识阶层（民俗精英）会主动站出来，对风水文化的泛滥做出批判，以维护平衡、稳定的正常社会秩序，保证家族或社区的既得利益免遭侵害。于是，《与刘按察使论速葬之法书》《丧葬解惑》等风水批判与风水辨正之类的论著就会出现，他们会努力将风水的迷信程度冷却在一个可控的热度下。

在口头传统领域，民俗精英更倾向于生产和传播一些“因积阴德而得好风水”的纠偏故事，借助于新的神圣叙事，极力鼓吹“风水在心不在地”的观念，劝导民众以行善积德的“事生行为”，来替代铺张浪费的“事死仪式”，以遏制风水观念的恶性发展。

精英阶层为了维持各种新生产关系的平衡发展，总是在不断地制造新的、修正性的神圣叙事，以推行各种发展了的新思想和新观念。这种具有极强目的性和功能性的新神圣叙事，客观上促进了民俗文化的自我净化与自我发展，使它能够持续有效地在乡土社会中发挥积极的社会功能。比

如，河北保定的一则《风水先生服输》的故事是这么说的：

保定有个善心人叫王洛善。有一年夏天，麦收刚过，赤日炎炎如烈火，路上行人烧心窝。打南边过来个风水先生，一见王洛善就发疯似地求水喝，王洛善二话没说，赶紧回家舀来一大碗水。可是一见那老头劈手夺水的样子，就把手缩了回来，从旁抓起一撮麦糠撒进碗里，笑着说："老先生，喝慢点儿，水有的是。"

图 14–13　在湖南汝城风水先生叶永清的书架上，摆在最上方的是《老子》《庄子》《论语》《孟子》，以及《曾国藩》《胡林翼》《左宗棠》《彭玉麟》等图书。叶永清常提"上善若水"，认为"吉人自有天相"，最好的风水就是积德行善。图 / 施爱东，2016 年

风水先生十分生气，一面吹糠一面喝水，心里恨道："好你个老东西，给碗凉水还撒把糠，不给人痛快。也好，你敬我初一，我报你十五。"于是就想出个"五鬼闹宅，家败人亡"的风水局，劝说王洛善改院门，告诉他说："你只要照我说的改，不出三年，必有好处。"

王洛善不知是计，送走风水先生，就把院门改了。从此王家好运不断，不仅添了车，买了马，儿媳妇还生了两个胖娃娃，大的起名大判官，小的起名二判官，全家和和睦睦，欢欢喜喜。

三年后的一天，风水先生算计着王洛善已经倒了大霉，专程到他家来看笑话。没想到王家一派欣欣向荣的景象，正纳闷，恰巧被王洛善见了，一把将他拉进家去，千恩万谢请他吃酒。风水先生越想越不对，猜想王洛善定非常人，一定是比风水师更高一筹。想到这儿，不敢隐瞒，就把三年前王洛善撒糠，自己设计陷害的事儿吐露出来。

王洛善听完，把手掌一拍说："咳！怨我没说清楚，我当时见你渴坏了，怕你一口灌进一大碗凉水，把肺给炸了。故意撒点糠，是要你慢慢喝。"

图 14-14　江西石城县大畲村的南庐屋，深山豪宅，门前正对元宝山，屋后背靠玄武石。传说乾隆年间赣州曾遭瘟疫，富商黄声远以霉豆做药引，活人无数，积起阴德，攒下巨资，觅得风水宝地建大屋，从此财源滚滚，人丁兴旺。图 / 温礼明，2013 年

图 14-15　左图为江西石城县屏山镇陈氏宗祠，右图为宗祠前面的风水局。传说祠堂建成后，围墙老是掉砖，请来风水先生，说由于对面山体是虎形，老虎来扒围墙，于是族人决定在祠堂前的良溪河上架一座桥，形如鸟铳，桥后建一凉亭，亭门设计成硝筒模样，再在堂前立两根桅杆，形如点火的线香。鸟铳、弹药、火引三者备齐之后，虎形山下的一口井里曾经流出血水，虎眼被打瞎一只，再不来骚扰陈氏。图 / 黄洋，2017 年

风水先生一听，面红耳赤，心服口服地说：“怪不得啊怪不得。看来，只要人心善，神鬼不敢犯，不在庄宅不在门，谋事全在人。家里出了两个判官，五个小鬼帮着敛财，难怪王家要兴旺发达。应该，应该！”从此，风水先生拜王洛善为师，勤俭持家，忠厚待人，再也不看风水，幸福直到终老。（赵老三讲述，吕萌采录《风水先生服输》）

这则风水故事要传达的信息非常明确：再好的风水，也比不过与人为善；即便是恶鬼，也不敢欺负善人。各地的风水传说中，都会有这一类故事，专门用来演绎“积善之家，必有余庆；积不善之家，必有余殃”的观念，正如《醉醒石》中所说：“祸福惟人自招，非天之私厚薄也。”

作为民俗文化的风水故事，其本质并不是科学知识，甚至是怪力乱神的无稽之谈，但正是这些无稽的故事和观念，有效地支撑着乡土社会几千年的有序运转。相反，理性知识（大道理）在传统的乡土社会反而难以用来与个体之间达成平等对话。

科学与理性，在教育程度尚不发达的传统乡土社会，往往是失语的。从这个意义上来说，用“反科学”来指责风水存在和风水研究的意义，就显得“不科学”了。也就是说，风水本身不是科学，但是，对于风水功能、价值的研究，不仅要有理解之同情，还必须得有辩证的眼光、科学的方法。

风水故事：自然与社会的双重属性

图 15-1 俞孔坚绘制的“理想阳宅风水模式”，直观地表现了前有屏障、后有靠山、左右环抱、水口隐蔽的“洞天福地”

我的老师叶春生教授出生于广西的一个风水世家，后来从事民俗研究，正好研用双挑。我跟着叶老师几乎走遍了广东各市县，合作主编了一部百万字的《广东民俗大典》。每到一地，叶老师总是忍不住以风水的眼光对所在地的山川地貌、建筑格局做一番审视和评论。看得多了，我也跟着琢磨，有时主动发言，先就自己所知发表评论，然后再听老师讲解，慢慢就跟着上道了。中山大学中文系的同事很早就有人戏称叶老师为“半仙”，后来也有人戏称我为“小仙”。可惜的是，刚刚位列“仙”班，我就离开了广州。

调到中国社会科学院之后，我就再也没法随时向老师求教了，出于研究目的，只有借助书籍进行自学。市面上大部分风水学著作都是故弄玄虚，著者自己一知半解，自然也就只能东抄西抄，说得云里雾里，对于那些没有基础知识的读者来说，恐怕还以为著者高深莫测呢。读者若是想从这些书里学到风水知识，多半都是缘木求鱼。

但也不是所有风水学论著全都无足可观。无数风水学著作中，我认为讲得最通透明了，又能深入浅出的，是北京大学俞孔坚教授的《理想景观探源：风水的文化意义》一书。

风水的自然属性：理想的空间模型

俞孔坚首先将风水观念理解为一个“理想的景观模型”，并且以从大到小、从重到轻的五个方面对这个模型进行说明：

图 15–2　广东潮州凤凰山上的“海棠花谷”。这是大山深处的一个小格局，民居背有靠山，前有水塘，左有青龙山，右有白虎山，案山低伏，朝山高耸，通向外界的豁口窄而曲折，唯一美中不足的是村前明堂平地略小，否则便是一个非常理想的风水格局。图 / 施爱东，2022 年

（一）围护与屏蔽：从安全角度看，理想风水是一个多重围护的地理空间，所谓前朱雀后玄武，左青龙右白虎，本质上是为了构筑一个由“罗城”围合的“洞天福地”。

（二）界缘与依靠：从生态资源看，主要指“依山”与“傍水”，这意味着一个生态结构和水资源比较完善的自足空间。

（三）隔离与胎息：从面到点的过渡，所谓“点穴”，目的是突出整个风水局中的最佳位置，大山中求小山，小山中求鹤立鸡群者，众鹤中求位置最佳者。

（四）豁口与走廊：从发展的角度看，洞天福地并不是完全的闭合空间，而是留有水口和气口的活态空间，水口和气口必须既利于交通，又便于防御。

（五）小品与符号：类似于围棋中的收官、建筑上的装修，包括塔、亭、牌坊、石敢当、照妖镜、门神、符镇等人工物的建造或摆设，主要是用来补足风水的不足之处，或者强化风水的理想特征。

有了这个最基本的结构模型，我们再对每一个具体的要素做出精细化的要求，比如依山，什么样的山势是最理想的靠山？傍水，什么样的水势是最理想的水势？还有，针对不同的山水，怎样的配置才是最优配置？最后，如果风水格局有缺项，应该借助哪类小品对它进行补足？如此一项一项地把那

图 15-3　广东潮州郑氏宗祠的麒麟照壁。照壁是用来区分私密空间与公共空间、神圣空间与世俗空间的中间隔断，相当于地理风水中的案山。图 / 施爱东，2022 年

些零碎的风水知识安放在这个在结构中进行解读，就会变得非常容易理解。

理解了风水的基本要义，再看许多风水口诀，就很容易想通其中的道理所在。比如，风水学上有一句口诀："山本静，妙在动处。水本动，妙在静处。"看起来似乎很玄妙，其实意思非常简单。山原本是静态的，好的山形要像龙腾虎跃一样，宜高低错落，蜿蜒灵秀，给人一种动态感，说白了就是要山清水秀，风水学上谓之"活龙"。水是流动的，但应以舒缓为宜。水流湍急之处，一定是地势倾斜之地，遇上暴雨灾害，容易受到冲击，很不安全。只有能够沉静下来的，舒展、平静的水源才是安全水源，能够藏风聚气，风水学上谓之"得水"。在江河湖泊之中，要让水面平静下来，自然就得有减缓域内水流外泄或阻挡域外风浪冲击的入水山坡、岛屿、大石、沙洲等，风水师将之定义为"爪牙"和"禽星"，这些都是"好风水"的有利元素。

相近的意思，有些风水师则使用另外一些概念，比如将水流缓慢弯曲称为"有情"，将水流湍急汹涌称为"无情"，有情无情又分能出许多类别，大致认为有情之水主富贵绵延，无情之水主人丁不旺。尽管不同的风水流派使用了不同的概念，念出不同的口诀，其实基本思路和大体意思都差不多。

总而言之，所谓风水宝地，以下三点缺一不可：

（一）安全角度：在风水信仰中，安全始终是放在第一位的。好风水应该处在众山环侍之中的开阔地，既能阻挡自然灾害，又能防止外来侵犯的适度围合空间。

（二）资源角度：好风水的前提是山清水秀，既适合人居，也适合植物和动物生长，能够自给自足的富足空间。

（三）发展角度：前两点是基础要求，发展需要属于更高追求。理想风水应该视野开阔，交通便利，既有利于对外的物质交流，又有利于对内的族群发展，最好是与嘈杂世界若即若离的适度开放空间，风水学上叫作“闹中取静”。从这一点上看，偏远地区的风水，再好都称不上理想。

图 15-4　“中国风水文化第一村”江西兴国三僚村，为了使村落更加隐蔽，在通向村口的走廊上，故意用建筑与围墙制造出曲径通幽的感觉。图 / 施爱东，2013 年

风水的社会属性：权力地位的象征资本

如果风水的基本原理就是这么简单，那么，这些道理你懂他也懂，好的风水你要他也要，那怎么办呢？那只能看谁的资历深、谁的地位高、谁的实力强。所以说，风水具有自然和社会的双重属性，自然属性主要体

图 15-5　部分风水小品：貔貅、风水缸、桃木剑、吞口八卦镜等

图 15-6　潮州市博物馆藏潮州金漆画“豳风图”局部，表现了《诗经》中的田园生活。这是一幅理想风水画：小村背靠主山，四周众山环侍，堂前曲水有情，走廊曲折蜿蜒，豁口爪牙交错

图 15-7　河南济源王屋山王母洞，王母的修道之所，被认为是最佳宗教风水场之一，道教十大洞天之首。百丈悬崖之上，九条山脊齐齐指向中间的一块缓坡，犹如莲花吐蕊，九龙俯首，构成了一个通天接地、超凡脱俗的“天然圣所”。图 / 陶金，2018 年

现在理想的、优质的空间资源；社会属性主要体现在资源享有者的权力和地位。

大家都知道十三陵是块风水宝地。那么，我们想想这里的因果关系，是因为这个地方风水好，朱家祖先葬在这里，所以朱棣才当上了皇帝吗？显然不是。因果关系正好反过来，因为朱棣当了皇帝，选中了这块理想景观，所以葬在了这里。在朱棣选中十三陵之前，这里就有个村子叫康家坟，说明早就有姓康的人家在这里繁衍生息、生养死葬，可是，为什么康家没有出皇帝呢，反而是朱棣一看上这块土地，康家就只能迁坟迁户，退避三舍？

任何一个具有风水意义的空间，都是自然和社会资源视角下的双重理想空间，谁能占据这个空间，意味着谁是整个社区空间中的大佬。从这个意义上说，风水就是一种象征资本，承认某个家族对于特定社区优势风水的享有权，意味着承认该家族在该社区的政治地位、经济地位乃至文化地位。同样，捍卫一块风水宝地，本质上是捍卫家族在该社区的社会地位和话语权力。

长江沿岸曾经流行悬棺葬。该葬俗工程艰险，耗资巨大，主要在贵族中盛行，往往地位越高的死者，葬得越高、越险要。在这些地区的古代土著居民看来，越是高而险要的位置，越能彰显死者的财富和实力。但是，这要放在中原汉族的文化背景中来看，这种风高险恶的不毛之地，无遮无盖、下临深渊，论风水那真是糟糕得不能更糟糕了。

图 15-8　明十三陵历史景观复原图。陵园整体呈万里来龙、低伏聚首之势，明堂开阔，护砂环抱，曲水流觞，草木丰茂。除了崇祯皇帝的思陵，十二陵各占一龙，各靠一峰，围绕着明成祖的长陵向两边展开，可谓千里难寻的好风水。图 / 李芳等，2018 年

自然空间本身并没有意义，意义是由风水师定义的。风水师根据人的生存需求、捍域需求、发展需求，制定了一系列关于风水的好坏标准，根据这些标准对自然地理进行了三六九等的优劣划分。地位高、势力大、财富雄厚的家族，自然要占用上好的风水宝地，否则不仅难以体现自己的社会地位和经济实力，后代也得不到这种“祖荫”的庇护。

一队士兵站成一排，如果我们规定班长必须站在排头的位置，那么，站在排头第一位的，理所当然就会受到更多的尊重，具有号令其他士兵的权力。但是，如果一群领导干部坐在一起照相，坐在排头第一位的，恰恰可能是地位最低的，因为我们定义了坐在最中间的那一位才是地位最高的。那么，到底应该将排头位置还是中间位置算作最佳风水位？这跟位置本身无关，只跟我们对位置的定义有关。

图 15-9　四川珙县的“僰人悬棺”。图 / 珙县电视台，2020 年

到过山东的朋友应该很容易理解什么叫风水。山东人坐席，将一张饭桌上的每一个座位都给予了精准定义，主陪、副陪分别应该坐哪儿，主宾、副宾

图 15-10　从这幅《满大人宴饮图》一眼就可以看出，背对观众的这位官员地位最高，他的位置最宽敞、椅子最高，对其他官员形成俯视和压迫。图 / ［英］托马斯·阿罗姆，约 1845 年

分别应该坐哪儿，三宾、四宾分别应该坐哪儿，全都有固定的格式。能够坐在主宾位置的，一定是这张酒席上最尊贵的客人。如果将之比喻成风水，那么，主陪和主宾的座位，就是这张席上最佳的风水位置。事实上，坐在这两个位置的人，未必比同桌的人吃得更多，也没有比同桌的人吃得更好，但是，这个位置的象征资本，明显高于同席其他座位上的人。

如果我们将主陪的座位定义为位置 A，那么，借用风水学的话语，我们就可以这么描述：位置 A 的风水最好，左青龙、右白虎，谈笑有鸿儒，往来无白丁；前朱雀、后玄武，视野开阔，背靠坚实；明堂（饭桌）得平地，眼前有财（菜）有水，五湖四海（九大碗）俱备；水口禽星护卫（有服务员站在门口），财（菜）来则门开，财（菜）落则门闭，正所谓天门开，地户闭，财（菜）源滚滚。结论是：能够坐上这个位置，那一定能大富大贵，后辈也能得到他的庇护，衣食无忧，前程似锦，办什么事情都能顺风顺水。

所以说，风水就是一种被文化重新定义后的自然地理，是一种被民俗精英选中的特色、风格、偏好，是一套用以标志权势、财富、地位的象征资本。正如色彩本无贵贱，只是因为黄色被皇帝选中，所以黄色就成为皇家贵族专享、平民不得僭用的皇权象征。

风水故事：行业及术师的神话叙事

一旦风水成为地方社会普遍认可的观念形态，自然就会衍生出许多关于风水的迷信和神话。江西、广东、福建是风水信仰最盛的三个省，流传在广东的《赵匡胤与风水先生》讲述的就是江西杨家与赵匡胤之间的风水纠葛：

传说著名的风水先生杨公（指江西派风水大师杨筠松的后人）背着祖先骸骨，走遍了九州三省，一路寻龙，来到一座大山脚下，却发现龙脉在这里中断了，正疑惑自己是不是追了一条无头龙。

杨公发现山下有一口水潭，绿水粼粼，深不见底，他一下就明白了，这是潜龙结穴在水底。他想下水看个究竟，却又不会水性，正在为难，忽然看见水边有位少年，于是招手道："小兄弟，你若能潜入潭底，告诉我潭下所见，我送你十文钱怎么样？"这位少年正是赵匡胤。他一听十分高兴，很爽快地答应了。

赵匡胤入水之后，上来告诉杨公："我看到一个长着像牛头的怪物，有角，有须，眼睛圆圆，张开口有脚盆大。"杨公一听大喜，知道这是真龙结穴。他取下肩上的红布包，对赵匡胤说："小兄弟，你将我这包东西送到它口里去，我再赏你一百文钱。"赵匡胤一听到有这么多钱，满心欢喜，可是接过包袱一看，原来是一副死人骨头，他想了想，还是潜入水中。过了一会，只见他手中捧着布包又浮了上来，说："它不吃呢！见到红布包，就把口给合上了。"杨公一听心头凉了半截。真龙不开口，骸骨很难放进去。赵匡胤问道："大伯，为什么非要喂怪牛吃死人骨头？"杨公失声笑道："这是风水宝地，真龙结穴，骸骨放入龙口，就会浮起一座大石坟。"赵匡胤一听就明白了，顺嘴说道："我阿爸的骨头没钱下葬，我去拿来试试怎样？"杨公见赵匡胤一副穷酸相，便随口答道："好吧！"赵匡胤大喜，不一会儿便捧来一个青色包，原来是用芭蕉叶包的骸骨。杨公吩咐说："你就碰碰运气吧，两包放一

图 15-11　江西兴国三僚村始建于元代的"曾氏杨公祠"，供奉着风水祖师杨筠松和他的学生曾文辿。图 / 施爱东，2013 年

起，见它开口就赶快塞进去。”

过了一会儿，赵匡胤爬上岸来，两手空空。杨公一看欢喜万分，忙问：“都吞下去了吗？”赵匡胤摇摇头说：“它一看见青的，张口就吞，一见红的就将口合拢，我只好把红布包挂在它角上。”杨公一听，很不高兴，心想：自己辛辛苦苦找到的真龙结穴，竟被这个穷小子得去。

“呼龙”时辰到了，杨公整理衣冠，焚香喊道：“皇天在上，后土当场，来往神祇，共登此方。真龙结穴，福泽绵长，左角左丞相，右角右丞相，中心出乞丐……”赵匡胤一听，大叫：“不行！不行！我不当乞丐！”杨公笑道：“好，好，中心出和尚……”赵匡胤见杨公如此歹毒，勃然大怒：“你要这么说，我现在就下去把红布包取回来。”杨公知道自己的命运掌握在赵匡胤手上，只好认输：“那你到底想做什么？”赵匡胤说：“我要做皇帝！”杨公吃了一惊，知道诡计已经被这孩子识破了，回想刚才龙口择骸，说不定这就是天意。事已至此，只好顺水推舟了。想到这里，杨公只好重喊一次：“左角左丞相，右角右丞相，中心出天子，赵家天子杨家将，换朝不换相，地久又天长。”不一会儿工夫，水潭中便浮起了一座赵、杨共葬的大坟。（李新添讲述，曹中整理《赵匡胤与风水先生》）

图 15-12　宋代宫廷画师笔下的宋太祖赵匡胤坐像

这是著名的“老獭稚型传说”的简说版异文。钟敬文 1934 年写过一篇《老獭稚型传说的发生地——三个分布于朝鲜、越南及中国的同型传说的发生地域试断》，判断这个传说的源发地是中国。该型传说的前半部分是说，有一只神异的水獭精，化作白面书生，夜夜与赵家姑娘幽会，被赵姑娘的父亲发现并打杀在沙滩上，死后没能得到正式安葬。后来赵姑娘生下一个孩子，取名赵匡胤。赵匡胤因为是水獭精的孩子，“气质武强，禀性敏异”，很能泅水，所以才有传说后半部分一再入水探龙的情节。

这类传说显然是风水师群体自炫其术的“嘚瑟体”叙事。故事表面上讲述了赵匡胤缘何“命中注定”能当上皇帝，实际上讲述了风水师如何千里寻龙，察砂观水，精准点穴，无意中成全了赵匡胤。

赵匡胤显然是前在的历史人物，传说则是后起的、虚构的。传说的目的是借助赵匡胤做皇帝的真实历史，证明风水的作用、风水术的灵异，以及风水师的高超技艺、灵验咒语。在故事中，杨公的每一步计算和每一个预言都得到了验证，唯一无法自主的地方在于，在更加强大的“真命天子”面前，他的后代只能“出将入相”。

如果我们把赵匡胤称作“前台主人公”，风水师称作“后台主人公”，那么，通过大量的类似异文我们就会发现，前台主人公的角色身份是可以不断更换的，作为帝王家族，可以是赵匡胤、朱元璋，还可以是努尔哈赤的父亲，乾隆（传说中）的父亲陈阁老等，此外，还可以是状元家族、天师家族，但是，风水师这位后台主人公的角色身份却是永不更换的。这位神通广大的风水师，尽管一再被不同的前台主人公打败，但他们寻龙点穴、精准定位、能掐会算、预言灵验的职业技能却是稳定的。他们之所以失败，是败于“天命”，而不是败在“技能”。也就是说，这类传说将前台主人公的家族辉煌大半归功于后台主人公的神秘技能和无意指点。

有了这类故事，作为风水师，就可以用来回应我们上一节提出的问题：“是因为这个地方的风水好，朱家祖先葬在这里，所以朱棣才当上了皇帝吗?”风水师会告诉你：“是的，因为朱家祖先葬在一个神秘的真龙结穴处。正是我们这些风水师成就了他们的家族辉煌。”

图 15−13　明晚期赖布衣铜立像、江西定南布衣塔。赖布衣原名赖文俊，宋代江西定南人，中国南方地区最具传奇色彩的风水师。右图 / 趁月色吃榴莲，2021 年

有了这类故事，作为风水师，他们还可以用来回应消费

图 15-14　广东潮州城对面的韩山与韩江上的湘子桥。山如笔架，桥如文笔，江如重纸，保佑着被誉为“海滨邹鲁”的潮州城代代出文人。笔架山到处都有，唯以韩愈加持过的韩山为尊；文笔到处都有，唯以韩湘子加持过的浮桥最灵。韩愈治潮以降，潮州代代都有著名文人学者。图 / 施爱东，2022 年

者对他们风水技能的质疑。“你要是那么灵验，为何不把自己祖先骸骨葬入龙穴，为何还要辛辛苦苦到处帮人看风水?”风水师会告诉你：“人生在世，‘一命二运三风水，四是读书五积德’，我虽然没有出将入相的命，但我是命中注定的风水师，我能帮助主家强化命运中的优势，修补命运中的不足，化解将要降临的灾祸。”

风水师作为一个执业群体，为了应对外界对于风水灵验的质疑，他们在一些基本的风水要素之外，还设置了许多变量。这些变量不仅有助于丰富风水理论，使风水行业更加专业化，还有助于对预设结果做出修正，进行多种解释。比如，我们可以用“福地福人居”来解释为什么有些人占了“福地”却没能得到“福验”；还可以用“风水轮流转”来解释为什么同一块“福地”过去有效，现在却无效；甚至可以用“宅主命局”“四离四绝”“日忌月煞”等概念来解释为什么有效的福地却没能给主人带来好的运气。比如台湾澎湖的一则《状元与臭头》的故事：

> 澎湖马公港外有一座小岛叫鸡笼屿，风水很好，有一位大陆的风水师将祖先的骨灰葬在这里，后代子孙代代出状元。这家子孙每年都要从大陆坐船来扫墓，觉得很不方便，后来就将祖先迁葬回大陆。有一个捕鱼的人听说了这件事，就连夜将祖先的骨灰葬在他们留下的墓穴中，可是后来他的子孙并没有代代出状元，却是代代出臭头。原来这个穴虽是好穴，但葬时还要配合方位、时辰，才能发挥作用。这个

渔夫因为是晚上偷葬，忽略了这些条件，所以只能代代出臭头。（唐蕙韵《中国风水故事资料类编》）

这样的故事其实是要告诉消费者：别以为你知道一块风水宝地，就以为可以得到宝地的福荫，没有我们专业术师的指导，守着福地你也沾不上福气。这就类似于医生说："用药一定要遵医嘱，不要以为拿到药就可以自作主张随便乱吃。"

如果福地在地主身上没有得到灵应，那么，风水师就会告诉地主，那是你的福分不够。闽南地区的风水故事中，就有这么一种类型：某地主得到一块"双龙抢珠"的风水宝地，将祖先骨骸落葬之后，家人却连遭厄运，去问风水师，风水师说："地是'双龙抢珠'的好地，但得有福之人才能沾其福气，看来是你的福分不够，僭越落葬就成了'二马分尸'的凶兆。"地主只得赶紧迁葬，及时止损。

正说要说圆，反说也要说圆，这样才能让自己立于不败之地。可见风水行业早就将"阴阳转化"和"一分为二"的哲学思想贯彻到了执业操作及神话叙事当中。任何事物的发展都可以从矛盾对立的两个方面来叙述，从积极的一方面看，可以说成相生相益；从消极的一方面看，可以说成相克相害。关键是看结果，根据结果来选择从哪个角度进行解释。

实在无法自圆其说的时候，还有一句可以用来托底的回旋话术："天机不可泄露！"

图 15-15　江西兴国三僚村建于明代的曾氏"承志堂"，又称"蛇形祠"。祠形逼仄不对称，前方照壁半开半合，祠后堆砌七级土坡，坡上有巨大古樟，故称"金蛇挂树"。据说这种设计是为了抑二房而救四房，体现了风水术中的房份偏袒。图 / 施爱东，2013 年

与时俱进的风水观念

风水观念是源于中国，波及整个东南亚地区的空间民俗，也是一种心态、执念、信仰。风水文化言必称传统，但事实上，风水的标准和勘察角度一直都在与时俱进。比如说，北京城流行一种“上风上水”的说法，认为北边是上风处，来水地，比南边风水好，所以富人住在城北，穷人住在城南，连著名学者徐城北都以为这是一个“说了上千年”的风水谚语（徐城北《认识城北》）。其实，所谓“上风上水”，只是 20 世纪 80 年代之后才由一些北京房地产开发商炒作出来的新概念，而且主要集中在北京的海淀区炒作，传统风水理论从来没有这种说法。

古人选择宅居地，特别讲究藏风聚气，有钱人决不会把住宅选在上风口、海岸边、河道旁，那是因为古人抵御自然灾害的能力差，防风保暖的能力不足，将这样的地理位置视作苦寒之地。现代社会的物质生产条件和生活条件都发生了巨大变化，对于风水的需求和标准也发生了巨大变化。

过去看住宅朝向，从来都是看大门朝向，因为大门直接面向自然，开门见山或者见水，风水好坏一看就知。但现代住宅楼大都是封闭的塔楼，我家的门对着你家，你家的门对着我家，打开门，既看不着山，也见不着

图 15-16　广东潮州街头的“三山国王庙”。地域不同，风水观略有差别，在粤东地区，神庙往往建在桥头路冲等风水煞口，只有神能挡住这里的煞气。神庙充当了为人挡灾、庇佑社区的福主。图 / 施爱东，2022 年

水。那怎么办？这风水法则就得改，由看门改为看窗。窗有好几扇，以哪扇窗为准？为了解决这些新问题，风水师就只能重新定义一套新型的风水标准，但是，不同的风水流派，观点是不大一致的。

图 15-17　时尚无敌海景房。如此通透脆弱，无依无靠，四面受敌的房屋，在传统风水理念中是无论如何都接受不了的，但是很受年轻人追捧。传统风水理论如何与时俱进，以适应现代生活的追求，也是摆在现代风水师面前的一道考题

有人说，所谓上风上水，就是顺风顺水。也有人说，海景房、江景房，那是要风得风，要水得水，有风有水。这些说法放在传统风水学中，显然是说不通的，但从现代景观学的角度看，也不是没道理：当你想呼吸新鲜空气的时候，早上打开窗，带着晨雾清凉的空气扑面而来；当你想屏蔽雾霾的时候，只要把玻璃窗一拉上，打开空气净化器，坐在窗前，泡上一杯茶，闲看夕阳西下。这风也好，水也不错。

第五编

天灾与人祸的传说

陆沉传说：东京城里没好人

图 16-1　马尔代夫总统主持的“水下内阁会议”。图 /AFP，2009 年

2009 年 10 月 17 日，一条来自印度洋岛国马尔代夫的“无厘头”新闻迅速传遍全世界。许多电视台录播了一条由该国总统纳希德亲自主持、14 名内阁部长参加的“水下内阁会议”。这些政府高官戴着水下呼吸装置，潜入深约 6 米的海水中举行了一次颇具悲情色彩的潜水秀。

马尔代夫向有“人间最后乐园”的美誉，然而，全球气候变暖所导致的海平面不断上升，却让这个岛国面临着巨大的生存危机。据科学家预测，平均海拔不足 1 米的马尔代夫，将在一个世纪内完全沉入海底，成为陆沉岛国。

马尔代夫水下会议旨在向全世界敲响警钟，正如纳希德所说：“若是今天的马尔代夫无法自保，谁也无法保住世界任何一个地方。”也许，此刻重温中国古代的陆沉传说，能让我们清楚地看到这则来自马尔代夫的警告与陆沉的警示是如何的相似。

流传在上海的陆沉传说

陆沉传说又称陷湖传说、地陷传说，说的是由于人类不节制的恶行，或者违反禁忌，导致了某个地区全城陷落为湖的后果。也许是基于与马尔代夫相同的忧患，我国东部沿海地区尤其江苏、上海、浙江、福建，是陆沉传说流传最盛的地区。为了入话，我们先看一则流行在上海地区的陆沉传说：

传说上海附近曾有一座东京城，城里全是一些黑心人。老天爷对他们非常失望，就命令观音娘娘三天之内把东京城的人都灭了。观音娘娘心善，她不相信东京人全都黑心，就想出一个保全红心人的招数。她在城里开了一个油坊，实行自助式购买，顾客自己付钱自己吊油。消息一传开，门前迅速挤满了抱着大缸大桶买油的人，可是，两三天下来，钱柜里却没落着几个铜板。观音娘娘大失所望，第三天油坊快关门的时候，来了一个姓曹的小孩，朝钱柜里扔了半斤油钱，把剩下的一点油脚倒了去。

小孩回到家，奶奶看到瓶子里的油不止半斤，就让小孩把多吊来的油退回店主。这观音娘娘正要收店降灾，看到小孩进来倒回多吊的半瓶油，知道这世上还有诚信的红心人，非常高兴，就告诉他说："小弟弟，你回去以后，每天早晨到城门去看一下，要是看见门口石狮子的眼睛出血，你就背上奶奶往西跑，一步也不能停，也不要回头看。"小孩点点头回家了。没想到观音娘娘这番话，恰巧被一个黑心屠夫听到了。

屠夫想捉弄一下小孩，第二天一早，就弄了些猪血涂在石狮子眼睛上。一会小孩来了，一看石狮子的眼睛真的出血了，吓得赶紧跑回家，背起奶奶就向西跑。正在这时，轰隆一声巨响，东京城突然塌了下去，一阵海啸迅速就把城墙打翻在水里。

小孩不敢回头，拼命地向西跑，海啸一浪高过一浪，呼啸着在后面赶。小孩跑了半天实在跑不动了，噗的一声累倒在地上。他惊恐地回头一看，没想到这一看，海浪马上就停在了他的脚边，平静下来。祖孙俩就在这里安家落户，因为小孩姓曹，后来这里就叫漕泾镇。

图 16-2　2011 年东日本大地震，岩手县陆前高田市警察从直升机上拍到的海啸图片。图 / 铃木多闻

这是一则非常典型的陆沉传说。包含了我们接下来将要分析的"道德审判""石狮子眼睛出血""不许回头""沉东京"等多个要素。我们接下来看看这些要素经历了

怎样的历史发展，又是如何组合在一起的。

违禁遭祸的寓言

钟敬文先生早在 1931 年就曾作《中国的水灾传说》，专门讨论这则故事。钟先生认为，中国的陆沉传说与《旧约》中“上帝因愤怒人类的强暴，降了洪水来毁灭地上一切有生之伦的故事”如出一辙，它不是个别民族独有的神话，而是许多早期文明国家对于史前洪水、人类遭受劫难的共同记忆。

钟先生认为最早记载这传说的，是《天问》《列子》《吕氏春秋》《论衡》中“伊尹生乎空桑之中的故事”。这个故事说的是，伊母怀孕之后，神托梦给她：“如果看到石臼出水，就要向东跑，不许回头。”第二天，伊母果然看见石臼出水，她告诉了邻居，然后向东跑了十里，回头一看，住地已经尽化为水。伊母因为违反禁忌回头看，自己也化为桑树。这桑树中间有个空腔，空腔中生出了伊尹。

图 16-3　伊母回头，化为空桑。王继红剪纸作品，2020 年

伊尹是商汤时期的著名政治家，这个故事主要用来解释英雄人物的神奇出生。从生活经验来看，“石臼出水”意味着空气湿度过于饱和，大雨将至，类似于我们今天常说的看云识天气，这属于古人的生活常识。“空桑孕子”则属于巫术思维，根据弗雷泽模

图 16-4　河南虞城县店集乡伊尹祠。图 / 刘思敏，2021 年

拟巫术中的“相似律”原理，原始思维经常把自然界的相似物想象或理解为具有相似的功能，桑树既然是伊母所化，桑树中的空腔也就相当于女性的生殖器，所以说，桑树空腔能够延续女人子宫的功能，继续孕育伊尹。不过，我们要讨论的重点不在这，而在于“毋顾”（不许回头）的禁忌，以及伊母因“顾望其邑”而“化为空桑”的后果。

人类因违禁而招致毁灭，是一个世界性的神话母题。钟先生在《中国的水灾传说》中提到希伯来的一则“火劫”故事，与我们讨论的陆沉故事颇有相似之处：

> 天使到了所多玛城，善人罗得见了，恭敬地把他们迎到家里去。晚上，所多玛人迫围罗得的家屋，要他把天使们送出来给他们处置。因天使施展法力，才解了围。于是，天使便嘱罗得带家人离开所多玛城。并叮咛道：“逃命吧！不可回头看！也不可在平原站住，要往山上跑，免得被剿灭！”罗得以上山不易，请求让他们逃到一个又近又小的城里去。天使应许了他。他们刚离开了那里，硫磺与火便从上天降下，把所多玛及蛾摩拉二城和全平原及其间所有的一切物类都毁灭了。罗得和家人逃跑时，妻子落在后边，因回头一看，便变成了一根盐柱。

中国现存最早的完整的陆沉故事，大概是《淮南子》中提到“历阳之都，一夕反而为湖”的典故。东汉高诱为这句话做注的时候，详细展开了这则故事：

图 16–5　罗得带着女儿们逃离所多玛，妻子违禁回头，变成一根盐柱。图 /《纽伦堡编年史》插图，1493 年

> 历阳，淮南国之县名，今属江都。昔有老妪，常行仁义，有二诸生过之，谓曰：“此国当没为湖。”谓妪：“视东城门阃有血，便走上北山，勿顾也。”自此，妪便往视门阃，阍者问之，妪对曰如是。其暮，门吏故杀

鸡血涂门阃。明旦，老妪早往视门，见血，便上北山，国没为湖。与门吏言其事，适一宿耳，一夕旦而为湖也。

二位书生告诉老太太：“你看见东城门门槛上有血的时候，就赶紧向北山上跑，不要回头。”于是老太太每天一大早都去东城门察看门槛，门卫问她，她就如实回答。这天傍晚将要关城门的时候，门卫特意杀了一只鸡，把鸡血涂在门槛上，准备看笑话。第二天早上老太太一见到门槛上的血，吓得赶紧就往北山跑，身后的历阳城就这样整个陷入湖底了。

历阳即现在安徽和县历阳镇。刘锡诚《陆沉传说再探》一文认为陆沉传说多是古代先民对于地震、山洪等自然灾害的惨痛记忆。他猜测这类传说的起源地和中心点很可能在浙江嘉兴一带，这片广袤的水乡泽国，时常因地壳变动或海水上涨而发生地陷为湖、洪水横流的灾难。《吴越春秋》记载“海盐县沦为招湖”，海盐历史上就曾归于嘉兴府。《吴地记》也记载说：“当湖在平湖治东，周四十余里，即汉时陷为湖者。亢旱水涸，其街陌遗迹，隐隐可见。”可见传说有一定的历史因素。

但是，故事为什么要以“东城门阃有血”来作为灾难降临的标志呢？刘锡诚注意到《风俗通义·祀典》说：“天子之城，十有二门，东方三门，生气之门也。不欲使死物见于生门，故独于九门杀犬磔禳。”另外，《风俗通义·怪神》又说：“世间多有狗作变怪，扑杀之，以血涂门户，然众得咎殃。”两条合在一起，意思就是：以犬血涂门，正确使用可以辟邪；但如果不正确使用或使用了不当的犬血，就会带来灾祸。

东方五行属木，象征春天，所以东门是“生气之门”。而狗和鸡的五行都属金，金克木，所以狗血和鸡血都是不能用来磔禳东门的。也就是说，其他南、西、北三个方向的九个门，都应该“杀犬磔禳”，唯独东门“不欲使死物见于生门”。所以说，用狗血、鸡血涂在东门，就是一种违禁行

图 16-6 印度尼西亚名画《爪哇大洪水》。图 / ［印尼］拉登·萨利赫，约 1870 年

为，必将招致灾祸。

明白了这个道理，我们就知道，“历阳之都，一夕反而为湖”的故事其实就是一则关于违禁遭祸的寓言，至少是用寓言的形式来讲述的灾难故事。

弑神致祸

这故事到了晋代，已经衍化出许多异文，干宝《搜神记》记载了其中三则，其中一则即《长水县》，大意如下：

> 由拳县（今属浙江嘉兴市）在秦始皇时期叫长水县，县里流传一首童谣：“城门有血，城当陷没为湖。”大家都不信，可有个老太太却每天早上都要跑去城门察看。守门官恶作剧，就把狗血涂在门上。老太太一看到血，马上跑着离开了。这时忽然涨起大水，有个县吏去向县令报告，县令问：“你怎么看起来像条鱼？”县吏说：“大人，您看起来也是鱼的模样。”由拳县已陷落为湖。

长水故事中的狗血，与历阳故事中的鸡血，两者功能是一样的，可以相互替换。但是长水故事中关于“东门磔血”的禁忌已经遗失了一半，“东城门”被简化为“城门”。信息之所以遗失，是因为到了东晋时期，“杀狗磔邑城门”的习俗已经没有了，“东门”被当成无用信息忽略了。

可是，故事依然要解释“神为什么要降祸”的问题，那怎么办呢？后续的陆沉故事中，陆续衍化出了“弑神致祸”和“道德审判”两种类型。

图 16-7　手机壁纸画“城陷为湖”。图 / Armando Savoia，2015 年

从魏晋直到宋代，“弑神致祸”是最常见的解释性主题。说的是某个地方的人贪婪无度、恣意妄为，杀死或者吃掉了一位身份特殊的落难者，其中只有一位老太太没有参与该恶行。神灵决意要毁灭所有参与恶行的人，于是谕示老太太见血避难。

各地故事的差异，主要在于当地人如何欺凌落难者。宋人笔记《青琐高议》中记载了一则故事，大意如下：

安徽古巢郡有一年发大水，不久，河水落回河道，一条大鱼没有及时游回河道，陷在城沟里，这鱼长数十丈，血鬣金鳞、电目赭尾，困卧在浅水中，全郡人都围着看热闹。过了三天，鱼终于死了。古巢人把大鱼肉割成一块一块，一抢而空，还有人把鱼肉拿到市场上卖。唯独一个老姆没有参与。有个邻居见老姆没有分到鱼肉，特地给她送来几斤，老姆把肉挂在门上，坚决不吃。

有一天，来了个白发白须、说话走路都有点怪异的老头，问她："人人都吃鱼肉，你干吗把它挂在门上呀？"老姆说："我听说鱼如果上了百斤，就不是凡物。如今这条鱼上万斤，我觉得应该是一条龙吧，龙是不能吃的。"老头告诉她："这是我的儿子，不幸遭逢此难，沦为人间口腹肉食，令我痛入骨髓，我发誓不会放过那些吃我儿子肉的人。只有你不吃他的肉，我知道你与人为善，还能拯贫救苦，我要报答你。你要是看见东寺门的石龟眼睛变红了，就是这座城将陷为湖的标志。你注意看着，到了时候，你就赶紧离开这里。"

打这天起，老姆每天都要到东寺门去看一下石龟，有个小孩问她每天来这里看什么，老姆如实相告，这个熊孩子恶作剧，偷偷地将龟目涂成了红色。老姆一看石龟眼睛变红，大事不妙，赶紧出城，路上遇见一个青衣童子对她说："我是龙的幼子，前来救你。"然后把老姆接到山上，回头看时，全城陷于惊波巨浪，鱼龙穿梭其中。

现在湖边还有一座"大姆庙"，至今渔民不敢在这里打鱼。天气晴朗时，人们还能听到水下有人唱歌呼喊的声音。秋高水落之时，潦静湖清，隐隐还能看见水中的

图 16–8　人们正准备分食一头搁浅在荷兰海滩的大鱼。图 /［荷］亨德里克·戈尔齐乌斯，1598 年

楼台亭阁，传说水中住的都是龙氏龙族。

唐代《穷神秘苑》中的“邛都老姥”故事，情节上完全取自东晋《搜神记》及南朝梁《益州记》，但在细节上略微丰满一些。其梗概如下：

邛都县（今四川西昌）有一位孤贫老姥，每到吃饭的时候，都会出来一条头上戴角的小蛇，老姥就把自己的东西分给它吃。小蛇越长越大，身体长到了一丈多。有一次，蛇在外面找吃的，看见县官的马，就把马给吃了。县官非常生气，责令老姥把蛇交出来，老姥只好说蛇在床下。县官让人在床底挖，怎么也挖不着，一气之下把老姥给打死了。这条蛇就托梦给县官说：“为什么要杀我母亲，我一定要为母报仇。”从此每天都能听到刮风下雨的声音。到了第三十天傍晚，人们见面都在吃惊地互问：“你头上怎么突然顶着一条鱼？”到了夜里，邛都城及周围四十里突然全都陷落成湖，当地人称之为“邛河”或“邛池”。唯独老姥的故居没有陷落，当地渔民经常在这里落脚借宿。据说邛池的水特别清，有时还能看到水底的城墙和房屋。

北魏《水经注》记录了一则“担生”故事，说在河北武强有个人在路上捡了一条小蛇，觉得很有灵气，就将小蛇收养了，取名担生。蛇长大以后，会出来吃人，官方抓不到担生，就把收养人关进牢里。有一天，担生突然现身，背上收养人就走，整个武强沦为湖泊，县官、县吏俱化为鱼。

图 16–9　印度史诗《摩诃婆罗多》插画。人类始祖摩奴养育了一条小鱼，小鱼越长越大，长成鱼龙，当大洪水来临的时候，鱼龙让摩奴建造一艘大船，到时和七位仙人登船，缆绳套在它的角上就可以得救

唐传奇《广异记》将这个故事做了较大的扩充，故事发生地也转到了河南范县。其梗概如下：

曾经有个书生，路上见到一条小蛇，就把它给收养了。小蛇渐渐长大，书生常常担着它一起出门，戏称之为“担生”。小蛇长成了大蛇，书生再也担不动、养不起了，就把它放生到范县东大泽中。过了四十多年，那条蛇已经大得像条倒扣的船一样，被人称作“神蟒”，凡在大泽中往来的行人，常常被大蟒吞食。

图 16-10　大泽神蟒。图 / ［法］古斯塔夫·多雷，13 世纪

那时书生已经年迈，刚好途经此地，别人劝他说：“大泽中有神蟒，常常出来吃人，你可千万别去。”当时正值隆冬季节，书生认为这么冷的天，蛇早冬眠了，没有出来吃人的道理，于是固执地继续向前。走了二十多里地，忽然感觉后面有大蛇追来，虽然过了四十年，但书生还是认出了大蛇的形貌，于是远远地对着它喊：“你不是我的担生吗？”大蛇听见喊声，低头示意，过了好久才离开。

回到范县之后，县官问他为什么见到蛇居然没有被吃掉，一定有妖异，于是将书生打进大牢，判了死刑。书生私下埋怨说：“担生啊担生，养你一场，反而连累我落个死刑，真是作孽啊！”这天夜里，神蟒大发神威，将整个范县都陷入大湖之中，唯独监狱没有沦陷，书生得以不死。

从石龟到石狮的变化

几乎所有的陆沉故事中，预示灾难降临的，都是“见血”。血在民俗文化中有强烈的象征意味：“原始先民在观察人和动物从子宫里分娩与母体分离的时候，看到新生命的诞生总是伴随着羊水和血液的流出。而石狮子眼睛里出血预告洪水的来临，正如同一个新的生命的诞生必然伴随着血和羊水一样。这种原始的观念虽然经过了漫长的时代的演变，依然或隐或显地出现在源远流长的神话和传说之中。”（刘锡诚《陆沉传说

图 16-11　杀鸡沥血祭祖。图 / 施爱华，2013 年

试论》）

血的出现，往往意味着生命的开始或者终结，后来也用来象征一切重要的转折，既可以用于正向功能，也可以用于负向功能。

正向功能比如，桥梁合龙，住宅上梁，道路开工，上坟祭祖，都要杀鸡沥血。所以“血食”常常被用作祭祀的同义语，春秋战国时期常以“血食”或“不血食”指代国家和家族的延续或破灭。

负向功能则主要用于厌胜，比如将狗血或女性的月经血之类涂抹在某一法器之上，该法器立即就会失灵。在民间故事中，一块具有强大法力和顽强生命力的风水宝地无论遭受什么破坏都不要紧，但是只要一流出“血水”，就意味着风水被彻底破坏，此地再无灵气。

东汉之后的故事中，关于“不欲使死物见于生门”的禁忌遗失之后，预示灾难的象征物就从“东城门阃”转移到了城门边的“石龟”身上。

三国时期的《列异传》在重述东汉高诱的历阳故事时，就把“东城门阃”改成了“石龟眼”。梁代的《述异记》基本沿袭了《列异传》的说法。故事中，书生对老姥说：“此县门石龟眼血出，此地当陷为湖。”

在“古巢老姥”的故事中，早期都是以石龟作为灵验载体，为子复仇的老龙对老姥说：“若东门石龟目赤，城当陷。”但是到了元代，《庶斋老学丛谈》中的“石龟眼”变成了“石龟口”，老龙对老太太说的是：“石龟口出血，此地陷为湖。”

眼睛出血变成口出血，有时还会变成脖子上有血，这些载体的偶然变化只是故事讲述者的记忆误差，没有特别的文化意义。故事中，只有反复出现的同一种变化才是我们关注的焦点。

石龟的意象取代东门门槛不是偶然的，一是因为龟自古就被认为是能够预知吉凶的灵龟，龟甲是古人最常用的卜占工具；二是因为龟的五行属水，古人常以灵龟来代表水神玄武。所以说，用石龟眼睛出血来象征水

图 16-12　从现存汉代铜印和汉代玉印的龟造型上，可以想象城门石龟的大致造型

灾，是最合理，也最容易被古人联想到的。

干宝以降直到明代，陆沉故事的灵验载体基本稳定在石龟身上，偶尔也会回到城门。最早的陆沉故事发生地，主要是历阳、古巢（巢湖）、由拳县（长水县）、邛都县四个地方。唐以后，这些故事又分别被传为陕西长安县（今属西安市）、江苏硕濩湖（今灌南县）、陕西涝河、江苏泗州城、河北武强、河南范县等，但故事情节没有大的变化。

明代开始，石龟突然被石狮子所取代。目前可见较早出现石狮子的是明代中期安遇时的公案小说《包公案·石狮子》。故事说的是山东登州（今蓬莱）有个市头镇，这里恶人多，善人少，只有崔长者一家乐善好施，忽一日有老僧前来化缘，告以灾事："见东街宝积坊下，那石狮子眼中流血，便要收拾上路。"于是崔长者着手准备逃难——

> （崔长者）即令匠人于河边造十数只大船。人问其故，长者说有洪水之灾，造船逃避。众人大笑。长者任众人讥笑，每日令老妪前往东街探石狮子有血流出否。老妪看探日久，往来频数，坊下有二屠夫问其缘故，老妪直告其故。二屠待妪去，自相笑道："世上有此等痴人。天旱若是，有甚么水灾？况那石狮子眼孔里哪讨血出！"二屠相约戏之，明日宰猪，用血洒在石狮眼中。是日，老妪看见，连忙走回报知，长者即吩咐家人，收拾动用器物，一齐搬上船。当下太阳正酷，日气蒸人。等待长者携得一家老幼登船已毕，黄昏左侧，黑云并集，大雨滂沱，三昼夜不息，河水拥入市头镇。一时间那人民居屋流荡无遗，溺死二万余人。正因乡民作孽太过，天以此劫数灭之。止有崔长者夫妇好善，预得神人救之。那日长者数十大船随洪水流出河口，忽见山岩崩下，有一初生黑猿被溺不能起，长者即令家人取竹竿接之，那猿及岸得生而去。

图 16-13　石狮子作为镇门辟邪的瑞兽，很早就在中国得到普及，但是进入洪水传说，却罕见于明代之前的记载。图 / 施爱东，2010 年

《包公案》的故事多源自民间故事，经由文人加工成书之后，流传极广，堪称明代最著名的畅销书。故事中的“石狮子”形象影响极大，反噬于民间，使得原来故事中的石龟形象迅速被石狮子所取代，石狮子成为陆沉传说中的主流灵验载体。此后，只有从古书中抄出的陆沉故事还在沿用“石龟眼”，新出现、新记录的陆沉故事中，灵验载体几乎全都换成了“石狮子的眼睛”。比如现在还流传于江苏泗阳县的《洪泽湖的由来》，基本上就是《包公案·石狮子》的民间改编本，由此也可知俗文学对于民间文学影响之大。据陈建宪的统计，在他搜集到的 39 篇现代陆沉故事中，神谕形式以石狮子的眼睛出血为最多，共 29 篇，其次是石龟 5 篇，石人 3 篇，臼与老虎各 1 篇，石狮子占据绝对优势。

万建中认为，石狮子取代石龟，本身具有一定的必然性，与民间观念的转变有关系，他说：“自元代以降，龟的声誉一落千丈，成为污秽邪淫的代名词；它因之也渐渐失去了在此型传说中的神圣位置，远离了禁忌主题。取而代之的是越来越走红的石狮。”（万建中《解读禁忌》）

道德审判

自从石狮子进入故事之后，“弑神致祸”类型的故事逐渐减少，而“道德审判”类型的故事却突然暴增。

“道德审判”是现代陆沉故事中流传最广、数量最多的一种类型。说的是某地居民品行恶劣，常行不义，神将灭掉这个地方的所有人，但又不想冤枉好人，于是决定用一种方法来检验该地是否还有好人；最后终于选中一家好人，并将神谕知会了这家人，让他们得以脱离灾难。

各地道德审判型陆沉故事的情节差异，主要在于神用什么方法来对人进行检验。清人笔记《墨余录》记载有这样的故事，我将其复述如下：

图 16-14　江西宁都东龙村的顽童，把朱砂涂在石狮子的下巴上，幸亏没有涂到眼睛或嘴巴上。图 / 施爱东，2010 年

> 涝河是陕西八大水系之一，相传宋元时期，这里住着姓腊的人家，富甲一郡，还在自家门上贴着一副对联：“若要腊家穷，天坍涝水空。”腊家门前有八百倾稻田，依仗涝河水的灌溉，坐收万斛田租。有一天，一位道人登门化斋，在腊家门前站了一天，竟然没有讨到一粒米，邻里老太太看着道人可怜，请他吃了些茶饼。道人临走的时候说：“这个地方将有大灾难，你是个好心人，还可以有救，但是千万别泄露天机。”老太太问该怎么办，道人说：“你只要看见石狮子的眼睛红了，就赶紧逃吧。”过了不久，有放学的孩子恶作剧，把朱砂涂在石狮子眼睛上，老太太吓得赶紧就跑。当天晚上，风雨大作，水溢堤崩，腊氏所住的地方全部荡为平地。

绝大多数的故事，都是用“自助付款”的方式来判断某一地方的人在不受监督的情况下，是否具有自律道德。如以下这则：

> 从前，象山外面有个东京城，城里厢人交关坏（交关，吴语方言，非常义）：吃人肉喝人血、看见好看大姑娘就抢。这事被玉皇大帝晓得了，想把东京沉掉。但一忖：东京城里的人，勿一定都介坏。就派吕洞宾，到东京城里去察访。
>
> 吕洞宾扮了一个卖油佬，到东京城里去卖油：“卖油呵！卖油呵！五个铜板卖一瓶。”

图 16-15　福建三合土建筑代表作，漳浦县林氏锦江楼，建于 1791 年。关于三合土的原料，有多种配方，其中熟石灰、黏土或砂石是比较固定的搭配，传说中的第三种原料则可能是糯米、蛋清、蜂蜜、红糖等，据说如此配搭的三合土坚如磐石。图 / 潘潘，2018 年

城里人听讲五个铜板好买一瓶油，都拿顶大瓶来买。见卖油佬闭着眼睛，勿收铜板。有的就不付铜板，有的丢一个铜板抬去一缸油。（浙江象山张礼龙讲述，解亚萍整理，1987 年）

相传在很久以前，福建风调雨顺，五谷丰收，百姓富足。但很多人生在福中不知福，乱花钱，乱用粮。这一年六月二十五“天门开”，玉皇大帝派天神下凡出巡，天神来到福建境内，发现人们拿糯米、蜂蜜拌石灰搅沙土，称做“三合土”，用来造墓、抹壁，任意糟蹋粮食。天神见了很生气，急急上天启奏。玉帝决定派赤须龙下凡界转世，九十年后的某月某日，把福建搅成汪洋大海。（福建晋江安城讲述，陈培焕整理，1988 年）

道德审判类的故事中，执行审判任务的神，一般都是民间社会最著名的神，比如观音菩萨、吕洞宾、铁拐李。一般来说，观音会变成一个老太太，吕洞宾会变成一个老头，分别下凡到各地，用同一种办法来试验某地居民的良心。比如，观音老母变成一个老太太卖馒头，她发现东京人都是把馒头买给孩子吃，没有买给老人吃的，非常失望。到了年底，正要收摊的时候，来了一个小男孩，要买馒头给奶奶吃，于是观音就将神谕降示给男孩，让他到时带着奶奶上山。又比如，吕洞宾将自己扮成一个傻里傻气的卖油老头，东京人都欺负老头傻，讹他的油，只有一个诚实的老头提醒他这么干会亏本。于是吕洞宾告诉老头这里将有洪水，让他扎一个木筏以备水患。

有时候，故事为了突出道德审判，也会遗失其他的细节，甚至一些关键性的细节。比如石狮子、血、需要拯救的好心人，都有可能从故事中退出。比如这一则：

> 从前某朝，天下大乱，人民四处逃难，家庭拆散，骨肉分离。有母子二人，也在逃难时纷乱中失散了。十几年之后，儿子已经成人。其母为贼人掳得，扎在麻袋内，称斤变卖。有人要买女人做老婆时，只能用手向袋中摸，不能用眼看，中意了称斤买去。其子因为要成家立业，摸得了年纪较大的一位妇人做了妻子，住在阳城县。后来生了一个孩子，可是那孩子的头发是逆生的，大家都觉得奇怪。据说母子相配而生的孩子，头发才是逆生的。他们才仔细地盘问各人的根由底细，方才明白他们原是分散的亲母亲子。但是木已成舟，没有别法可想。这个消息却为阳城县大老爷查到了，以为母子相交，是个大逆不道的事，把他们都杀了。皇天见到阳城的百姓太坏，于是在一夜之间，将那座城池，沦陷到地下去，变成了湖，就是现在的阳城湖。（陈志良《沉城的故事》，1944 年）

有学者认为，由于这个故事中包含着“杂婚主题”，杂婚是指男女之间不论血缘与辈分，随意发生婚姻关系，这是人类社会最原始的婚姻形式，所以这则陆沉传说是非常古老的。这种观点在逻辑上很难立得住脚，故事中包含某种要素，并不意味着该故事和该要素在时间上具有同步性。比如有一些孟姜女传说，讲的是东海龙女假扮孟姜女，报复性地嫁给秦始皇，然后生下项羽，目的就是为了推翻秦王朝。故事中的许多要素都是汉代之前的，但是故事并不古老，是清代说书人编出来的。

万建中在分析陆沉传说中的禁忌母题时认为：合郡为恶，遭到神灵报复，城陷为湖，故事因此羼入了道德教化的因素。“设禁不再是空穴来风，也不是肇端于不可避免的自然灾害，设禁与违禁一样，都是人为的，是人的恶行所致，而出场的先知

图 16-16　冬日洪水。图 /［法］尼古拉斯 · 普桑，约 1662 年

图 16–17　日本浮世绘“赞岐院家臣搭救源为朝”中的海难与大鱼。图 /［日］歌川国芳，1849 年

者只是充当了一个传报洪水信息的角色。”（万建中《解读禁忌》）

从伦理规范的角度来说，失德、作恶、违规、犯法、有伤风化等等，都可以视为广义的“违禁”，在故事中一定会受到惩罚，也即俗话说的会得到报应。在浙江宁波和绍兴一带，盛传一则“沉东京，涨宁绍”的传说，这个传说经常被当作反面教材，用来教育人们要孝敬老人、善待他人：

> 这里原来繁华热闹，但繁华的背后是奢侈，热闹的背后是自私。这里的人富有却贪心不足、损人利己，结果“恶有恶报”，最终使这个地方坍沉了。坍沉的上地就涨到宁波、绍兴二地北部，成为富庶的宁绍海涂平原。这个“涨”，靠的是做人良心好、有孝心，善有善报。（宁波市文化广电新闻出版局编《甬上风华》）

不过，故事的传播和变异并不总是沿着我们设想的特定方向变异，每一个传播者都可能从自己的兴趣点入手，将自己记忆最清晰、印象最深刻的一点加以放大，有意无意地忽略其他细节。比如，广东南澳岛的一位讲述者，只是极力渲染了“石狮子”和“血”，完全忽略了道德审判的因素：

> 很久很久以前，在闽粤之交南澳岛东部的海面上，有一座宏伟壮丽的海中城市，称为东京城。
>
> 东京城四周城墙高耸，碧波环绕；城里风景宜人，百姓安乐，渔

图 16–18　互联网人工智能生成的 AI 作品《大洪水与世界末日》。图 / 面包 6680，2022 年

歌晚唱。这里有一条石板铺成的路，这条路直通南澳岛最东端青澳，称东京路。

当时东京城内住着一个姓钱的南澳人，家财万贯，人称钱富人。这钱富人虽然日子过得乐悠悠，却总感到心里不踏实，害怕有一天这美丽富庶的东京岛会下沉。有一天，他到街上找到一位年老的卜卦先生，问道："先生，我总觉得东京岛有朝一日要下沉，不知是否如此，你能帮我算一算吗？"卜卦先生望了来人一眼，半闭双眼，心想：看这老头的装束，一定是个有钱人，待我跟他"儿戏"一番。想毕，他慢吞吞地说："能，不过这需要很长时间。"钱富人立即从衣袋掏出银子，赠与卜卦先生，恳求说："先生，请你算一算吧。"卜卦先生接过银子，口里念念有词，手指头屈了又伸，伸了又屈，再经过一阵沉默，然后拍腿大叫："不好了，东京会沉呀！"

"什么时候要沉？"钱富人急忙问。

"东京下沉，为期不远。"

"要沉之际，有何预兆呢？"

"南澳岛青澳北角山那头大石狮，脖子流血之时，就是东京下沉之日！"卜卦先生闭上双眼，随便说说。

…………

第二天一大早，刽猪大哥提了一桶鲜猪血，把它淋在石狮头上，然后走开了。不一会儿，那婢女照例来此，心想这样的日子到何时才完呢？她没精打采地走近石狮，不看则可，一看吓得魂不附体，面如土色。她急忙掉头，上气不接下气地直回东京城，结结巴巴地回报主人说："老……老爷，石……石狮头，流……流血了！"钱富人一听吓得心惊肉跳，忙令家人携带细软金银直往海边，坐上了那艘刚造好的大船。

他们赶紧开船，离开东京城。突然间，天昏海暗，只听轰隆一声巨响，真是无巧不成书，东京城果然沉到海里去了！（林松阳编《南澳岛纪游》）

石狮报恩

与石狮相关的陆沉传说在明清之际再次分裂出两类故事，一类是与道德审判相对的“石狮报恩”故事，一类是延续道德审判主题的“沉东京”传说。关于“沉东京”的传说，又是说来话长，我们只能另文再说。

石狮报恩故事中，主人公一般是一位少年或少年兄妹，他们每天都给一个石狮子喂馒头，有一天，石狮子告诉他们，此地将有洪水，但他们可以钻进它的肚子里躲避洪水。

从前，有姐弟二人。离他们家不远，有石狮。弟每日必以“镬焦团”一个投石狮口中。习以为常。如是者，经三年。

图 16–19　石狮子笑着对孩子们说：“都到我这来。”图 / 施爱东，2010 年

一日，石狮谓弟曰：“我口旁有血时，世间必遭大难。届时，你可入我腹中避之！”

越数日，弟果见石狮口旁有血。原来是某屠夫无意中所涂上之猪血。他即奔告其姐，相率入石狮腹中避之。狮腹甚大，且通大海。

当姐弟俩出来时，世间已无人类踪迹。弟因向其姐提议，二人结为夫妇，以免人类灭绝。姐说：“我们俩可以磨一具，搬至山上。再各人取一扇，向山下滚去。如能相合，则我们俩结为夫妇。”

弟赞成，就照话做去。两扇磨滚下山，果相合。因此姐弟俩就结婚了。（叶镜铭《石狮嘴里有血》，1930 年）

20世纪80年代在河南搜集到的一则民间故事，则将这个故事安到了伏羲和女娲的身上，主人公的身份一下变成了“人类始祖”，于是，这类故事就有了“神话”的意味。

图16-20　新疆吐鲁番出土的《伏羲女娲图》。女娲右手执规，伏羲左手持矩，人首蛇身做交尾状，四周布满日月星辰

> 从前，淮阳城北有座石龟桥。伏羲女娲兄妹常从桥边过。一天，伏羲见石龟流泪，就喂了它两个馍馍。石龟忽然开口说话：“好心的人哪，今后每天给我捎一个馍馍吧！”女娲知道了，让哥哥每天捎去两个。一天，石龟告诉他们，马上就要天塌地陷，并让他俩钻进自己肚子里。等兄妹俩在龟肚里吃完以前放进去的馍馍，出来一看，到处是一片白茫茫的水，万物都灭绝了。为了延续后代，哥哥提出与妹妹结婚。妹妹不答应，提出通过滚石磨来试天意，二人从山上各推一扇石磨滚下去，如果石磨滚到山下能够合在一起就成亲。结果石磨果然合在一起，两人于是成亲。婚后，女娲捏泥人再造了人类。（张楚北编《中原神话》）

石狮报恩故事一般都会下接一个兄妹婚故事，讲述人类是如何产生的，钟敬文先生将这类故事称作“人类毁灭及再造神话”。

如果说道德审判故事是讲述如何毁灭人类，那么，石狮报恩就是讲述如何再造人类。延续人类血脉在这类故事中成为新的主题。在石狮报恩故事中，陆沉是一种必然命运，无须交代陆沉的原因，因此也就不需要审判。

石狮报恩和道德审判一般不会同时出现在一个故事中。在道德审判故事中，好心的总是老婆婆、老奶奶、老爷爷，或者祖孙俩，这符合多数人对于“善良老奶奶”以及“良好家风”的想象。但在石狮报恩故事中，主人公变成了少男少女，这是因为故事主题变了，繁衍后代成为新主题。只有年轻男女能完成这个任务。

竺可桢对气候变迁的判断

图 16-21　版画“洪水摧毁世界”。
图 /［法］古斯塔夫・多雷，1866 年

全球性的大洪水，主要来自气候变化造成的多发性极端暴雨，以及极地冰川融化造成的海平面上升。洪水泛滥，让许多原本低洼的鱼米之乡变成水乡泽国，可不就是“陆沉”吗？历史上的全球性大洪水时期，几乎都是气候最温暖的时期。我们看各种“大禹治水”的雕像，大禹总是光着膀子在治水，为什么？因为天气太热。

大工业导致温室效应，温室效应导致全球气候变暖，气候变暖导致极端天气增加，极端天气导致大洪水，大洪水导致陆沉。可见，要降低陆沉发生的概率，人类就得更加节制地消费，缩减大工业生产的规模。所以，古人用生动而恐怖的陆沉故事，讲述了一个放之四海而皆准的朴素道理：人若不节制欲望，老天就会将你陆沉！

为了节制欲望，统一行动，“联合国气候变化大会”从 1995 年起，每年在世界不同地区轮流召开。其中最重要的是 1997 年的“京都气候大会”，大会通过的《京都议定书》对主要发达国家减排温室气体的种类、时间表和额度等都做了具体规定，比如，要求主要工业发达国家的温室气体排放量在 1990 年基础上平均减少 5.2%。到了 2015 年“巴黎气候大会”，又通过了一个升级版的《巴黎协定》，为 2020 年后全球应对气候变化的行动做出了统一安排，目标是将全球平均气温的升幅控制在工业化前水平以上低于 2℃之内。

但是，减排意味着缩减工业生产规模，从国家利益而不是全球利益的角度来说，就等于为经济发展戴了一个“紧箍咒”，这事搁哪个国家都不乐意。尽管大家都政治正确地天天嚷嚷要减排，可一旦落实到具体指标上，哪些国家应该减排，具体减排多少，各国政要针锋相对，互不相让。

大家吵得不亦乐乎，先是加拿大一怒之下退出了《京都议定书》，过了几年，美国也不干了，特朗普政府直接宣布退出《巴黎协定》，大言不惭地明确表示不愿意牺牲美国利益为全人类买单。

其实，人类活动对于自然界的影响，并没有我们想象这么巨大。我们只能在力所能及的范围内尽量维护好地球的生态环境。竺可桢早在1925年就已指出：“……日中黑子之多寡，与地球上温度有特别之关系。凡日中黑子多，则地面温度低降；黑子少，则地面温度增高。”（竺可桢《日中黑子与世界之气候》）太阳活动，才是周期性气候变迁的决定性因素。

竺可桢在其旷世名篇《中国近五千年来气候变迁的初步研究》中精确地指出：“近五千年中的最初二千年，即从仰韶文化到安阳殷墟，大部分时间的年平均温度高于现在2℃左右。一月温度大约比现在高3℃—5℃。”如此巨大的温差，足以将北京捂成南京了。挪威雪线的升降也证实了这一持续的酷热气候是全球性的。如此也就解释了为什么正是这一时期，全球性的洪水神话如此丰富多样。

关于太阳黑子与降雨量的关系，竺可桢也有一段介绍：“前印度气象局局长华葛氏，曾搜集世界各处近百年来之雨量，而著为一文，题为《日中黑子与世界之雨量》。依华葛氏之研究，则谓世界各处雨量，可分为两类：或则依日中黑子之数增加而增进，或则因黑子之数增加而雨量反形减少。……若参以华葛氏雨量与黑子关系之说，益足以知南宋长江流域雨量增加，而黄河流域雨量减少之说为不误也。”（竺可桢《中国历史上气候之变迁》）

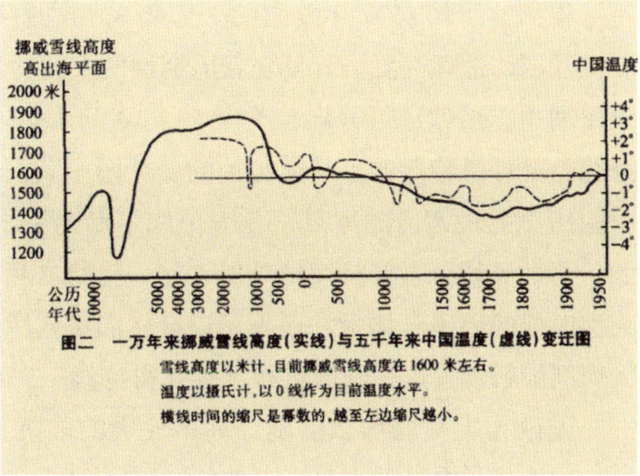

图16-22　图中实线为一万年来挪威雪线高度，虚线为五千年来中国温度，从中可见地球气温变化。图/竺可桢，1972年

这个道理说起来其实非常简单，太阳黑子增多，地球气候变冷，北半球冷暖

图 16-23　2019 年 7 月，被洪水彻底淹没的印度阿萨姆邦马纳斯河岸。图 / David Talukdar

气团交战的锋线南移，造成北方干冷，雨量减少；南方湿冷，雨量增加。体现在中国的江河流域上，就是北边的黄河流域雨量减少，南边的长江流域雨量增加。我国南宋时期，正是太阳黑子活动频繁时期，长江流域雨量骤增，洪水灾害明显增多。

根据《中国近五千年来气候变迁的初步研究》，从三国到六朝曾有一段骤降的低温时期。根据上面的分析我们知道，这一时期长江流域的雨量一定会大幅增加，这也就解释了为什么吴越地区的陆沉传说突然在这一时期兴盛起来，被多人多次记载。

我们再用这个理论来看大禹治水。根据前述理论，大禹时期的气温大大高于现在，锋线理应靠北，经常性的洪水灾害应该主要发生在高纬度地区，也即黄河流域，而不是长江流域。由此我们似乎还可进一步推测，大禹治水治的是黄河流域，而不是长江流域。

根据竺可桢 1972 年绘制的一万年来挪威雪线高度与五千年来中国温度变迁图，地球气温一直呈现着周期性的大波动。在每一个 400—800 年的大周期中，虽然还可分出若干个 50—100 年的小循环，但大周期的气温升降总趋势却是稳定的。从竺可桢的变迁图中我们还可以看到，明末清初是中国历史上最寒冷的冰点，北方民族不断南下求生。而从 19 世纪中叶开始，全世界就一直在持续地升温，这一趋势显然与人类活动没有关系，因为那时候的温室气体量，还不足以产生温室效应。按照我们对于气候变迁大周期的解读，这一升温过程至少还得持续一二百年。

无论人类采取什么措施，马尔代夫的陆沉，似乎都是不可避免的。这，或许就是自然的力量、人类的命运。

沉东京传说：历史伤疤的语源迷误

图 17-1　1931 年 7 月大洪水中的武汉街头景象。图 / 汉口真真照相馆

在上海，有许多“沉东京，游上海”或者“沉东京，氽崇明”“塌东京，涨崇明”的传说，故事结构和主题大同小异。其道德试验的情节，大多数情况下都是观音菩萨变成一个老太太，在大街上搞“自助买油”活动。故事中反复出现的“东京城”是一个神秘的地方。其他陆沉故事中的陆沉地点都很明确，唯独这个东京城不知道在哪里。

沪上学者做了细致考证，推测东京城应该在上海金山区附近，因为这里曾有一座设立于梁代，沉沦于南宋的“前京县城”，东京很可能是前京的讹名。也就是说，“沉东京”或许是一个历史上确曾发生过的事件。谭其骧说：“前京县的县城，我相信就是在大金山的北麓，后来因为整个海岸线北移了，前京县城就下沉到海里，现在无从发掘。在金祖同调查的时候，还听说当地人把那个城叫京城，京城就是省掉了一个‘前’字。大概是在南宋淳熙年间陷在海里面。”（谭其骧《在古海盐疆域沿革研讨会上的讲话》）

但是，只要我们走出上海就会发现，这个“东京”恐怕跟上海没什么特别关系，因为“沉东京，浮 × ×”是一个广泛流传于东南沿海尤其是闽南、粤东的通行传说。浙江流传最广的是“沉东京，涨宁绍”“塌东京，涨绍兴”，此外还有“沉东京，涨海游”“塌东京，剩桃花”“沉东京，浮蒲门”等。福建流传最广的是“沉东京，浮福建”，此外还有“沉东京，浮七洲”“沉东京，浮大帽山”等。广东流传最广的是“沉东京，浮南澳”，此外还有“沉东京，浮海丰”“沉东京，浮莲花山”等。

图 17–2　清代袁耀《蓬莱仙境图》局部。实与虚，动与静，山与水，沉与浮，都在画中得到了很好的表现

每一个地方的学者，都相信“东京”就在当地海域上，尤其是福建的学者，他们更加坚持东京就在闽粤交界的海域上：“闽粤之交有一些以‘东京’命名的海湾与海域。如福建东山铜陵有名为‘东京尾’的海湾；东山与南澎列岛之间有名为‘东京嘴’的海域；距广东汕头市约 60 公里有一海域原名‘东京礁’，广东潮阳海门有一海域叫‘东京铲’。”（黄挺、罗英凤《闽南方言熟语“沉东京，浮 × ×”的文化意蕴揣说》）

“沉东京，浮福建”传说

在所有的“沉东京，浮 × ×”的俗语中，流传最广的是“沉东京，浮福建”，相应的民间传说也最丰富、最著名。我们先看一则流行于福建惠安的当代传说：

> 在今崇武东边，以前有个古镇，镇上有个老人叫阿福伯，带着一个孙子相依为命。有一天，祖孙俩在海边看见一群人围着一只四脚朝天的海龟看热闹，海龟悲伤地流着泪。阿福伯就问讨海人：“这头海龟卖多少钱？我看见它在流眼泪，心里过意不去，想给它一条生路。”讨海人说：“阿福伯好心要放生，就随意给点烧酒钱吧。”阿福伯把身上仅有的钱拿出来，几个讨海人就把海龟抬到海水里放了。
>
> 几个月后，阿福伯梦见一个黑袍黑靴黑头盔的人走到他面前说：“多谢老兄救命之恩。”阿福伯说：“我跟你素不相识，也从来没救过人的命，你认错了。”黑袍人说：“本官是龙宫里的龟丞相，几个月前因为酒醉走出龙宫游玩，被人捉去，幸亏老兄相救。”阿福伯这才明白过来。龟丞相告诉阿福伯，这一带不日会下沉变海，时间是城隍庙

口的石狮鼻孔出血那日。龟丞相特别交代说："这是天机，老兄千万不可泄露。"

从此，阿福伯每天透早就叫孙儿去城隍庙，坐在石狮前看着。过了几天，城隍庙口的闲人觉得奇怪，就问阿福伯的孙儿看什么，小孩子不懂事，把爷爷梦中的话告诉大家。几个宰猪少年也在边上听见了，就想开个玩笑。

第二天天未亮，宰猪少年就把猪血抹在城隍庙石狮的鼻孔下。天一亮，阿福伯孙儿来了，一看石狮鼻孔流血，赶紧回家拉着阿公的手往西跑，祖孙一路大喊："这里要沉海底了，赶紧跑啊！"可是谁也不相信，都站在门口看笑话。

祖孙跑出小镇不多远，就听见轰隆一声，一时天黑地暗。回头一看，小镇已经变成大海。两人跑到山上，海水也一直跟着涨。爬到两个最高的山头中间，阿福伯实在爬不动了，坐在一块大石板喘着大气，说："淹死也没办法了。"说也奇怪，海水就在这里停住了。这两个山头就是大岞山。人们传说，这就叫"沉东京，浮福建"。（崇武文库编纂委员会编《崇武文库·民间文学集成卷》）

在这个故事中，陆沉传说中的神龟、石狮、出血等传统要素全都出现，且有所变异。不过，故事中沉没的只是一个小镇，小镇也不叫东京，浮出来的只是大岞山，也不是福建。故事虽然跟传统的陆沉传说一脉相承，但用来解释"沉东京，浮福建"还是比较牵强。

"沉东京传说"在福建全省流传广泛，尤以泉州一带为盛。其中，晋江深沪中学校长陈培焕采录的一则"沉东京"传说由于被收录在《中国民间文学集成·福建卷》

图 17-3　福建惠安县崇武镇大岞山。图 / 老潘，2020 年

（1998年），成为进入21世纪以来该传说的主流异文：

相传在很久以前，福建风调雨顺，五谷丰收。但很多人生在福中不知福，乱花钱，乱用粮。这一年六月二十五“天门开”，玉皇大帝派天神下凡出巡，天神在福建境内发现人们用糯米、蜂蜜拌石灰搅沙土做成“三合土”，用来造墓、抹壁。天神见福建人这么糟蹋粮食，很生气，急急上天启奏。玉帝决定派赤须龙下凡界转世，九十年后的某月某日，把福建沉入汪洋大海。

赤须龙投胎在磁灶一个农民家中，长成一个臭头孩子。每日天不亮，臭头孩子就挑一担陶器，经石狮，沿东京大路挑到东京城去卖。当时，姑嫂塔后的虎岫寺，住着一位得道老和尚吴云真，能知未来过去。他知道臭头孩是福建人的克星，便热情地招呼他，时常留他在寺中吃饭，陪他下棋玩。臭头孩子也与寺庙结缘，常把卖不出去的陶器送给寺里，作为养鸡的用具。

有一天，老和尚建议臭头孩赌博玩，臭头孩说：“我没钱，输了还不起。”老和尚说：“不要紧，你赢了，我给你现金；你输了，我给你记账，欠着就行。”于是天天下棋，一日又一日，一年又一年。几年后的一日，老和尚说：“我们结个帐，清一清。”一算，臭头孩已输了一个非常大的数目，他急了，连说：“怎么办？”老和尚说：“不要紧，你写个条把福建卖给我就可以了。”

臭头孩说：“福建又不是我的，怎么可以卖给你？”

老和尚说：“没关系，你照我说的写，账就算还清了。”

于是老和尚拿来文房四宝，认真地说：“我念你写：‘全闽皆佛国，福地福人居，卖给吴云真老和尚。’把你的名字写上去。”臭头孩顺从地写好了，老和尚把字据折好，放在箱子里锁起来。两人照常欢欢喜喜下

图17-4　福建石狮市宝盖山虎岫寺。图／礼明，2019年

棋，同以往一样。

没过几天，寺里两个僧值巡山回来，看到养鸡场有一个破损的壶仔，米、水流了满地，大发雷霆，举起脚踢了一脚。那壶仔飞起来，落到钞坑村的一个井里。没想到壶仔一落进井里，井水就涨个不停，溢出井口，涨起大水来了。

图 17–5　福建石狮市永宁古城的城隍老爷，威灵远播东南亚各地，是闽南地区著名的地方守护神。图 / 鸡蛋仔，2019 年

原来这壶仔正是臭头孩送给寺里的次品陶器，你放什么进去，它就会不断涌出什么东西出来。幸好福建沉陷的时日还没到，永宁城隍庙里的一口大锅突然飞到空中，落入钞坑井，把壶仔盖住了，避免了一场灾难。

事隔一年，一日狂风大作，飞沙走石，臭头孩正好挑着一担陶器，将要进入东京大路。这时黑天暗地，风沙更大，陶器相碰破裂很多。臭头孩大怒大吼，躺在地上打滚，变成一条赤须龙，张牙舞爪，飞上天空。吴云真老和尚屈指一算，知道上天示警的时刻到了。他立即双手拿着白绢，迎上赤须龙，大声喊："孽龙听着，你已将福建卖给我了，并且立了字据！"赤须龙一见自己亲笔写下的"全闽皆佛国，福地福人居，卖给吴云真老和尚"，只得把头低了下来。老和尚又喊："向东滚去！"赤须龙只好滚向东边，东京就被赤须龙滚陷，沉入大海。这就是老和尚舍东京，救福建的故事。福建人从此吸取教训，开始勤俭节约，民风淳朴，和睦亲善。（安城讲述《沉东京，浮福建》，1988 年）

"沉东京，浮南澳"俗语

闽南和粤东一带最流行的说法是"沉东京，浮南澳"，但并没有配套老天爷惩罚东京人的陆沉故事，只有一些被他们视为真实历史的传说。

图 17-6 南宋行朝的两位少帝赵昰、赵昺。后者即传说中足迹遍布东南沿海的“宋帝昺”

南澳是广东东部海域的一个海岛县，距离汕头市区海岸线不到十公里。传说南宋末年，蒙古军队大举南下，宋军节节败退，从福州沿海路不断南撤。张世杰、陆秀夫等人保护少帝来到南澳岛，就住在岛上的澳前村。至今潮州一带还流传着大量与南宋皇室有关的神奇传说。据说宋帝昺曾经看中福建东山县的一个小岛，准备将之建造成“东京”，一时间小岛上人来人往，热闹非凡。不料突然发生地震，东京沉入海中，他们只好继续向南，这才来到南澳岛，准备再建一个都城。这就是“沉东京，浮南澳”的来历。

要理解这个传说，先得简单交代一下历史背景。我们从德祐二年（1276）二月元军攻入临安之日说起。南宋年仅五岁的小皇帝赵㬎（音显）被俘时，他的两个兄弟，七岁的赵昰（音是）、四岁的赵昺（音丙）被救了出来，辗转来到温州。二位王子在南宋勤王势力张世杰、陆秀夫、陈宜中等人拥戴下来到福州，赵昰被立为帝、赵昺为卫王，组建起了临时小朝廷。半年后，元军兵临福州，张世杰等人只好带着近五十万军民，浩浩荡荡护送赵昰、赵昺乘船南逃，小朝廷从此在福建和广东沿海漂泊两年有余，史称“行朝”。1278 年夏天，九岁的赵昰病逝，六岁的赵昺继位。赵昺即位不到一年，元军追至广东新会，爆发了著名的崖门海战，尚余二十万人的南宋行朝全军覆没，陆秀夫背着赵昺跳海而亡，宣告了南宋王朝的彻底结束。这一天是祥兴二年二月初六（1279 年 3 月 19 日）。

这段背景的重点是，1276 年底从福州出发时有近五十万军民，1279 年参与海战的军民是二十万。这说明，小朝廷在海上游荡两年多，走散了近三十万军民。

赵昺就是闽粤老百姓口中广为流传的宋帝传说中的“宋帝昺”，他虽然在位才几个月，被迫跳海的时候还是个七岁的孩子。但是，老百姓将所有属于南宋小朝廷的各种传说，都加载在他一个人头上。宋帝昺成为一个

图 17–7　福州市仓山区林浦村泰山宫。传说为南宋少帝驻跸之处，原名平山宫，当地百姓为避元兵追查，将之改为社庙，称泰山宫，宫中所立神像可一一对应宋末君臣。图 / 寻梦林浦，2020 年

任由民间想象打扮的小皇帝，一方面具有说话灵验的“天子口”，一方面又到处流窜，惶惶不可终日。

民国福建《东山县志》的说法与粤东地区的传说略有不同，他们反倒认为自己的“东京”只是行宫，真正的都城还是南澳岛：

> 东京遗堞，在川陵山，其古迹已荡然无存，唯今大路口村有古碑，上书“往东京大路”五字，未剥落可读。据《漳州府志》：“川陵山在五都东海滨，半入海，俗传帝昺南渡，将都南澳，筑此为东京，地遂缺陷为海，今城堞尚存。自山巅下向海，莫穷其际。海中尚有木头、竹丛。潮退风静，都人驾舟取焉。”

上引《漳州府志》中，最重要的是这句话：“帝昺南渡，将都南澳，筑此为东京。”意思是说，宋帝打算在南澳建都，有意将川陵山建为行宫，并称之为“东京”。

这一说法大概很早就已经在福建一带广为流传，据明代《闽书》记载：

> 川陵山，山滨海而半入于海。俗传宋幼主南渡，将都南澳，筑此为东京，地陷为海。今城堞尚存。海中尚有木头、竹丛，海滨人时往取焉。其峰青耸秀丽，号为苏尖，又号苍陵，又号东山。

也就是说，川陵山（东山）东边的一片海域，就是曾经的“东京”。

图 17-8　广东南澳岛“宋井景区”与“陆秀夫墓”位置示意图

东山和南澳都在地震带上，两者相距仅二十海里，历史上曾有过地震和海啸，要说这地方有地陷传说，倒是一点不奇怪。少帝南逃过程中，这里是必经之路，要说小皇帝来过这里，也没问题。但是要说南宋小朝廷曾打算在这些小山村规划建都，那也未免太低估了小朝廷的眼界。更重要的是，这批人一路匆促南逃，朝不保夕，这一时半会儿的，哪还有建都的想法？

这些古代的偏远县乡，历史上就从未有皇帝光临过。对于乡下老百姓来说，皇帝本身就是一个极其遥远的传说。他们等了几千年才等到一个逃难的小皇帝打这路过了一下，也许是暂住了几天，也许是停靠补给了一点淡水，也许是某位大臣在周遭匆忙考察了一番。总之，无论在福建东山县还是广东南澳县，都因此留下了许多宋帝昺的传说。一千多年来，这些传说不仅没有衰减，反而越传越神。

图 17-9　广东汕头东里镇樟林古港“感天大帝庙”。由于地面不断翻修加高，而神庙无人敢动，如今小庙深陷水泥路当中，低于路面半米多。图 / 施爱东，2022 年

比如在汕头的樟林古港，有座土地庙的社神就叫“感天大帝”，传说宋帝昺为了逃避元兵追捕，曾经藏身此庙。宋帝昺前脚刚进庙门，马上就有蜘蛛结网封门，元兵搜至此处，见门上布满蛛网，断定庙中无人，遂转往他处。宋帝昺感念社神护驾有功，

赐封“感天大帝”，这座土地庙从此闻名遐迩。

又如潮州城内有一口“义井”，说的是宋帝昺途经潮州时，由于兵荒马乱，城中居民家家关门闭户。宋帝昺找不到吃的，口渴难耐，见路旁有一水井，却找不到汲水的木桶。正无奈之际，忽见井水上涌，升至井面。宋帝昺痛饮之后，感慨地说了一句：“此井知君臣之义。”从此，人们就将此井称作义井。

图 17-10　广东潮州市太平路“义井”。图 / 施爱东，2022 年

图 17-11　广东省南澳县乌屿岛，面积 0.04 平方公里，栖息着 5 万多只海鸟，以褐翅燕鸥为主。图 /JEFF 法雨，2010 年

还有传说，宋帝昺曾经命令南澳周边五个小岛勤王保驾，其中有个乌屿岛拒不接旨，宋帝昺骂它“乌心肝”，命令群鸟栖居岛上，用鸟粪把它裹起来，让它遗臭万年。从此，这个小岛再也无法住人，数万只小鸟天天在这里吃喝拉撒，臭气熏天，岛上的石头也全都变得乌黑乌黑。

闽南、粤东传说中的少帝，一律都叫“宋帝昺”。其实，离开福建时的赵昺还没当皇帝，当时的皇帝是他哥哥赵昰。一同南逃的，还有几十万护驾大军，当然不可能像躲猫猫一样东躲西藏。

关于“沉东京”的科学考察

许多地方志都以“俗传宋幼主南渡，将筑 ×× 为东京”来指称东京的沉没地点，很多学者也认为这个东京指的是少帝在东南沿海逃亡时的行宫。那么，是否有一座这样的宫城沉没于海中呢？

1986 年，广东省地震局徐起浩领衔向中国地震局申报了“闽中、闽南

图 17-12 辽宁瓦房店市驼山乡自然形成的基岩排石。如果有人在海底发现这样的基岩地貌，一定会认为是陆沉的"城墙"。图 / 老知青，2020 年

和粤东沿海全新世以来地壳长趋势形变调查及其与地震关系——以民间广泛传说的沉东京为例"研究课题，对"沉东京"传说进行了一次较为全面的考察，最终写成《关于沉东京传说的史学、社会学和地学的综合考辨》，得到许多很有意思的结果：

（一）闽中、闽南和粤东沿海渔民世代曾多次从台湾海峡打捞到人类居住废墟的残余物，沿海渔民往往把这作为沉东京的重要证据。调查发现部分海域确属陆地废墟，有的已经下沉到几十米深的海底了。这一地区属于地震带，历史上曾发生过多次地震，所以这些现象应该是地壳运动和历史海平面变化的综合效应。

（二）福建东山县川陵山东 12 海里处，渔民拖网时发现有长垣状城墙建筑物，声波发射曲线图也反映该海底起伏变化大，传说该地为旧东京城，是沉东京所在地。经潜水员下海实地勘查，"证实为系列性长条状水下沙堤，及坎坷的基岩海底地形"，该地形系自然形成。

（三）福建东山县康美村前港，当地居民反映距岸百米外海底有传说的水下古东京城墙，这里还有一个名叫东京尾的海湾。经对该水下区域多次科学考察，发现"城墙"宽约 18 米，长达 200 余米，高 1 米左右，酷似人工建筑，但层理清晰，呈脊状平行海岸延伸，显微镜下和电镜下均显示为沉溺的海滩岩，并非人工建筑。

（四）有渔民反映在汕头海外 314 渔场下新礁海域打捞到砖头、陶片、石狮子，以及"三合土灰段"，所以，渔民又将下新礁称作"东京礁"。考察队组织两条渔船在该海域打捞数块碳酸盐岩，发现其干燥后极似人工胶结的三合土灰段，但粒度分析为海滩脊风暴潮沉积，镜下和电镜均显示为沉溺的海滩岩，非人工建筑，同位素年龄测定为 4000 年左右。

（五）晋江深沪湾海底有古森林残迹，被很多人视作"东京"存在的重要证据。考察发现深沪湾有大片海底古森林遗迹，经鉴定为福建油杉属

植物，同位素年龄测定为7600年左右，该现象“是由于早全新世的低海面和后来的地壳下沉综合作用造成的”。

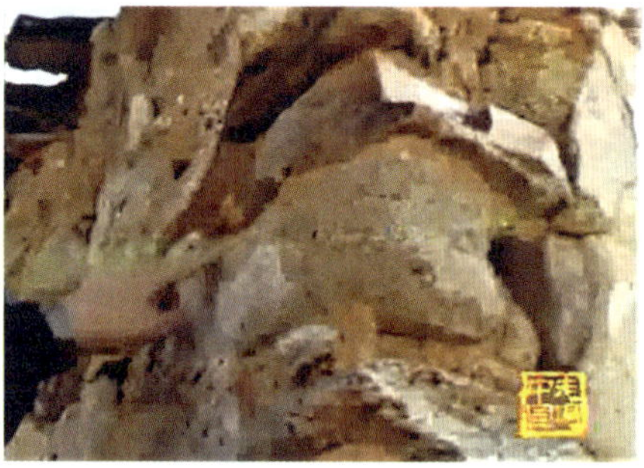

图17-13　记者手指的中间这块大砖，据说就是从海底打捞出来的“东京城墙砖”。由于这种砖不够方正，多用来砌猪圈、围墙。图／中央电视台《“东京”沉没之谜》摄制组，2007年

上述地方或附近都是历史上地震活动较强烈、集中、频度较大的地区，长期的地壳运动让部分地区确曾下沉。但这是一个长期过程，事实上谁也无法在有生之年看到一座城市的“陆沉”，所有陆沉故事都是人们根据山上的贝壳或海里发现的陆地物品推测出来的。所以说，无论从历史记载来看，还是从当代科考来看，都可以判断不存在一个突然沉入海中的所谓行宫，当然也就否定了因为地震而陆沉一座城镇的灾难史。

图17-14　广东南澳岛“宋井景区南宋帝室雕塑”，左张世杰，右陆秀夫，前面为杨太后及赵昰、赵昺。图／施爱东，2022年

2007年2月，中央电视台“走遍中国”栏目曾制作过一期《“东京”沉没之谜》。摄制组来到广东南澳岛，试图破解沉东京之谜。据云澳镇镇长陈培欣介绍，在一些老房子墙上还能找到当年从海里捞上来的东京城墙砖。摄制组找到这些石枕似的城墙砖，取下样品，当即送到汕头市的广东省地质局第二地质大队，经过该队高级工程师文时效的检测和实验，判断这些“城墙砖”系由钙质胶结，为海底自然形成，不可能是陆地上的墙砖。摄制组经过十几天的寻访和论证，发现当地渔民的所有传说和证据都未能得到实地勘察的证实。

徐起浩认为，沉东京传说之所以在闽南和粤东地区广泛流传，而且影响持久，“究其原因是当地群众把几千年来地壳形变遗迹和七百多年前宋

王朝覆没于大海的历史事实张冠李戴式地附会在一起了”。他对“沉东京”的推测是：“宋王朝最后是在波涛滚滚的大海中沉没的，这是历史上空前的极为悲壮的一幕，作为一个王朝，可以说是在大海中沉没了。陆秀夫负帝投海而亡，从死者十余万人，其悲壮景象也给了人们宋王朝最后一个行宫，或包含宋王权的最后一个首府沉没于海的感觉，这在当时的东南沿海影响一定是很大的。”

散居在福建和广东的南宋遗民

据说在南宋行朝覆没之后，许多南宋皇室和官兵都改姓易名，隐居闽粤沿海各乡村。仅广东四邑（新会、台山、开平、恩平）一带，就有许多村庄成为赵氏聚居地，甚至分有太宗派与魏王派，如台山斗山镇浮石赵氏、新会古井镇霞路赵氏、新会三江赵氏、珠海斗门昆山赵氏等。

按南宋募兵制度，军队移屯往往携带家眷同行，所以，南宋行朝出发时号称五十万人，其实很大一部分是皇室及官兵家属，还有为他们服务的庞大后勤服务人员。比如尚书左仆射杨维邦在南迁过程中，就病死在船上，随行家属中至少有两个儿子，兄弟俩在漳浦古雷山下船，把父亲背到岸上落葬，两兄弟后来就在漳浦定居，繁衍生息。

图 17-15　福建漳浦县杜浔镇小山东村“杨氏家庙”。传说该村即杨维邦两个儿子所建，村中至今尚存杨维邦墓。因杨为山东人氏，后人遂以“山东岭”命名杨所葬之山，以“小山东”命名杨氏族人所居之地。图 / 林跑跑，2020 年

官兵遗民中，我试以当时的右丞相陈宜中为例来说明。陈宜中位高权重，当然是携带大队家眷的。传说陈宜中在崖山海战之后，先是领着家眷逃往越南，后来移居泰国；又有传说在广东阳江海陵岛发现陈宜中墓；还有传说他带着家人改名换姓隐居在湖北蕲春、江苏太仓、浙江永嘉的。

图 17-16　福建东山县陈城村的“七圣夫人庙”。传说此庙香火系陈宜中父子从福州下渡临水宫传入，是东山岛七圣夫人庙的香缘祖庙。图 / 谢汉杰，2013 年

但最值得我们关注的是，在“沉东京”传说最盛的漳州市东山县，有一个陈城村，该村族谱《陈城（顶城、下城）陈氏渊源世系》记载，该村开基祖就是陈宜中，而且清楚地说明是南宋景炎二年（1277）由浙江温州迁居此地。该村目前还存有陈宜中母亲杨太夫人墓、其子陈元朴墓。

陈城村最有可能是陈宜中后人的落籍之地。据《宋史·陈宜中传》记载，1276 年，元军兵临临安，勤王人马在温州集结时，让人急召陈宜中复职。当时陈宜中母亲刚刚去世，正在丁忧，张世杰为了逼迫陈宜中同行举事，采取了一个简单粗暴的措施：“舁其棺舟中，遂与俱入闽中。益王立，复以为左丞相。”可见陈宜中是被迫带着母亲的棺椁及家人一起随军进入福建的。后来宋军一路南撤，漂泊无定，陈宜中觉得大势已去，中途择一风水宝地安葬母亲是很有可能的。那么，陈宜中会选择将母亲葬在哪里呢？乾隆《铜山志》称：“大帽山，在五都百浦村，其山高耸绝伦，宋丞相陆秀夫、陈宜中奉帝昺泊龙舟于此。”而陈城村就在大帽山的西侧山脚，正是一块风水宝地。

我们再结合前面提到的明代《漳州府志》中这条信息：“川陵山在五都东海滨，半入海，俗传帝昺南渡，将都南澳，筑此为东京，地遂缺陷为海，今城堞尚存。”翻开地图，川陵山和大帽山，正好同处于东山县面向台湾海峡的 C 字形乌礁湾的两个犄角点上。传说中沉没的“东京”就在乌礁湾。这里很早以前就有“沉乌礁，浮大帽”的俗语。南宋行朝停靠在这个地方，也许在当地老百姓看来，本身就是一个不祥的兆头吧。

图 17-17　福建东山岛乌礁湾，呈一个巨大的 C 字形。C 字两端，图中右侧遥相对应的两座山，北端川陵山，南端大帽山。图 / 曾明

图 17-18　广东南澳岛青澳村长满杂草的陆秀夫墓园，高处石刻“丞相石”。该墓园系粤东陆氏宗亲 1993 年捐资近 50 万元重修之“祖墓”。传说陆秀夫跳海之后，遗体漂回南澳，老百姓将其就地安葬于青澳村。图 / 施爱东，2022 年

或许是在南宋行朝从乌礁湾转往南澳岛之后，又或许是在南宋行朝覆没之后，我们很难确定到底是从什么时候开始这里有了“沉东京，浮南澳”的俗语。当地也有许多人将两种说法加在一起，称为：“沉乌礁，浮大帽。沉东京，浮南澳。”

现在，我们再将上面的信息理一理。南宋小朝廷离开福州之后，数十万人千船南下，从此开始了史无前例的“海上行朝”。他们来到泉州地界之后，由于人员太挤，舟船不足，只好劫掠当地民船，与泉州地方长官蒲寿庚发生剧烈冲突，蒲寿庚带领地方豪强“怒杀诸宗室及士大夫”，小朝廷不得不再次仓促南下。

下面要说重点，行朝船队来到漳州东山县境，就停在乌礁湾一带，这

就是后来传说中的“东京”所在地。这时，许多官员都已经预感到大势已去，纷纷开始安置家属，陈宜中就将母亲匆匆落葬于此，并留下了长子陈元朴。

虽然史书没有更多记载，但我们可以合理推测，一定还有其他官员也对家属做了相应处置，也就是说，当地因此留下了大量南宋遗民。泉州、晋江、潮州等地，到处都有南宋皇族和朝廷官员后代的分流。如嘉庆《澄海县志》称：“宋陆秀夫，字君实，楚州盐城县人，帝昺时为左丞相，与陈宜中议不合，得罪安置潮州，奉母携妻子家于潮之辟望港口，土人名之曰陆厝围。墓在南澳北青径口。”我们知道陆秀夫在崖山战役失利后，背着宋帝昺一起跳海殉国，但是对于其家属去向，只能通过各地方志和族谱来了解一鳞半爪。这些记录虽可能有附会之嫌，但至少反映了沿海民众对于大宋王朝的心理认同。

我们再以南宋皇族闽冲郡王赵若和为例。宋亡之后，赵若和为避元兵追拿，改姓黄，在漳州市漳浦县择地隐居。直到明洪武十八年（1385），地方官员在处理其后代黄明官与另一黄姓女子的“同姓通婚案”时，核验族谱才知道黄明官是赵若和的后代，奏报朝廷，准其恢复赵姓。后来，赵氏子孙在扩建赵家堡时，特意增加了不少所谓“仿宋建筑”和“怀宋题刻”，意在缅怀一个逝去的王朝。

与赵家堡相邻的诒安堡，则是传说中赵若和的侍臣黄材的后人所居，赵氏族谱的历史叙述与黄氏族谱的历史叙述高度一致。从赵氏族谱中的《赵氏本末序》来看，甚至还可以跟一百公里外的东山县陈城村陈氏族谱相印证。有些学者曾因赵氏谱序与黄氏谱序所述历史过于雷同，质疑其所述历史的真实性（潘猛补《陈宜中魂归何处再考辨——兼论宋闽冲郡王赵若和真

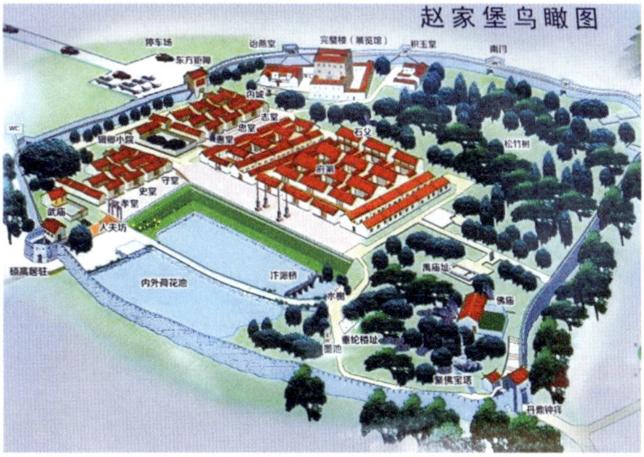

图 17–19　福建漳浦县湖西乡赵家堡的围城示意图

图 17-20　福建漳浦县湖西乡诒安堡的城墙。图 / 黄秀聪，2020 年

伪》）。但是，我却从这种雷同中看到了事物的另一面：无论族谱序文所述历史是否真实，其历史叙述的高度一致，恰恰说明这些历史叙述是上述赵氏、黄氏、陈氏之间相互协商的结果。

历史叙述的协商，必然意味着背后的另一种事实：宋亡之后散居在闽粤的南宋遗民，部分家族一定有过秘密串联，相互有密切联系，他们都以南宋皇室或忠臣之后而自居，高度认同南宋政权，很可能还有一些纪念活动。

事实上，以南宋遗民作为起义身份的反抗运动，在福建、广东沿海一带至少持续了数十年。仅《新会县志》就记载了该县的多起反抗事件："新会民目击厓门之役，故义愤所激，兵起无宁岁。"比如至元二十一年（1284）："南海民欧南喜自称'宋将军'，与黎德聚众十万，杀居民，破城邑，岭海骚动。遣张玉将兵万人，会江西行省击之，官军与战，屡为所败。"

"中秋月饼传说"与"沉东京传说"的互文性

在东南沿海盛传这样一则关于中秋月饼的传说：元朝末年，汉人打算起来反抗蒙古人的统治，却苦于无从传递消息。后来刘伯温想出一条计策，到处散布流言，说是将有冬瘟流行，除非家家户户都在中秋节买月饼吃才能免灾。人们把月饼买回家，发现里面藏着纸条，上面写着："中秋夜，杀鞑子，迎义军！”于是众人纷纷起义反抗统治者。中秋节吃月饼的习俗就是这么留下来的。

图 17-21 广东南海仙岗村的中秋烧番塔民俗。传说烧塔源于元末，汉人为了反抗残暴统治，于中秋夜举火为号，聚众起义。也有与月饼传说相结合的，刘伯温令人在月饼里藏字条，约定八月十五举火为号，后人相沿成俗，每年中秋烧塔纪念。图 / 人在粤港澳大湾区，2019 年

这个传说在潮州和泉州一带说得更离奇：传说元朝统治者规定，每户人家都要住一个蒙古兵，受汉人供养，监视汉人行动，并且只允许三家共用一把菜刀。老百姓生活很不方便，心里恨极了，便趁着中秋节吃月饼的机会，把相约举事的纸条放在月饼馅里。潮泉方言“芋头”与“胡头”谐音，且芋头形似人头，因此每至中秋，都要以芋头来祭奠祖先，历代相传，至今犹存。

图 17-22 广东潮州名菜“护国菜”。传说宋帝昺逃到潮州一座古庙中，又饥又饿，可是僧人也无米下锅，只好将番薯叶打碎后加薯粉做了一道菜羹，帝昺赐名护国菜。后人将这道菜越做越精，不断加料，做成太极图，但主料始终是番薯叶。图 / 刘宗桂，2022 年

我过去一直将这则故事当作节日传说来研究，而且一直不明白一个问题：元朝的统治疆域这么大，为什么只有东南沿海流传这则传说？芋头到处都有，广府地区的“芋头”和“胡头”也是谐音，为什么只在闽南和粤东把“芋头”当作“胡头”的象征？在思考“沉东京，浮 × ×”传说的时候，我突然意识到，沉东京传说与中秋月饼传说的流传地居然是完全重合的，而且，“东京大路碑”也只在从泉州到潮州的闽方言区。

通过上节梳理我们看到，其实早在崖门战役之前，南宋行朝的官宦家属就已经大量散入东南沿海各乡村，隐姓埋名定居下来。南宋灭亡之后，他们一直在用一些隐晦的方式祭祀和纪念着沉没的南宋王朝。为了记住自己下船的地点，他们制作了“东京大路碑”，这些路碑所指，并不是传说中

图 17-23 福建省漳浦县天福石雕园“宋帝殿”。传说南宋行朝途经漳浦时，遇上大雨，陆秀夫就将少帝临时安置在这个石洞中，大雨一直不停，宋帝昺就在这里待了七七四十九天。图 / 书为明道，2019 年

通往陆沉地点的石板路，而是他们脱离行朝，背井离乡的下船（离京）之地。

崖门海战的悲壮，以及元朝统治的暴政，加重了南宋遗民对于前朝的怀念，他们以各种或隐或显的方式纪念大宋王朝、纪念宋帝昺。康熙《新会县志》卷三详细描述了南宋行朝在大海中的沉没，尤其是陆秀夫背负宋帝昺跳海殉国的壮烈场景，然后说到当地民众的感受：“宋亡后越数百年，每遇烈风暴雨，渔人常见玉玺浮沉海面，或见波光焰焰烛天，仿佛若有城阙，师众意为忠魂所结，呜呼异哉。”

“东京”是南宋行朝的代名词

赵匡胤陈桥兵变之后，将开封定为东京。自此三百多年间，东京一直被视作大宋王朝的唯一都城。南宋政权退迁杭州之后，并没有赋予杭州以“京都”的名号，一直将之谦称为“行在”，意思是帝王巡幸的临时驻地，不是正式国都。

陆游在《老学庵笔记》中说：“建炎初，大驾驻跸南京、扬州，而东京置留守司。则百司庶府为二：其一曰‘在京某司’，其一曰‘行在某司’……已而，大驾幸建康，六宫留临安，则建康为行在，临安为行宫。今东京阻隔，而临安官司犹曰‘行在某司’，示不忘恢复也。”我们用大白话将陆游的意思复述一下就是：

（一）南宋以来，无论宋高宗将实际的行政中心定在南京（今商丘），或者扬州、杭州，都会在职官表中设置“东京留守司”，朝中各职能部门的官员全都有“东京某司”和“行在某司”两种职位。

（二）后来高宗将行政中心迁往建康（今南京），又将建康称作“行

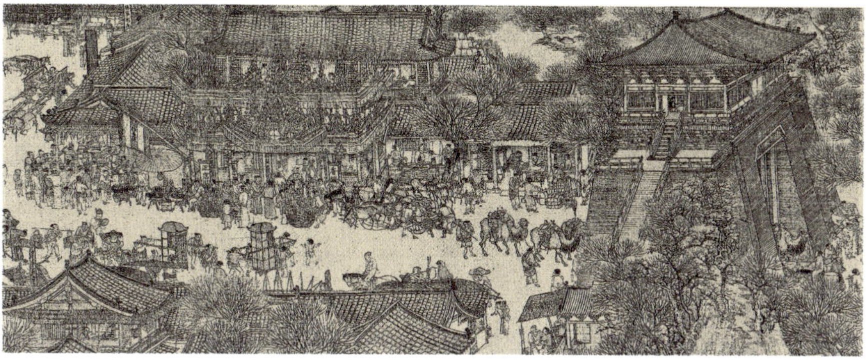

图 17-24 宋代张择端《清明上河图》局部。此图生动记录了北宋都城东京的城市面貌和风俗人情，是视觉版的《东京梦华录》

在”，将杭州称作“行宫”，总是用一套班子，两块牌子。

（三）其实东京早就回不去了，但是朝中各职能部门一直称作“行在某司”，就是为了表示高宗一直没有忘记要回到东京，重振河山。

虽然杭州是南宋实际上的都城，但是整个南宋一百五十多年间，从来没有把杭州称作京都，无论官方还是民间著述，都只称行在、行宫、行都、行在所。终宋一代，无论北宋还是南宋，也无论是官方还是民间，一直都将东京视为唯一的首都，视为大宋王朝的象征地，换句话说，东京就是大宋王朝的代名词。

所以说，“东京”并不是实指的地名，而是一个象征性的概念，用以指代大宋王朝。

“东京大路”是魂归故里的指路碑

在福建和粤东沿海，不仅到处都有“沉东京”传说，而且很多地方都有“东京大路”或者“东京大道”，据说那就是过去通往陆沉的“东京城”的大路。据福建文史工作者的考证和统计，各地可以指认的“东京大路”至少有三十余处。

传说中的“东京大路”都有石碑，大概有三分之一在晋江，许多人声称亲眼见过这些路牌，以及石砌的大道。当然，这些大道全都通向大海，

图 17-25 广东南澳岛上的“东京路口”指路石。图 / 中央电视台《“东京”沉没之谜》摄制组，2007 年

或者已经沉入大海。“有老渔民说，昔逢月之初三、十八夜潮落风静时，在深沪后山宫尾，隐约可见一条大石路从古渡口伸向海的深处，直通至那个沉落在海底的东京。有时还仿佛能听到从遥远的海底传来鸡鸣犬吠，人声笑语，似乎海底的东京尚未寂灭。”（李灿煌《沉东京新旧说》）

所有传说中的“东京大路碑”都是立于近海地带，指向海洋方向，而且多数传说当地原有一条通向海洋深处的石砌大道。但这些碑要么是前些年刚刚消失，要么是早就沉入海中，要么是碑还在，字看不清了。无论是 20 世纪 60 年代的考察，还是最近十几年的考察，从浙江沿福建到广东，到处都有人言之凿凿地告诉考察者，自己曾亲眼见过“东京大路碑”，时间、地点、碑文、字体都非常确切，甚至带着考察者前往寻觅，可惜的是，真正的考察工作中从没找到一块这样的石碑。

广东、福建的地质和考古工作者都曾申报过省级科考课题，专门搜寻传说中的“东京城”，写出多份报告，有怀疑几万年前沉入海底森林的，有怀疑是沉船讹传的，但是，几乎所有的科学考察都指出：无论哪块被指认为“东京”方向的海域，都没有发现真正的城墙或建筑物。

1986 年之后数年间，徐起浩多次前往闽中、闽南、粤东追索传说中的“东京大路”，想看看那些传说中通向海底的石铺大路什么样子，到底是不是人工的，可惜就算是在大退潮期，也没看见。徐起浩认为，传说中的“东京大路”是不存在的，但是“东京大路碑”是曾经存在的，他的理由是：“闽中、闽南和粤东的一些人，既然相信茫茫海域中有沉没的东京，自然也就联想到与这些沉东京所在地相邻的陆上大路，自然就是当年的‘往东京大道’了，于是东京大路名称也随着这种联想而产生。……往东京大路碑，并不是实际上的指路碑，很可能是明朝及以后宋皇室（包括部分将士和随员）的后代为在海中最后覆没的宋王朝及其祖先忠魂设立的纪念碑。”

徐起浩的推测对了一半，这些碑肯定跟南宋遗民有关，但不是“纪念

碑”，而是“指路碑”，是为死去的遗民亡魂指引回家方向的指路碑。华侨大学陈允敦教授从 1960 年代开始，就在闽南沿海寻找“东京大路碑”，其中有一条得自惠安县小岞镇的信息非常关键：“传说在海墘曾有东京大路碑，乡中在清理墓葬时，曾掘得一骸缸，盖内有‘东京西门外人氏’的墨书。”（陈允敦《“沉东京、浮福建”考辨》）

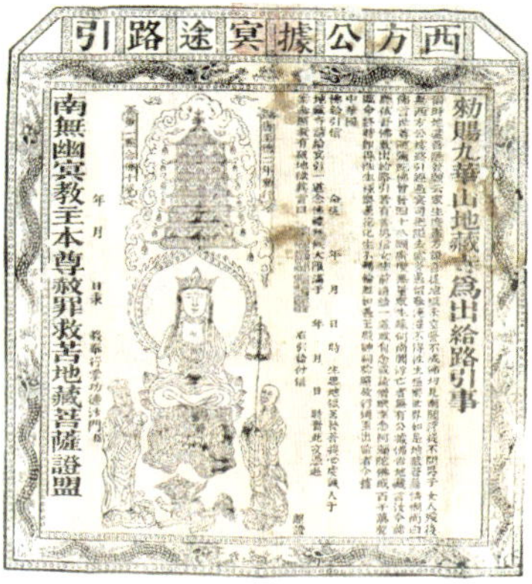

图 17-26　民国时期的安徽九华山地藏寺“西方公据冥途路引”。有些地区没有城隍，就可以使用一些著名寺观出具的“公据”路引

他还记录了另一些现象，许多“东京大路碑”都立在一些宫、观、亭附近，有时和石经幢立在一起，这更加强化了我对“东京大路碑”是南宋遗民亡魂指路碑的判断。在泉州市，位于云麓坑东山坡就有一条“东京大路”，路边有座“三翁宫”，宫内有碑记：“宋末有三老臣，以追寻皇帝到此，因扈从不及，且闻宋帝已投海殉国，遂各以头触石而死。里人念其忠烈而葬之，并为立庙塑像奉祀。”乾隆《晋江县志》寺观条下也有“里人拾其遗骸收葬之”的相关记载（中国海外交通史研究会、福建省泉州海外交通史博物馆合编《泉州海外交通史料汇编》）。道光《晋江县志》录方翀《三翁歌》云：“三翁乃是三忠臣，文陆张余更有人；不死殿廷死荒野，孤行落落全吾真。”由此可见，“东京大路”必与为亡魂指路相关。

图 17-27　民国时期的江西龙虎山“福地龙虎山冥途路引”，这是道教系统的通用路引

汉族民间信仰中有所谓“冥籍”，也即世人在阴间的籍贯户口，而且统一由籍贯所在地的城隍爷管理。俞樾《茶香室丛钞》就说：“唐时城隍

图 17-28 湖北麻城孝感乡文化园仿“路引章”制作的“麻邑四乡坛域图”石雕。图 / 孝感乡文化园，2021 年

图 17-29 福建泉州始建于 1009 年的“清静寺”，是中国现存最早阿拉伯建筑风格的清真寺。蒲寿庚家族就住附近，平常在这里礼拜。图 / 行走的旅人 - 迈克尔，2016 年

之神，已主冥籍，如今世所传矣。”意思是说，早在唐代，城隍就已经把冥籍管理工作给抓起来了。古人相信，人死之后，灵魂必须先回到祖籍地注册登记，才能进入下一轮投胎转世。所以，人若客死他乡，必须首先找到回乡之路，才能魂归故里。

客死他乡的移民，一定要在“冥途路引”（相当于亡魂在冥府的护照、通行证）中填好亡人姓名、生辰八字，以及具体的家乡地址，有些路引还会附上一份家乡地图，让死者凭着路引和地图找到回乡之路。比如，湖北麻城的移民到了迁入地，举办丧葬仪式时，就要请道士唱醮，在冥途路引上加盖一枚“麻邑四乡坛域图”章（该图章现已成为麻城市的标志性文化遗产），为逝者指明归于故土的道路。亡魂一旦失去路引，找不着回家的方向，就会变成孤魂野鬼，不得转世投胎。

福建和粤东地区，冥籍和故土观念尤其强烈，当地人相信人死之后一定要魂归故里，生人户籍可以移到世界各地，但冥籍迁不走。所以，东南亚一带的闽粤华人，死后都要请道士做法事，使其能魂归故土。同样，生活在闽粤沿海地区的南宋遗民，一样也渴望死后回到他们魂牵梦萦的大宋王朝、东京故土。所以说，“东京大路碑”所指的就是他们下船的地方，告诉他们从哪里来、回哪里去。

根据调查者的统计，“东京大路碑”分布最密集的地区是晋江市，那么我们几乎可以断定，晋江的南宋遗民也是最多的。这跟蒲寿庚叛乱关系密切。行朝大军离开福州之后，第一站就来到泉州，由于未能处理好跟泉

州地方官员蒲寿庚的关系，导致内乱，“蒲寿庚怒杀诸宗室及士大夫与淮兵之在泉者”，大军只好仓促离港，许多上岸官兵和家属都来不及回到船上，其中就包括了宋帝昺的舅舅杨亮节，他带着三个儿子未能赶上船队，只好沿海追赶。也幸亏未能赶上，没有死在崖山，能够隐居终老于漳浦一带繁衍生息。（林国平、邱季端主编《福建移民史》）

从地图上我们就可以看到，泉州和晋江是联为一体的，泉州之乱走散的南宋遗民，许多都在当地及周边落户定居，晋江接纳了其中的最多数。

南澳“浮”的是气势而不是地势

有学者根据畲族古歌《高皇歌》中反复出现的“南京”“南京大路”等表述上，推测闽粤广泛传说的“东京”和“东京大路”也是畲族的表述方式，另外，从语源学的角度，苗瑶语系中的“京”本身就有“路”的意思，“沉东京”就是“从东而来的路已经沉没”的意思。所以说，这句俗语反映的是原始人类的一段迁移史。（黄挺、罗英风《闽南方言熟语“沉东京，浮 × ×”的文化意蕴揣说》）那么，这个“从东而来”到底东到什么地方呢？有人认为东京指的就是台湾的赤崁城。清代顺治十八年，郑成功收复台湾，以赤崁城为东都明京，设承天府和天兴、万年二县，因此，沉东京的东京应该就是台湾“东都明经”的简称。（黄锦树《“沉东京，浮南澳”一解》）

如果单看部分材料，这些猜测似乎也有点道理，但是，我们只要用一条材料就可以推翻这种猜测。早在明代的《闽书》中就已经提到“俗传宋幼主南渡，将都南澳，筑此为东京，地陷为海”，《闽书》中的这条记载，是目前可知“沉东京”一说的最早记载。《闽书》作者何乔远（1558—1632），福建晋江人，万历进士，该书脱稿于万历四十八年（1620）。由此可知，“沉东京”的说法至迟在明代万历年间就已经在泉州一带广为流传。何乔远学问虽好，但也没好到能够预测到郑成功将在台湾建一个“东都明京”。所以说，俗语中的东京，绝不可能是台湾的东都明京。

也有人认为：“南澳岛原为一座海底山，由于喜山运动使海水幅度下落而突出来，称为浮南澳。北部湾地域因处于断裂线上，几万年前便开始

图 17-30　郑成功攻下赤崁城，收复台湾。1662 年 2 月 1 日，郑成功与荷兰东印度公司总督揆一签订受降书。图 / 揆一回忆录《被遗误的台湾》插图，1675 年

沉溺。其上原为越南东京，也谓东京湾。现已连同琼州海峡都陷落而成海湾，这就叫沉东京。”（陈君积《沉东京 浮南澳》）这就扯得更远了，几万年的运动过程，上千里的距离，现代科学或许测得出来，古代老百姓谁看得见？谁总结得出来？

人们讨论“沉东京，浮 × ×”的时候，一般都是从通行的字面意思来理解“沉”和“浮”的意思。但在闽南语系中，“浮”是一个多义词，不仅有从水中浮出的意思，还有出现、凸显、崛起、高人一等、地位提升等多种含义。比如广东普宁有浮屿村、潮州有浮岗村，都不在海中，只是因为村前有凸起山丘而已。

闽南和粤东一带，“沉 × ×，浮 × ×”不仅用于表达自然地貌的变化，往往也用以表达一种“此消彼长”的对应关系。比如“沉官井，浮福州”讲的是官井洋和福州小盆地的地貌形成，但是，“沉七州，浮莆田”“沉东安，浮莆田”的意思却不一样。

“沉七州，浮莆田”也是一个古老的俗语，说的是莆田市的地位变化。莆田在立县前后，这块土地曾先后隶属于扬州、江州、福州、泉州，而福州、泉州又曾经称作闽州、丰州、武荣州等，算起来莆田曾先后隶属过“七州”。北宋太平兴国年间，莆田成为兴化军治所，区域地位迅速提升，成为与福州、建州、泉州等平级的行政区域，所以莆田人非常自豪地称自己为“沉七州，浮莆田”，意思是摆脱了七州的管辖，莆田地位得到

了大大的提升。

“沉东安，浮莆田”的来历就更古老了。东安是三国时期吴国设立的古县名，治所也在莆田境内，但是这个县名仅存了二十二年，晋灭东吴之后就取消了。从地理位置上说，东安就是后来的莆田，莆田就是原来的东安，这里的“沉”并不是陆沉、消亡的意思，而是没落、取消的意思。

所以说，“沉东京，浮南澳”并不是有一个叫作东京的临时都城沉入了海底，南澳从海平面下升上来了，而是说：“大宋王朝虽然沉没了，南澳却因此出名了。”

过去的南澳，在历史上从来未曾露过一个小脸，自从南宋两位少帝驻跸之后，理论上它也成为大宋王朝的“行在”“行朝”，哪怕只是一个月，甚至几天。

宋亡之后，南澳岛留下了许多宋帝昺的遗迹，最著名的是太子楼和宋

图 17-31　广东丰顺县留隍镇万江古庙。传说黄昏时刻，宋帝昺逃到此地，雷雨交加，只好躲进小庙，帝昺一进庙则星月齐明，一出庙则大雨滂沱，如此反复再三，帝昺不由望天感叹“万江庙小可留皇”，遂就小庙留宿一夜。此地后来就叫留皇，为避官府追查，改名留隍。图 / 施爱东，2022 年

图 17-32　广东南澳岛“太子楼”遗址，前有一石如马形，称太子马。图 / 施爱东，2022 年

图 17-33　广东南澳岛的“宋井”。传说宋皇室曾在此地掘井三口，今仅存此井。图 / 施爱东，2022 年

井，如今已经成为南澳岛上最著名的景点。据说，文物部门在清理宋井的时候，发现了许多宋代瓷器碎片和宋代铜钱，说明这一带很可能就是南宋少帝曾经居住和活动过的地方。

据说小朝廷流亡南澳时，曾经为少帝修过一座行宫。乾隆《南澳志》称："宋太子楼，在云澳，相传宋帝昺驻跸时所筑。"太子楼东南面还有三口井，据说供皇室饮用的叫"龙井"，供文武百官饮用的叫"虎井"，供军马饮用的叫"马井"。传说宋帝昺离岛时，还把部分金银财宝藏在太子楼的石室内，准备日后回来取用，可惜再也没能回来。太子楼遗址的石壁上刻着 35 个文字，据说如果有人能破译这些文字，石壁就会自动开启。

别说南澳，整个粤东沿海，每个县都声称宋帝昺到过当地，到处都是宋帝昺的传说。甚至连一些传统的潮州菜品，都被说成"宋帝昺吃过都叫好"。

广东饶平出过一个叫张达的都统，他的勤王故事一直为潮州人引以为自豪。乾隆《潮州府志》称："张达，饶平渐山人。景炎元年十一月，端宗舟居泉州。蒲寿庚叛，迁入海，驻跸红螺山（今属南澳）。达官都统，与郡马陈植，都部头马骥输粟饷军。祥兴二年，帝昺迁舟甲子门，达帅义勇扈从，殉难崖山。妻陈璧娘送至钱澳洲畔，有诗词甚悲，后人名其地曰辞郎洲。"饶平、澄海、南澳、新会等诸县志均记录了张达的英勇事迹。张达的故事后来越传越奇，其夫人陈璧娘逐渐成为故事主人公。著名潮剧《辞郎洲》将她塑造成一位深明大义、能文能武的奇女子，她把丈夫和弟弟都送上了疆场，在他们战死之后，亲自领兵赶往崖山，最终无力回天，在崖山海滨自刎殉国。

图 17-34　潮剧艺术家姚璇秋主演的新编历史剧《辞郎洲》剧照

少帝驻跸南澳，不仅让南澳在潮州有了耀眼的光芒，甚至让南澳进入了中国大历史，南澳人对于这一点是

图 17-35　福建诏安县东峤村南寨门与张氏宗祠。传说东峤村原名隙口村，张达曾在此伐木阻挡元兵，遭到元兵屠村。张达与陈璧娘的幼子张千乔被人藏于涵洞，有母猪跟着进洞，以乳汁喂养。出嫁上溪村的张达之姊闻讯将之带回抚养，张千乔长大后回到隙口村重建家园，改村名为东峤。另说张千乔系陈璧娘亲手托付给张达之姊。张氏祠联称："孝可作忠，痛先人斩木救驾，特表奇勋千古；思堪锡类，念我祖依姑承祧，犹存祀典万年。"图 / 张国旗，2014 年

极其在意的。民国《南澳县志》对于乾隆时期南澳同知张学举（江苏如皋人）在编纂旧《南澳志》时，将少帝离开南澳之后的浅湾之战中，"帝至井澳"的"井澳"断在香山（今中山市）境内，表达了强烈的不满，连用多个感叹句对张学举这个外地人进行了大力驳斥，据理力争"井澳"就是南澳：

> 考《宋史》："景炎二年九月戊申，张世杰归浅湾，元将刘深以舟师攻帝昰于浅湾，帝走秀山。十二月丙申，帝至井澳。丁丑，刘深追帝至七州洋。"按浅湾即钱湾，在隆澳。曰钱湾，声之讹也。井子澳在隆澳之东，有井水，味极清美，故名井子澳。……七州洋即七星洋，在云澳之南大海中，与三澎相望。然则井澳之为南澳，井子澳之即井澳，此断然无疑者！张学举以城北有古井，故名井澳，未考隆澳有井子澳耳！

这意思，无非是想说明："少帝来过我们南澳两次！"其实，无论井澳是否南澳，皇帝来过就行，有一次就足够"浮南澳"了。

俗语与传说的融合与变异

厘清了"沉东京，浮南澳"是什么意思，也就基本厘清了所有"沉东京，浮 ××"的象征性意义。福建成为南宋少帝登基之地、朝廷所在之地，虽然时间只有半年多，但在这个古代偏远省份，也是破天荒的一件大事，所以说，"沉东京，浮福建"表达的也是"大宋王朝虽然沉没了，却让福建成为全国瞩目之地"的意思。

这也就可以解释，为什么沉一个东京，浮了这么多个地方。在闽南和粤东，所有被"浮"的地方，恰恰都是少帝曾经驻跸的地方。

不过，"沉东京，浮 ××"的俗语始终只局限在以闽南方言（广东称"潮泉方言"）为中心的沿海地区。最东最北到莆田，这里流传俗语"沉东京，浮福建"；最南最西到汕尾，这里流传俗语"沉东京，浮莲花山"。

最有意思的是，"沉东京，浮福建"在莆田和泉州广为流传，却并没有在福州流传，因为福州属于闽东方言区。往西，"沉东京"止于海陆丰的"浮莲花山"，再往西就是粤方言区，再没有该俗语流传。从此我们也可以看出，方言对于俗语、歌谣具有巨大制约作用。

关于方言和俗语的关联，我们再举一个特别的例子。同为福建沿海的宁德市，因为没有皇帝来过，也不是闽南方言区，并没有"沉东京"的俗语流传，可就在宁德北边的浙江苍南县马站镇，却流传着"沉东京，浮蒲门"的俗语。乍一听似乎很奇怪，细一考察却又不奇怪，因为马站镇是个闽南语的"方言岛"，镇上人家许多都是明清时期的闽南移民。

图 17-36 浙江苍南县马站镇蒲城元宵节"拔五更"迎神赛会。图 / 金子友，2022 年

那么，现在要解释的是，浙江和上海也不属于闽南方言区，为什么这里又出现了这么多"沉东京传说"呢？

我们先看看吴越地区的"沉东京传说"主要流传于哪些地区："沉东京，游上海""沉东京，氽崇明""塌东京，涨崇明"流传于上海，"沉东京，涨宁绍""坍东京，涨满山”流传于宁波；“塌东京，涨绍兴”流传于绍兴；“塌东京，剩桃花”流传于舟山市；“沉东京，涨海游”流传于三门县。

在地图上把这些地点标出来，就会发现他们全都集中在以杭州湾为中点，北至崇明区，南到三门县，南北直线约300公里的近海区，主要是长江口和杭州湾两个地区。这个地区自古以来就是“陆沉传说”的中心地！

图17-37　1421年，荷兰历史上的一次大洪水，令数十个城市被摧毁，数十个村庄彻底消失，大约一万人丧生。传说一只猫救了一个熟睡的婴儿，猫通过在小床四个角上的灵活跳跃来保持小床平衡，保护小床不在洪水中倾覆。图/[英]劳伦斯·阿尔玛·达德玛，1856年

浙江与福建比邻，共享着便利的海路交通，密切的文化交流是无须赘言的。浙江本来就流传着大量的陆沉传说，只是各地传说中的陆沉地点没有统一，各说各的。当来自闽南的“沉东京”俗语传入该地区之后，“东京”这个通俗好记又有辨识度的陆沉地，很快就替代了过去林林总总的其他陆沉地。什么历阳、由拳、长水、古巢，谁能分得清楚呢，而东京，大家都知道，一听就明白。

如果你跟宁波人讲个故事，说西边有个西京城沉入了水底，恐怕很难令人相信；但你要说东边有个东京城沉入了海底，那根本就用不着解释，东边全是汪洋大海，随便指块海域说是曾经的东京城，别人也没法反驳你，一旦那地方打捞起一块砖、一只碗，马上就会传成东京城的砖、东京人的碗。所以说，东京作为一个通用名称，可以用来指认东南沿海任意一个陆沉的海域。

也就是说，浙江和上海的“沉东京传说”是传统“陆沉传说”融入了闽南“沉东京”俗语之后的新传说异文。

浙江自古以来都是江南的经济和文化中心，商贸活动频繁，人口流动大，文化时尚的更新速度也快。闽南、粤东这些偏远地区的文化语境，以及基于该语境的“沉浮”观念是浙江民众所难以体会的，“沉东京”俗语

中的象征性意味，到了浙江就已失去意义。浙江人乐于吸纳的，只是“东京”这么个通俗的陆沉地名。

细心的读者看到这里，可能已经注意到，流传在浙江和上海的“沉东京传说”中，“沉”字往往被替换为“坍”“塌”，而“浮”字则被替换为“游”“氽”“涨”“剩”。闽南方言中的“沉”和“浮”都是多义词，可以有不同的表意功能，被替换之后，“坍东京”“塌东京”的含义就相对简单多了，原有的象征意义，以及旧语境中微妙的民众心理已经荡然无存。

浮陆地的传说

传统的陆沉故事中，本来就只有“沉”而没有“浮”的情节。而闽南俗语中的“沉乌礁，浮大帽”也好，“沉东京，浮南澳”也好，早期都只是俗语，没有配套的故事情节。

追溯“沉东京传说”的来龙去脉，很容易让我们想到西方神话学的语言学派。该派主要观点是：神话是因语源迷误而产生的。其代表人物马克斯·缪勒（Max Müller）认为，由于语言存在一词多义、一义多词、诗性隐喻等特点，随着时代变迁，这些词义逐渐发生混乱，遭到后人误解，于是，神话就产生了。换言之，神话的产生是因为语言发生了障碍。缪勒提出的一个著名命题：“神话是语言有病的结果，正如珍珠是蚌有病的结果。”就具体研究而言，缪勒提出了区分民俗中固有成分、新生成分、外来成分等一些基本原则。这些原则的适用性，在上述讨论中已经得到体现。

图 17-38　马克斯·缪勒，1823—1900 年，著名语言学家、东方学家，西方印度学和宗教学的创始人之一

可是，自从传播学派兴起之后，语言学派日渐式微，然后，人类学派兴起，传播学派又迅速衰落，正所谓学术后浪推前浪。所以说，语言学派是一种比过时更过时的学术流派，现在已经很少有人用这种方法来解决民间文学的问题了。但是就

图 17-39　广东南澳太子楼附近的池塘。传说蛤蟆的叫声令少帝难以入眠，陆秀夫就把蛤蟆王抓来，给它脖子上缠一圈白纸，让它“担纸枷”，咒令不得再叫，从此，此地蛤蟆的叫声既微弱又沙哑。图 / 施爱东，2022 年

“沉东京传说”来说，要想解开其中的谜团，恐怕没有哪种方法比语言学派更适用。虽说一代有一代之学术，但在人文社科领域，老树发新芽也不是什么奇怪的事，只要逻辑可靠，能自圆其说，就有存在的合理性。

按照缪勒的理论，随着时代变迁，当后人无法理解又试图解释“沉东京，浮福建”俗语的时候，各种富于神奇情节的传说就产生了。我们回到本章第一节的两则传说，只要读者阅读了前一章“陆沉传说”，相信一眼就能看出第一个阿福伯的传说是通行的、输入型的（基于传播的），而第二个臭头孩传说则是本土的、解释性的。

但无论是外来传说还是本土传说，实际上都只解释了“沉东京”，并没有解释“浮 × ×”。同样，由于上海和浙江的“沉东京传说”也是基于传统陆沉传说的微调，所以也只有“沉东京”情节而没有“浮 × ×”情节。这样一来，传说就未能与俗语达到完全吻合，故事存在“缺失”。从民间文学发生、发展的角度来看，有缺失就一定要得到补足，否则，这故事就没完。

下面两则流传于浙江三门的《沉东京，涨海游》传说，以及流传于上海的《上海金山的来历》，都是比较晚出的“浮出陆地”类型的故事。

很早以前，猫头洋有一个村庄叫作东京，四周都是海。村里的百姓全靠打鱼为生。村里有一个小后生捕鱼的本事很好，每次打来的鱼都比人家多，比人家大。

有一次，小后生打到一条很大的鳗鱼，拖到船上时，鳗鱼同他说：“我是龙王的三儿子，请把我放回海里，我带你到龙宫，你要什

图 17-40　浙江三门县海游城关街道全景。从北边山上往南看，海游就像水中托起的一只盘子。图 / 甘晓波，2018 年

图 17-41　从上海金山区远眺金山三岛，由近及远为小金山、大金山、浮山。图 / 赵思希，2016 年

么我父亲都会给你的。不过你不能要我父亲桌上的一只盘。”小后生听了就把它放到海中，坐上鳗鱼的背脊。鳗鱼果真把他带到龙宫。龙王对小后生感激不尽，问他要什么宝贝，他说：“我什么都不要，只要你桌上这只盘。”龙王没有办法，只好给他。小后生拿到那只盘就回家了。得到这只盘后，小后生的家境竟变得好起来了。

村里有一个财主，看到小后生家境变好，心里很奇怪。有一天夜里，财主来到小后生家屋后偷看。只见小后生把一只盘放到桌上，嘴里念着：“盘啊盘，快快来只牛。”一念完，从盘里竟跳出一只小水牛。小水牛一落地就变成一只大水牛。当下，财主看呆了。

过几日，财主叫了一班人去把这只盘抢来。这班人来到小后生家里，叫他把那只盘交出来。小后生一听，拿了盘拔腿就逃，逃到海边，那班人也追到海边。眼看盘就要被抢去，小后生一气之下把盘甩向海里，刚好甩到海游这个地方。那个时候，海游原是一片海洋。盘一落水就变成一块陆地，陆地上升起一团紫气，把小后生吸了过去。也就是在这天夜里，东京沉到海里去了。（章思友口述，《山海大话》）

从前，金山地方没有山，一望无边的大海边，有一个村庄。有一年，发大水，海水倒灌，把田间房舍全冲垮了。穷苦人家早就抛下了草房逃命去了，只有地主笑面虎舍不得一屋子的家产，没跑。大水冲来，笑面虎只得抓起了两只金元宝爬到屋后香樟树上。时间长了，笑面虎饿得不行。他四面看看，只见树的另一端有个农民，从口袋里取出两只大馒头，咬了一口。笑面虎看看手里的两只金元宝，叹了一口气，哀求说："老兄，我的金元宝跟你换只馒头好吗？"农民说："馒头可以吃，金元宝啃不动，你留着，慢慢啃吧！"吃完馒头有了力气，跳入水中游走了。笑面虎握着两只金元宝，感到越来越重，再也支持不住，扑通一声掉进水中。海水吞没了一大片海滩，不久，大水稍稍退去了一点，海面上露出两座山头，人们便叫它们大金山和小金山。（李鸿庆采录于 1968 年）

"沉东京传说"的来龙和去脉

我们现在再梳理一下"沉东京传说"的发生、发展、变异全过程。

（一）杭州湾和长江入海口自古以来就流传着大量的陆沉传说。明代以后，以"道德审判"为主题的陆沉传说，尤其是观音娘娘变成老太太卖油的传说成为主流异文，这个问题我们在上一章已经讨论过。

（二）闽南漳浦、东山湾附近，自古就有陆域地壳形变的问题，"居住在该地区的古人，早就感受到了海岸变迁与沧海桑田的变化"（林军《海岸线变迁环境地质问题研究——以福建南部沿海地区为例》），东山县很早就有"沉乌礁，浮大帽"的俗语。但是，这里只有俗语，并没有相应的传说。

（三）南宋小朝廷南下行经闽南、粤东沿海，对华南沿海地区的社会、历史、文化造成了巨大影响，成为这些地区的千年谈资。宋帝昺曾经驻跸的地方从此进入历史，成为人们关注的焦点地区，留下了无数神奇传说。大宋王朝灭亡了，但是，被宋帝昺临幸过的海岛和山村却因此出名了。闽南沿海民众在"沉 ××，浮 ××"俗语的基础上，生成了新的象征性俗语"沉东京，浮 ××"。"沉东京"指的是大宋王朝的沉沦，而被"浮"的地方，则是传说中宋帝昺曾经临幸的地方。

（四）1276 年底南宋小朝廷离开福州南下的时候，号称"时军十七万

图 17-42　广东潮州凤凰山乌岽顶“太子洞”。传说宋帝昺逃进凤凰山，为摆脱元兵搜捕，躲进这个窄而深的小山洞中。太子一进去，一群蜘蛛马上吐丝封住洞口，瞒过元兵。洞边有太子休息的石椅，坐北朝南，人称太子椅。图左为太子洞外部及太子椅，图右为太子洞深处往洞口看。图 / 施爱东，2022 年

图 17-43　广东深圳南山区“宋少帝陵”。传说帝昺跳海之后，遗体漂流至深圳赤湾，有飞鸟遮蔽其上，附近寺僧见其身着黄袍龙衣，知是少帝。当日天后宫一根栋梁突然掉落，庙祝掷珓问卜，知是天后赠棺木予少帝，当地百姓遂将少帝礼葬于天后庙西面小南山下。图 /Mx. Granger，2019 年

人，民兵三十万人，淮兵万人”。所谓“民兵”，基本上都是皇室和官员、将士的家属。到了 1279 年崖山海战阶段，尚余“官民兵二十余万”。也就是说，有近三十万人在这两年中因各种原因逐渐脱离了大部队，分散隐居各地，其中很多人就隐居在闽南及粤东沿海一带，宋亡之后成为南宋遗民。

（五）古人相信，人死之后必须魂归故里才能进入转世循环，否则将会成为孤魂野鬼。在这些南宋遗民看来，“东京”就是一个象征性的精神故乡。“东京大路碑”就是闽南一带南宋遗民丧葬仪式中的亡魂指路碑，告诉他们从哪里来，回哪里去。

（六）由于“语源迷误”的结果，俗语的象征意义不被后人理解，于是有了各种竞猜式的解释。象征性的意义被理解成地理上的“沉”和“浮”，人们生产出新的传说试图对俗语加以解释，其中“臭头孩传说”就是最有影响的本土解释性传说。

（七）杭州湾和长江入海口的道德审判型陆沉传说，在吸收了闽南俗语“沉东京，浮 ××”之后，变异出了新的“沉东京，

涨××”传说。不过，新传说的故事情节并没有什么变化，只是将那些生僻的陆沉地名统一成了通俗易记的“东京城”。这些新传说回流到闽南和粤东地区，就成为闽粤“沉东京传说”的输入性异文。

图 17-44　广东潮州大圣庙的两位“太子爷”。闽粤台一带太子爷信仰的解释比较多样，有说即哪吒三太子，也有说是宋末少帝，塑像一般是两尊，也有一尊或三尊的，其功能主要是保生育，保儿童健康成长，兼保其他。图 / 施爱东，2022 年

早期的“沉东京，浮××”俗语中，并没有道德审判的因素，可是，因为从浙江回流的“沉东京传说”裹挟了后期“陆沉传说”中的道德审判主题，“东京”也就逐渐被污名化了。闽粤后起的“沉东京传说”中，东京已经完全脱离了原有的象征性意义，被指实为一个特定的陆沉地点。

（八）各种传说异文虽然解释了“沉东京”的原因和结果，但都没有“涨××”的情节。传说和俗语在结构上依然未能达到完美吻合。三门县等地对于“涨××”的补充性传说，在时间上是最晚近的，这些异文在情节结构和趣味性上都还不够成熟，流传也不广。